Sangama

Novela de la selva amazónica

Otros libros por

Arturo D. Hernández

Selva trágica

Bubinzana: La canción mágica del amazonas

Tangarana y otros cuentos

Sangama

Novela de la selva amazónica
Arturo D. Hernández

Quaestor Press, Ltd

Sangama: Novela de la selva amazónica

Published by

Quaestor Press, Ltd

11700 Preston Road, Suite 660-266, Dallas, Texas 75230.

Originally published in Peru in 1942.

ISBN 9780978691431
Library of Congress Control Number: 2015942153

Cover Image: Map of Peru, 1865, by Paz Soldan, Mariano Felipe (1821-1886) [Public domain], via Wikimedia Commons

PUBLISHER'S NOTE

Capítulo 1

El vaporcito que me conducía, pleno de esperanzas, surcaba el Bajo Ucayali, río que baña gran parte de la selva peruana. Bordeando las dilatadas márgenes erguíase una vegetación exuberante y compacta, elevada y uniforme, que acentuaba la monotonía del paisaje, compuesto del ocre de las aguas, del verde de la selva y del añil de un inmaculado cielo tropical.

En la cubierta de primera en que viajábamos gozando de refrescantes ráfagas de brisa, uno de los pasajeros, que miraba atentamente la cambiante orilla, con los codos apoyados en la baranda, exclamó asombrado:

—¡No puedo equivocarme! ¡Aquí, en este mismo sitio, había, cuando pasé hace cuatro años, una poblacioncita de gentes prósperas. En el puerto, donde varios árboles del pan brindaban su sombra, se apacentaba el ganado...!

—Pero señor, el sitio que ese pueblo ocupó ha quedado, cuando menos, a tres kilómetros al interior. El río formó delante playa extensa que fue cubierta por feraz vegetación... hasta quedar lo que usted ve: selva, nada más que selva.

El que así hablaba era un pasajero de rostro pálido, delgado, que al notar nuestro interés en lo que acababa de decir, continuó:

—El curso del río que atraviesa esta región de terrenos aluviales, cambia incesantemente. Cada recodo está formado por una curva que retrocede desgastada por la erosión, y una punta que avanza con las sedimentaciones provenientes de los derrumbes que más arriba efectúan las aguas. Cuando una curva se ha hecho muy cerrada, el río carga con la enorme potencia de su caudal contra la orilla, socava la tierra y se traga bosques íntegros desarrollando nuevo curso. Al principio, el terreno encerrado por ambos brazos, constituye una isla; pero la enorme cantidad de arena y materias orgánicas que arrastra la corriente, cierra con rapidez la entrada del álveo abandonado, determinando un banco en el que crece nutrida maleza que pronto se convierte en selva majestuosa. En la parte posterior se forma necesariamente un lago. Por esa particularidad la zona del Bajo Ucayali ha sido denominada por algunos geógrafos "Región de los Lagos".

Otro preguntó de pronto:

—¿Estaré equivocado? Creo recordar que hace años había en este mismo sitio algo que ahora no veo: una fila de casuchas con una iglesita al medio.

El hombrecillo de rostro pálido volvió a intervenir:

—¡Ah! se refiere usted a San Nicolás, donde el Misionero pretendió formar una ciudad. Cierta noche en que sus moradores se habían acostado tranquilamente despertaron nadando. Al río se le antojó pasar por allí... ¡y pasó! Les explicaré. —Y, acomodándose en la baranda, prosiguió:

—La peculiaridad de esta zona selvática ha determinado una realidad paradojal: el poblado nómade. Como una de las orillas del río avanza y la otra retrocede, las poblaciones son inestables. Quien ve amenazada su casa por la proximidad del barranco, la desarma apresuradamente para reedificarla en la parte posterior, siendo imitado poco a poco por sus vecinos, que año tras año, van trasladándose a sus espaldas. Y si las aguas toman nuevo curso, los ribereños emigran en masa buscando en las nuevas márgenes el lugar más apropiado para estacionarse. El río es, pues, todo en esta región. Es la despensa que surte de abundantes peces; es la única vía de comunicación; es el elemento defensivo contra la hostilidad de la selva; es, en fin, factor determinante del establecimiento del hombre civilizado.

—¿Qué objeto es ese, junto al barranco, donde el río está "comiendo"? —inquirió una señorita, entornando los párpados con síntomas de miopía.

—¿No ve usted que es un San Antonio? —le contestaron varios, a coro, sonriendo—. Lo han puesto allí para que haga el milagro de detener al río. No tardarán en desbarrancarse el santo y sus devotos.

El viajero que inició la conversación se aproximó cauteloso y me dijo:

—Oiga usted. Yo no sé dónde he nacido.

—¡Cómo! —repuse asombrado—. ¿Es posible lo que usted afirma?

—Es que tengo mis dudas. Verá usted. Yo nací, hace veinticinco años, en la margen oriental de este río. Desde entonces, las aguas no cesan de "comer" por el lado opuesto, de modo que el lugar a que me refiero ha ido quedándose atrás kilómetros y kilómetros.

Al anochecer, encontrábame acodado en la baranda de proa mirando las primeras casas de un pueblecito que se alineaba siguiendo la orilla como si estuviese empujado por la selva. El hombre pálido de las

6

explicaciones anteriores que había demostrado ser conocedor de la región, se acomodó a mi lado, con manifiestos deseos de seguir informándome:

—Nos encontramos realmente en una de las zonas geográficas más extrañas y raras del mundo, que ha sido poblada en su mayor parte por la audacia de los naturales del departamento de San Martín, sede de poblaciones antiquísimas en el Oriente peruano. Intrépidos exploradores encontráronse, al atravesar la selva en busca de cauchales, con este imponente río que los antiguos denominaron Ucayali, cuyo origen se perdía en bosques desconocidos y su caudal, vertido en el Amazonas, desaparecía en el corazón de Brasil. Yo, que aún no he llegado a viejo, formé parte de ésos exploradores que bajaron de la "ceja de montaña" y se establecieron en este gran curso de agua que parecía entonces no tener ni principio ni fin. Y cuando alguien preguntaba al ver balsas y canoas siguiendo la corriente: "¡Para abajo!". Ese "abajo" podía ser el puerto de Iquitos, de reciente formación, o el fin del mundo. Si se hacía la misma pregunta a los que, pegados a la orilla, viajaban contra la corriente, es decir que surcaban según el significado selvático de esa palabra, la respuesta era: "¡Para arriba!". Ese "arriba" podía ser cualquiera de las pequeñas estancias dispersas a varias leguas unas de otras, o referirse, también, a las inaccesibles selvas que se extendían allá, en el nacimiento del Ucayali y sus afluentes. Pero pocos eran los que hacían tales interrogaciones a no ser que quisieran escuchar voces extrañas en esas soledades. Todos sabían que los que iban a favor de la corriente, "bajaban" y quienes, en contra, "surcaban". El Bajo Ucayali, tiene una peculiaridad salvaje. Es un monstruo caprichoso que, según las estaciones, es río unas veces y otras, mar. En invierno se desborda y cubre gran extensión de esta zona; en verano corre apacible entre playas blancas, diríase que se adormece sensualmente en su rumoroso lecho de arena, bajó el sol del trópico.

Mi informante calló. Las luces de las últimas casas del pueblecito iban quedándose tras la estela luminosa del barco. Yo me había sumido en las graves preocupaciones relacionadas con mi viaje, cuando de pronto volví a escuchar la voz que me estaba hablando:

—El bribón que vive allí, precisamente en la gran casa de zinc que apenas se destaca entre las sombras, allá a lo lejos, es uno de los más ricos shiringueros de toda la zona. Vive explotando a la gente, gracias a su condición de autoridad. Todos los grandes shiringales del contorno le pertenecen.

7

—¿Y habrá campo en estos lugares para trabajar? —le interrogué.

—La selva de las márgenes de este río y sus afluentes está explorada y en ella se realiza la extracción intensiva de jebe fino. Todo es propiedad del Gobernador...

—¿Quién es el Gobernador? —le interrumpí.

—El bribón de quien le hablé hace un momento. Vive en Santa Inés, el pueblo que va quedándose atrás... Pero, como iba a decirle, el interior de estas márgenes está todavía desconocido y constituye, evidentemente, campo que ofrece magníficas oportunidades al hombre audaz. Hacer shiringales es muy sencillo. ¿No lo sabe? Bueno. Va uno y explora un pedazo de selva, en donde encuentra árboles de shiringa. Abre, desde un árbol determinado, un camino que conecta con otro y con otro. Así se sigue hasta encerrar unos cien árboles más o menos. Ya tenemos una estrada. Un conjunto de estradas forman un shiringal. Y la fortuna está hecha. Un shiringal da un río de goma que es, como si dijéramos, un raudal de oro. Y precisamente en esta parte baja de la selva es donde se produce la goma más fina del Mundo. El árbol del que se extrae, como las flores más hermosas de la selva, crece en los pantanos. Yo hubiera deseado trabajar acá...; pero nadie quiere habérselas con el Gobernador.

La explicación fue suficiente. Una casa comercial de Iquitos me había prometido abrir crédito, si la región que iba a explorar ofrecía condiciones satisfactorias. En consecuencia, resolví detenerme en el primer punto a que atracáramos, para allí dirigirme a Santa Inés, donde esperaba encontrar facilidades para mi empresa. Estaba dispuesto, si era necesario, a interesar al mismo Gobernador y, para inspirarle confianza, ¿por qué no empezar como su empleado?

Don Manuel Salazar, propietario del fundito donde desembarqué al día siguiente, me recibió con la franca hospitalidad de los montañeses. Le pedí que me vendiera una canoa para bajar,

—Seguro que va usted a Santa Inés —me dijo, mirándome un tanto inquieto.

—Sí, señor —afirmé—. ¿Encontraré gente dispuesta a explorar la selva conmigo?

—Allá todos obedecen al Gobernador. Estos contornos están ocupados en su totalidad por sus shiringales. No se puede pasar por ellos sin sufrir un disgusto. Me parece muy difícil lo que usted pretende.

—¿Podría, al menos, darme ocupación el Gobernador?

—Eso sí —me contestó al instante—, pero más valiera para usted no trabajar con él. Sus empleados nunca sacan saldo favorable. En cuanto alguno de ellos tiene algo que recibir por largos meses de trabajo, lo invita a jugar. Usted comprenderá que no es posible desairar al Gobernador... sobre todo cuando la invitación va acompañada de especiales atenciones... En una noche pierde el pobre hombre la ganancia de un año. Hubo uno que se negó a jugar, y... ¡ya le contarán allá!

Adquirida la canoa, empecé a bajar cierta mañana que precedió a un mediodía de candente sol. Iba, sin pensarlo, ni imaginarlo siquiera, a ser protagonista de uno de los dramas más intensos de la selva.

Capítulo 2

¡Brann...! Cayó del techo, a mis pies, una serpiente que, rápida, se irguió en actitud amenazadora. Vi sus chispeantes ojillos malignos y su lengua fina moverse en todas direcciones. Estaría, quién sabe, cazando ratones en el techo de la casita abandonada, en cuyo emponado[1] hallábame tendido negligentemente, procurando dar descanso a mis miembros doloridos y ponerme a cubierta de los quemantes rayos del sol. Un escalofrío de terror recorrió mi cuerpo. Esperaba de un momento a otro la mortal picadura si la serpiente notaba el más leve movimiento de mi parte. El instinto me hizo quedar absolutamente quieto. Esa cabecita en forma de diamante, levantada con insolente fiereza, fijó en mí las dos gotas de sangre de sus ojos con marcada desconfianza; pero al cabo de un momento que me pareció interminable, se posó en el suelo quedando al parecer tranquila. Sentí gran alivio, pues pensé que estaría alejándose, más mi angustia se hizo mortal cuando percibí su contacto frío en uno de los tobillos. Lo peor fué que, confundiendo la abertura inferior de mi pantalón por un hueco en que pudiera guarecerse, principió a deslizarse reptando por mi pierna. Pronto me llegó al muslo, y siguió avanzando..., forzó paso hasta mi cintura y, luego, incomodada por la presión de la tela, retrocedió hasta el lugar que encontró conveniente, donde se revolvía, ora con suavidad, ora frenética, tratando de hacerse al espacio.

Posiblemente, muy pocas veces un hombre se ha visto en trance tan desesperado. Ese día, de seguro, envejecí diez años. No sé cuánto tiempo duró esa angustia agravada ante la certidumbre de que nada ni nadie podría auxiliarme.

De rato en rato, oía distante ruido de remos que pasaban por el río; pero ¿quién habría de detenerse a visitar esa choza abandonada?

¡Y esa víbora que se había metido entre mis pantalones, confundiéndolos con un madero hueco, no tenía cuando aquietarse! Al menor movimeiento que yo hiciera, me clavaría los comillos inyectándome todo su veneno. Su inquietud me decía muy a las claras

---

[1] Emponado: plataforma construida con tallos partidos de la palmera llamada pona

que la incomodidad iba irritándola cada vez más. Todo mi cuerpo temblaba interiormente a impulsos del vibrátil estremecimiento del reptil.

---¡Joven, su canoa, mal amarrada, estuvo bajándose con la corriente!

Aquél que, por extraño designio del destino, venía en mi ayuda con tanta oportunidad, hablaba desde la orilla del río. Como no le contestara, se aproximó levantando la voz:

—¡Joven...! ¿Se ha quedado dormido?

Oí el ruido de sus pasos que penetraban a la casucha, y apareció ante mí un hombre que se detuvo a mirarme asombrado. Mis ojos debieron impresionarle por la indescriptible expresión de terror y esperanza que reflejaban. Afortunadamente, el movimiento de mis pantalones le reveló mi tragedia.

—¡Estése quieto! —me dijo con acento imperioso.

Seguidamente, prendió un enorme cigarro y comenzó a envolverme en densas bocanadas de humo. La víbora se tranquilizó y, poco a poco, fue extendiéndose hasta quedar casi exánime.

Y el hombre continuó la fumigación con más fuerza, hablando durante los intervalos en que la boca le quedaba desocupada del humo que expelía:

—No tardará en quedarse muerta. Esta es la cosa más rara e inexplicable que puede acontecer en la selva. Sin duda, se trata de una víbora enloquecida. No; debe ser viejísima y ciega por la edad. ¡Confundir los pantalones de un hombre con un tronco hueco...! ¡Inexplicable! Un momento más, quedará usted libre. Todavía le palpita la cola.

De repente dio un fuerte tirón. La víbora, sacada de golpe, fue a revolcarse a cierta distancia, con la boca blanquecina mordiendo en el vacío.

¡Ya era tiempo! Cuando me levanté, empapado en sudor frío, la cabeza me dolía terriblemente y todos los objetos, que bailaban frenéticos ante mí, tenían un pronunciado matiz rojizo. Ahí estaba la víbora revolviéndose en el emponado. Y el hombre, provisto de un palo, la remató de un certero golpe en la cabeza, mientras decía lamentándose:

—Hubiera sido más fácil vencerla con la música, pues no hay cosa que guste más a estos bichos. Nada habría sido más sencillo que sacarla llamándola con las notas de una quena.

—Ha llegado usted a tiempo para salvarme la vida —le dije agradecido.

—La víbora tiene el color cenizo de la vejez y hasta podría asegurar que era miope —continuó calmadamente como si no hubiera escuchado mis palabras—. Milagrosamente ha vivido hasta ahora sin ser cazada por un gavilán. ¡Es un jergón! Verdaderamente, ha vuelto usted a nacer.

—Me llamo Barcas... Abel Barcas —volví a interrumpirle. Recién en ese momento se dio cuenta el hombre de que le estaba hablando.

—Mucho gusto, joven, —me contestó—. Mi nombre es... Las gentes de por acá me llaman Sangama. Pero, y esto téngalo muy presente, en la selva nada vale el nombre.

Alto, musculoso, el hombre revelaba virilidad hercúlea. El semblante aguileno, de grandes pupilas obscuras, y la palabra, sentenciosa y persuasiva, denotaban al profeta o al iluminado .

Capítulo 3

Cuando alguien enfermaba en Santa Inés, Dahua, el curandero, gritaba señalando en dirección a la casa que en la selva ocupaba Sangama:

—Ahí está la causa... ¡El Brujo!

Y, diciendo esto, se dedicaba a curar al paciente. Si conseguía sanarlo, exclamaba jactancioso y en alta voz para que todos le oyeran:

—¡Lo vencí! ¡Lo vencí! Si no fuera yo; el brujo acabaría pronto con todos ustedes.

Cuando la enfermedad iba de mal en peor, la familia de la víctima, cansada de los exorcismos y chupaduras del curandero, recurría a los emplastos, brebajes, lavados y fumigaciones del llamado brujo, que tenían la virtud de curar.

Entonces, Dahua decía guiñando significativamente un ojo.

—¡Claro que podía curarlo! ¡Si él mismo le puso la enfermedad!

Mas, si el paciente fallecía no obstante la intervención de Sangama, el curandero se iba en imprecaciones:

—¡No quiso curarlo y lo dejó morir! ¡El mismo lo enfermó con el peor de los maleficios! Yo vi en la noche cómo los virotes[1] emponzoñados venían de la casa del brujo a prenderse en el cuerpo del moribundo... ¡Yo lo vi! ¡Y el muy malvado hacía como si lo estuviera curando!

Y en todas las oportunidades, cuando había aglomeración de gentes, la figura enigmática del curandero aparecía para desgranar sus imputaciones.

—Si no tuviéramos al brujo cerca... Yo siempre lo dije: hay que acabar con él. Y lo mejor para el caso es darle a beber excremento desleído basta que reviente. ¡Sólo así terminarán las enfermedades!

Un día logró soliviantar al pueblo. Alguien acababa de fallecer repentinamente, y el curandero aprovechó la ocasión para exacerbar los ánimos.

---

[1] Virotes: dardos pequeños de cerbatana, que se suponen invisibles en los maleficios

—¡Hay que acabar con él! —gritaba—. ¡No es posible que aguantemos por más tiempo al causante de todos los daños! ¡Debemos ir ahora mismo y traerlo amarrado para administrarle el brebaje!

Muchos aprobaron el ataque a la casa de Sangama, que estaba situada en la margen de un lago interior, y el curandero se ofreció para conducir a la gente que, inducida por su perfidia, se había provisto ya de toda clase de armas.

Cuando estaban reunidos y dispuestos a la marcha, el viejo Panduro apareció, sosteniéndose en sus gruesos bastones, y dijo:

—No sé por qué pueda ser brujo Sangama. Cura a todos sin pedir a nadie que le pague. Hace todo el bien que puede sin que le correspondan; y se queda siempre contento. No es como Dahua, que cobra sus curaciones. Yo soy viejo y he vivido aquí antes de que hubieran brujos y curanderos, y la gente se moría lo mismo.

—El brujo lo ha comprado —aseguró el curandero.

Pero las frases vertidas por el viejo habían logrado aplacar, por el momento, los ánimos.

Dahua, al notar que sus palabras no producían el efecto apetecido, recurrió a una medida de probada eficacia: empezó a repartir aguardiente.

En la noche, la borrachera se había generalizado y la casa, en donde tenían lugar estos acontecimientos, se convirtió en una olla de grillos. Todos gesticulaban dando gritos y hablando a la vez. Nadie se entendía. El viejo Panduro, con sus toscos bastones, estaba arrimado a un rincón, murmurando entre dientes:

—¡Están locos...! ¡Y sólo por el bribón de Dahua! ¿Pedir la cabeza de un hombre que nos ha hecho tanto bien? ¡Horror!

Pero, cuando Shupingahua se puso a exigir también la cabeza de Sangama, no pudo contenerse más, y se le enfrentó, diciendo:

—¡Viejo ingrato! ¡Debido a los emplastos que te puso estás en pie, y ahora quieres que lo maten!

—¡El mismo me enfermó! ¡Si no, que lo diga Dahua! Tú, ¿qué hablas, comprado...? Me dices viejo, como si tú no lo fueras. ¡Eres el más viejo de todos... y, además, el más sucio!

Las últimas palabras de Shupingahua fueron seguidas de un estrepitoso coro de carcajadas y de burlas. El viejo Panduro reaccionó:

—¡Sí, soy viejo! Por eso todos me respetan cuando no están borrachos, y me consideran porque soy honrado. Tú eres viejo como yo, pero ingrato. Recuerda que Sangama te curó a ti y también a tu hijo ¡Eres un viejo ingrato!

El encorvado viejo Panduro amaneció muerto, tirado bajo el piso de ponas; con sus dos bastones encima. Esos bastones sirvieron para molerle a palos y, después, para hacerle su cruz.

La gente amotinada estaba ya decidida a vadear el río, con el fin de atacar a Sangama, cuando al Gobernador le pareció prudente intervenir. Ordenó, al efecto, que condujeran al promotor a su presencia. Resoplando furiosamente, le increpó:

—Te abstienes de alterarme el orden público, ¿eh? No te aguanto majaderías. ¡Hurnn!

—Señor —se apresuró a contestar Dahua—, es que embruja a la gente...

—¡Cállate! —le interrumpió el Gobernador—. ¡Ese no embruja a nadie! ¡El único majadero que hay aquí eres tú!

—Tiene trato con las víboras; habla con los bufeos[1] y con los yacurunas;[2] no se ahoga dentro del agua, y en las noches vuela...   .

—¡Basta de mentiras! —rugió el Gobernador, fuera de sí.

—Hace también oro...

—¿Eh?

—Yo mismo he visto, con estos ojos, los patacones[3] con que compra mercaderías... ¡Son de oro puro! La Shitu dice que los saca de un gran baúl.

—¡Calla...!

El Gobernador se quedó pensativo largo rato; luego, preguntó insinuante:

—¿Dices que has visto los patacones?

—¡Con estos ojos!

—¿Y que los saca de una gran baúl?

—Eso lo ha visto la Shitu. Y así debe ser, porque todo lo compra con oro y nunca se le acaba.

—¡Hurnn! —Y los ojillos del Gobernador se achicaron relampagueando de codicia.

---

[1] Bufeo: Pez al que la superstición de los naturales da propriedades mágicas extraordinarias.

[2] Yucurunas: demonios, habitantes del agua.

[3] Patacones: moneda antigua de plata

El bullicio de la gente habíase calmado. El curandero miraba atentamente al Gobernador, que a grandes pasos recorría su Despacho. No estaba solo: un personaje descomunal observaba desde el rincón más obscuro de la pieza contigua y, por una puertecita disimulada, un ser contrahecho y repugnante atisbaba.

Capítulo 4

Como Gobernador inició Portunduaga su carrera. Nadie recordaba precisamente cuándo llegó. Lo cierto es — y esto él mismo lo refería entre risotadas y palabras jactanciosas al estar cargado al aguardiente— que un día desembarcó en el poblado, eligió la mejor casa y penetró a ella sin dar ni los buenos días; una vez cómodamente sentado en el interior, dijo al propietario, que lo miraba perplejo:

—¡Bueno, Juan...!

—Manuel, señor. Manuel Barboza.

—Bueno, Barboza. Yo soy el Gobernador. Las autoridades de Iquitos me mandan para que arregle este pueblo ¡Humn! —Y acentuando sus palabras con un feroz resoplido, le mostró un papel repleto de sellos y garabatos.

Como el tímido hombre intentara acercarse para ver el contenido del documento, Portunduaga resopló más fuerte y, dando una manotada a la mesa, recogió el papel y lo guardó.

—¡Bueno! ¡Bueno...! ¡Hurnn...! Ahora te nombro Teniente de Policía... ¡Tinta, pluma y papel, para extenderte el nombramiento!

El bueno de Barboza, respetuoso de la autoridad que así honraba su casa, se apresuró a traer lo que le pedía, no sin antes ordenar a su mujer que matara la mejor gallina del corral.

Con mano fírme y letras grandes, el Gobernador formuló el llamado nombramiento, en el cual estampó su firma con una descomunal rúbrica. Y luego, ceremoniosamente, se preparó a tomar juramento al favorecido.

—¿Juras por Dios... ¡Póngase de pie, Teniente, que está usted en presencia de la autoridad! ¡Hurnn...! ¡Levante la mano derecha con la palma al frente...! Pero, ahora recuerdo que estos actos deben efectuarse poniendo la mano sobre la Constitución y en presencia de testigos. ¡Vaya y tráigame a los notables del pueblo! ¡Hurnn…!

Y esa noche, en presencia de varios vecinos, el señor Gobernador tomó juramento al improvisado Teniente, haciéndole poner la mano sobre un libro al que dió el pomposo título de Constitución.

—¿Juras... Digo, jura usted por Dios obedecer ciegamente al Gobernador? ¡Hurnn...! Di: ¡Sí juro!

—Sí, juro, señor Gobernador.

—Si no lo haces, te castigaré.

Alguien protestó:

—Pero, si aquí no necesitamos Gobernadores.

—¡Silencio! —impuso el nuevo Teniente de Policía.

Luego, el Gobernador nombró policías a todos los presentes y ordenó que cuantos, en el pueblo y sus alrededores, estuvieran en "estado de servir", se presentaran a recabar sus respectivos nombramientos. Al otro día, mandó edificar, en el mejor sitio del pueblo, la Casa de la Gobernación, que fue levantada, sin remuneración alguna, por todos los que se hallaban "en estado de servir". Luego, hizo construir y fijar un cepo. Así, instalado en casa propia, dio principio a su "gobierno".

Verdad es que con esa nariz atrevida, de sonoridad extraordinaria y un tanto desproporcionada y rubicunda, Portunduaga pudo, igualmente, abrirse paso en cualquier parte del Mundo. Corva, ancha en la base y en las fosas, era algo así como una potente proa capaz de abrir a su poseedor, sin detenerse, todas las rutas de la Tierra. Tras ella marchaba, animada por unos ojillos pletóricos de astucia la rechoncha figura del Gobernador, para quien no podían constituir obstáculo alguno los modestos e ingenuos moradores de Santa Inés.

A raíz de estos acontecimientos, todos solían ver al señor Gobernador cuando pasaba en las noches, dando resoplidos sonoros, en su celoso afán, según decía, de velar por el orden público.

La autoridad de Portunduaga, sin embargo, no tuvo al principio la omnipotencia que él deseaba. Para consolidarla, se propuso aprovechar la primera oportunidad favorable que se le presentara. Allí, la gente estaba acostumbrada a vivir sin que nadie la gobernara, y Portunduaga daba más resoplidos sin obtener nada de efectivo provecho.

No se hizo esperar mucho la oportunidad.

En un fundo, distante una vuelta río arriba, vivía el terror de la comarca: un tal don Misael, al que apodaban el Toro.

Levantábase su casa en el centro de un despejado, y en ella se pasaba la vida gastando, en licores, una fortuna que, según él, había adquirido en las caucherías, aunque no faltaba quien informara que había despojado, en el Alto Ucayali, a unos caucheros que salían de los centros después de una proficua recolección de goma. Por estos informes, nadie ignoraba que una noche el Toro dió muerte a los caucheros y, después de arrojar los cadáveres al río, se apropió de las balsas cargadas.

Cuando sonaban repetidos disparos en el puesto de don Misael —y esto era, por lo menos, durante ocho meses cada año— decíase que éste se hallaba "en bomba". Y nadie se atrevía a pasar por allí, pues era sabido que apuntaba al bulto y tiraba mejor que cualquiera. Contaban las gentes que había afinado su puntería derribando cholos en el río. Esto de derribar cholos merece una explicación.

Durante los meses de vaciante, los aborígenes se encaraman a las ramas de los árboles que se proyectan sobre los remansos en que los cupisos y las taricayas, esas sustanciosas tortugas de río, se entretienen en sacar la cabeza en la superficie del agua. Desde sus apostaderos, en los que permanecen horas enteras, las pescan fácilmente con sus flechas. Don Misael, entonces, acostumbraba surcar hasta muy arriba, para bajar, luego por el centro de la corriente. Al divisar a los cholos, cogía su fusil y disparaba. Los indios caían al río como pájaros heridos. ¡Y don Misael no perdía tiro!

Pero lo que más irritaba a los sencillos pobladores de Santa Inés y sus contornos, era que don Misael penetraba borracho a sus fiestas y atemorizaba a toda la gente a fuerza de tiros. Se ponía a bailar y a enamorar descaradamente a las muchachas que le gustaban. Un día se le enfrentaron varios con ánimo de poner coto a sus tropelías, mas, cuando don Misael dobló el caño de la escopeta en la espalda del primer atacante, los demás perdieron por completo el coraje.

En cuanto se realizaba una jarana, era seguro que don Misael acudía en copas, comía mejor que ninguno, bebía como una esponja, bailaba como un trompo, enamoraba a sus anchas; y, cuando se hartaba, partía disparando tiros a diestra y siniestra. Verdad es que don Misael tenía una corpulencia equivalente a la de cuatro hombres y tal era su fuerza que privaba a un toro de un puñetazo, según decían las gentes, peculiaridad a la que debía su apodo.

Con la aparición del Gobernador, los cándidos habitantes del caserío tuvieron luminosa idea: enfrentar a la flamante autoridad con el bandido.

—¡Para algo nos ha de servir! —dijeron unos.

—¡Que lo ponga preso y lo acabe en el cepo! —concretaron otros.

Portunduaga aprobé de inmediato las demandas de sus "gobernados". Armó a varios hombres y se dirigió en canoa al fundo del Toro. Llegado que hubieron al pie del barranco, don Portu —contracción de Portunduaga con que se le designaba a sus espaldas— se encaró a su gente, y les dijo:

—¡Bueno...! ¡Hurnn...! Ahora suban. Tómenlo nomás y tráiganmelo atado.

Los hombres le miraron estupefactos; pero el Gobernador les sacó del pasmo repitiéndoles la orden:

—Los Gobernadores están para mandar. ¡Vayan y tráiganme bien amarrado a ese individuo!

—Poro, señor —se atrevió a objetar uno de ellos—, es que en cuanto saquemos la cabeza del barranco, nos barre a balazos.

—Eso quiere decir... ¡Hurnn...! que las cosas no se hacen cuando se quiere... ¡Hurnn...! sino cuando se puede...

—Es posible dar un rodeo y atacar la casa por detrás —observó otro que aún conservaba un poco de entusiasmo. Los demás aprobaron.

—¡En marcha! —ordenó el Gobernador,

Desatracaron y fueron un poco más arriba, para trepar el barranco al abrigo del bosque. Dieron un rodeo y asomaron las cabezas por entre los árboles que quedaban en la parte posterior de la residencia de don Misael. Varios perros bravos les salieron al encuentro y una lluvia de balas acabó de dispersarlos. El Gobernador que, prudente, habíase rezagado, se embarcó con toda tranquilidad y esperó en la canoa la vuelta de sus hombres, que fueron apareciendo de uno en uno. Cuando estuvieron todos, les hablo:

—¡Lo que les decía...! ¡Hurnn...! Las cosas se hacén a su tiempo. ¡Hay que coger la ocasión por el pelo! Y la ocasión sólo tiene un pelo, ¿saben...? ¡Hurnn! ¡Hurnn...! — Y el Gobernador se contoneaba dándose aires de la mayor importancia.

Un indiscreto informó esa misma noche en el pueblo, que el propio Gobernador había mandado aviso a don Misael para que se cuidará.

—¡Eso no vale! —gritaron algunos, indignados—. El Gobernador nos ha traicionado. A lo mejor el Toro lo tiene ya comprado. ¡Vamos donde él!

El Gobernador les escuchó en silencio; pero cuando terminaron, puso cara de fiera y, tosiendo y resoplando hasta casi reventar la nariz, les dijo:

—¡Hurnn...! ¡Hurnn...! ¡Ustedes no saben lo que dicen! La ocasión sólo tiene un pelo.... ¿Eh....? Y yo la voy a coger de allí. Yo solo ¿saben? ¡Sin necesidad de nadie! ¡Hurnn...! Y después de qué haya apresado a ese criminal, acabaré, también, con los chismosillos y con los que hablan sin respeto a la autoridad... ¡Hurnn...!

Los reclamantes se retiraron cohibidos, dando muestras del mayor respeto y acatamiento al señor Gobernador.

Con el tiempo, éste cumplió su palabra.

Fue una noche de Navidad. Don Portu, invitado de honor a la fiesta, no bailaba. Sentado en uno de los ángulos del recinto, junto a un rústico altarcito en donde yacía un Niño Jesús, estaba con el mejor humor del mundo jugando a las cartas, a centavo, con un alegre grupo de muchachos. Era ésta la primera vez que lo hacía. Por cierto que esa noche, en un raro derroche democrático, parecía haberse desprendido de las preeminencias que con tanto celo hacía que se le reconocieran. Todos estaban maravillados con tan singular milagro. Sin embargo, un fino observador se habría percatado de que Portunduaga disimulaba alguna preocupación, pues de vez en cuando echaba una mirada a la puerta y un relámpago siniestro brillaba en sus ojos. Era que el Gobernador esperaba...

De pronto llegó el Toro, precedido de las características detonaciones. Una ola de inquietud y de profundo disgusto circuló en la sala.

—Don Portu... ¡Viene el Toro!

—Que venga nomás. ¡Sigan jugando, muchachos! ¿Le falta plata a alguien? Ahí va... ¡Hurnn! —Y repartió un puñado de monedas pequeñas. Los más chicos, entusiasmados, apuntaron.

—¿Qué es del dueño? —gritó el gigante que llenaba el marco de la puerta—. Vengo muerto de hambre y de sed... ¡pin...! ¡pun...! ¡pan...! ¿Qué es del dueño?

Y don Misael, que era el intruso, disparando sus revólveres y tumbando los muebles, avanzó con paso matonesco y mirada desafiante.

—¡Jueguen, muchachos, que estoy ganando...! ¡Apunten...! ¡Hurnn...! —Y el resoplido del Gobernador sonó apenas esta vez.

El criminal, ya cerca de los jugadores, se paró en seco. Allí estaba el Gobernador, que ni siquiera le miraba. Quedóse como cortado. Al cabo reaccionó aproximándose resueltamente. Cuando estuvo junto a la mesa, el Gobernador, sin levantar la mirada, le dijo:

—Si quiere jugar, siéntese nomás.

—¡Bah! ¡Centavos! —objeté don Misael, despreciativamente—. Yo juego libras..., ¡libras esterlinas!

—También yo las juego, pero... siempre me ha perseguido la mala suerte. Ahora se trata de divertirnos por Noche Buena... ¡Hurnn..! ¡Siéntese nomás!

—No he traído dinero —advirtió el bandido, medio indeciso.

—Le prestaré —contestó amable el Gobernador—. Aquí tengo algunas libras. Nos dividiremos... ¡Hurnn...! Allí en casa, hay más... ¡Cincuenta...! ¡Cien...! Las que guste. —Y, diciendo esto, extrajo, de uno de sus bolsillos un puñado de monedas de oro que arrojó sobre la mesa.

El caucho, en la Montaña, trajo entre otras cosas, como consecuencia inmediata de su auge, la pasión por el juego. Había caucheros que se dedicaban a trabajar durante once meses del año para tener qué perder en el único de descanso. Y se jugaba en la selva, como en otras partes del mundo, fortunas enteras en una sola noche. Cuentan los que vivieron aquella época —muchos de los cuales no han llegado aún a viejos— cómo en una parada perdió cierto comerciante su vapor cargado de mercaderías. El criminal que Portunduaga tenía frente a él era un jugador bisoño, como todos los de la Montaña, ignorante de los trucos y de las martingalas del juego. Se trataba, en realidad, de un jugador intonso y presuntuoso, lo que no tardó en descubrir el Gobernador.

—El oro no se juega con cartas... ¡Con dados! —sentenció don Misael.

—¡Cómo éstos! —repuso don Portu, sacando un par de dados.

El Toro no pudo disimular su asombro. Verdaderamente, ese Gobernador era un hombre listo y precavido. Sentóse tomando las monedas que le había dejado su contrario. Con el enorme peso de su cuerpo y la presión de sus descomunales manos, que hubieran podido rajar la cabeza de un elefante con un puñetazo, crujieron la silla y la mesa. Principió el juego. El Toro ganó sucesivamente hasta dejar limpio a su contendor.

El baile había cesado. Todos rodeaban la mesa, ante la cual los dos jugadores habían quedado frente a frente. Don Misael reía a carcajadas cada vez que ganaba. Habíale devuelto el préstamo al Gobernador, y siguieron jugando.

—¡Ja... ja... ja... jaa...! ¡Éste Gobernador me resulta una maravilla! ¡Cuadras! ¡Qué mala suerte!

—Son mi especialidad. Yo no tengo suerte en el juego—murmuró Portunduaga, compungido—. Más bien con las mujeres...

—¡Yo tengo suerte en todo..., especialmente con las mujeres! ¿Verdad, Pituco? ¡Eh, tú! ¿verdad?

—Sí, señor don Misael... Sí, es verdad —afirmó el interpelado, todo tembloroso.

—Una vez en Manaos.., penetré a un café cantante. Había hermosas mujeres y buenos licores... A propósito que traigan una botella de aguardiente; tengo sed.

—¡Que traigan dos! —ordenó el Gobernador.

Trajeron las botellas y las copas. El Toro sirvió un poco y se dispuso a beber.

24

—¡Eso no vale! —interrumpió Portunduaga—. ¡Así toman los que pueden, como yo! —Y se bebió, sin pestañar, todo el contenido de su copa previamente colmada.

Con que me desafías, ¿no? ¡Ahora verás! —replicó el Toro, exaltado. Y después de llenar y vaciar dos veces seguidas su copa, la dejó boca abajo sobre la mesa—. ¿Qué tal....? ¡Ja... ja... ja... jaa...! No sabes con quién te has metido, Gobernadorcito. ¡Venirme con desafíos! ¡Si yo puedo tomarme seguido un garrafón! ¡Ja... ja..., ja... jaa.,..! ¡Que traigan más botellas!

Y el criminal se reía, abriendo unas mandíbulas descomunales y dando a la mesa sóferas manotadas que amenazaban destrozarla. Luego, se puso a hablar alabando su buena suerte.

—Yo era la admiración y el engreimiento de las mujeres, allá en Manaos. Mi resistencia en la bebida causaba estupor a los hombres. ¡Las mujeres me adoraban...! Jugaba y ganaba fortunas para ellas. A propósito, ¿seguimos jugando? ¡A que no juega cien libras juntas, Gobernadorcito! ¿eh?

—¡Aceptado! —respondió el Gobernador, con los ojos medio cerrados—. Pero antes hay que entrar en calor... ¡Si tú te has tomado dos, yo me tomo tres seguidos! —Parsimoniosamente, llenó tres veces su copa y otras tantas las bebió sin dejar gota en el fondo. El Toro lo miraba despectivo y fanfarrón.

—¿Con que tres seguidas, no? ¡Pues yo me tomo cuatro... cinco... seis... diez! —Y fue bebiendo copa tras copa, hasta quedar ahito, renitente, sin aliento.

—¡Paro doscientas libras...! ¡Hurnn...! —propuso. Portunduaga con voz de borracho.

—¡Trescientas! —replicó don Misael.

—¡Cuatrocientas!

—¡Quinientas!

—¡Seiscientas!

—¡Mil!

—¡Vaya por las mil... !

Los presentes contuvieron la respiración.

—¡Pobre Gobernador! —comentó alguien, compasivo.

—¡El demonio ayuda al Toro! —repuso otro, con los ojos desmesuradamente abiertos. Corrieron los dados.

—¡Perdió el Toro! ---fue la general exclamación.

—Sí, perdí. ¿Qué pasa....? ¡La revancha!

—Es que no tienes más plata, Toro —adujo el Gobernador.

—¿Qué no tengo? ¡En mi baúl hay dos mil libras sonantes y contantes!

—¡Sea...! ¡Te creo, Misael...! ¡No hay por qué alterarse! —Y el Gobernador entrecerraba sus ojillos, al parecer completamente borracho.

Rodaron nuevamente los dados, ante la muda expectación de todos. De pronto, los ojos del Toro se abrieron desmesuradamente.

—¡Perdió otra vez el Toro!

—Ahora juego mi casa con todo lo que tiene, mi fundo... menos...

—¿Menos qué? —inquirió el Gobernador, reanimándose con visible codicia.

—¡Menos mis mujeres...! ¡mis mujeres!

—¿Cuántas mujeres tienes?

—¡Cuatro!

—¡Caray! ¡Con razón' decías que eres afortunado en el amor...! ¡Bueno! ¡Sea! La casa con todo lo que tiene, el fundo...menos las mujeres, contra las dos mil libras que me debes .

—¡Las ha raptado! —gritó uno, escurriendo el bulto.

—¡Shits...! ¡Silencio!

Volvieron a rodar los dados. Era intensa la ansiedad que dominaba a los circunstantes.

Y otra vez ganó el Gobernador.

—¡Maldición! — vociferó el Toro, demudado, sudado a chorros. Bebió otra copa. Luego, propuso—: ¡Van las cuatro mujeres!

—No quiero tus mujeres —dijo Portunduaga, encorvado, entre gruñidos e hipos.

—¿Qué no las quieres?

—¡No! ¡No quiero tus mujeres!

---¡Tramposo! ¡Ladrón! ¡Anda, recoge lo que has ganado, si eres hombre!

Quiso el Toro incorporarse con el ánimo manifiesto de estrangular al Gobernador que, junto a él, semejaba un enano rechoncho. Las piernas no le obedecieron, y quedó allí con las manos crispadas, temblando inclinado sobre la mesa.

—¡Quieto, Toro! —rugió el Gobernador, irguiéndose con un revólver en la mano— ¡Hurnn...! ¡Hurnn! ¡Estás preso!

Los circunstantes retrocedieron llenos de estupor. Portunduaga estaba en pie, tambaleándose sí, pero muy lejos de perder el equilibrio. Su brazo armado apenas se movía y la nariz le resonaba como si

26

estallaran explosivos en su interior. El Toro estaba paralizado, con la boca abierta, como idiota... ¡Una vez más el enano había vencido al gigante; la astucia, derrotado a la fuerza!

Don Misael amaneció en el cepo, sujeto de pies, manos y cabeza, desangrado por los zancudos. Bramaba y se sacudía con tal fuerza que las cadenas que lo aseguraban rechinaban amenazando ceder al desesperado esfuerzo del titán.

Casi al atardecer, el Gobernador se despertó. Acto seguido, encaminóse a visitar a su preso.

—¡Grandísimo ladrón! —gritó éste al verle—. Te voy a pelar con mi cuchillo apenas rompa este maldito cepo. ¡Te voy a enterrar vivo miserable!

Portunduaga no pronunció palabra. Examinó detenidamente el cepo, y desapareció silenciosamente.

El Toro, de las amenazas, pasó a las súplicas. Portunduaga se había vuelto sordo. No oía ni entendía nada. Consintió en abrir los candados sólo cuando le informaron que el Toro no daba a simple vista, señales de vida. Mientras tanto, ya se había dirigido al fundo de éste, dejándolo completamente limpio. Según él, lo había ganado todo en buena ley.

—Y aunque así no fuera —agregaba—, los bienes de los delincuentes pasan a la administración de la autoridad. ¡Hurnn...! ¡Hurnn...! Y más —recalcaba con triunfal acento— cuando entre ellos hay muchos que pertenecieron a caucheros desaparecidos misteriosamente. Yo debo retenerlo todo hasta que se aclare la procedencia. ¡Hurnn...! ¡Así lo dice la Constitución!

Más tarde se llegó a saber que la tal Constitución, la que el Gobernador invocaba y consultaba frecuentemente, no era otra cosa que una novela pornográfica.

Capítulo 5

Desde entonces, la autoridad del Gobernador se había afianzado definitivamente y, con el correr de los años, se fue convirtiendo en la de un verdadero reyezuelo. Le pertenecían todos los shiringales de los contornos, y también los almacenes de mercaderías y productos. No había quien no le debiera, y, en consecuencia, trabajaban sólo para él. El precio de sus mercaderías era el arbitrario que fijaba su omnímoda voluntad; los productos que sus deudores extraían y le entregaban sumisamente, eran acreditados en cuenta a tasa irrisoria. Cuando el Toro apareció en público, completamente restablecido gracias a los cuidados del propio Portunduaga en su lecho de moribundo, lo hizo transformado en la sombra de éste, a quien acompañaba con increíble servilismo. Milagro inexplicable para las gentes del lugar. Era su guarda-espalda, su incondicional instrumento de extorsión, su fiera amaestrada que el domador lanzaba a voluntad al ataque.

—En fuerzas me ganarás —solía decirle—; pero en astucia e inteligencia... —Y, amenazándole, agregaba—: El día que intentes torcerte no habrá compasión para ti, bribonazo... ¡Hurnn!

El Toro abría la descomunal boca y reía adulador:

—Es verdad, patrón. Así será, pero... déme un traguito, un solo traguito, patrón.

—Si no fueras el más ruin de los borrachos, valdrías alguna cosa. ¡Toma! —y le obsequiaba una botella de aguardiente.

Con frecuencia, el Gobernador no vacilaba en darle de palos en público.

—¡Toma, perro, para que sepas obedecer a tu señor!

El Toro, encorvado bajo los golpes, rechinaba los dientes con furia reprimida.

Por entonces, el Gobernador hizo frecuentes viajes a Iquitos, de donde, en cierta oportunidad, trajo consigo no sólo un flamante nombramiento de Gobernador de Distrito que puso en la parte más visible de su Despacho, sino también un ser contrahecho, de reducida estatura, que caminaba cojeando de ambas piernas. Los lugareños tuvieron la ocurrencia de apodarlo "Piquicho"[1], sobrenombre que fue

---

[1] Piquicho: rengo por enfermedad a los pies.

muy del agrado de todos. Pasados unos cuantos meses de su arribo a Santa Inés, este original personaje perdió por completo su nombre de Blas Gómez, para convertirse definitivamente en el "Piquicho".

En los primeros días de su advenimiento, nadie habría podido decir si el Piquicho vivía riéndose de continuo o si estaba de mala guisa. Una formidable dentadura de felino, que se le salía de la boca, no dejaba que se juntaran sus carnosos labios. La gente terminó por creer que el Piquicho se gastaba muy buen humor. Los muchachos decían al verlo pasar:

—Ahí va el Piquicho, riéndose.

Se le veía en todas partes y a toda hora en compañía del Toro. Acostumbraban sentarse bajo el mangle del puerto, sobre una vieja canoa varada que yacía boca abajo. Nadie podía decir con certeza de qué trataban; pero, al observarlos detenidamente, se descubría, con facilidad, que el Toro se quejaba de su suerte, mientras el Piquicho le infundía ánimo. Se hicieron, pues, amigos inseparables.

Cuando el "señor" Gobernador tenía visitas de importancia y estaba "en copas", como de costumbre, si alguien manifestaba sorpresa al ver a esos individuos tan desproporcionados, no tenía reparo en informar con desparpajo:

—Son los seres más malos que he conocido. Los tengo porque me son útiles en cierto modo. Es el empleo del mal para hacer el bien, suprema sabiduría de gobernante. Sí, señores, los utilizo para la práctica del bien. Si no fuera por San Rafael, de quien soy devoto, las gentes malas habrían ya difundido versiones desfavorables sobre mi persona, por el sólo hecho de tener cerca de mi a estos sujetos. ¡Hurnn!

—Y, ¿es sumiso el gigante? —averiguaban.

—Como un perro. ¡Ahora verán! ¡Hey...! ¡Tú, sachavaca[1], ven volando!

El Toro acudía presto, exagerando la torpeza de movimientos de su enorme cuerpo. Cuando llegaba frente al Gobernador, inclinábase servil. Este cogía un palo y le sonaba las espaldas con formidable contundencia, tras lo cual le palmeaba un hombro, obsequiándole una botella de aguardiente.

—Toma, ¡anda y duerme!

---

[1] Sachavaca: danta o gran bestia.

—Pero por qué ese castigo inmerecido? —preguntaban escandalizados los circunstantes.

—Porque el día que este hombre me sepa débil, me atacará. Sí, me atacará. ¡Es el peor enemigo que tengo!

Con frecuencia salían los dos, el Toro y el Piquicho, en misión secreta.

¿Cuáles eran esas misiones secretas? Sencillamente, las que daban mayores entradas a la autoridad.

Los caucheros bajaban del Alto Ucayali en amplias balsas cargadas de goma; los shiringueros salían de los centros con sus canoas rebosantes de pellas de jebe. A los primeros le salían al encuentro, a varias vueltas río arriba de Santa Inés, los comisionados del Gobernador, con orden de éste para que atracaran en el puerto y se asegurara que todo andara bien. Los balseros tenían que pernoctar allí.

En la parte delantera de la balsa, que estaba en contacto con la orilla, por lo regular se encontraba un hombre asesinado al amanecer. En el acto intervenía la autoridad y se tomaba preso al cauchero propietario de la embarcación como presunto responsable del crimen. Luego, escapábase éste sin que se supiera cómo, pero al otro día era recapturado. Volvía a fugarse, para volver a caer preso en seguida. El Toro y el Piquicho, acompañados de varios policías, eran quienes se distinguían en esas capturas y recapturas.

—Parece que procedieran por instinto. Siempre dan derechito con el fugitivo —decía el Gobernador, satisfecho, para que todos le oyeran.

Lo positivo del caso era que en cada fuga disminuía el contenido de las balsas, mientras en igual proporción se llenaba el depósito del Gobernador. Cuando las balsas quedaban limpias, entonces si lograba huir el dueño. ¡Nunca antes!

Con los shiringueros ocurría algo semejante. Todos los competidores del Gobernador fueron eliminados uno a uno, perdiendo a favor de éste los shiringales y sus productos, siempre a base de los misteriosos asesinatos y de las consabidas fugas.

Encontrábame ya en casa de este bribón, como empleado para llevar sus cuentas y servirle de secretario, cuando tuvo lugar un hecho sensacional protagonizado por Antenor García, shiringuero ricachón. Una terrible sospecha bullía en mi mente desde que tuve la primera noticia de tales hechos. Esta vez fue descubierta una mujer muerta y mutilada bajo los escalones que daban acceso a la casa de García, quien

31

fue detenido inmediatamente. Llevado a presencia de la autoridad, ésta me ordenó que abandonara el Despacho.

—Mañana instruiremos el atestado —me dijo—. Ahora puede usted ir a descansar.

Al amanecer, resultó que don Antenor no estaba en la cárcel, y sus guardianes recibieron orden de traerlo vivo o muerto. Nadie se explicaba cómo pudo abrir las puertas de su encierro...

Sólo que hubiera tenido llave, me dije. Y la sospecha creció de pronto.

García fue recapturado en la tarde del día siguiente.

Al verlo, el Gobernador empezó a bramar. Yo salí del Despacho antes de que fuera invitado a ello. Pero, al amparo de la obscuridad, me escurrí hacia la parte posterior de la oficina. Desde allí escuché lo que hablaban:

—¡Me comprometes, idiota! ¿Por qué no te ocultaste en Pintucocha, como te ordené?

¡Cómo! Si me dijo usted que me escondiera en Pintucaño. Allí me agarraron ...

—¡Pintucocha! ¡Pintucocha! Te fregaste por no oir bien. ¡Hurnn...!

—Señor, déme otra oportunidad... ¡Soy inocente!

—¿Para que me comprometas otra vez? ¡No!

—¡Por mis hijos, señor, se lo ruego, si es que no vale la amistad que hemos tenido!

—¡Ya eso pasó. Ahora eres reo...! Puede ser que me ablande si eres razonable.

—Ya le di lo que tenía disponible.

—¡Nada...! ¡Humn! Yo sé que todávia te queda buena cantidad de jebe en la casa. Apenas me has traído unas bolitas miserables.

—¿Y si le doy diez más, me dejará escapar?

—¡Hurnn...! ¡Hurnn...! Me estás sobornando otra vez. ¡Eso es muy grave...! ¡Toma un trago doble y reanímate...! ¡Hurnn...! Tal vez por veinte me vuelva a exponer.

—Le firmaré la orden de entrega.

En respuesta, el Gobernador le dio papel y, mientras García redactaba, él iba trasmitiendo las instrucciones:

—Esta vez te metes en Lagartococha. Allí te aguantarás una semana; luego, sales y no paras hasta el Brasil. Yo no respondo si no sigues al pie de la letra mis indicaciones. Ahora, toma la llave de la puerta de la cárcel. Yo haré que los policías beban una buena ración de aguardiente con algo adentro para que se duerman.

Al obscurecer penetré al monte, para dar un rodeo y salir detrás de la llamada cárcel, oculto entre los arbustos. Con la boca pegada a una rendija de la pared posterior, le llamé muy quedamente:

—Gárcíaaa.

Noté que se acercaba, y oí su voz, como un susurro:

—¿Quién es?

—Soy Abel Barcas, el empleado de la contaduría. Haga todo lo contrario de lo que le ha dicho el Gobernador. No vaya a Lagartococha por ningún motivo. Baje a Iquitos y denuncie sin miedo. Allá espere carta mía con instrucciones e informes que interesarán a las autoridades.

Dicho esto, volví a internarme en la maleza.

Al día siguiente, el Gobernador rugía con falsa cólera. Despachó las comisiones de ordenanza para la recaptura, comisiones que a los dos días estuvieron de regreso. El Toro, empujado por el Piquicho, fue el primero en presentarse.

—-No lo encontramos —informó con gesto de temor.

—¿Qué?—vociferó el Gobernador sin cuidarse de mí — ¿Lo han buscado en Lagartococha?

—La recorrimos toda. No había nadie.

—¡Fuera de aquí, imbéciles! ¡Idiotas! ¡Humn ..!

Los dos bandidos desaparecieron como por encanto.

Capítulo 6

Algunos días después del regreso de Portunduaga de su último viaje a Iquitos, se supo que había traído algo más que su importante persona. Paseándose por los corredores de la Casa de la Gobernación, apareció una mañana. Los curiosos pasaban y repasaban por las inmediaciones, mirando a la recién llegada y haciendo todo género de comentarios:

—-¡Ya tiene otra mujer el Gobernador!

—Es hermosa... y fuma duro.

—Es gringa ... y no mira a nadie.

—Es distinta a las otras. ¡Parece una muñeca!

—Es gordita... ¡Qué rica!

Acostumbrados a verla pasearse solitaria tras la baranda y por el patio, los habitantes de Santa Inés, a falta de nombre que la designara, optaron por darle el título de "Gobernadora."

Casi simultáneamente con esta aparición, el Gobernador comenzó a languidecer. Se presentaba en público con menos frecuencia. Siempre estaba indispuesto. Veíasele trajinar esporádicamente en su Despacho, con un corbatín de lana enroscado al cuello y una faja blanca ceñida a la frente. Atendía los más urgentes asuntos de su cargo, a fuerza de dar resoplidos estruendosos. Después, cerraba la puerta y se perdía en el interior de la casa. ¡Por lo visto, las cosas íntimas no andaban bien para la autoridad!

Un día se aclaró, casi por completo, el inquietante enigma. Y la noticia circuló en el pueblo, veloz, como un reguero de pólvora. El Gobernador, borracho, en compañía de varios individuos a quienes había invitado a beber, desató la lengua. El Toro y el Piquicho habían recibido orden de guardar celosamente la puerta.

—En cuanto se acerque me avisan sin demora —les había dicho. Y seguro de no ser sorprendido en sus confidencias, empezó:

—Fue la última vez que estuve en Iquitos... ¡Hurnn...! En el Café Cantante. Resolví echar una cana al aire... y en ese juego me salieron cuadras. ¡Si, tiré cuadras! ¡Hurnn!

—Perdería usted una gran suma, de seguro —se atrevió a interrumpirle uno de sus oyentes.

—¡Quiá, hombre! Parece que tuvieras la inteligencia en los pies. ¡Hurnn...! ¡Me enamoré...! ¡Me enamoré...! ¿Está claro...? ¡Hurnn...! Me enamoré de esta mujer...esta que tengo allí dentro... La invité a mi mesa, y tomamos champán. Le hablé de mi soledad y de mis riquezas... Porque soy rico, ¿eh? Le mostré al descuido oro, bastante oro... ¡Y salimos juntos...! ¿Eh, tú, majadero...? ¡Hurnn...!

Estas ultimas palabras fueron dirigidas al que poco antes le interrumpiera. Este, al sentirse aludido, se achicó en el asiento. El Gobernador no podía tolerar interrupciones cuando hablaba, menos aun cuándo relataba alguna de sus fechorías. Satisfecho del efecto producido, declaró:

—¡Y me hice de ella...! ¡Hurnn ¡ ...O, hablando en buen romance, ella se hizo de mí. ¡De mí, que soy un hombre mañoso en el tráfico del amor, ducho, como el que más, en toda clase de triquiñuelas y garlitos...! ¡Hurnn!

Guardó un momento de silencio, mientras el pecho se le inflaba, no sabemos si de fanfarrona satisfacción o sofocado por indignación súbita.

—¡Hurnn! ¡Hurnn...! —Resopló muy hondo, y prosiguió—: El resultado ya lo están viendo. En la selva, una mujer hermosa consume, sobre todo si posee refinadamente el arte de consumir. ¡Estoy deshecho, deshecho! ¡Hay cosas que en ciertos períodos de la vida son venenos, por más energías que uno tenga...! ¡Y vaya si soy fuerte...! Pero ella ha venido con el propósito de consumirme para apoderarse de mi dinero ¡Quiere sacarme la plata que tengo en la caja de fierro! ¡La muy bandida...! ¡Hurnn! Pero la caja, fuerte y fiel, no da su secreto para abrirse...

—¡Sinvergüenza! ¡Borracho! ¡Canalla! ¡Embustero! ¡Ladrón!

La puerta se había abierto de repente, mostrando en su marco a la bella y misteriosa habitante de la Casa del Gobernador, quien, con su infalible cigarrillo en la boca, se detuvo mirando despreciativa y enojada al Gobernador. Quedóse éste mudo, como idiotizado, con los ojos y la boca desmesuradamente abiertos. Poco a poco fue congestionándose como si fuera a reventar. Del fondo de la garganta, enronquecida por el exceso de alcohol y la ira, salieron gritos sofocados.

—¡Mándate a mudar, gran perra! ¡Mañana té pongo en medio del río, sobré una balsa, para que te lleve a los infiernos la corriente... y no vuelvas más!

—¡Me iré cuando me de la gana, cuando me nazca! — contestó la mujer, con cínico aplomo—. ¡Pero antes tengo que enterrarte, fanfarrón, baboso!

Y desapareció tranquilamente, cerrando la puerta tras de si. El Gobernador salió furioso, llamando a gritos al Toro y al Piquicho, que no daban cuenta de sus personas. Los encontró, al fin tirados tras la puerta falsa, profundamente dormidos, sin que los feroces zamacones y puntapiés que les diera lograran despertarlos.

—¡Están como muertos de puro borrachos! ¡Humn!

Junto a ellos rodaba la jarra que el Piquicho, deslizándose mientras el Gobernador hacía el consabido relato, llenó varias veces de aguardiente del garrafón que éste tenía a sus pies, al lado de la mesa.

Al otro día se esperó que el Gobernador cumpliera su terrible amenaza. Pero nada hizo, ni dio el menor acuerdo de su persona. La ya conocida indisposición, agravada, sin duda, por la copiosa libación de la noche anterior, lo retuvo dentro de sus habitaciones.

Distrájose la atención del pueblo con la realización de un suceso extraordinario: la llegada del Misionero. Pálido, con la barba crecida sobre el anguloso rostro, encorvado y mal envuelto en su raído hábito de jerga, subió al pueblo rodeado de fieles, y se dirigió a la rústica iglesita, cuyas campanas repicaban alborozadas. La multitud se congregó muy pronto atraída por la noticia. Todos le saludaban a su paso:

—¡Al fin has llegado, Padre Gaspar!

—La Shitu ya tuvo su hijo. Te esperábamos para que la casaras y para el bautizo.

—La Conce y el Damián se amancebaron, cansados de esperarte.

El sacerdote contestaba todos los saludos y, con la voz ve de quien está habituado a desmanchar almas y devolver la paz a l   la perdían, les iba diciendo:

—¡Bien...! ¡Bien...! ¡Ya los arreglaremos...! ¡Ya les ajustaremos las clavijas...!

Esa noche volvieron a llamar las campanas. Las mujeres acudieron presurosas a la iglesita, ataviadas con sus mejores ropas y las cabezas cubiertas con vistosos pañuelos. Y se dio comienzo a las misiones, que se celebraban siempre a la llegada del Misionero. Las bujías chisporroteaban alumbrando el altar y al compacto grupo de las mujeres arrodilladas. El sordo rumor que producían los rezos volaba monótono al exterior, en donde la luna difundía intensa claridad iluminando mágicamente el paisaje; La gobernadora apareció vestida de vaporosas telas paseándose parsimoniosamente de extremo a extremo del patio de la Gobernación. Parecía abstraída en profundas meditaciones. Su pensamiento, posiblemente, volaba incontrolado, transponiendo fantásticas distancias. Ni los numerosos zancudos que volaban voraces siguiéndola tenazmente en sus paseos, atraían su atención.

De repente, mirando hacia la iglesia, púsose a escuchar la voz aguda de tenor que penetraba en la espesura como una puñalada y que, en la soledad de la noche, traducía la heroica emoción del Misionero, embrujando la selva con sus extrañas y sugestivas modulaciones. La Gobernadora escuchó absorta y, apenas el cántico cesó, continuó sus paseos visiblemente nerviosa. Salió del patio y fue acercándose lentamente a la puerta de la iglesita terminando por entrar sin distraer la atención de los fieles, amparada por la sombra reinante, hacia el lado de la puerta. En ese momento, hombres y mujeres coreaban. Y cuando volvió a escucharse la voz del sacerdote, ella siguió avanzando como atraída por fuerza misteriosa. La luz al final, le dio de lleno perfilando su figura, que se erguía distinta a todas las demás. Sus alucinados ojos se clavaron fascinantes en el sacerdote quien, todo espiritualidad en ese momento, tenia la implorante mirada vuelta hacia arriba, en el afán de que su plegaria llegara al cielo y conquistara la infinita misericordia. Al finalizar su canto, cómo el coro de mujeres volviera a empezar, bajó la vista y se encontró con los ojos de la Gobernadora, fijos en él; ojos felinos que, por su punzante firmeza, parecían desconocer el pestañeo. Las miradas se cruzaron: la de él, severa porque esa mujer no estaba humildemente de rodillas como las otras; la de ella, indefinible, hipnotizadora como la del reptil que ha encontrado una presa. Podía asegurarse a primera vista, que eran las miradas de desafío que se dirigían el bien y el mal, el santo y la pecadora.

Esa noche el Misionero anunció que a la mañana siguiente, después de la misa, debían efectuarse los casamientos. Recomendó que todos los amancebados, debían aprestarse a recibir el santo sacrámento. La última en salir de la iglesia fue la Gobernadora.

Antes de que aclarara completamente el otro día, ya las gentes trajinaban alborotadas preparándose para los matrimonios. La iglesia estaba llena cuando empezó la misa, después de la cual el sacerdote pronunció un impresionante sermón. Paseó la mirada sobre su feligresía, chocando de repente con las pupilas de la Gobernadora quien, a un extremo de la nave, junto al estrado rústico, estaba de rodillas con la vista extasiada y fija en él. El sacerdote se turbó a su pesar, anudósele una palabra en la garganta y, luego, lleno de coraje, arrancó, levantando el tono de la voz. Cambió bruscamente de tema para excecrar, abrumador a ciertas mujeres a las que calificó de "aberraciónes de la ley de la vida, agentes del demonio, monstruos de los que la mirada de Dios se aparta".

—¡Ay de vosotras —prosiguió—, si no buscáis a tiempo la guía de la confesión y os redimís con la penitencia! ¡Para vosotras, el Reino del Señor estará cerrado; para vosotras será la condenación eterna, el dolor tremendo de los antros infernales!

El verbo flagelador, anatematizante, extendióse por el recinto haciendo temblar a las gentes humildes, que no entendieron la última parte de la prédica. El orador volvió sus ojos retadores hacia la mujer turbadora que en esos momentos había perdido su arrogancia, apareciendo humilde y vencida; su mirada fija en él, no tenía el brillo acostumbrado, y estaba velada por lágrimas que no tardaron en rodar por sus mejillas. Y advirtió que una expresión de arrepentimiento, ponía sobre el hermoso rostro un sello de dulzura. Se sintió fuertemente conmovido. En su espíritu, tierno y compasivo, celebróse la apoteosis de un gran triunfo. Había logrado conmover a esa pecadora que un momento ántes se le antojaba símbolo de los más depravados instintos y que de, improviso, veía convertida en una Magdalena, purificada por el dolor y la fe. Guardó contemplativo silencio unos minutos. Despúes, sereno y apacible como un bienaventurado, bendijo dulcemente a los fieles.

Llegó la hora de los matrimonios. Todos, llenos de entusiasmo, daban muestras de querer casarse. Las parejas formaron en ruedo para recibir la bendición nupcial. Una voz dijo por lo bajo a Sajami:

—¡Pero, hombre... si ya el año pasado te casaste!

—¡Calla! ¿Qué te importa? —replicó la mujer indignada--. ¡Cuánto más nos casemos, mejor! ¡So entrometido!

Un indio penetró a la iglesia en busca de su mujer, y viéndola en el ruedo dispuesta a casarse con otro, la sacó a empellones.

Varias personas se congregaron al pie del altar, formando un círculo, y el Misionero que, oraba de rodillas, se levantó diligente y las acomodó por parejas. El más entusiasta parecía ser el muchacho Licuda. Daba vueltas y más vueltas por uno y otro lado. De pronto, sin darse clara cuenta de lo que hacía, cogió del brazo a la vieja Tiburcia y la arrastró al ruedo con ademanes de triunfo. El sacerdote bendijo las unions. ¡Estaba desconcertado por las escenas que acababan de sucederse, no obstante hallarse tan acostumbrado a las extravagancias más singulares!

Después de recibir el sacramento, Licuda intentó marcharse; pero la mujer lo cogió de la camisa.

—¡Pero... si el casamiento ha terminado ya! —exclamó el muchacho, sin comprender—. ¡Me voy!

—El casamiento recién empieza para nosotros, hijito. Ya eres mi marido y tenemos que irnos juntos.

Licuda abrió los ojos, estupefacto, ante la facha de la arpía que lo sujetaba.

El Padre Gaspar se mostró indiferente a la gritería que a continuación se produjo. Salió a mirar disimuladamente, a la mujer rumbosa, de carnes palpitantes, que Se alejaba en dirección a la casa del Gobernador.

Los padres de Licuda intervinieron enérgicamente, tratando de liberar a su hijo de las garras de aquel esperpento. El lío no paró hasta la casa del Gobernador quien salió a su Despacho, refunfuñando. Cuando se le expuso el hecho, quedóse pensativo y vacilante; pero, al manifestársele que tenia la obligación de arreglar el caso, reaccionó:

—¡Hurnn...! Consuélate, hijito —le dijo a Licuda—, pues no eres el primer desgraciado a quien esto le sucede... ¡Hurnn...! En cuanto puedas, huye o mátate. ¡El matrimonio es indisoluble! ¡Hurnn!

El sacerdote, efectivamente, había dicho eso. Ordenó, además, que la mujer siguiera siempre al marido. Pero en este caso fue el pobre Licuda quien tuvo que seguir a la mujer, que se lo llevó a rastras.

Capítulo 7

Bochornosa fue esa tarde. Los habitantes de Santa Inés habíanse marchado a sus chácaras dejando el pueblo silencioso, como si estuviera deshabitado. La Gobernadora descendió pausádamente los escalones de su casa y se dirigió a la iglesita. Vaciló un momento antes de entrar. Allí estaba el sacerdote solo, adormitado en una perezosa. El ruido de los pásos le sacó de su sopor. Abrió los ojos y se encontró frente a frente con la mujer alucinadora que precisamente estaba ocupando su pensamiento. Se miraron en silencio; pero, esta vez, las miradas no expresaban desafío. La de ella era suplicante; la de él, acogedora.

Transcurrieron las horas. El sol estaba ya por desaparecer tras la tupida fronda, y las sombras de las casas alargáronse hasta tocar las aguas del río. De improviso, se vió a la pecadora salir casi en fuga de la iglesia. Avanzó rauda, con los cabellos en desorden, ahogada por una risa histérica.

Al otro día, los fieles acudieron a la iglesia de madrugada, sin encontrar al sacerdote. La Gobernadora tampoco fue vista. Portunduaga, en actitud sombría, casi no resoplaba. De pie y silencioso, hacía ya largo rato que se hallaba ante mi mesa de trabajo.

—Parece que huyeron —aventuré con recelo.

Movió la cabeza con aire reflexivo.

—De lo que me doy cuenta por el momento —dijo---es que soy un hombre muy afortunado. ¡Si esto hubiera durado unos días más habrían acabado por enterrarme! ¡Era corrompida desde los cabellos hasta las uñas de los pies...! ¡Hurnn!

¿Qué habría pasado en la noche o al amanecer?

Las primeras noticias circularon dos días después. Alguien había visto al Misionero y a la Gobernadora en la casa abandonada del que en un tiempo fuera don Misael y que en la actualidad era el Toro, simplemente.

La beata Rosaura, a cuyo cuidado estaba la iglesita, mesábase los cabellos dándose golpes de pecho. El Gobernador, recobrada su agresiva prosopopeya, se exhibía resoplando estruendosamente y sonriendo, al parecer, con perversa satisfacción. Yo me sentía abismado. La noticia me hizo el efecto de una pesada inmersión en un mar helado y sin fondo.

¿Cómo explicarme tan extraños sucesos? El era un santo y ella una pervertida. ¿Qué pasó? ¿Qué pasó? —preguntábame. El viento cogió mi pregunta y se la llevó, sin darme siquiera un vago rumor que simulara una respuesta.

Capítulo 8

La superstición cundió muy pronto entre los habitantes de Santa Inés. Una noche don Bruno, el que preparaba y vendía la pusanga, el filtro mágico que enloquece de amor, rodeado de un grupo de personas que le escuchaban atentas, con voz cavernosa y agorera, como si estuviera en presencia de un oráculo descifrador del Destino, sentenció:

—Este pueblo va a desaparecer. La yacumama[1] inmensa madre de las aguas, se ha atravesado, allá arriba, en el lecho del río. No tardará en mandar la corriente por este lado. El barranco se comerá en una sola noche toda la tierra sobre la que vivimos...

—¡Horror!

—Y ninguno de nosotros volverá a ver la luz del cielo ni las sombras de la selva...

—Pero, ¿por qué tanta desgracia?

—¡Ha pisado este pueblo una mula diabólica! ¡la concubina del fraile...!

—¡Ah...!

—¡La pura verdad! —asintió Dahua, el curandero.

—Todos sabemos —prosiguió don Bruno— como las que se entregan a los frailes se transforman, en las noches de luna, en mulas que galopan locas, echando chispas por las narices, cabalgadas por el propio demonio.

—Así nos han asegurado siempre los viejos —confirmó uno cuyos cabellos se habían erizado de supersticioso terror—. ¡Dios nos libre!

—Allí está la Mula..., la concubina del Padre Gaspar. Anoche pasó por delante de mi casa galopando. Y sus cascos no tocaban el suelo. Le apunté con mi escopeta y le metí un tiro, pero la maldita siguió galopando. Vi también al diablo que la cabalgaba. Era un monstruo negro y peludo cuyos ojos ardían como dos ascuas.

—¿Y qué haremos? —interrogaron varios, llenos de pavura.

—En este caso, sólo puede salvarnos el copal —contestó Bruno—. Cuando reposa es inofensiva. La cogemos y, envuelta en una capa de copal derretido al fuego, la incendiamos... ¡Así no queda ni ceniza!

---

[1] Yacumama: demonio en forma de serpiente que habita en las aguas a las que se Supone dio origen.

—A lo mejor, la Mula está ya de acuerdo con el brujo —dijo Dahua, insidioso, tratando de mezclar en el asunto a su odiado enemigo.

No necesitó mucho el pueblo para decidirse a consumar el hecho, que les evitaría tanta calamidad, librándoles de la maldición que pesaba ya sobre Santa Inés. Los tranquilos e ingenuos lugareños sufrieron una transformación radical: se pintaron estrafalariamente el rostro con achiote, el tinte que aleja los espíritus malignos; y de mansos corderos, convirtiéronse en apocalípticas fieras.

El Gobernador me despertó a sacudones. Me incorporé restregándome los ojos y protestando contra el abuso que significaba solicitar mis servicios tan a deshora.

—¡Peligra el orden público...! ¡Hurnn...! Vé y averigua la causa de ese tumulto. Hace rato que mandé al Piquicho y aun no regresa el muy idiota. ¡Necesito saber pronto qué pasa...! ¡Hurnn!

Fui y, a poco, mezclándome con la turba, pude darme cuenta de que se pretendía cometer un horrendo crimen. Sin preocuparme de informar al Gobernador, tomé una canoa liviana y me lancé río arriba. Mis remos no pararon hasta que la punta de la embarcación se prendió en la tierra húmeda de la orilla que buscaba. Encontrábame en el puesto[1] abandonado. Con dificultad transpuse el barranco en las tinieblas, pues por ningún lado tenía gradas para subir. Tras muchos esfuerzos logre llegar a la purma[2]. Era el despejado que un tiempo rodeaba la casa, convertido ahora en un laberinto boscoso sin sendas. La vieja casa debía de estar por allí cerca. Aprovechando la tenue luz de difusas estrellas púseme febrilmente a buscarla. Los contornos de los árboles, cargados de enredaderas y la tupida maleza, que pugnaba por subir, tenían, bajo la noche, un aspecto fantasmal y desorientador. Cierta zozobra se apoderó de mí. ¿No estaría cerca la Gobernadora, convertida en mula, galopando jineteada por el diablo? Claro que cuando escuché las abusiones del hechicero Bruno y del curandero Dahua, sentí por éstos el mayor de los desprecios; pero en esos momentos, rodeado de la naturaleza bravia, tétrica, en donde los rumores cobraban impresionante intensidad, era capaz de creer no sólo en semejantes despropósitos, sino en cuanto la más alucinada y proterva fantasía pudiera concebir. Miré atrás. Mejor no lo hubiera hecho: en tan lamentable estado de ánimo, solo, en medio de la selva misteriosa, mirar atrás es mortal. Creí ver cien trasgos que

---

[1] Puesto: fundo
[2] Purma: chacra abandonada

trataban de cercarme, acechándome cautelosos. A mis oídos llegaban los bisbíseos de los que percibía más cercanos. Volví la vista y eché a correr Hacia adelante. Una sombra negra se interpuso...

—¡Padre Gaspar...! ¡Padre Gaspar...! —grité.

Uno de los extremos de la sombra se iluminó, destacando ante mi vista los perfiles de la casa. ¡Ya era tiempo! Subí a saltos los escalones de tablas carcomidas. Mis pasos resonaban lúgubres.

—¡Padre Gaspar...! ¡Padre Gaspar...!

—¿Quién va? —inquirió una voz femenina que partía del interior.

—¡Barcas! —contesté con gran alivio—. ¡Abra, señora! ¡No tenga miedo! ¡Vengo por ustedes!

Inmediatamente se abrió la puerta. En el umbral apareció la Gobernadora con una bujía encendida y apuntándome con un revólver. Al verme el rostro, la extrañeza se pintó en su semblante.

—¿Qué te ocurre? ¿Por qué vienes así?

—Me he perdido antes de llegar. ¿Dónde está el Padre Gaspar?

—¡Partió ayer!

—¿Adónde?

La Gobernadora se encogió de hombros, mirándome con fijeza.

—¿La abandonó acaso? —interrogué, vacilante.

—¡Pronto volverá por mí! —afirmó—. Pero, ¿tú qué buscas? ¿qué quieres? —preguntó desconfiada.

—¡No podemos perder tiempo! ¡Al salir el sol la quemarán envuelta en una capa de copal …!

—¿Es posible? ¿Qué les habré hecho yo?—y la expresión de desconfianza se trocó en otra de temor—. ¿Portunduaga no lo impedirá? —inquirió, encarándoseme.

—En estas regiones, cuando la cholada y hasta los no pertenecientes a ella se levantan, impelidos por alguna de las supersticiones que tienen arraigadas, no hay fuerza ni autoridad que pueda contenerlos. Además —agregué, tratando de que mis frases fueran convincentes—, no creo que esté dispuesto a ponerse de su parte y defenderla, después de lo que ha pasado. ¡Apúrese...! ¡Apúrese, que ya vienen! Dejábanse oir ya ecos confusos por el lado del río Sólo entonces la Gobernadora se dió cuenta exacta del inminente peligró. Sin proferir palabra, se dirigió con rapidez a las habitaciones. Yo tenía la vista clavada en la obscuridad, oculto tras uno de los pilares de la casa. Así logré percibir entré los árboles el avancé cauteloso de unos bultos. Corrí al interior y me abalancé sobre la luz que la Gobernadora tenía aún en la maño.

—Ya están rodeando la casa... ¡Huyamos al instante!

Salimos. Arrastrándonos por el piso logramos bajar, y nos deslizamos por la pared posterior. Lo que siguió fue una fuga loca, a través de las tinieblas. A cada momento tropezábamos con algo y nos deteníamos medrosos para escudriñar y orientarnos.

—Si pudieras prender siquiera un fósforo... ¡No veo nada!— murmuró suplicante.

Asida fuertemente de mi brazo, la sentía temblar.

—Yo tampoco veo —le contesté al oído—. Pero es imposible. La luz nos delataría en el acto.

Tras un fatigoso rodeo, encontramos el barranco.

—Tendrá que esperarme aquí. La canoa está más abajo—le dije desprendiéndome de la mano que me aprisionaba el brazo.

Creí que iba a suplicarme que no la dejara sola, pero, muda, me dejó partir. Anduve largo trecho por el filo del barranco hurgando hacia abajó entre los troncos caídos, levemente alumbrados por tenues fosforescencias que rielaban las aguas tejiendo complicados arabescos con sutiles fibras blancas. La canoa no aparecía por ninguna parte. ¿Estaría más abajo? La clarinada de un gallo fijó en mi conciencia las tres de la mañana.

Como un tronco pegado a la orilla, flotaba una embarcación. Bajé presuroso resbalando por la tierra deleznable y di con una canoa que no era la mía, por cierto. En el rondo, varios remos mojados brillaban como hojas metálicas. Era, sin duda, una de las que utilizaban los atacantes. La desaté lanzándome río arriba sin hacer el menor ruido.

—¿Quién va? —chicoteó una voz de lo alto.

Guardé absoluto silencio. Consideraba que era peligroso darme a conocér. Deslizándose por el barranco, unas formas cayeron al río cerca de la canoa. Una de ellas sujetó la proa, mientras otra avanzó amenazadora hacia mí, blandiendo en alto un machete.

—¡Te sales en el acto, miserable! —grité, levantando el remo en decidida actitud.

—Es el joven empleado —informó el que sujetaba la canoa. Titubeó un momento; luego reconociendo la canoa, gritó:

—¡Esta canoa no es tuya! ¿Adónde la llevas? ¡Contesta!

Instintivamente me di cuenta de que el menor signo de temor habría sido fatal para mí, con esa gente dominada por la superstición. Me levanté, gritando más fuerte:

—¡Te vas a preguntar eso a tu abuelo...! ¡Fuera de aquí! —Y, como tardara en separarse, de un certero remazo lo tiré al agua. El otro soltó la proa para auxiliar a su compañero, circunstancia que aproveché para alejarme de la orilla, mientras exclamaba:

—¡Aún no has sentido mis palos en tus espaldas; pero ya te tengo marcado!

Alcancé a oir su voz que mascullaba una frase despectiva.

En trance tan adverso, ¿cómo iba a dar con la Gobernadora? Si no hubiera tenido el anterior encuentro, podría seguir adelante llamándola hasta descubrir su paradero; pero, con seguridad, los dos hombres marcharían siguiéndome por encima del barranco y no tardarían en tropezar con la mujer que me esperaba. Seguí remando mientras mi vista escudriñaba el filo superior del barranco en el afán de encontrarla a tiempo. Por momentos, temía haber surcado ya más de lo necesario. Esta idea me detuvo, y mientras me secaba el sudor de la frente, de una hendidura y casi a flor de agua, apareció la forma clara de la Gobernadora dándome la voz. Se había dejado resbalar por el borde y tenía los pies metidos en el río. Respiré con alivio. Al embarcarla, hice que se tendiera en el fondo de la canoa a cubierto de los bordes, para evitar que pudiera ser vista desde tierra. En ese instante recién me di cuenta de que llevaba consigo un bolsón y un fusil. Al instante remé hacia el centro del río para bajar. A los pocos momentos pasamos frente al caserío de Santa Inés, que dormía, entre las últimas sombras de la noche, arrullado por el murmullo de la correntada.

Antes de que rayara el alba, distinguimos en las alturas del monte que habíamos dejado, una enorme llamarada. La casa del que en un tiempo fuera don Misael, estaba convertida en una gigantesca hoguera. La selva había de cubrir en breve las cenizas, borrando para siempre toda huella.

47

Capítulo 9

Ya estaba en alto el sol cuando la Gobernadora y yo nos sentamos sobre la arena, bajo la sombra de unos arbustos, al principio de una playa que se extendía a varias vueltas más abajo del pueblo de Santa Inés. La ropa de ella estaba mojada y hecha jirones por la fuga que acabábamos de realizar. Y, no obstante la demacración de sus mejillas su rostro adquiría caracteres originales que yo contemplaba absorto. Recostada con aparente indolencia en un madero, miraba el río en cuyas aguas venía y se alejaba la misteriosa y cambiante vida de la selva. Su rostro, que aun conservaba rezagos de juventud, expresaba preocupaciones insondables.

—¿En qué piensa usted? —inquirí, rompiendo su silencio.

—¡En mi vida! —repuso, sin apartar la mirada de la superficie inquieta de las aguas.

—¡Ah! ¿Su historia....?

—¿Quién no tiene su historia? Nuestra historia va tejiéndose sin que nos demos cuenta. Los caminos tienen idas y regresos, y por ellos podemos ir hacia adelante o hacia atrás. Pero la vida no es camino, ya que vamos por cualquier parte sin saber, muchas veces, si avanzamos o retrocedemos, si subimos o bajamos. Y, en el momento menos pensado, nos encontramos muy abajo, con abrumadora carga de miseria a cuestas... Esto es lo que me ha pasado. Muchos sienten orgullo de su historia; otros aparentan sentirlo, escondiendo remordimientos y vergüenzas. Viven inventando historias, según sea quien las escuche. No necesitamos fingir..., mentimos simplemente. Y cuando se presenta la ocasión, cuando el dolor al fin despierta y nos estruja el alma, lo contamos todo, absolutamente todo, para desahogar el sufrimiento contenido... Recordamos el primer desengaño, que nos pareció irresistible; después, cansados de llorar inútilmente y comprendiendo que las puertas de la honradez nunca vuelven a abrirse cuando se cierran tras de una, seguimos por la vida como flores arrancadas de la planta, a prendernos en la más cercana solapa. Y como el tiempo pasa incansable, dejándonos mayores desengaños y desilusiones, aprendemos a creer que no sentimos, a ser indiferentes a todo.

Me incorporé ansioso de no perder una palabra. La Gobernadora lanzó un suspiro que parecía encerrar toda su vida de aventura; contrajo los labios simulando una sonrisa, que degeneró en temblorosa mueca, y prosiguió:

—Lo primero que ocurre a una mujer, es tropezar con el hombre. Después sigue el hombre. Y se sucede invariablemente el hombre.

—¡El hombre...!

—El hombre, que es infinito como el cielo y variable como él. Las que presumen de saber mucho, aseguran que hay dos clases: el que hunde y el que redime.., si es que acaso hay redención.

—¿No cree usted haberlo encontrado...?

—¿Cómo saberlo? Todos se presentan como redentores. El ultimo... ya tú lo ves. También se fue. Si es que vuelve, posiblemente me encontrará con otro. La peor maldición que pesa sobre una mujer es nacer bella...

Al decir esto, fijó en mí sus ojos luminosos, desmesuradamente abiertos.

—¿Y tú por qué me has salvado? ¿Por qué estás junto a mí?

—No tema usted nada —le dije algo turbado.

—¡Es raro! ¡Es raro! ¿Crees tú en el hechizo de los árboles?

—Todos los árboles, desde el origen del mundo, cumplen idéntica misión: incitan al pecado. Acaso de ellos emane el impulso que gobierna la vida. He oído decir eso muchas veces, señora.

—¡Señora...! ¡Señora...! He necesitado venir a la selva y pasar por tan espantosas pruebas, para que alguien me volviera a decir señora, cuando, sin que importara nada, podría ser de otra manera.

—En la selva todos se transforman, —repuse filosóficamente—. Nuestra naturaleza ingénita, eso que es parte sustancial de nuestro ser, surge súbitamente y se nos impone apenas tenemos contacto con la selva. Aquí el civilizado se despoja de la máscara con que engaña al mundo, no teme la represión ni la censura social del medio; así, también aquellos que arroja como desperdicios la ciudad, aquí se regeneran, si es que aún les queda algo de bondad dentro del alma.

—Eres bien hablado... Así quisiera ser yo para poder contarte mi historia.

—Me interesaría oírla.

—¡Quiero desahogarme...!

Después de esta exclamación, la Gobernadora calló, para luego desbordarse en heroica resolución, como el río cuando arrastra demasiadas aguas.

—Tula me pusieron por nombre cuando nací. No importa dónde, porque fue muy lejos, más allá de los mares, en una enorme ciudad... Era muy pobre y crecí entre dos malos consejeros: la miseria y el trabajo. Muy joven aún choqué con la "Celestina". Ella me enseñó a valorizar la belleza de mi rostro y la lozanía de mi cuerpo. Ella me hizo despreciar el percal y amar la seda. Me vistió con lujo. Y yo misma me deslumbré al descubrir en mí encantos insospechados. Me vi codiciada por admiradores que me ofrecían infinitas venturas. Y así caí en los brazos del hombre a quien mi corruptora me vendiera.

—La vieja historia —interrumpí.

—La vieja historia, la más vieja de todas las historias, y, sin embargo, siempre la más nueva.

Y lo que en seguida me contó fue tan complicado e intenso que bien valdría la pena de narrarlo ampliamente, si no nos alejara de la selva, de ese gigantesco crisol en que hierve la vida que las historias tejidas por los hombres en las ciudades, desmerecen al ser referidas en este escenario salvaje y misterioso. Pero hubo pasajes de cruda realidad, de fuerte colorido, cuyos múltiples detalles, expuestos por la propia heroína, contenían matices inimaginables en la paleta del placer y de la vida. En uno de los más excitantes, hube de suplicarle, antes de que terminara:

—¡Un momento! —y partí a la carrera hacia el río, a cuyas aguas me tiré de cabeza sin atinar siquiera a desvestirme. Estuve sumergido largo rato. Cuando comencé a sentir frío subí.

—¿Qué te pasó? —me preguntó con curiosidad e ironía.

—Nada —le contesté, con embarazo.

La Gobernadora se encogió de hombros poseída del fatalismo de su vida. Después, reanudó su narración, apasionándose a menudo con el recuerdo de ciertos episodios. De repente, advirtió que sus vestidos y sus zapatos estaban mojados. Sin dejar de hablar se descalzó y, al parecer inconsciente de lo que hacía, comenzó a desvestirse. Aparecieron sus hombros, luego el nacimiento de los senos. Volví la vista, aparentando interés por el paisaje que se extendía al lado opuesto del rio.

—No iba a desnudarme completamente —me dijo con cierto reproche, al sorprender mi actitud; y volviendo a cubrirse los hombros, cambió bruscamente de tema—. Ese viejo Portunduaga me trajo ofreciéndome mucho y nada me dio.

—Dice que pretendía usted matarlo.

—Según como se tomen las cosas. Me indujo a que viera al Misionero para que, según él, me volviese al buen camino. ¡Sabe Dios

51

qué propósitos abrigaba el muy sapo! Pero, en fin de cuentas, Gaspar lo salvó...

—¡Gaspar...!

—¡Qué hombre tan interesante! No sé con precisión qué experimenté al verlo y escucharle por primera vez. Me sentí atraída, fuertemente magnetizada por su mirada. El acento de su voz y las cosas que decía. Yo que me reí tanto de todas las prédicas y los consejos con que pretendieron conducirme gentes puritanas. No sé si fue su cántico, su prédica, su semblante de martirizado, o simplemente la selva. Creía dócilmente en sus palabras...; pero en ellas, como en las de todos los hombres, no había sino engaño....

Yo contuve la respiración. Con la mirada vaga, como si hablara sola, ella continuó:

—Sí, me engañó. Mejor dicho, nos engañamos. Hablaba tanto de la virtud y recomendaba tanto la confesión, que, resolviendo ser buena cristiana, le pedí que me confesara. Pensé que debía decirle todo. Y hacía tanto tiempo que yo deseaba desahogarme, vaciando mi caudal de aventuras... Así, me encontré arrodillada a sus pies y fui diciéndole todo...

—¿Todo? ¿Le refirió usted su historia como acaba de hacerlo?

—¿No es eso la confesión? Yo no quería callar nada. Estaba sinceramente conmovida.

—¡Horror! —exclamé escandalizado.

—¿Qué te pasa?

—Veo un río de tentación ahogando a un santo. El era demasiado bueno y puro para resistir un choque de esta intensidad en la selva. Nació para la santidad de los claustros conventuales, pues carecía del temple recio de sus heroicos antecesores en estas misiones.

La pobre mujer me miró estupefacta, sin comprender el significado de mis palabras. Poco a poco fue cambiando la expresión de su rostro, hasta reflejar espanto.

—¡Qué insensata he sido! —exclamó cubriéndose el rostro con las manos—. Ahora lo comprendo... ¡Yo quería solamente ser buena cristiana...! ¡Esto es atroz!

—No se aflija tanto. En este caso usted no ha sido culpable. ¡Es el influjo invencible de la selva!

—¡Qué terrible fue aquella escena! —prosiguió, con el semblante horrorizado—. No había terminado la confesión, cuando él se levantó con los ojos extraviados.

Y la Gobernadora, agitada por convulsión nerviosa, guardó silencio, elocuente, enjugó una lágrima y con voz entrecortada prosiguió:

----Pasé toda la noche desvelada, con el retintín de sus últimas palabras. Entonces comprendí que lo amaba, y decidí salvarlo. Al otro día, muy temprano, lo encontré macilento, con los ojos hundidos por la vigilia. Convinimos en huir inmediatamente. Cargamos en la canoa los sacos de víveres que las gentes piadosas habían aportado para el Padre. Y fuimos a parar en la casa abandonada. Sin detenemos a medir el abismo en que habíamos caído, hacíamos planes para el porvenir. El debía colgar los hábitos, y yo renunciar a mi vida de aventuras. Sabíamos que el futuro se nos ofrecía preñado de inquietudes, obscuro e incierto. Debíamos partir muy lejos. "Para realizár nuestros propósitos necesitamos dinero"—terminé por decirle---. "¿Dinero?", repitió él, abriendo los ojos. Y después de corta meditación, exclamó: "¡Calla! Yo sé en donde hay oro. Te lo traeré a montones". Y partió, prometiendo mandar muy pronto por mí. El Padre Gaspar, conocido a lo largó de todo el río, no podía ir seguido de una mujer... Yo hubiera querido esperarle tal como él me dejó...

—¿Fue por oro? —le interrumpí curioso.

Sin contestar, interrogó a su vez:

—¿Dónde crees que pueda encontrarlo?

—En el nacimiento de los afluentes, allá, por el Alto Ucayali, donde los salvajes afirman que las estrellas se han diluido en los lechos arenosos que lavan las aguas.

—¿Acaso tropecé con el hombre prohibido? Permanecí en silencio. La terrible interrogación me desconcertaba.

—¡Contesta! —me gritó la mujer espantada.

—La selva no admite prohibiciones de esa naturaleza —respondí pensativo.

Capítulo 10

Sin duda, la confesión larga que acababa de hacerme, terminó con sus energías, harto mermadas ya por los sobresaltos experimentados en la precipitada fuga. Acomodóse al amparo de la sombra acogedora que proyectaba sobre la arena un tupido ramaje, y rendida de cansancio se entregó a un pesado sueño que yo hube de aprovechar para coger en las cercanías frutas silvestres, a fin de atender con ellas a nuestro sustento. ¡Bien lo necesitábamos! Hecha copiosa provisión de sandías y melones en la playa, volví al lado de ella y me dediqué a examinarla a mis anchas, con la minuciosa amplitud que su profundo sueño y la soledad del paraje me permitían.

En ese momento me parecía bella. ¿Cuánto tiempo estuve en esa muda y deleitosa contemplación? Allá, el tiempo no se mide por lo que marcan los relojes o fijan los calendarios. Los segundos, los minutos, las horas, pierden su importancia para dársela a los sucesos. Así, nadie se cita a tal o cual hora, para tal o cual fecha, sino al primer canto del galló, a la salida o puesta del sol, a la merienda, o para San Juan o Navidad; y se cuenta desde que creció el río, desde la última cosecha, desde que llegó fulano, desde la muerte de sutano.

Hoy, al evocar aquella escena con el espíritu serenó, no puedo distinguir ni ordenar la serie de ideas que en esa ocasión cruzaron por mi mente raudas y enmarañadas. Desde que me enteré de las criminales intenciones que abrigaba la turba supersticiosa, que atribuía propiedades diabólicas y funestas a la mujer seductora que venció la castidad del Misionero, hasta el momento en que escuché la confesión, plagada de insuperables tentaciones, habían transcurrido pocas horas y, no obstante, me parecía haber vivido mucho tiempo.

Poco a poco, me fueron abandonando las fuerzas. Las cosas se alejaban insensiblemente de mí, borrándose en lontananza envueltas en una neblina cada vez más espesa. El río rezongaba monótono en su eterno deslizarse, las ramas de la fronda se decían consejas arrulladoras. Al fin, me hundía en el abismo del sueño.

Ya entrada la noche, Tula —así la llamaremos en adelante— me despertó suavemente, préguntándome:

—¿Hasta cuando vamos a estar aquí?

Volviendo súbitamente del fantástico mundo de mi sueño, le dije:

—¡Ya veremos! Ahora hay que descansar.

—Es que ya hemos descansado y no vamos a quedarnos eternamente, como unos náufragos, en esta orilla. ¡Estoy muy débil, desde ayer no he comido nada!

—¡Ah, sí! Aquí tengo algo. Vaya comiendo.

Devoró como un niño goloso las frutas que le ofrecía. Después, reconfortada y satisfecha, insistió:

—Y ahora ¿qué vamos a hacer?

—Echamos al río en la canoa y dejar que la corriente nos arrastre a su antojo. Ya llegaremos a alguna parte.

—Mejor sería pasar la noche donde estamos. Me da miedo viajar en la obscuridad. No sé nadar.

—No hay peligro; pero si usted quiere, esperaremos para partir, la luz de la mañana.

Dios se compadeció de nosotros. La noche, fue serena y transparente. Una hoguera alimentada con ramas y hojas secas ahuyentó el peligro de las fieras y la voraz majadería de los insectos. Durante la velada no cesamos de dialogar, ocupándonos muy poco de nosotros mismos. La conversación versó principalmente sobre la selva, sus características y sus misterios, de lo que ella nada sabía y deseaba enterarse minuciosamente. Informéla, pues, hasta donde me lo permitieron mis conocimientos, de las plantas y sus propiedades; de los animales y sus costumbres; de los hombres y la idiosincracia que la selva les impone; y, sobre todo, del río, rey y señor, que nutre la selva baja, la transforma y hasta la traslada caprichosamente.

—Oyéndote se podría estar mucho tiempo —me dijo entusiasmada, aprovechando un momento de silencio—. Un hombre como tú hubiera hecho muy distinta mi vida. Nunca nadie me habló en esa forma, ni trató de enseñarme nada bueno o útil. Sólo escuché de continuo adulaciones, groserías y embustes. Promesas que jamás se han cumplido. Mentiras y más mentiras que derrotaron mi fe y mataron mis ilusiones y mis esperanzas. Y pensar que hoy día, después de una vida de oprobios, se revela ante mis ojos un nuevo horizonte, una nueva visión de la vida, aquélla que hubiera querido vivir, buena como nací. ¡Es muy triste, en realidad! Pero, ¿y si aún pudiera redimirme?

No supe qué responder a esas expresiones desbordantes de amargura, en las que se vislumbraba, empero, un rayo de esperanza. Sus grandes ojos azules, que estában fijos en mí, preñados de lágrimas, traducían una intención que me hizo estremecer.

—¿Nada me dices? —interrogó.

—Verdaderamente, no sé qué contestarle. Vivimos momentos de incertidumbre. Ya veremos mañana...

—¡Mañana! —repitió, clavando la mirada en las más lejanas estrellas—. ¡Mañana...! En todas las promesas de los hombres había siempre un mañana.

Y la mañana acudió prometedora y jubilosa, saludando con ese himno prodigioso que la naturaleza bravia eleva a su Creador. Escuchándolo permanecimos extasiados como dos salvajes al oír la maravillosa versión de un poema musical ejecutado por la más complicada orquesta.

—Esto es lindo, ¿verdad?... Bueno, y tú ¿cómo te llamas? Yo sé que eres Barcas; pero debes tener otro nombre. ¡Acaso te llames Salvador! ¡Bien te vendría!

—No; me llamo Abel.

—¿Abel? ¿Abel? Hoy, ese nombre me recuerda algo muy vago, muy lejano.

—Sí; el primer Abel fue asesinado por su hermano Caín.

—¡Ya caigo! Fue en la infancia. Lo escuché de los labios de la madrecita, cuando yo era buena... y sabía rezar. —Y al volver la mirada hacia el turbulento río, exclamó de pronto—: Ve ¡allá viene un vaporcito! ¡Debo embarcarme...!

Efectivamente, uno de los barcos que hacían el tráfico comercial en el Ucayali, se acercaba de surcada. Iba a pasar frente a nosotros, pegado a la orilla opuesta. Hice tres disparos, y se detuvo. El comerciante a cuyas órdenes obedecía puso cara de pocos amigos al ver que lo que embarcaba no eran bolas de goma elástica, sino una mujer mal trajeada; pero, al observarla de cerca y encontrarla hermosa, a pesar del deplorable estado de su atavío, cambió bruscamente de expresión y le dio la bienvenida con frases rebuscadas de burda galantería marinera. Conforme iba examinándole los brazos, el escote, la cintura, con insolente descaro del que ella parecía no darse cuenta, se la marcaban en el rostro huellas de procacidad faunésca.

Se comprometió a llevarla río arriba hasta donde ella quisiese. Honda impresión me causó la despedida, no tanto por el sentimiento que efectivamente me producía la separación de esa mujer cuyo recuerdo, con seguridad, habría siempre de perseguirme, cuanto porque se mostró indiferente, en forma tal que me dejó desconcertado. Así nos separamos, sin hacemos ninguna promesa que no fuera la fría oferta de que alguna vez me llegarían sus noticias.

—Voy. Trataré de remediar el mal que hice, sin quererlo —me dijo, con la mirada perdida en la superficie ocre de las aguas.

Al regresar a la orilla, la vi por última vez, erguida al pie de la borda, empuñando en la diestra el fusil como si estuviera montando guardia, pronta a la defensa. Ni siquiera me seguía con la vista. "Pobre", pensé sintiendo algo asi como un remordimiento por haberla abandonado en poder de un sátiro peligroso. Y me quedé mirando la estela que el vaporcito dejaba tras de sí haciéndose más larga cada ver, y el penacho de humo de la chimenea que se esparcía diluido en el cielo azul y cristalino.

Casi sin fuerzas arribaba, horas más tarde, a Santa Inés, donde nadie parecía esperarme. Mi llegada produjo inusitado alboroto. Los primeros que me vieron aparecer sobre el barranco, se restregaban los ojos y, lejos de saludarme, huían de mí como de un apestado.

—¡Aquí está Barcas! —gritó uno, y partió disparado como si hubiera visto al diablo.

El Gobernador, sin duda noticiado al instante, no pudo disimular su sorpresa. Sin embargo, afectó luego la mayor indiferencia y se puso a mirar distraídamente el patio. Lo saludé como si no hubiéramos dejado de vernos, entregándome de inmediato a mis labores. Sus resoplidos nerviosos, que se sucedían con cortos intervalos, denunciaban la impaciencia que le estaba devorando. Opté por guardar silencio.

No tardó en requerir mi presencia en su Despacho y, tan luego me tuvo delante, levantó la mirada hasta encontrar la mía y habló:

—¡Hurnn! Bueno, caballerito, ¿en qué quedamos? Te mando para que te enteres de un tumulto, a cien pasos de aquí..., y vuelves a los dos días. ¡Y tan campante! ¡Qué tal cachaza!

—La iban a quemar viva... y estaba sola —contesté.

—Eso ya lo sabía —afirmó, sin poder ocultar su enojo—. Pero yo no te mandé a salvarla... ¡Hurnn! Dime la verdád. Tú supiste que el otro la había abandonado y se te ocurrió aprovechar... ¡Hurnn! Te pagó bien el salvamento, ¿eh?

—Hubiera sido vergonzosa cobardía no auxiliarla. Me sentí obligado, sin más razón que la de hacer un bien.

—¡Caramba! Predicas mejor que el fraile. ¡Hurnn! Pero a mí no me la cuelas... ¡malo! ¡malo...! De hoy en adelante tendré que estar alerta contra tus bondades. Con que eres campasivo ¿no?

Quise sincerarme:

—La pobre tenía una inmensidad de torturas en el alma... —comencé, sin poder evitar un suspiro.

—¿Y eso qué es?

Fingí no haber percibido la interrupción, y continué:

—Vació en mí todo su dolor, se confió a mi ayuda. Y así es como la puse en salvo y la acompañé, hasta que nos separamos.

—¡Humn....! ¡Humn...! La gente que no habla claro me desespera. A mí me gustan pocas palabras. Prefiero la grosería por su expresión. Sólo cuando insulto y las gentes tiemblan, me doy cuenta de que tengo autoridad, de que me entienden y me respetan. ¡Déjate, pues, de pamplinas, y al grano...! ¡Hurnn! ¿Qué has hecho de ella?

Tuve que explicarle, omitiendo detalles, cómo había logrado que escapara de la turba enfurecida y cómo la había despachado a bordo del váporcito fluvial.

—¿Iba de surcada? ¿Estás seguro?

Afirmé con repetidos movimientos de cabeza.

—Menos mal —convino—. Así no volverá a poner los pies por estos trigos.

Pero, a pesar de la aparente tranquilidad de Portunduaga, fácil me era advertir que vivía presa de una contrariedad constante. Hasta podría asegurar que era víctima de mal contenidos celos y despecho. Tula, si no había podido arrebatarle el dinero que tenía en la caja fuerte, le había dejado vacío, en cambio, el arca del corazón.

—¿Sabes si llevaba algún dinero?—me preguntó un día, de improviso.

Lo ignoro. Salvó un bolsón y un fusil. Era todo lo que conducía.

—¡El tesoro y la defensa! ¡Mujer precavida y calculadora! ¡Humn!

El Gobernador había recobrado, en apariencia, todo su arrogante cesarismo. Sólo para mí no pasaba desapercibida la honda afección que le abatía. Hablaba menos de lo usual y estaba permanentemente borracho. En sus intervalos lúcidos, cuando me dirigía la palabra para no reventar de impaciencia era casi siempre para referirse a la ausente con una tristeza que no podía ocultar.

Capítulo 11

Por aquellos días recrudeció cierto tráfico que constituía uno de los más execrables crímenes perpetrados en la selva. Bajaban de las cabeceras del río, balsas abarrotadas de niños salvajes en venta. Indiecitos taciturnos, agotados por la tortura y la privación, eran comprados por los moradores del río para dedicarlos especialmente al servicio doméstico. Las adolescentes alcanzaban los más elevados precios entre los shiringueros, que se las disputaban en pujas frenéticas. En la ocasión recapitulada en esta historiad los tratantes de tan rara mercancía mostrábanse muy quejosos.

—A estos zamarros les ha dado por la "rabia". Se niegan a comer y se mueren. Ayer nomás perdimos dos de los ocho que nos quedaban —informó el conductor de una de las balsas—. El negocio no es tan bueno como se cree... ¡y con el riesgo que se corre!

Lo que esos criminales llamaban "rabia", no era más que el agotamiento más trágico que su maldad ocasionaba a los niños cautivos.

—Tenemos "correrías" por el Alto Ucayali —comentó el Gobernador, al verlos llegar.

Los negociantes sostuvieron larga conferencia con la autoridad. Encerrados a piedra y lodo en el Despacho, bajo la guardia del Toro y el Piquicho, se les sentía hablar en voz baja, sin que se pudiera colegir el tema que trataban. Pero alguna transacción debieron efectuar, pues yo, sin quererlo, pude escuchar el sonido característico de las monedas de oro que contaban, y la voz levantada del Gobernador que dio término a la entrevista diciendo satisfecho:

—A tanto ruego, acepto, aunque a la verdad, si esto llega a saberse en Iquitos. . . ¡Hurnn...! Los disgustos van a ser mayúsculos.

¿Y cómo se realizaban las "correrías"?

Varios caucheros fracasados, en tenebroso monipodio, se armaban hasta los dientes y, aprovechando del conocimiento que tenían de la selva y de las costumbres de los salvajes, sorprendían un poblado en la noche, mataban a los varones adultos y capturaban a las mujeres jóvenes y a todos los niños.

Si los salvajes no eran de los bravos[1], los criminales se presentaban arteramente como amigos. Solicitaban la hospitalidad que los aborígenes siempre están prontos a brindar a los blancos que van en son de paz. Y, cualquier noche los atacaban a traición. En estos casos, sólo las criaturas quedaban con vida, constituyendo el producto codiciado, ya que los adultos, cuando no morían o escapaban, volvíanse peligrosos por indomables y feroces.

Pocos días después de los hechos narrados, llegó una nueva partida de cautivos. La constituía media docena de párvulos esqueletizados por los que nadie quiso dar un centavo, pues parecía que iban a morir de un momento a otro. Los conductores tuvieron, coma los que les habían precedido, la consabida conferencia secreta con Portunduaga.

Yo me había cuidado, para el caso, de disponer las cosas de modo que pudiera pegar bien los oídos a la pared y enterarme de todo, aunque me producía honda repugnancia el oficio de espía. Así logré saber que el pícaro Gobernador extorsionaba a los bandidos, exigiéndoles que le dieran fuerte participación en el negocio, en cambio de no ejercer contra ellos la orden superior que tenía de impedir su criminal industria, apresándolos vivos o muertos.

Como el negocio no les resultara esta vez todo lo proficuo que esperaban, y Portunduaga no diera muestras de ceder en sus exigencias, el que hacía de cabeza le propuso transar a cambio de unos anillos.

—Los veré —dijo aparentando desinterés-—. Nada se pierde. Puede que valgan algo.

Cuando los tuvo en la mano, no pudo contener el asombro:

—¡Si éstos son los que yo regalé a Tula en Iquitos! ¿Dónde la vieron? ¿Dónde la dejaron...? ¡Hurnn;..! ¡Hurnn!

El interrogado empezó diciendo:

—Iba buscando, según dijo, al Padre Gaspar. Y como le asegurásemos que no lo habíamos visto pasar, desembarcó de la canoa en que viajaba acompañada de dos indígenas.

En la seguridad de que me sería posible abordar a los delincuentes y obtener de ellos amplios informes, expuestos sin el embarazo que la presencia del Gobernador les imponía, decidí no seguir escuchando, aun cuando me devoraban las ansias de enterarme en el acto de todo cuanto pudo haber acontecido a la infortunada Tula. Me la imaginaba en el mayor desamparo, expuesta a todo género de privaciones y atropellos en

---

[1] Bravos: salvajes hostiles al civilizado.

esos lugares en donde abundaban aventureros, salvajes bravos; y tanto porque guardaba grato recuerdo de la pobre fugitiva, cuanto porque me sentía responsable de lo que pudiera ocurrirle, me di maña para conversar esa misma noche con los traficantes en niños a pesar del horror que me inspiraban.

Posteriormente, los relatos de otros traficantes de la misma índole, así como las informaciones, tanto del comerciante que la llevó de surcada en el vaporcito como de los dos bogas que la habían acompañado, completaron los datos que me eran necesarios para escribir en detalle el trágico desenlace de la peregrinación de nuestra heroína.

Ya en el Alto Ucayali, Tula descendía a todos los puestos en que la embarcación recalaba, para pedir noticias del Padre Gaspar. Como todos conocían al Misionero, le contestaban:

—Hace tantos días que pasó. Fue para arriba.

Hasta que cierto día le dijeron:

—No ha pasado. Sin duda, se quedó más abajo.

Desembarcó en el acto. Adquirió una canoa y, acompañada de dos bogas, fue de un sitio a otro, inspeccionando todas las quebradas, las numerosas islas y afluentes del gran río. En la desembocadura de uno de éstos, tropezó con unas balsas que estaban atracadas. Junto a ellas, en el reborde de la tierra, ardían varias fogatas en las que, individuos de rostros y fachas patibularias, trajinaban cocinando su rancho.

—¡Eh, tú buenamoza! —le gritó uno de ellos al verla—. Si tu mercancía está en venta, ven nomás …

La canoa se aproximó. Tula no podía seguir sin averiguar por el hombre que con tanto afán buscaba. El jefe de la gavilla, el mismo que le había dirigido las anteriores palabras, se adelantó atrevido e insinuante:

—Un cashivito, el mejor que elijas... Anda, linda. Es un buen precio...

—Busco al Padre Gaspar —explicó la mujer, sin darse por aludida por las frases que acababan de serle dichas—. Y agrego, casi con timidez—: Tenga la bondad de decirme dónde se encuentra... si lo ha visto.

—Yo soy padre... de mis hijos, y me llamo Gaspar. Ven, palomita, que como padre y como Gaspar sabré complacerte.

Siguió a esto un coro de carcajadas, y varias voces exclamaron celebrando:

—¡Este mutishco[(1)] tiene para todo!

Ella abrió sus grandes ojos, para barrer con despreciativa mirada a la cuadrilla completa. Todos la devoraban con los ojos chispeantes de codicia.

Desde una de las balsas, alguien gritó:

—¡Aquí hay una con rabia! ¡No ha comido nada de la yuca que le puse!

La referida era una criatura de unos seis años de edad, intensamente pálida y desencajada, cuya mirada estaba fija hacia delante como si estuviera viendo algo querido que hubiese quedado en la selva.

—¡Dale de comer a la fuerza! —ordenó el bandolero que, a su manera, seguía galanteando a Tula.

Atronó, acentuada por groseras maldiciones, la voz imperiosa:

—¡Come!

—No hay caso. ¡Se nos va! —masculló el mutishco, irritado.

La indiecita no acató la orden. Sus ojitos velados seguían fijos en la lejanía.

—¡Come! —insistió el de la balsa—. Y como la indiecita no cambiara de actitud, levantó el látigo que tenia en la mano, rugiendo—: ¡Muere de una vez!

Un muchacho como de doce años de edad, que miraba angustiado la escena, se abalanzó, protegiendo a la niña con su cuerpo. El latigazo le cayó en las espaldas desnudas. El niño no pudo evitar un agudo grito de dolor y una contorsión violenta. Cogiólo con crueldad el bandido de un brazo, levantó el látigo nuevamente, descargándolo esta vez sobre el magro cuerpécito de la niña que fue a dar, exánime, de bruces sobre los maderos de la embarcación. Con la elasticidad de un tigre, el niño saltó sobre el verdugo y le clavó los dientes en la manó que empuñaba el látigo.

---¡Otro rabioso! ---vociferó a timpo que, deprendiéndose del muchacho, cogía un machete para defenderse.

---¡Guarda! ---intervino el mutishco desde tierra---. Ese muchacho vale lo menos veinte libras esterlinas.

El arma levantada en alto, no llegó a descargar su amenaza.

Tula, dando un grito de espanto, descendió a la embarcación en auxilio de la niña de cuya boca escapaba un hilo de sangre. La encontró ya sin vida.

[(1)] Mutishco: zarco.

—Eran hermanos —informó una mujer de la misma tribu a que pertenecían las víctimas, y que, domesticada años atrás, convivía con uno de los bandoleros—. Son hijos del Curaca.

Tula, horrorizada por tanta crueldad, no sabía qué hacer. De pronto, el niño, que se retorcía de dolor en la balsa, irguióse como una viviente estatua de metal y se puso a gesticular en forma rara, mientras profería, entre extraños gritos, palabras incomprensibles. ¿Acaso formulaba maldiciones, o impetraba piedad? Sus brazos se extendían desesperadamente al cielo, al río a la selva, a los hombres... Tan airada y fiera era su actitud que en todos los rostros se pintó una súbita expresión de respeto. Las miradas torvas de los bandidos se cruzaban interrogantes. Una nube rojiza empezó a extenderse lentamente, el ocre de las aguas se obscureció y fuerte ráfaga de viento hizo estremecer a los árboles circundantes.

Tula, que había subido con la muertecita en brazos, lloraba en silencio. Impulsada por repentina determinación, depositó a la niña sobre la hojarasca y retornó a la balsa, en donde el indiecito seguía en su airada apostura. Se acercó a él y pretendió tomarle de las manos para conducirle a tierra. El huraño muchacho la vio acercarse con manifiesta desconfianza, disponiéndose a rechazarla; pero como recordara haberla visto recoger conmiserativa a su hermanita, cambió su defensiva actitud y se dejó conducir dócilmente.

El mutishco que, como sus compañeros, espectaba desconcertado la escena, reaccionó:

—¡Si no pagas lo que vale, no te lo llevas!

Tula, indignada, lo miró con asco. De uno de sus finos dedos sacó un anillo y lo tiró a los pies del malvado, diciéndole:

—¡Toma! ¡Eso vale mucho más!

—No está mal—repuso el mutishco sonriente, examinando la joya—. Tiene unos brillantitos. Tal vez mi socio pueda cambiarla, más abajo, por un poco de caucho.

Un gemido lastimero que se escapaba de otra balsa, anunció el estado agónico de otro indiecito. A su alrededor los más pequeños lloraban.

Tula se acercó con presteza al mutishco y, quitándose los aretes que adornaban sus orejas, le dijo:

—¡Son de oro, esmeraldas y brillantes grandes! ¡En cambio dame todos los niños que estén amenazados de muerte!

El bandido la miró estupefacto e indeciso. Parecía que meditaba en la conveniencia de la inesperada proposición. Luego, como quien se decide por una buena transacción, encogióse de hombros y se dispuso a examinar la joya.

—¡No! —le contuvo ella—. Cuando me los traigas. ¡Vale más de cien libras esterlinas, ¿sabes?

El mutishco se dirigió a las balsas y, a poco regresó con cuatro criaturas inverosímilmente extenuadas, transparentes de palidez. Las cabecitas se inclinaban marchitas y vencidas, sobre los pechos, como si pesaran mucho más de lo que los magros cuerpecitos podían soportar.

—¡Anda, tacaño! —reprochó Tula—. A ésos, de todos modos, vas a perderlos. Me los das sólo para que los entierre. ¡Tráeme más si quieres llevarte los aretes!

El truhán fue nuevamente a las balsas, escogió otros dos niños y los condujo hacia la mujer.

—Ni uno más te doy —dijo colérico, al tiempo de entregarle las criaturas—. No estamos aquí para cambiar muchachos por joyitas, cuando más allá nos los pagan en libras de oro y sin regatear.

—¡Mira ese chiquito, que, llorando, se revuelca entre los otros! —replicó Tula en tono casi suplicante, tratando de sacar el mayor provecho de la alhaja.

El mutishco miró a su interlocutora de pies a cabeza, deteniendo la vista codiciosa en sus curvas. Dio media vuelta y se alejó para retornar con el párvulo y depositarlo en brazos de Tula, quien se dispuso a llevar su nueva adquisición a donde estaban los otros niños.

—Otro más. ¡Elige el que quieras...! —propuso el canalla, insinuante y atrevido.

Tula no le dejó terminar. Volvióse a él con rapidez y le asestó una sonora bofetada Y cuando el bandido intentó dominarla, se le enfrentó resuelta, después de poner en el suelo al niño que estrechaba contra su pecho.

—¡Criminales! ¡Asesinos! ¡Monstruos!

Había en sus ademanes tal desesperada bravura, que el malhechor se contuvo. Lo que tenía delante no era una mujer sino una fiera. Con los ojos fulgurantes, las manos convertidas en garras, los labios contraídos y los dientes apretados, Tula comenzó a retroceder sin apartar de su enemigo la mirada punzante, como hacen los jaguares antes de saltar sobre sus víctimas. Se apoderó del fúsil que dejara junto a un árbol, y se encaró nuevamente al bandido, el cual se apresuró, prudente, a poner tierra y árboles de por medio Lo hizo con oportunidad, pues varios disparos le siguieron, haciéndole apresurar la fuga.

Entre tanto, los otros facinerosos soltaban las balsas. El mutishco se embarcó presuroso en una de ellas, y la trágica flotilla, recorriendo sus amarras, se alejó con lentitud por el centro de la corriente hasta desaparecer tras el distante recodo.

Tula había caído de rodillas con el semblante vuelto al cielo, que se recortaba entre la fronda exuberante e inquieta.

—¡Dios mío! —imploraba—, ¡quiero ser buena, simplemente buena! ¿Es posible que no merezca tu misericordia?

Los gemidos de los niños, que se debatían sobre la hojarasca, le hicieron bajar la cabeza. Se encontró rodeada de los indiecitos agotados, enfermos, moribundos. Comprendió que no disponía de ningún medio para curarlos. Además, todo elemento le hubiera resultado inútil, pues la pobre ignoraba lo que en tales circunstancias habría sido conveniente hacer.

En estado tan precario, Tula se hizo cargo de su propia situación. Ya no tendría con qué seguir pagando a los bogas. Consultados éstos, se manifestaron contrarios a seguir surcando el río. Las provisiones eran muy escasas y no había en esa dirección medios de renovarlas. ¿Cómo continuar así?

Hurgó en el fondo de su bolsón y reuniendo todas las monedas de que disponía, dijo a los bogas, con acento persuasivo:

—Sólo tengo este dinero y la canoa. Vayan a buscar auxilio. ¡Aquí esperaremos!

Los hombres cambiaron entre sí algunas frases. Uno de ellos entregó reverente al Caciquito su machete. Embarcáronse y partieron aguas abajo. Al voltear el recodo del río, vieron por última vez al grupo, que en la lejana orilla, rodeaba una humeante fogata.

Días después, contaron todo lo que habían visto a los habitantes de un caserío ribereño, los que interesados por la suerte de la mujer blanca, salieron en varias canoas en su auxilio; más, al llegar al pequeño despejado, abierto por los mismos bogas, sólo encontraron las cenizas frías de una hoguera y unos rastros que se perdían en el misterio del monte impenetrable.

Tula había sido tragada por la selva.

Capítulo 12

Con alguna posterioridad a la fuga de Tula, Sangama fue reducido a prisión. Alguien se había prestado a denunciarlo por homicidio y Dahua aportó pruebas para sustentar la acusación. Portunduaga se dispuso a instruir lo que él llamaba el sumario. El jefe de la comisión despachada para apresarlo, digno sucesor de Barboza, informó haberlo encontrado cerca del lago en cuya margen se levantaba su casa, examinando el camino del picuro [1].

El Gobernador despidió a todos para interrogarle a solas. Felizmente, ya era bastante avanzada la noche y pude deslizarme a mi habitación, donde me hice el dormido a tiempo que Portunduaga abría cautelosamente la puerta para cerciorarse de si yo podía escucharle. Tan luego se retiró, satisfecho de su inspección, salté de la cama y, como hiciera en anteriores ocasiones, prendí el oído a la pared.

—¡Hurnn...! Lo siento, Sangama —le dijo—. ¡El pueblo te acusa!

—El puéblo no, señor; es el curandero.

—Pero el pueblo se ha levantado ¡Hurnn...! ¡Hurnn...!

—La gente de acá es buena, señor; pero, por desgracia, muy sugestionable. Lo malo es que entre ella vive un hombre que sabe explotar en provecho propio esa debilidad.

—¡Hurnn...! Huayta, aquél a quien levantaste de su cama de tullido, afirma qué has dado muerte a su hermano... Es un ingrato, ¿verdad?

—Hago el bien y, debo confesarlo, me siento dichoso si alguien agradece, y sufro cuando me pagan con el mal; pero no es por mí, señor, sino por ellos. Son como niños y no saben lo que hacen. Ya vendrá el día en que se levante una autoridad suprema en esta tierra, con la preocupación de perfeccionar a los hombres mediante el cumplímiento del gran mandato que encierra la sabiduría de los antiguos: "No seas ladrón, ni perezoso, ni mentiroso".

—Verdad, ¿no? ¡Humn...! Acaso con el nuevo triunfo de Piérola...

—Todos ellos se hundirán. Todos los gobiernos actuales, animados sólo por las ambiciones, los egoísmos y las conveniencias...

—¡Hurnn...! ¿Es una conspiración...? ¡Estás preso! ¡Confiésalo todo!

---

[1] Picuro: paca.

Sangama guardó silencio. El Gobernador hacia sonar la nariz a más no poder. Se puso de pie y comenzó a medir la habitación a grandes trancos. Pasado un momento, volví a escuchar su voz en tono sugerente:

—Oye, Sangama: recuerdo que me detuviste la gangrena. Voy a darte la oportunidad de escapar; pero como esto es muy grave, yo también tendré que huir cuando me persigan. ¿Entiendes? ¡Hurnn...! Y para eso necesito oro... ¿Cuánto tienes?

—Tengo oro, señor; pero no quiero escapar. Además, el oro es para la Gran Causa.

—¡Habla!

—No puedo. No tengo nada que decir.

—¡Voy a entregarte a Dahua!

Sangama no contestó a la amenaza. El Gobernador prosiguió:

—Mira que tiene cierto brebaje listo para ti... ¡Hurnn...! Ya tú sabes... ¡Hurnn...!

—Está bien, señor. Huiré.

—¿Cuánto me das?

—¿Es suficiente cien gramos de oro?

—¡Hurnn...! No seas tacaño, hombre, con este pobre viejo. ¡Teniendo tanto...!

—¿Medio kilo entonces?

—¿Y por qué no un kilito de una vez?

—¡Está bien!

—¿Me traes el oro esta misma noche?

—Imposible, señor. Sabe usted que mi casa queda muy apartada.

—Hoy mismo partes y regresas mañana, bien entrada la noche para que nadie se entere de que has salido. Pero bien pesado el oro, ¿eh? Diré que sigues adentro. Pasado mañana te escaparás.

—Así será, señor.

—Como la gente te buscará por todas partes, necesario es que te escondas donde voy a decirte: en Pintucaño. Allí permanecerás una semana. Yo haré que las comisiones no vayan por ese lugar. Después te bajas tranquilamente y te vas todo lo lejos que puedas.

—-¡Muy lejos, señor!

—Yo informaré que no eres habido…

—Así será, señor.

—Te dejo partir esta noche. ¡Pobre de ti si me engañas! Felizmente, para tu bien, eres honrado.

—¡Regresaré!

Sangama partió. Y mientras el Gobernador bebía varias copas de licor, muy satisfecho de su suerte, yo me escurrí sigilosamente tras de Sangama. Le di alcance en el puerto, y le previne:

—Es la treta de Portunduaga. Precisamente a Pintucaño mandará la gente para tu captura. Esa es su treta.

—¡Gracias! —me contestó, estrechándome la mano—. Ya me lo había imaginado.

—Si quieres salvarte, debes hacer todo lo contrario de lo que te aconseja.

Sonriendo, se despidió de mí con un abrazo. Tomó una canoa, y se alejó. Yo no advertí que una sombra había seguido mis pasos y, oculta tras un árbol, escuchaba todas mis palabras. ¡Era el Piquicho!

Capítulo 13

Antes de dormir me entregaba, desde varios días atrás, a cavilar sobre la vida azarosa, y exenta de posibles compensaciones, que estaba llevando. Cada vez se acentuaba más en mí el convencimiento de que en Santa Inés nada bueno iba a conseguir. Por más que me devanaba los sesos, no descubría posibilidad alguna de realizar los sueños de hacer fortuna que me habían llevado a tan extraña región. Estaba a punto de conciliar el sueño esa noche, cuando el Gobernador abrió con violencia la puerta de mi habitación y penetró, taconeando brutal. El Toro y el Piquicho le seguían. Apenas podía tenerse en pie de puro borracho. Vociferaba como un energúmeno:

—¡Hurnn! Con que también eres traidorcillo, ¿eh? Ahora te voy a enseñar lo que hago yo con los lengualarga. —Y sin darme tiempo para reponerme del asombro y explicarme, ordenó—: ¡A la cárcel! Si no aparece Sangama con el oro, acabaré con este bicho en el cepo. ¡Hurnn! Ahora me las vas a pagar todas. ¡A ver si viene la Tula a salvarte, mequetrefe!

No encontraba qué decir. El Toro me levantó en vilo, sacándome de la cama. A empujones me hicieron bajar las escaleras y me encerraron en la cárcel burlándose de mis protestas. El Piquicho, al asegurar la puerta, dijo decepcionado:

—Mejor hubiera sido llevarlo directamente al cepo. Hace días que no vemos morir a nadie.

Percibí horas después el ruido del trajín y los gritos de gentes que se preparaban a partir. Ello me hizo comprender que el populacho ebrio, con Dahua a la cabeza, iba a emprender la caza de Sangama, por cierto que con la complacida anuencia del señor Gobernador. No me fue difícil medir la magnitud del peligro que todo eso significaba para mí, reducido a la más absoluta impotencia. Traté de ordenar mis ideas. Ya habían transcurrido dos semanas de la fuga de García. Si éste había procedido de acuerdo con las instrucciones que oportunamente le envié por carta, adjuntándole comprobadas acusaciones contra Portunduaga, era posible, casi seguro, que las autoridades superiores tomarían las debidas providencias y que de un momento a otro se hiciera presente en Santa Inés la comisión encargada de apresar al delincuente y devolver la tranquilidad a la región. Sólo así se podría impedir que el sátrapa detestable que explotaba inicuamente el lugar continuara perpetrando atrocidades.

La estruendosa algarabía era cada vez más intensa. El pueblo, excitado por el alcohol distribuido sin tasa, estaba predispuesto al crimen.

Felizmente mi nombre no sonaba para nada. Pude darme cuenta, también, de que el Toro y el Piquicho no tomaban parte en el concierto. Parecía que los amotinados ignoraban que yo estaba en la cárcel. Algunos, recostados a las ponas que formaban mi presidio, nacían planes siniestros, culpando al pobre Sangama de todos los males ocurridos en Santa Inés, aun de los que tuvieron lugar antes de que él se radicara en sus contornos. Más lejos, voces destempladas me hacían suponer que reñían entre sí y que Dahua, también borracho, no podía imponer el orden.

Por fin, el barullo fue haciéndose más y más lejano, hasta que el pueblo quedó sumido en silencio absoluto. Apenas, de rato en rato, los gallos se daban la voz de corral a corral, rasgando el aire con sus agudas clarinadas, y uno que otro perro aullaba solitario y agorero.

Saludó los primeros rayos de la alborada, una voz que se acercó a la cárcel, gritando.

—¡Bribones! ¡Desgraciados! ¡No sé cuándo acabará esto! ¡Vuelvo de los centros y lo primero que me dicen es que Barcas está preso y que será trasladado al cepo por orden de Portunduaga! ¡No puedo consentir que se cometa un crimen más!

Creía ser víctima de una alucinación.

La puerta comenzó a estremecerse y a rechinar bajo una fuerte y lenta presión. Finalmente, se abrió al ceder los candados. A la difusa claridad de la mañana, penetró una persona blandiendo la barreta con que acababa de romper las cerraduras. Inmediatamente reconocí al Purificación Luna quien, por razón de su oficio de Matero[1] permanecía casi siempre ausente del pueblo explorando la selva virgen.

En un fuerte abrazo le expresé mi agradecimiento. Ya en el patio, me informó:

—Allí se van borrachos a tomar preso a Sangama. Lo peor es que Dahua está enamorado de la hija. Hace dos años fue a pedirla en matrimonio, y el padre lo botó. De allí el odio profundo que le tiene.

---

[1] Matero: experto en la exploración de la selva y técnico en la apertura de estradas.

Ahora va a vengarse. ¡Qué barbaridad! Los más no saben a lo que van. Dicen que el Gobernador ha dado la orden.

Casi no le oía. Aguzaba la imaginación buscando la manera de escaparme; pero, a la vez, quería hallar el medio de causar algún daño a Portunduaga antes de irme. El Matero seguía hablando:

—Aseguran que la hija es muy linda y que pocos han logrado verla, entre ellos el curandero, quien estuvo muchos días dando vueltas por esos montes, con el fin de averiguar la vida de Sangama. ¡Buena le espera a la pobre muchacha con ese achuni[1] de Dahua y la horda de borrachos que comanda!

En esos momentos escuchamos unos gritos espantosos preñados de odio, como los de las fieras acosadas que rugen su impotencia. Entremezclábanse sonoros chasquidos de azotes que provenían de las habitaciones del Gobernador.

Separóse de mí el curioso Matero para cerciorarse. Yo le seguí por no quedarme sólo. Nos encaramamos a la pared de ponas raspadas y, a través de sus intersticios, vimos al Toro revolcándose bajo feroces latigazos que, con una correa de cuero de vaca-marina, le descargaba el rechoncho Gobernador, quien esgrimía, amenazador, un revólver en la otra mano.

—¡Creiste, imbécil, que estaba desprevenido...! ¡Hurnn... y hás querido atacarme! ¡Sí, todos se han ido; pero yo solo me basto para matarte como a un perro...! ¡Hurnn!

Y los latigazos caían, dejando largas y sangrantes heridas en las carnes semidesnudas del Toro.

—-Está enloquecido de rabia —me dijo el Matero en voz baja—. ¿Serán los diablos azules? Dicen que vive borracho.

—Sí, de pena.

—¿De pena...?

—Vamos —le urgí, sin contestar su pregunta.

De nuevo en el patio de la cárcel, observé que el Matero estaba pálido y que, no obstante el frío de la mañana, su cara se hallaba cubierta de sudor.

—Yo voy a perderme en mis montes. Si caigo en las garras de este malvado por haberte puesto en libertad, yo sé lo que me espera. Si

_____

[1] Achuni: parecido al oso hormiguero, con huesillo pencal al que se atribuye propiedades afrodisiacas.

quieres, sígueme. Por más mal que nos vaya, no será peor de lo que aquí nos amenaza.

—Estamos derrochando un tiempo precioso —le dije al darme cuenta de que los minutos volaban—. ¡Partamos en auxilio de Sangama. A su lado cambiará nuestra suerte!

—No es posible —-repuso—. Los que han ido son muchos. ¿Cómo vamos a contenerlos?

—¡Cobarde! ¡Iré yo solo! —le censuré, sin poderme contener, y me dispuse a partir.

El Matero me miró alarmado; pero viendo mi decisión, convino:

—¡Bueno, te sigo, salga lo que salga! ¡Allá, tú, si nos acaban a los dos! Pero antes debemos armarnos.

En un instante trajo fusiles, provisión de balas y dos filudos machetes. Tomamos una canoa liviana, y vadeamos el río. Mi acompañante sabía cómo acortar la ruta. Remamos esforzadamente y al llegar a un recodo del lago angosto que seguíamos, nos detuvimos.

—Queda ahí, detrás, en esta banda —me informó señalando una punta de árboles que avanzaba de la orilla

El silencio completo que nos rodeaba era indicio de que ésta no era la ruta seguida por la turba. Atracamos y, cautelosos, nos abrimos paso por el bosque en dirección a la casa que se distinguía a través de los ramajes.

De pronto sonaron repetidos disparos. Apresuramos la marcha ocultándonos entre la maleza. Desde el linde del rozado distinguimos a la turba que se lanzaba desordenadamente al ataque.

—¡Quememos al brujo! ¡Quememos la casa! —era la voz animadora del asalto.

—¡No! ¡No! —trataba de imponerse alguien, gritando.

—Es Dahua, quien se esfuerza por salvar a la muchacha —me comunicó el Matero, de rodillas sobre la hojarasca y oculto tras un arbusto.

De la casa, dos bocas de fusiles escupían balas. Cayeron unos. El curandero, bien parapetado, les ordenaba a gritos que atacaran. Presas de viva excitación, observábamos la escena. De improviso, el Matero dijo:

—-¡Esta es la nuestra! ¡Qué hermoso cotomono![1]. ¡Yo me lo tiro!

---

(1) Cotomono: el más grande de los simios de la región que se distingue por el gran desarrollo del hueso hioides que le hace aparecer un coto.

76

Y levantando su fusil, hizo puntería, y disparó. El curandero, que nos ofrecía excelente blanco por las espaldas, se desplomó profiriendo maldiciones. Un enorme perro, erizado el lomo, saltó del emponado de la casa y, por inexplicable instinto, fue veloz como un rayo, y lo remató.

Se produjo el desbande. Todos corrieron en distintas direcciones hacia el bosque. Salimos de nuestro escondite y nos acercamos a la casa. A medida qué marchábamos, el Matero comentaba satisfecho:

—¡No lo hubiera creído!

Yo agregué:

—¿Ves cómo llegamos a tiempo y qué fácil resultó?

—¡No lo hubiera creído...! ¡No lo hubiera creído...! Te aseguro que cuando me dispuse a "balasearlo", lo vi tal como es el cotomono, con su cushma [1] colorada.

Dejando el cadáver del curandero, el enfurecido perro se abalanzó contra nosotros. Pero un silbido lo contuvo. Levantamos la vista y vimos a Sangama parado a la puerta de su casa.

Con demostraciones de gratitud, nos invitó a subir. Junto a él, una joven vestida de blanco nos daba la bienvenida. Con sus finas manos acariciaba un fusil.

—Mi hija Chuya... —nos la presentó Sangama.

—Rosa María —rectificó con gracia una voz angelical, temblorosa—. ¡Cuánto les agradezco! Hagan el favor de pasar.

¿En qué quedamos: Chuya o Rosa María?, tuve intención de preguntar, pero las palabras se me añudaron en la garganta.

Aún no repuesta de la impresión que le causara el ataque, era fácil advertir su nerviosidad... Quedé fascinado por el color verde oscuro de sus ojos y seducido por la dulzura de su voz. Al Matero se le había cortado el habla.

Ni Chuya ni su padre parecían darse cuenta de lo que al Matero y a mí nos ocurría.

Tranquilizados de la excitación que les produjera el ataque, comentábamos los recientes acontecimientos. Todos coincidimos en culpar a Portunduaga, quien había proporcionado el alcohol que Dahua repartiera entre esos hombres a los cuales Sangama calificaba de buenos, pero ignorantes y, como tal, sugestionables.

---

(1) Cushma: especie de sava, tejido de algodón con que se visten algunas tribus.

Yo era el más empeñado en que se hiciese, lo más pronto, algún escarmiento con el Gobernador; por eso, acompañando la palabra a la acción, me levanté, en ademán de despedirme, y advertí:

—Y conviene ir de prisa para llegar antes que los derrotados. Aún deben estar vagando por el monte, temerosos de presentarse ante Portunduaga sin haber cumplido sus órdenes.

Sangama insistió en acompañarnos, pese a nuestros esfuerzos por disuadirlo.

Al partir, Chuya nos dijo, con viva inquietud:

—¡Tengan cuidado, por Dios, que me quedaría sin padre!

Desde el patio, le respondí.

—Si me permite regresar, le traeré sano y salvo

La más acogedora y amable de las sonrisas se dibujó en sus adorables labios, y abriendo los brazos afectuosa, me dijo:

—Aquí los espero.

---Parece la imagen de una virgencita —observó Luna en voz bajá, cuando íbamos a tomar la canoa.

—Es un ángel bajado del cielo —opiné yo, sin poder evitar un romántico suspiro.

No sabíamos aún en qué consistiría el escarmiento, pero estábamos de acuerdo en que debía ser algo radical que anulara el poder del Gobernador.

Expuse a mis compañeros lo que me cupo hacer con Antenór García y la confianza que abrigaba en sus gestiones. Basado en esto, concebí el plan de presentamos, bien armados, ante Portunduaga, notificándole que había sido destituido y que pronto llegarían comisiones a tomarle preso. En seguida, le invitaríamos a que fugase, si no quería que, en resguardo de nuestras vidas, procediéramos a encerrarlo de inmediato. Advertí, sin embargo, a mis acompañantes que podían presentarse algunos peligros, pues era posible que los defendieran algunos de los que él había investido de autoridad.

—Si obramos con decisión y cautela, todo ha de salir bien. ¿Qué les parece? —interrogué optimista.

—¡De primera! —exclamó el Matero—, Pero queda entendido que tenemos que echarnos el alma a la espalda. Si no lo sacamos de en medio, él nos sacará, de seguro, como que tres y dos son cinco.

Antes de embarcarnos procedimos a enterrar apresuradamente el cadáver del curandero. Hicimos el viaje tratando de ganar tiempo y, en cuanto llegamos a Santa Inés, subimos resueltamente.

—Prepara tu fusil. Matero, por si acaso —le previne, antes de poner pie en las escaleras de la Gobernación—. Si es necesario, procede como si fuera otro cotomono.

—Descuida, que estoy alerta —se apresuró a responder mientras acariciaba con fruición el arma.

Sin duda, el Gobernador pensó que éramos de los asaltantes y le traíamos buenas noticias. Apareció a la puerta de su Despacho con sus acostumbrados resoplidos. Al verme, quedó sorprendido y enrojeció de ira. Intentó hablar, pero yo me adelanté:

—Está usted destituido. Antenor García le ha denunciado en Iquitos. Ya viene una comisión a prenderle. Si quiere salvarse, huya inmediatamente.

Intensa palidez cubrió su rostro. Penetramos al Despacho haciéndole retroceder. Pero allí reaccionó insolente:

—¡Mentira! Antenor García nada sabe. —Y hablando así se aproximaba al escritorio con el manifiesto propósito de abrir una gaveta.

El Matero le apunto con su fusil, y yo, que había descubierto sus intenciones, le grité:

—¡Alto! ¡Si da usted un paso más, le atravieso de un balazo!
Quedó comó petrificado. Sus brazos cayeron blandos a los lados del cuerpo. Respiraba fatigosamente.

—Es cobarde, como todo criminal —observó Sangama, despreciativo; mas pronto rectificó— ¡Cuidado! ¡Es muy astuto y está fingiendo!

Confirmando esas palabras, las pupilas del Gobernador chispearon un instante; luego, con mirada turbia y apagada, se puso a observarnos. De improviso pareció tomar una resolución:

—Oye, Sangama —dijo—: tú siempre has sido bueno; recuerda que te salvé de Dahua. Protégeme. Que nadie sepa esto. ¡Huiré!

Tuve la conciencia de que el monstruo quería ganar tiempo.

Un crujido de maderas violentamente destrozadas sacudió la habitación. Todos volvimos la vista al sitio de donde provenía el estrepitoso ruido. Semidesnuda, avanzaba la enormidad del Toro con los andrajosos pantalones manchados de sangré recién vertida. Tenía el rostro deformado por múltiples heridas y cardenales. Era una figura realmente aterradora. Con los ojos desorbitados y la boca babeante, se dirigió a Portunduaga.

—¡Ya no eres Gobernador... ya no eres nada! — sonaban las palabras del gigante, que habrían parecido desdeñosas, sin la actitud resuelta y agresiva—. He muerto gente porque me mandaste...; pero ya no eres Gobernador, ya no puedes agarrar tu revólver ni tu látigo...

Y siguió acercándose a Portunduaga. Sus velludos brazos se extendían cómo dos potentes garfios, dispuestos a coger su presa. Enorme y monstruoso, avanzaba lento, seguro. El Gobernador retrocedió hasta chocar con la pared que le cerraba el escape a sus espaldas. Allí se desplomó, atacado de terror.

¡No me mates! Te devolveré tu dinero, tus mujeres, todo. Tú serás el amo; pero no me mates.

El Toro, ciego de venganza, implacable, repetía:

—Ya no puedes coger tu revólver... ni tu látigo...!

Y sus manos cayeron fatales. Unióse su cuerpo al de su víctima, y un desesperado grito de agonía se fundió con el tétrico sonido de la desarticulación de huesos.

—¡Sálvenme...! —alcanzó a decir. Después, sólo un gangoso estertor se desprendía de su entreabierta boca.

El Toro lo levantó como si fuera leve fardo; y con él a cuestas, abandonó la estancia y bajó las escaleras.

Mudos, estáticós, habíamos presenciado el desarrollo del tremendo drama. Rechinantes crujidos de los escalones nos volvieron a la realidad. Salimos presurosos. El Toro con su macabra carga se dirigía velozmente al río. El moribundo movía los impotentes brazos y, ya casi sin gemir, colgaba como un muñeco sobre las espaldas del gigante.

—¡Detente, Toro! ¿Qué vas a hacer? —le gritó Sangama, corriendo para darle alcance.

Cuando llegamos al puerto, el Toro había ganado ya la orilla y tenía sujeto al Gobernador dentro del agua fangosa. Abundantes burbujas agitaban la superficie. Cuando éstas cesaron de brotar, el victimario levantó los brazos y se dejó caer sobre la tierra húmeda, con las gruesas piernas hundidas en el barro. El agua siguió escurriéndose entre los gramalotes de la orilla, como si nada hubiera ocurrido.

En ese momento, resonaron en mi memoria las palabras proféticas del Gobernador: "El día que este hombre me vea débil, me atacará".

Capítulo 14

La noticia del asesinato de Portunduaga se esparció como la lluvia en los montes. Nadie sabía dar razón exacta del hecho. Pocas horas después del suceso, hallábase Santa Inés silenciosa y desierta, como si la peste hubiera diezmado su población. El Toro que, además de sus antiguas fechorías, cargaba con el enorme fardo de haber dado muerte al Gobernador, también había huido, siguiendo al Piquicho, sin que se supiera a dónde.

De mí sé decir que la serie de sucesos ocurridos desde mi prisión hasta el momento, produjo tal efecto en mi espíritu que me sentía como aturdido. Así vagué por el pueblo, contestando maquinalmente las preguntas que álgunos me dirigían. No sé cómo llegué a mi habitación, ni cómo quedé sumido en profundo sueño.

Sangama me despertó a sacudones. Cuando abrí los ojos, tenía la sensación de que acababa de salir de una pesadilla. De improviso se me aclararon las ideas, desfilando una a una, con acida nitidez, todas las escenas. Pero, ¿es posible —preguntábame— que los hechos se realizaran tan rauda y atropelladamente

Sangama, que parecía tener el don de adivinar el pensamiento, me dijo:

—Es la selva, mi amiguito. ¡Nadie puede sustraerse a la ley inexorable de la selva! —y, cogiéndome del brazo, me exigió—: ¡Vamos! Todavía hay mucho por hacer.

—¡No puedo! Quiero seguir descansando. ¡Estoy molido!

—¡Cómo! ¿Así cumple usted sus promesas? Enmudecí de asombro, porque en verdad no sabía a qué promesas estaba refiriéndose Casi compasiva fue la sonrisa que precedió a esta aclaración:

—¿No le ofreció usted a Chuya devolverme sano y salvo…?

—¡Ah! —exclamé, recordando al instante—. Es cierto. ¡Vamos!

—Y vamos pronto. Hoy cumple años y no es justo que le demos más pesares por regalo. Llevémosle siquiera la alegría de nuestro regreso.

De improviso recobré el dominio de mí mismo. Había bastado que Sangama la mencionara, para que en mi mente se impusiera la figura de esa hermosa doncella que tanta impresión me había causado. Poniéndome en pie, exigí :

81

—¡Vamos rápido! ¡No perdamos más tiempo!

Sangama, sonriendo malicioso al notar mi repentina impaciencia, me contuvo:

—¡Nada de apresuramientos! Debemos partir con Luna. Ya no tarda en venir.

—Pero... ¿dónde está? ¿Qué hace?

—Está asegurando las puertas de la Gobernación para evitar robos.

Mi impaciencia fue breve, pues, a poco, se presentó nuestro amigo.

—Ya está todo arreglado —dijo—. ¡Qué desbandada! ¡No queda un alma en el pueblo! —Y mientras hablaba con Sangama, informándole de su labor, yo me dirigí a un jardincito cercano y formé un ramo con las rosas que pugnaban por sobrevivir entre la asfixiante maleza.

—No es muy bueno —dije al mostrarles—, pero es lo mejor que se puede conseguir.

Partimos. Como quien huye, remamos incansablemente. Así fuimos acercándonos con la mayor rapidez a la playita en donde habíamos desembarcado la víspera en tan diferentes condiciones.

La aparición de la casa trajo a mi memoria los hechos sangrientos del día anterior. Allí, al pie de un árbol, estaba aún la sangre coagulada en que se revolcó agonizante el curandero. Por acá y por allá quedaban otras manchas igualmente delatoras de que muchos de los asaltantes habían pagado alto precio a su temeraria acción. No se veía ningún cadáver y, si los hubo, debieron haberlos recogido, pues en la selva, cuando alguien cae vencido, deudos, amigos y aún extraños se apresuran a enterrarlo, impelidos por supersticiosos prejuicios, pues se cree que las almas de los insepultos recorren los lugares que frecuentaban en vida, para asustar a los que tienen la desgracia de hallarse en ellos.

Sultán, que rondaba vigilante los alrededores, acudió a recibirnos moviendo alegremente la cola. Casi al mismo tiempo apareció, sobre el último escalón, la grácil figura de Chuya.

Nos esperaba ansiosa de conocer el resultado de nuestro viaje. La informamos, quitándole toda importancia, de la muerte del Gobernador. Al parecer, quedó satisfecha.

Guiados por ella y por Sangama, recorrimos toda la casa que contrastaba con la mayoría de las típicas; por su estructura y la apropiada disposición de muebles y habitaciones. Allí había bastante comodidad y, por todas partes, observábanse manifestaciones del buen gusto en el arreglo. Agradable y sugerente era un gabinete de trabajo, abundante en volúmenes. Llamaba la atención una extensa sala, con el techo de hojas de palmera hábilmente entretejidas y el piso cubierto de pieles de tigre, en uno de cuyos rincones lucíanse rústicos, pero cómodos muebles.

La incertidumbre que agobiaba a la joven desde nuestra partida, el día anterior, no le permitió hacer preparativos. Fue necesario que con nuestras felicitaciones le recordáramos su natalicio para que la casa se pusiera en movimiento. Horas más tarde, nos presentó un verdadero banquete al que, sobreponiéndonos a nuestro estado de ánimo, hicimos los debidos honores demostrando alegría y buen humor. Chuya, que parecía la más contenta, se prodigaba en atenciones y, al comentar nuestra ayuda, nos colocaba a la altura de los héroes.

Demostrando agilidad impropia de sus años, la vieja Ana, a quien Chuya cariñosamente llamaba "mama", se multiplicaba en el servicio, asistida por Ahuanan, elástico mocetón aborigen.

—El cielo se ha acordado de nosotros trayendo caras y voces amigas a festejar a mi niña —repetía con frecuencia la "mama".

Terminada la merienda, de la que hicimos elogiosos comentarios, pasamos al rincón acogedor que había observado a nuestra llegada. Sangama encendió su pipa, y Chuya, desbordante de juventud y lozanía, se refirió a sus recuerdos de Lima. Nos habló del conventual colegio, de sus estudios dirigidos por suaves monjitas, de fiestas religiosas, de sus condiscípulas. Tan pulcro era su lenguaje y sus conocimientos amplios que no pude evitar un comentario:

—Es usted una persona muy culta, señorita.

---No; una selvática que fue a la civilización y procuró sacar algo de ella.

Miré atentamente una guitarra que se hallaba sobre un mueble. Y, después de un momento de vacilación, púseme en pie, reprimiendo mi excesiva timidez; cambié de color al tropezar con las pieles que cubrían el piso y, esforzándome por aparentar coraje y desprendimiento, me dirigí a Chuya rogándole que cantara algo. Complacida accedió cogiendo sonriente el instrumento, mientras el Matero me clavaba los ojos, admirado de mi audacia y del éxito obtenido. Las finas manos pulsaron la guitarra cual dos ágiles palomas retozonas y, después de una breve introducción, surgió, como un raudal de purísimas aguas cristalinas, la melodía de una bella canción selvática. Me asomé a la ventana que daba al exterior, en donde la luna enchapaba de bruñida plata el paisaje. Vientecillo ligero rizaba la superficie del lago, en el que parecía hervir una mezcla de azogues y cristales. Los árboles corpulentos de la orilla temblaban levemente en un mágico florecimiento luminoso. Arrullado

83

por la dulce voz y al influjo de la visión de esa noche prodigiosa, me sentí transportado a una región encantada. Y cuando de los labios de Chuya surgieron las notas que traducían la queja del amante apasionado creí que la misteriosa alma de la selva se apoderaba de mí, infiltrándose en mi ser. Desvinculada mi memoria de los recientes sucesos, me sentía bañado en una transparente dulzura, dueño de un espíritu diáfano y sensible, románticamente poseído por la luna, por la brisa, y, sobre todo, por la melodía que brotaba arrobadora de la garganta de Chuya.

En el seno de la selva, la música, como todas las cosas, adquiere tonalidades especiales. Allí los acentos que extasían y deleitan en los centros civilizados, torturan a quienes los escuchan, por inexplicable paradoja. Por eso, la canción de Chuya, al difundirse en el ambiente, lo saturó de dolor irresistible. Parecía que infinitas manos invisibles se recreaban en desmenuzar las más íntimas fibras del alma.

El rústico Matero no pudo escapar al embrujó. Hondamente excitado, tradujo la emoción que le dominaba:

—Parece que un niño extraviado en la selva estuviese llamando a su madre...

Chuya calló. Un silencio absoluto se prolongó en la estancia, durante el cual los cerebros permanecieron inactivos. La voz del Matero nos sacó de la absorción previniendo:

—¡Ya es tarde! Debemos regresar...

Poco después, tuvo que partir solo. Sangama, adivinando mis deseos, me retuvo:

¿Qué va usted a hacer en Santa Inés? Quédese con nosotros unos días, mientras se arreglan allá las cosas. Alguna vez nuestro techo debe albergar al amigo. —Y dirigiéndose a su hija, consultó—: ¿No es verdad, Chuya?

Ella asintió ruborizada, moviendo afirmativamente la linda cabecita.

Invitaron igualmente al Matero; pero éste no pudo quedarse. Tenía en el pueblo familia que, seguramente, le esperaba ansiosa en esas horas de desorden.

Capítulo 15

A los pocos días de permanencia en casa de Sangama, me sentía miembro de la familia. Tal vez, desde que nos conocimos, Chuya y yo nos amamos. Sin embargo, no habíamos cambiado ninguna palabra que expresara tal sentimiento.

Acababa de notar, con la consiguiente sorpresa, que ya nos tuteábamos. La comunidad de los árboles engendra, entre los humanos, la comunidad de almas. Allí es imposible vivir unos días cerca, sin que el trato se haga de corazón a corazón.

Una mañana se me acercó Chuya, alegre y juguetona, para proponerme:

—Avisan que ha llegado un Misionero. ¿Quisieras llevarme a oír misa? Papá no ha de oponerse. Voy a tantear el vado.

Y segura de mi afirmativa respuesta, se alejo corriendo hacia la habitación en que Sangama trabajaba tomando notas enfrascado entre sus numerosos libros.

¿Un Misionero? —pensé—. Quizá venga en busca del Padre Gaspar y su presencia despierte el recuerdo de Tula y del rol que las circunstancias me obligaron a desempeñar en tan absurdos sucesos. Y si Chuya se enteraba, ¿cómo podría explicarle las cosas? ¿Me comprendería? ¿Qué nuevo capricho de la selva amenazaba complicarme la vida, en estos momentos en que se extendía ante mí tan plácido y florido sendero?

La voz de Sangama, que conducía del brazo a Chuya, puso fin a mis cavilaciones:

—Un día no lejano, se llevó usted de aquí al padre prometiendo devolverlo sano y salvo. Cumplió usted su palabra. Estoy seguro que, ahora, al llevarse a la hija sin promesa alguna, no sólo la devolverá sana y salva, sino también feliz.

Al despuntar la mañana siguiente, salimos. Ella, frenté a mí, en la proa de la frágil barca, sonreía con la candorosa satisfacción de las almas puras. Fue entonces que advertí, en toda su intensidad, la luz de sus ojos verdes, de matices variables como la selva y, como ésta, magnetizantes. Eran el espejo de la selva misma. Involuntario sacudimiento me agitó al parecerme descubrir en esos ojos, grandes y bellos, no el verde cristalino y prometedor de la esperanza, sino otro, enigmático, indefinible, lleno de terribles presagios. Chuya me hablaba en ese momento de cosas alegres y triviales, como si quisiera confundir en ellas la felicidad que su alma rebosaba. En admirarla y escucharla, me distraje, felizmente, esfumándose como por encanto la preocupación que me asaltara. Hablaba con la entonación suave del gorjeo y del arrullo de los pájaros y de la brisa, sempiternos galanteadores de las ramas y de las flores. Todo hombre lleva en sí, en potencia, el estro de los poetas. Yo sentí que la Naturaleza entera, flores, perfumes, estrellas y melodías, habíanse fundido para crear ese prodigio de armonía que, por enorgullecer privilegio, cabíame conducir como los príncipes de los cuentos azules, al impulso de mis potentes remadas, expandiendo el pecho al aspirar el aroma que emanaba de sus cabellos y venía hacia mí, embriagador, en las alas del viento.

Tanta había sido mi abstracción durante el recorrido, que no pensé un solo instante en Santa Inés ni en lo que allí pudo haber ocurrido desde mi partida. Fue la vista del poblado la que, de súbito, abrió ante mí una serie de bruscas interrogaciones.

—¿Qué habría pasado por acá? —inquirí en voz alta. Chuya me explicó:

—Papá ha estado al tanto de todo. Parece que hay absoluta tranquilidad.

Pero esa información no era muy satisfactoria. En ese instante volvió a presentárseme la incógnita que constituía el nuevo Misionero, después de la accidentada visita del Padre Gaspar. De seguro, se comentaba en el pueblo la aventura en que hube de desempeñar tan destacado papel.

Sorprendidos, los santainesinos nos dejaron pasar abriendo calle, en dirección al altarcito donde un Misionero explicaba sencillamente una parábola cristiana.

Nos sentamos juntos, luego nos arrodillamos y juntos elevamos nuestras almas a Dios. Ella rezaba. Yo hubiera querido hacerlo con igual devoción. Las frases que vibraban en mis labios no traducían, por cierto, el cúmulo de ideas que se agitaba febrilmente en mi cerebro.

Cuando salíamos de la iglesita, terminados los servicios, no faltó una nota desagradable. En el patio, un vulgarote se me aproximó diciéndome, casi al oído, algo relacionado con la belleza de Chuya que me pareció una procacidad. La frase no tuvo nada de ofensiva; pero como en tales circunstancias mi sensibilidad era extrema, me creí obligado a repelerla, lo que motivó las justas censuras de Chuya. No podía ella concebir que se tomaran tales actitudes por palabras que carecían de significado.

Esto me favoreció para iniciar de inmediato el regreso. Cuando, después de atravesar el río, nos hallamos en pleno lago, me sentí libre de amenazas y en disposición de saborear la dicha que el viaje me ofrecía. El sol calcinante reverberaba en las aguas escamándolas de oro. Siempre que encontrábamos un trozo de sombra proyectado por las ramas de la orilla, detenía la canoa, a fin de refrescarnos. Casi cerrada la tarde llegamos a la casa. Sangama acudió sonriente a recibirnos.

—Han sido muchas misas, por lo visto —dijo, aludiendo a lo avanzado de la hora.

—No —repliqué al instante—. Vine aprendiendo a rezar en el trayecto.

Chuya enrojeció.

—Que el paseo haya sido agradable y que la niña se sienta feliz —terminó Sangama, abrazándola.

* * *

Un día se interrumpió la dicha que gozaba en esa casa acogedora. Ocurrióseme invitar a Chuya a pescar con caña, invitación que ella aceptó entusiasmada. En el lago cercano pasamos horas deliciosas, bajo los incirales cargados de frutos que alborotaban las aguas al caer por millares de las ramas sacudidas por el viento. En torno a la canoa, las lisas y las gamitanas devoraban instantáneamente las frutas. La pesca fue abundante y antes de que avanzara la tarde estábamos de regreso.

Fue entonces cuando aquello se produjo de improviso. De haber tenido tiempo para pensar, jamás lo hubiera hecho. Declaro hidalgamente que, aun ahora, me siento avergonzado y arrepentido. Fue la lluvia. Esa lluvia torrencial y repentina que nos empapó en un segundo. A Chuya se le pegaron los delgados vestidos, dibujando sus delicadas y estatuarias formas. Ofuscado, me abalancé sobre ella como una fiera hambrienta que descubre la ansiada presa. El rechazo violento me hizo recapacitar, situación que aprovechó ella para saltar a la orilla y desaparecer, corriendo entre los árboles, camino de su casa.

Al verla huir despavorida, me di cuenta cabal de mi desgracia, deseando con toda mi alma, que la tierra se abriera a mis pies y me sepultara para siempre. ¡Que vergüenza sentía! Pero insisto en sostener que no tuve la culpa ni alcanzo a explicarme cómo pudo sucederme aquello. Al selvático le acontece frecuentemente esos impulsos. Nada hay que se oponga al hombre libre de la selva, quien toma de ella todo lo que desea, lo que instintivamente necesita. ¡Y, en ese momento, Chuya era una flor selvática!

Abatido, estuve vagando hasta muy tarde por las vecindades, sin atreverme a entrar en la casa. Hasta se me ocurrió huir, pero, ya sea porque me sentía atado a Chuya, o porque comprendiera que mi actitud acabaría por despertar los recelos de Sangama, opté por presentarme. Me esperaban para comer. La tranquilidad con que me recibió Sangama, amable y cariñoso, me tornó el alma al cuerpo. Chuya se condujo con la cortesía y delicadeza que siempre usaba.

Al día siguiente no me fue posible encontrarla, y a la noche, hube de presentarme solo, junto a la escalera, en donde dialogábamos sobre el amor, intercambiando ilusiones y promesas. Y en los días posteriores cuando, como de costumbre, Sangama bajaba al patio, tapizado de luna, a derrochar sus pláticas tan llenas de originales enseñanzas, ella, alegando ligeras indisposiciones, no aparecía colgada del fuerte brazo de su padre.

El mundo se acababa para mí. Por todos los medios, traté de hablarle sin testigos; pero mi empeño resultó inútil no obstante mi tenacidad. Sólo en presencia de su padre podía verla. Entonces extremaba sus atenciones, produciéndome, por eso mismo, terrible inquietud. Hubiera preferido sus censuras. Sentía que en tal actitud había mucho de desprecio, y que era humillante hasta el extremo. Pensé que mi desventura no tenía remedio y que, en consecuencia, debía regresar a Santa Inés, para de allí, emprender un errante peregrinaje sin término por el mundo, si acaso no fuera mejor ahorcarme en las ramas de cualquier árbol, para acabar de una vez con el martirio que me hacía la vida intolerable. ¡Lo que piensa la juventud apasionada e inexperta! Desesperado, resolví hacer un último esfuerzo y visité la cocina, en donde la vieja "mama" atizaba las brazas del fogón.

—Viejita —le dije, cariñoso y suplicante—, dile a Chuya que estoy muy triste, que ya no puedo vivir así, que si no me perdona, comprenderé que no tengo esperanzas, y partiré mañana mismo.

La "mama" se hizo repetir varias veces el encargo y, por su mirada compasiva, más que por las frases que me dirigió, comprendí que cumpliría con el recado.

Esa noche, esperé en vano. Sangama bajó al patio y yo le acompañé fingiendo escuchar sus interesantes disertaciones; pero, preocupado como me encontraba, no comprendía en absoluto lo que el buen hombre hablaba.

Como un ajusticiado, camino del cadalso, me dirigí, a la mañana siguiente, a preparar la canoa en que debía marcharme. Iba ya a despedirme, tragando el nudo de angustia que me obstruía la garganta, cuando la "mama" vino a mi encuentro y, de parte de Chuya me dijo que esperara hasta la noche. ¿Qué podía significar ese mensaje? ¿Era el perdón ansiado? A cada momento miraba el sol y siempre lo veía en el mismo sitio, como si un nuevo perverso Josué le hubiera ordenado detenerse en su carrera. Qué largas fueron esas horas, durante las cuales pude ver varias veces a Chuya, indiferente, atendiendo sus cotidianos quehaceres! Trataba de descubrir un gesto, una expresión que me anticipase la sentencia que me esperaba; pero, impasible, muda como la esfinge, escapaba a mi escrutadora mirada, sin dejarme percibir el más mínimo detalle. Las primeras sombras de la noche comenzaron por fin a vestir de luto el horizonte, mientras en mi alma, ya cansada de esperar, se hacían desoladas tinieblas.

Para ver si la noche, compadeciéndose de mí, aceleraba su paso, me disponía a bajar al patio; pero una sombra blanca y perfumada se interpuso a mi paso y sentí que los brazos de la amada rodeaban delicadamente mi cuello y que sus labios se unían a los míos. Cuando Chuya se desprendió de mis brazos, que la oprimían hasta hacerle daño, yo quedé atónito, paralizados el cuerpo y el espíritu por inefable dicha. Tal como apareció se fue, rápida, y se esfumó en las sombras del enorme caserón.

Poco después, recobrada la serenidad, discurría yo con Sangama en el patio, derrochando locuacidad y regocijo que motivaron su admiración y su aplauso. El también se mostraba más satisfecho, más alegre que de costumbre.

Los días subsiguientes, puedo afirmar, fueron los más felices de mi vida. Volvieron a ser diarias nuestras excursiones a las chácaras, a los lagos. Como un niño, con agilidad y arrojo que frecuentemente causaban mi propia sorpresa, trepaba a los árboles cada vez que ella descubría un fruto maduro, o yo una orquídea para adornar sus sedosos cabellos

Capítulo 16

Unos afirman que la selva es una prisión verde. Sostienen otros que se trata del verdadero infierno. Algunos la describen como un medio físico propio sólo para la vida de los árboles, pero no para morada del hombre.

Cuando Sangama discurría en cierto tono y sobre tópicos relacionados con la ciencia y con la historia, había que callarse y escuchar. Ese día habló con inusitado entusiasmo. Dicho lo anterior, meditó unos instantes, y prosiguió:

—Todos escriben la historia de la civilización criticándola desde su personal punto de vista, es decir, desde el medio ambiente que formó su criterio, su manera peculiar de sentir las cosas y de apreciarlas. El historiador, el geógrafo y el etnólogo, al referirse a la selva, en ningún momento se han despojado de ese severo influjo. La han estudiado considerándola como una tremenda realidad opuesta en toda forma a su concepto de la civilización. La selva es, por excelencia, según ellos, el medio físico del salvaje. El salvaje es el estado primitivo de la especie humana, estado de obscurantismo donde el hombre se debate dentro de una pequeña órbita mística, mágica, totémica. El civilizado viene a la selva y quiere imponer al medio sus costumbres, sus hábitos y sus leyes. Y, como es lógico, tiene que fallar: de civilizado, se convierte en bárbaro, produciéndose, de su choque con la selva, el drama intenso que se forma de errores y se resuelve siempre en fracasos.

¿Por que no adaptarse a los dictados de la selvá y crear en ella un nuevo tipo de civilización? Porque —es preciso confesarlo de acuerdo con nuestra experiencia— el verdadero hombre libre está aquí; sólo que se trata del hombre adaptado al medio. ¿Cuál sería la crítica del mundo civilizado desde el criterio selvático?

Y al hacerme esta interrogación, Sangama sonrió irónicamente. Chupó varias veces su enorme cigarro, y volvió a proseguir:

—Aquí tenemos la clave del bienestar de la humanidad futura. Hay inspiración, estímulo y misterio. ¡Cuánto secreto por arrancar a la naturaleza pródiga y ponerlo al servicio del hombre! ¡Cuántos misterios al parecer indescifrables! ¡Observándola e inspirándose en ella, tan vieja y, sin embargo, tan nueva, podríamos escribir aquí la verdadera historia de la Humanidad! Las costumbres de la civilización, destiladas en los filtros de las tradiciones, de la moral y de la religión, han sido muchas veces criticadas humorísticamente desde los puntos de vista en que se supone las contemplan otras especies naturales; pero nunca han sido juzgadas desde el mirador del selvático. Concretemos: ¿qué es la selva? Es la vida misma de las colectividades civilizadas representadas por los árboles y los animales que la pueblan. Aquí, un árbol formidable que se ha levantado sobre la extensión de verdura que le rodea, coronándola con su copa frondosa que se mantiene enhiesta pese al embate de las tempestades, se ha erigido en protector y tirano de los más bajos que le circundan. Junto a él, no nay árbol joven que consiga erguirse hasta alcanzar el reino de las nubes y de las aves, sin que previamente haya querido abrirle ruta propicia entre sus ramas. Los que no logran merecer sus favores en vano intentarán desarrollarse; su vida transcurrirá miserable, aplastada por las gigantescas ramas que les coactan el progreso. La liana que, como el reptil nació rastrera, sinuosa y adaptable, repta por el poderoso tallo, se fija en las ramas y, por último, corona la altura, haciendo del árbol fuerte el sustentáculo de sus ambiciones. Pero si el coloso cae tronchado por el rayo, o porque la vejez y la decrepitud desgastaron sus raíces, arrastra y aplasta en su caída a la multitud que le rodea, como sucede con los magnates y los políticos. Y así, gracias a esa caída, otros encuentran el campo libre para medrar, no sin que, entre ellos, se emprenda la más inexorable competencia para aprovechar y sacar ventajas ocupando el mayor espacio, a fin de imponer su predominio.

Y Sangama entusiasmado con su exposición, y luego de dar varias chupadas a su cigarro, prosiguió:

—Junto a quietas lagunas cristalinas en las que se retratan las fastuosidades de la selva y los esplendores del cielo, débiles cañas y tímidas palmeras cimbréanse a las caricias del viento como púdicas doncellas orgullosas, sin embargo, de la esbeltez de sus gráciles tallos, mientras en las inmediaciones el artero y bajo renaco, a manera de los delincuentes natos, acecha a sus víctimas para estrangularlas. En la tierra pantanosa y entre los troncos podridos, nacen las más delicadas y bellas flores. Competencia leal, ambición desenfrenada, lucha, traición, locura, virtud, vicio... todo se encuentra aquí, ante nuestros ojos inaptos para apreciar el complejo y maravilloso proceso que se desarrolla en la selva desde que el mundo es mundo. El reptil rastrero y ponzoñoso; el felino elástico; pronto a la voracidad y al zarpazo; el inofensivo ciervo de mansas pupilas; el gavilán de afilada vista, presto y raudo; la torcaz, arrulladora; el charlatán cotomono, el pausado pericoligero; la vieja tortuga; el fastuoso tucán; todos y cada uno representan con propiedad a su correspondiente tipo de la colectividad civilizada. La selva tiene lugares de atmósfera irrespirable que envenenan el cuerpo e intoxican el alma, como la ciudad tiene sus tabernas y sus lupanares. Regiones inhospitalarias de donde los animales huyen porque en ellos la vida se les imposibilita. Zonas en que los árboles en vez de frutos dan espinas, porque temen ser de improviso atacados y necesitan estar dispuestos a la defensa; igual que en ciertas comarcas de razas viejas y gastadas, en donde todos los hombres son agresivos y mezquinos, y las puertas se cierran al paso de los necesitados caminantes. También en esta región pródiga y paradisíaca en que la tierra es madre amorosa del hombre, la serpiente asesina, roba el ave de rapiña, el cernícalo carga con los despojos, y el vampiro succiona en cuanto puede, la sangre de los hombres y de las bestias.

—¡Qué sorprendentes analogías! —exclamé asombrado.

—Los árboles, entre sí, son también amigos y enemigos, como los hombres—prosiguió Sangama con acrecentado entusiasmo—. Brindan su sombra plácida y reconfortante, u oprimen malignos hasta matar. Los animales, unas veces acompañan y sustentan, otras, atacan y devoran, lo mismo que los hombres. Pero al referirnos a la civilización —y debemos decir "nuestra civilización" porque ella no es sólo de los hombres que moran fuera de la selva—, tenemos que considerarnos una floración de ella, floración exótica que se yergue bajo la fronda, entre la jungla, al borde del pantano. La civilización es el perfeccionamiento del pasado, en cuanto al predominio del hombre sobre la naturaleza. Pero, en el aspecto cultural, el hombre de la ciudad ha retrocedido. La luminaria de la fe se ha consumido casi hasta extinguirse, porque la religión se ha hecho costumbre intrascendente. El proceso educativo humano se ha invertido Se dirige de abajo hacia arriba, de lo material a lo espiritual. Antes de elevarse en pos del ideal, el hombre satisface todas sus aspiraciones materiales, sacia todos sus apetitos, se rodea de riqueza, de poder, de egoísmo. Tal la actitud de las fieras: después del hartazgo miran la luna. El pasado tiene senderos olvidados sobre los que la visión humana, con su febril inquietud contemporánea, pasa indiferente. ¡La Moral y la Religión que sustentaron un poderoso Imperio de gentes felices, de civilización única, han sido puestas de lado! ¡Moral y Religión, supremas columnas sobre las que podría levantarse una humanidad mejor, y sin las cuales el derrumbe de lo actual sobrevendrá inevitable! La restauración de ese gran Imperio está dentro de la órbita de mis proyectos. Tendrá como marco geográfico la selva en que vivimos y gran parte de lo que abarcaba el Tahuantinsuyo. ¡El ídolo...!

Las últimas palabras de Sangama fueron para mí totalmente incomprensibles. Su gesto contrariado me dio la impresión de que creía haber hablado demás. Era ésta la segunda vez que se refería a tales proyectos, cuyos alcances yo estaba muy lejos de imaginar. Observando la preocupación que sin duda revelaba mi semblante, cambió bruscamente de tema, diciendo:

—Ese pobre Luna está muy apesadumbrado, pues hace un año que su padre partió a explorar el renacal, y aún no ha vuelto. Quiere salir en su búsqueda... Creo que le acompañaré.

—Eres un sabio, Sangama —me atreví a interrumpirle.

—¡Sabio! ¡Bah...! No diré que soy un ignorante..., pero no deja de causarme cierta envidia ese erudito italiano que vive a dos días de navegación más arriba. ¡Es fascinante el relato de sus viajes, sus exploraciones y aventuras! Políglota eminente, cuando no estudia las propiedades de ciertas plantas que ha descubierto, o colecciona insectos para un gran museo, traduce del sánscrito no sé qué obras y manda sus trabajos a las revistas científicas de su patria. Llegó a esta selva, de paso al Brasil, atravesando el Continente. El río le sedujo, y se quedó en sus márgenes. Tan sabio como él es el alemán que, entre pantanales infectos, inoculándose vacunas para inmunizarse contra las enfermedades tropicales y metido en su pequeño e improvisado laboratorio, se esfuerza por descifrar el misterio del origen de la vida haciendo cultivos de substancias cenagosas en que pulula la vida vegetal y animal en sus eslabones primarios. Y qué decir del anciano naturalista francés, verdadera enciclopedia en anécdotas que va y viene por las márgenes del río estudiando la vida de los coleópteros y la filogenia de los animales. De los tres soy buen amigo. Periódicamente los visito porque su ciencia no deja de prestarme valiosísimas informaciones y porque su trato es agradable e instructivo. Ellos saben encontrar contrastes que a los demás hombres pasan desapercibidos, y leyes naturales que parecen absurdas. Los tres son grandes humoristas e infatigables conversadores. ¡Quién imaginaría, al pasar por este río, que sus márgenes albergan sabios destacados, cuya acción se deja sentir en los mejores centros científicos por los elementos que aportan a su progreso!

La personalidad de Sangama había cobrado ante mí nuevo prestigio. Bien me daba cuenta de que su permanencia en la selva se debía a razones poderosas relacionadas con alguna portentosa empresa. Por eso, desde ese día, me dediqué a observar su vida. Con frecuencia se internaba por distintos puntos de la selva, regresando ya avanzada la noche.

Cierta vez, al verlo partir, Chuya me informó:

—Cuando papá entra al bosque no nos inquietamos, pues tenemos la seguridad de que nada malo ha de ocurrirle. Al cruzar los lugares peligrosos silba con la entonación del caso. Las serpientes, al escucharle, se enroscan sobre sí mismas y, con la cabeza apoyada en sus anillos, le ven pasar tranquilas, porque les ha comunicado mensajes de paz; y hasta los tigres traidores que se ocultan entre las ramas bajas de los árboles en espera de la presa que pasará a su alcance, descienden sumisos y siguen al hombre que les obsequia parte de su caza, dándoles voces de amistad. Por eso puede entregarse tranquilo al examen de la extraña enredadera que purifica la sangre, de la raíz que la enriquece, de la planta acuática que prolonga la vida y renueva las energías, de la que da la muerte instantáneamente, de la seta que cura el mal de ojo, del tubérculo que cicatriza las heridas y de las hojas que dicen predisponen al amor... Sólo cuando algún hombre le llama, haciendo sonar su bocina desde la otra banda del lago, en señal de que algún moribundo clama por su presencia, nos quedamos esperando ansiosas su regreso.

Algunas veces, Sangama pescaba en el lago.

—¿Qué hace allí en la orilla, estático como un árbol tronchado, con ésa redecilla propia para cazar mariposas? —pregunté una vez.

—Está pescando... Los peces se aproximan atraídos por un silbido y salen a flor de agua. Así le es muy fácil capturarlos con la red.

—¿Silbido? ¿Es que los peces gustan de la música?

No se trata de la música tal como la conocemos e interpretamos nosotros. Es la imitación del lenguaje de los peces. En muchas oportunidades me ha dicho papá que basta acercar el oído a la superficie del agua, o sumergirse en ella para percibir ese lenguaje y aprender a imitarlo ¡Mira, ya ves como regresa con la cesta llena! Y eso que apenas hace un momento que partió.

Cada día se me revelaba una nueva facultad de Sangama. Indudablemente, este hombre conocía todos los secretos de la selva y las características de su variada fauna e infinita flora. Hasta llegué a atribuirle, como muchos de los ingenuos moradores de Santa Inés, las aptitudes sobrenaturales que hacían tenerle por brujo.

Un día, no sin vencer cierta vacilación, interrogué a Chuya:

---¿Y es cierto que vuela y que permanece sumergido en el agua como si se tratara de su elemento ....?

—-¿Volar? ¡No! En el lago sí hace proezas. Es un gran nadador... Lo único misterioso y extraño que le noto, son las periódicas y largas excursiones qué hace al monte. Yo creo que la demora es a causa del ayahuasca. Anualmente desaparece una temporada, rogándonos previamente que no nos alarmemos por su tardanza. Alguna vez me confesó que iba a tomar ese brebaje. Por sus informaciones llegué a conocer la técnica de su administración. Debe encontrarse la planta que nunca haya sido perturbada por ojos humanos, y que después de beberla, tiene el paciente que permanecer en estado letárgico dilatado tiempo, para lo cual se construye una chocita, y que una vez despierto está obligado a observar la dieta rigurosa que contribuye a que todo el organismo se le sature de la esencia del bejuco. Sólo así, según él, se experimentan sus prodigiosos efectos. Vuelve flaco, agotado, con la mirada vaga como si estuviera viendo algo fascinante más allá de lo que abarca la vista.

—Y, en esas ocasiones, ¿le has oído hablar de la Gran Causa, del Resurgimiento del Imperio, del Ídolo?

—Exactamente. Parece que sueña despierto. Acaso deja en la selva algo de su juicio... ¡Hasta me causa miedo!

Capítulo 17

En cierta, ocasión, hube de acompañar a Sangama, que se afanaba en revelarme los secretos de la selva, en la visita que hiciera a un poblado chama.

—Por nada del mundo me perdonaría que faltara a su fiesta anual— me dijo en voz baja la noche anterior—. Son muy susceptibles y lo tomarían como ofensa de mi parte. De otro lado, se trata de cosas muy interesantes y divertidas. Te aseguro que van a ser de tu agrado.

—¿Y Chuya no viene?

—No. Ella nada sabe de tal fiesta, que, además, es inapropiada para señoritas. Ya te darás cuenta.

Picado de curiosidad, acepté la invitación. Chuya, que nos vio hacer los preparativos, ardía en deseos de saber adonde me llevaba su padre; pero, a pesar de mi constante empeño en complacerla en todo lo que estaba a mi alcance, creí atinado callarme. Ella tampoco se aventuró a preguntar, disimulando cuanto pudo su curiosidad, y, aparentó quedarse conforme cuando partimos.

Sangama conocía perfectamente la ruta. Nos internamos por un estrecho canal partiendo de uno de los extremos del lago próximo a la casa; luego ingresamos a otro lago mayor cubierto casi en su totalidad, por plantas acuáticas fuertemente entretejidas. Con bastante dificultad logramos atravesarlo, abriendo paso a la canoa en la compacta superficie, para ingresar a las aguas libres bajo la sombra de los árboles ribereños. Navegando con facilidad, bordeamos la extensa margen y fuimos a dar a un canal extenso, que más parecía un camino inundado, por el cual seguimos directamente al poblado que nos proponíamos visitar.

Monótono son de tambores, que fue intensificándose conforme avanzábamos, nos llevó al lugar en que los chamas estaban reunidos.

La presencia de Sangama fue motivo de alborozo. Con especiales atenciones fuimos conducidos a la casa principal en donde, sentados en el suelo formando círculos, los hombres bebían saboreando continuas mocahuas[1] de sabrosa chicha fermentada.

---

[1] Mocahuas: recipientes de terracotta de boca bien abierta, con que los chamas escancian la chicha.

Se nos designó sitio al lado del Cacique Uque, quien nos informó que ya habían comenzado los festejos. Sangama discurría con naturalidad y soltura demostrando que sus relaciones con los miembros de la tribu eran cordiales y de que dominaba su idioma.

Dos indiecitas se nos acercaron solícitas ofreciéndonos dos mocahuas de chicha que bebimos con bastante agrado. Los utensilios de cerámica usados, llamaron mi atención por la originalidad de los dibujos que los adornaban, los cuales, en su mayor parte, componíanse de líneas rectas de variados y vivos colores. Después he recordado mucho esos dibujos por su semejanza con las estilizaciones ornamentales que los egipcios usaban en la antigüedad.

—Ahora vamos a presenciar la competencia —me informó Sangama, traduciendo lo que le decía Uque— Ampu, la muchacha más bonita y codiciada de la tribu, va a ser concedida en premio a aquél de sus pretendientes que salga vencedor. Ya veremos quién la gana.

Consistía la competencia en un torneo de habilidad en el manejo de las armas, en la caza, o en la pesca. Demostraban así los pretendientes su capacidad para satisfacer las necesidades primarias del hogar.

Esta vez, la caza constituía la prueba. Los aspirantes formaron a determinada distancia del sitio por donde debía pasar la pieza, con las flechas de cada uno pintadas de un color distinto, afin de poder distinguirlas una vez disparadas. A la señal convenida, tensaron los arcos, adornados con vistosos flecos de plumas, y se dispusieron a la acción. No tardó en aparecer un jabalí puesto en libertad escapándose hacia el monte. Las flechas cruzaron el espacio silbando y varias se clavaron en el cuerpo del animal, que cayó muerto casi instantáneamente. Los ancianos examinaron a la víctima y, después de minuciosas comparaciones, cálculos y sesudos alegatos, acordaron que la flecha mortal había sido disparada por Muri, apuesto mancebo que fue proclamado vencedor.

Pero la victoria tenía que ser confirmada por una prueba de valor y de estoicismo. Muri fue rodeado inmediatamente por todos sus rivales, los cuales, como si estuvieran enfurecidos y dispuestos a victimarlo, sacaron a relucir sus corvos y filudos ushates[1] y la emprendieron contra él, propinándole numerosos cortes en el cuero cabelludo, sin que el agredido hiciera la más mínima señal de protesta o de dolor, demostrando ante la expectación de los congregados, su resistencia física

_____

[1] Ushate: cuchillo corto y curvo, afilado por el borde interior.

y férrea voluntad. Como los cortes menudearon, la sangre brotó copiosamente, corriéndole por todo el cuerpo que, teñido de rojo, adquiría una belleza salvaje. La mirada desafiante fue nublándose poco a poco y el rostro, hasta entonces inmutable, se contrajo al final en mueca de dolor. Agotadas las fuerzas por la hemorragia, dobláronsele las rodillas y dio en tierra revolcándose en su sangre. Hizo un supremo esfuerzo para incorporarse, pero acabó por caer definitivamente desmayado. Sus adversarios, aplacados, separánonse gritando:

----¡Que te cure Ampu! ¡Que te cure Ampu!

----¿Por qué esa tortura?---pregunté a Sangama.

Alzándose de hombros, repuso:---Dicen que es muy saludable. Los jóvenes de esta tribu tiemplan así su carácter.

La novia, al parecer orgullosa de haber sido ganada de ese modo, acercóse a Muri y se dedicó, amorosa y diligente, a restañar las heridas causadas por su amor.

La fiesta annual de los chamas, como pude observar, tiene por principal objeto, realizar los matrimonios de los jóvenes que han alcanzado la edad conveniente. Todos los que llegan a ella, deben contrarlo en esa ocasión.

Al amanecer del día siguiente, presenciamos cómo se hace justicia entre los chamas. Todos los viejos de la tribu sentáronse en el patio formando un gran círculo alrededor del delincuente y del agraviado el cuál debía aplicar la punición. Dada la orden por el más anciano, el agraviado acometió a su ofensor, dándole cortes de ushate por todo el cuerpo, salvo las partes vitales que deben ser respetadas. Cuando lo tuvo rendido en el suelo, casi agónico, los viejos se consultaron mostrándose todos satisfechos. Entonces el Cacique Uque ordenó parar el castigo. Después de la bárbara pena, el acusador debe olvidar la ofensa, porque una vez terminadas las fiestas, quedan perdonados todos los agravios.

Un día después, terminado el banquete que en nuestro obsequio se sirviera, y en el cual abundaron carnes de caza, pescado, yucas y, sobre todo, chicha, emprendimos el regreso, siendo despedidos con efusivas manifestaciones por la tribu en masa, a los acordes de pífanos y tambores.

En la selva, el espíritu se curte. Por esa razón, las pruebas que había presenciado no me impresionaron mucho. Sabía que las tribus diseminadas entre las cochas y los bosques tenían una serie de originalidades tanto o más raras que las de los chamas. Tan luego nos despedimos, me acometió meditativa laxitud. Sangama, para distraerme, me fue hablando en todo el trayecto de las tribus que él conocía.

—No son los chamas los más originales en sus costumbres. Tenemos a los huitotos, por ejemplo, cuyas mujeres alumbran en el agua como los peces. Sale una madre del río con su párvulo en brazos y se dirige muy fresca a la casucha en donde, al verla llegar, el marido finge dolores, se amarra la cabeza y se acuesta con la criatura, situación en que recibe las felicitaciones de los vecinos, en tanto la mujer se entrega al desempeño de las tareas domésticas, al parecer sin que la haya hecho efecto alguno el parto reciente. Y lo más notable es que se afana en preparar alimentos especiales para el bribón, los que éste engulle aparentando sufrir la extenuación propia del desembarazo.

—Esa costumbre es ridicula, pero no tan salvaje como las que acabamos de presenciar...

—Los más sanguinarios y feroces son los jíbaros— me interrumpió— A manera de condecoraciones, lucen colgadas del cuello, las cabezas de sus enemigos decapitados, reducidas al tamaño de un puño mediante procedimientos que tratan de mantener en el más absoluto secreto. Tribus hay que deforman la cabeza de sus niños de manera que cuando llegan a adultos, exhiben una prolongación hacia arriba en forma de cono. Otras, agudizan sus dientes a fuerza de limarlos con piedra, hasta convertir su dentadura en verdadero serrucho. Evidentemente, su concepto estético es muy distinto al nuestro, lo que, de otro lado, no debe llamarnos mucho la atención, pues yendo por el mundo encontraríamos, también, sobradas rarezas en los pueblos civilizados. Sin ir muy lejos, hay gentes que, en señal de duelo, visten de blanco, otras hay que visten de rojo y son comunes las que prefieren el traje negro.

A pesar del estado de mi ánimo, predispuesto tan sólo a la meditación, no pude evitar la risa. Sangama también se rió y, para acentuar más el buen humor que creía haberme provocado, agregó:

—Entre los civilizados es indispensable fajarse bien los pantalones cuando se va a cumplir una tarea violenta o entrar en combate, por considerarse que con ellos bien sujetos se acrecientan la agilidad y el valor. En Asia, sin embargo, existe un pueblo cuyos hombres, para acometer a sus enemigos, se bajan los pantalones y, en lo más recio del combate, se los quitan completamente. Si nos echamos a buscar rarezas por el mundo, tropezaremos con árboles que no dan sombra, con mamíferos que viven en el agua como los peces y con aves sin alas para volar.

Capítulo 18

Mi estada en casa de Sangama se prolongaba muy a mi gusto, en cuanto a la generosidad con que era tratado y a la dicha de estar junto a Chuya. Pero, por muy contento que estuviera, comprendía que esa situación no podía prolongarse indefinidamente. Frecuentes eran los viajes que efectuaba a Santa Inés para estar al tanto de lo que allí ocurría. Estaba informado, pues, de que la vida en el caserío había vuelto a ser tranquila y feliz, como decían que era hasta que apareció el funesto Portunduaga a desencadenar la serie de sucesos que dejamos narrado. El Toro y el Piquicho habían reaparecido y constituían el único motivo de preocupación. Noticias fidedignas procedentes de Iquitos, hacían esperar la pronta llegada de las autoridades y de un capitalista que, aseguraban, había adquirido la propiedad de los shiringales del Gobernador, y se proponía emprender en grande la explotación de goma elástica.

Aprovechando las horas que me dejaba libre Chuya, en cuya amorosa compañía pasaba el mayor tiempo posible elucubrando proyectos, desempeñaba algunos encargos menudos, que a ruego mío, me confiaba Sangama. Así transcurrían los días y los meses.

Cierta mañana me había quedado solo, después de la partida de Sangama a una de sus misteriosas y frecuentes excursiones. Esperaba con impaciencia que Chuya apareciera en el barandal para reanudar nuestro diálogo de amor y seguir tejiendo la fina tela de nuestros sueños, cuando escuché el sonido penetrante de una bocina, que venía de la opuesta margen del lago de donde se desprendió una canoa a todo remar.

No tardamos en reconocer al simpático y alegre Matero Luna, a quien recibí con afecto y curiosidad. Sangama también hizo su aparición, atraído por la llamada, que escuchó cuando aún no se había alejado mucho de la casa.

—No he querido romper la costumbre de llamar antes de venir hasta aquí —nos dijo, mientras recibía nuestros entusiastas abrazos, después de haber saludado cortésmente a Chuya. En seguida dirigiéndose a mí, agregó—: Vengo con la misión de llevarte. El señor Rojas está impaciente por hablar contigo.

—¿Quién es el señor Rojas? —inquirí distraído.

—¡Pues el sucesor de Portunduaga!

—¿En la Gobernación?

—¡No hombre! Es el nuevo dueño de los shiringales y de los almacenes. Las prendas personales de Portunduaga y la caja fuerte han sido llevadas a Iquitos. Hace seis días que está en Santa Inés. ¡Quiere verte!

Convine en marchar de inmediato. Algo me decía que la hora tanto tiempo esperada sonaba en el reloj de mi vida. Prometiéndole volver muy pronto, me despedí de Chuya, sin dar importancia al aparte que habían hecho Sangama y el Matero, quienes discurrían en voz baja.

Poca información me adelantó Luna durante el viajecito. Parecía que el tal Rojas era persona bastante culta. Durante los días que llevaba en Santa Inés, nada había dispuesto ni ordenado, limitándose a pedir informes de todo y a tomar notas.

Fue amable el recibimiento que me dispensó. Sus finas maneras delataban al hombre de mundo familiarizado con los negocios. En muy pocas palabras me manifestó que habiendo adquirido esos intereses a su regreso de Europa, venía a entrar en posesión de ellos y dejar quien le representara en su administración.

—Me ha sido usted muy recomendado en Iquitos —me dijo—. He venido con la seguridad de encontrar en usted al hombre que necesito. Todos aquí me han confirmado esas referencias, especialmente este simpático Luna. Yo no necesito precisamente un empleado. . . Algo mejor quiero ofrecerle: asociarlo a mis empresas en este río. Nos rodea extensa selva inexplorada y rica en goma, según parece. Debemos emprender su explotación en la más vasta escala... Sé que el padre de Luna ha partido en busca de un renacal en el que esperaba encontrar grandes manchales de shiringa. Me dicen que esto queda en algún punto entre este río y el Huallaga. Y como no obstante haber transcurrido un año, el padre de Luna no ha regresado, podríamos empezar por ir en su ayuda; yo corro con todos los gastos. En cuanto a usted, que tendrá mi absoluta representación en este lugar, tendrá además la mitad de los shiringales que consiga formar desde hoy. ¿Le conviene?

¡Claro que me convenía! Me pareció estar soñando. Algo tardé en expresar mi entusiasta aceptación. Veía resueltos todos los problemas de mi vida. Pronto, muy pronto, podría casarme con Chuya y considerarme el hombre más feliz del mundo.

Formulado el contrato, me dediqué a preparar la expedición. Cuando todo estuvo listo y sólo esperábamos la orden de don Ramón Rojas para partir, un pedido de él me arrebató, de súbito, la alegría.

—Todos miran mal a estos dos pobres diablos: el Toro y el Piquicho, quienes han venido humildes a pedirme trabajo. Quieren que los ocupe y proteja porque se mueren de necesidad y están comprendidos en el juicio que se sigue con motivo de los crímenes del famoso Gobernador y de su muerte. Sé que no sirven para shiringueros; pero me parece que pueden ser útiles en esta expedición. Parecen hombres sumisos...

Asombrado, rechacé de plano la propuesta. Pero don Ramón supo vencer mis escrúpulos. De otro lado, en la selva virgen que, era proverbial, amansaba a los más bravos, ¿qué podrían hacer ese par de andrajos humanos vencidos por el hambre y el vicio?

El Matero, que debía ser el alma de los trabajos de exploración, recibió la noticia con un gruñido de disgusto.

—Esto se está poniendo muy feo —me dijo con manifiesta contrariedad—. Y lo peor es que Sangama no lo va a consentir.

—¿Qué tiene que hacer Sangama en este asunto? — pregunté intrigado.

—¡Va con nosotros! Y también la señorita Rosa..., o Chuya, como ustedes la llaman. Ya todo está dispuesto con el beneplácito de don Ramón.

La noticia me dejó perplejo. Incrédulo, repliqué:

—No bromées, hombre. Sangama nada me ha dicho.

—Ahora precisamente íbamos a decírtelo. Aquí está. Pregúntaselo.

Sangama, demostrando contento, me confirmó la aseveración como si se tratara de la cosa más natural del mundo.

—Es cierto —contestó a mi pregunta—. Hace tiempo que esperaba una oportunidad propicia para atravesar la selva con dirección al Huallaga.

—¿Y yo....? ¿No lo sabías, Sangama…?

—Sí, sé algo... Y estoy satisfecho del afecto que se profesan. Creo que tú eres el hombre que ella necesita... Pero considero que hay algo mucho más importante que sacar jugo a los troncos torturándolos a tajos. Algo que tiene trascendencia histórica. . .

Por un momento creí que Sangama estaba loco. ¿Por qué relacionaba el tema de la gran empresa que se proponía realizar con esta simple exploración del renacal?

—Me vas a hacer el favor de explicarte. No entiendo lo que quieres decirme.

—Ya sabrás todo a su debido tiempo. Entonces, estoy seguro, dejarás todo esto y seguirás nuestra suerte.

Sangama pronunció sus últimas palabras con cierta expresión alucinada y profética, que me dejó desconcertado.

—No sé de qué se trata, ni insistiré en saberlo, pero iré con ustedes hasta el fin del mundo —afirmé con energía.

—¡Eso es lo que esperaba de ti! —repuso pleno de satisfacción—. Chuya, con quien ya he hablado del viaje, se sentirá muy feliz al saberlo. Voy a comunicárselo. Pero, antes, ¿qué inconveniente hay para llevar a esos dos hombres? Ya veremos el modo de hacerlos útiles. Me parece que tiene razón el señor Rojas, quien acaba de hablarme del asunto. Son nuestros semejantes y si los abandonamos, estarán perdidos, pues hay mucha gente preparada a tomar venganza contra ellos.

Quedé abismado. Con Chuya, la cuestión del Toro y del Piquicho se complicaba más.

—No me gusta absolutamente la compañía de esos dos individuos— le comuniqué al Matero cuando nos quedamos solos—. Sus miradas sonrojarán a Chuya.

Pero Luna, ya conforme, expuso:

—No conocen el monte. Allí estarán como dos perros mansos.

Para la partida tuvimos que esperar el paso del vapor fluvial que nos conduciría a remolque hasta Puca-Curo, punto inmediato a la desembocadura de un caño, pues por la otra ruta, lo que aparentemente era cuerdo seguir yendo a remo contra la corriente por el Pacaya, la navegación sería muy larga y penosa.

Llegó el vaporcito. Era tal nuestra alegría que unidos a los otros pasajeros y a los acordes de una guitarra, magistralmente pulsada por uno de los maquinistas, pasamos la velada bailando y cantando.

Chuya fue objeto de especialísimas atenciones que, si bien me halagaron al principio, finalmente me hicieron sentir, por vez primera, las punzadas de los celos.

Al amanecer, el vapor se detuvo y, en la margen cercana, apareció la desembocadura del canal que se abría como gigantesca faucé. A través de ella, poco después, nos engulló la selva.

Capítulo 19

Tras un día de lucha con la impetuosa corriente y las palizadas que, de trecho en trecho, parecían oponerse a nuestra navegación, la noche nos cogió en un punto llamado "El Varadero". Este era un camino más o menos ancho que atravesaba un istmo entre dos lagos, cubierto en toda su extensión de pequeños troncos que a manera de rodillos, servían de vehículo. Por esa senda pasamos, al día siguiente, la canoa, y transportamos el cargamento.

Desde entonces principié a lamentar la presencia del Toro y del Piquicho, ese par de individuos en los que no se podía depositar confianza alguna. Remolonamente conducían los más pequeños fardos; resistíanse a los mandatos, o les daban desatinado cumplimiento. Parecía que les animaba el propósito de obstaculizarlo todo. Los peones, sus compañeros, mirábanlos con despreciativo recelo.

Tan luego pudimos instalarnos en la margen del otro lago, rendidos de fatiga caímos en los improvisados lechos. Quedáronse todos profundamente dormidos mientras yo permanecía vigilante, temeroso de que el Toro y el Piquicho nos jugaran alguna trastada. No sé si logré dormir algunos momentos; pero lo cierto es que cada vez que cambiaban de posición, mis ojos atentamente abiertos se clavaban en sus deformes cuerpos dormidos bajo el mosquitero, y seguían todos sus movimientos.

Muy de mañana reinciamos la navegación cruzando el lago e ingresamos a un ancho canal de aguas profundas, cuyas orillas revueltas parecían haber sufrido violenta transformación geológica. Vegetación baja de plantas abigarradas, entre las que se empinaban matas de tallos cortos, gramíneas y helechos degenerados cubrían ambas orillas. Sobre esa compacta maleza distinguíanse, esparcidos, troncos de árboles muertos que sobresalían comio deformes muñones renegridos apuntando espectrales hacia la altura.

Falto de árboles vivientes, abríase paso el cañal por una tierra sin sombra, lo que en esta zona tropical, infernalmente cálida, envuelta en soporíferos vapores, hacía insoportable y muy lenta la navegación. Allí no se veían pájaros ni otras especies de animales grandes; sólo minúsculas lagartijas y variadísimas musarañas pululaban en los chupaderos interminables, en los cuales el fango hervía sin dejar a la vista el más pequeño pedazo de tierra firme. El silencio pasmoso de la naturaleza era interrumpido por el golpear lento y acompasado de nuestros remos. Los bogas, conocedores del lugar y confiados en la reconocida pericia del Matero, no se inquietaban, y sólo el Toro bramaba fatigosamente y el Piquicho chillaba. Una pequeña armazón cubierta de hojas de palmera, en el centro de la canoa, protegía a Chuya y a la vieja Ana, adormecidas por el bochorno. Parecía que el silencio del paisaje se hubiera infiltrado en nuestras almas haciéndolas enmudecer.

Las curvas del canal extendíanse poco pronunciadas. La corriente continua tenía que vencerse a fuerza de remos, sin parar un instante. Las distancias se alargaban. Era como si navegáramos sobre un líquido denso que la canoa cortaba pesadamente.

—¡En este canal no encontraremos sitio para atracar y preparar alimentos! —grité desde la popa, al ver que se aproximaba el mediodía y que el hambre y la fatiga nos iban venciendo.

—Ya llegaremos a "Padre Micunán" (Donde el Padre almorzó) —informó el Matero—. Queda a un par de vueltas más arriba. ¡Sigamos!

En los ríos de la selva, los ribereños miden las distancias por las curvas que desenvuelven las aguas en su recorrido. Esta manera de determinar el espacio resulta de una arbitrariedad desconcertante, ya que algunas vueltas, por lo dilatadas, equivalen a varias cortas. Pero no hay otra manera de referirse a lo avanzado o a lo que hay por avanzar.

—Tenemos para rato —refunfuñé, desconfiado a causa de experiencias anteriores.

Pero, como todo llega a su término en este mundo, pasado un espacio de tiempo que me pareció más largo de lo que era en realidad, el puntero Fababa extendió el brazo señalando:

—¡Allí está...!

Era un arbolito, de ramas nudosas, que crecía circundado de fango en un pequeño pedazo de terreno duro sobre el que no cabían más de cuatro personas. Tuvimos, pues que turnarnos para desentumecer las piernas. Los peones se aprestaron a preparar la olla en la canoa. El perro sultán, impedido de corretear, se limitó primero a revolcarse y sacudirse, y después a husmear desconfiado el lodo circundante. A fin de que hubiera espacio suficiente para hacer una fogata, tuvimos que volver todos, menos uno, a la canoa.

A instancias del Matero, reiniciamos el penoso viaje tan luego se terminó el frugal almuerzo porque, según manifestó, las jornadas eran muy largas y no debíamos arriesgarnos a pasar la noche en el canal.

—De aquí vamos a "Padre Samacunan" (Donde el Padre descansó) y de allí a "Padre Ishpanan" (Donde el Padre hizo de aguás) —nos había informado—, puntos básicos en los que puede detenerse la canoa en estas orillas constituidas por sumideros.

Seguramente, en tiempos ya remotos, algún Misionero, en viaje de exploración, fue recalando en esos sitios, que sus acompañantes bautizaron de acuerdo con lo que en cada uno de ellos hacía.

El primero de los lugares mencionados por el Matero resultó ser un estrecho paraje inundado, en el que la canoa podía penetrar y recibir un poco de sombra; el segundo, un árbol cuyas fuertes raíces extendidas sobre el fango, brindaban un convencional punto de apoyo. Como uno de los remeros manifestara urgencia de desembarcar Luna se apresuró a advertirle:

—Aquí no se puede... está muy a la vista. Más allá, en "Padre Ismanan" (Donde el Padre lo hizo...).

Este último sitio resultó ser un grueso tronco casi fosilizado, uno de cuyos extremos sumergíase en el canal y el otro se perdía hundido entre la maleza. El remero tuvo que librar batalla descomunal con alimañas y zancudos.

Pasamos la noche en "Padre Puñunan" (Donde el Padre durmió), pedazo de tierra dura, bastante limpia, entre un macizo de árboles. Preparamos los lechos y luego de cenar ligeramente, nos reunimos a cambiar impresiones al borde de la orilla, ya que el cansancio, lejos de producirnos sueño, nos mantenía en vigilia.

Mientras Sangama y el Matero fumaban discurriendo sobre tópicos relacionados con la naturaleza que nos rodeaba, Chuya y yo, sentados muy juntos, mirábamos en silencio las aguas del canal que reflejaban la majestad del cielo tropical, fulgurante de estrellas. La vegetación de ambas orillas, cubierta de proyecciones plateadas y brillantes, daba la sensación de que habíamos acampado en un paraje extraterreno. La voz de Sangama, que explicaba al Matero, me sacó de esa actitud contemplativa:

—Sabe, amigo —le decía—, que estamos sobre terrenos en formación. Hace millones de años —y esto no es una fantasía, pues en lo geológico, cuanto más se hable de millones, más próximo se estará de la verdad— la tierra, en donde florece ahora la más avanzada civilización, debió tener esté mismo aspecto. La selva tropical va acondicionándose poco a poco en morada del hombre; pero eso no es labor de décadas ni de siglos. No está medido el tiempo de la evolución geológica, que guarda relación con la astronómica. ¿Qué desplazamientos sufrirá la selva en el espacio y el tiempo? Nadie lo sabe. Lo indudable es que esta zona constituyó en el pasado la parte más honda de un mar mediterráneo enclavado en el corazón de Sud América, que el caudal turbio del Ucayali, el Huallaga y sus múltiples afluentes, ha ido rellenando con material acarreado, en cantidades fabulosas, desde las cordilleras y sus estribaciones. Las limosas aguas invernales con sus sedimentaciones y la selva misma con sus ramas y sus troncos, apresuran la acción geológica. Si excaváramos aquí encontraríamos vestigios de fauna marina, esos fósiles que se hallan en los terrenos en formación y que corresponden a especies evidentemente no existentes en nuestros días en los ríos... Los habitantes de las alturas y de las praderas interandinas van desplazándose hacia la Hoya a medida que se forman nuevas tierras, y la prueba de ello es que, aparte del tigrillo, ese fiero gato montés raptor de gallinas y cochinillos, aún no han llegado hasta acá algunas especies qué en otros sectores forman parte integrante de la fauna selvática, tales como el otorongo, el más desarrollado de los tigres, o el jaguar, ambos primitivos habitantes de la "Ceja de montaña", a juzgar por su presencia en la cerámica andina. La exuberancia fantástica de la selva qué acabamos de dejar y que dentro de poco veremos nuevamente, está en proceso de formación y parece tener el desorden de la locura, antes que el concierto armónico de la naturaleza. Más allá nos saldrán al encuentre, si no yerro, zonas de superficie más antigua, pero relativamente recientes, si se les compara con las demás partes del Continente. Las ciento y pico, de pulgadas de agua que nos caen anualmente en forma de precipitaciones y la enorme cantidad de materiales de aluvión que nos dejan los ríos, basta para hacer cambiar constantemente la fisonomía peculiar de esta selva... ¡A ver! ¿Qué puedes decir tú, amigo Luna, de los sitios que acabamos de pasar? ¿Has visto esa tupida maleza baja, sobre chupaderos profundos, a través de cuya urdimbre de vegetación heterogénea no podría abrirse paso ni una víbora? ¿Y esos tallos carcomidos que se yerguen sobre ella como trágicas cruces mutiladas?

La voz de Sangama, acentuándose elocuente, había atraído la atención de todos. Sólo el Toro y el Piquicho parecían no interesarse y, revolviéndose en sus lechos de hojas, murmuraban manifestando su disgusto. Sangama hablaba de cosas tan raras que, si bien no eran comprendidas en su totalidad, interesaba escucharlas.

Como tomando aliento para proseguir, o tal vez buscando alguna idea nueva que desarrollar o concepto que exponer, Sangama hizo una prolongada pausa, al cabo de la cual busqué su rostro y en su expresión noté gran desaliento. Miraba apenado al Matero quien, a juzgar por su profunda y sonora respiración, se había dormido. Le remeció hasta creerle despierto y, como al parecer le había dado uno de sus acostumbrados accesos de locuacidad, volvió a interrogarle, insinuante:

—¿Qué opinas tú, Materito, sobre las migraciones? O, hablando en otros términos, ¿salieron los hombres de la selva o vinieron a ella?

—¿Surcaban....? ¿Bajaban....? —preguntó Luna, medio dormido.

—Este pobre hombre no tiene otro concepto de la vida que el que le impone su río Ucayali —observó Sangama con acento conmiserativo. Pero no queriendo darse por vencido, insistió en sacudir al Matero— ¡Vamos! ¡Atiende un momento! ¿Qué explicación das a estos árboles muertos en esta selva extraordinaria?

—Sí, sí... — le contestó Luna, tratando de abrir los ojos—. Los muertos en el árbol raro... ¡Ya recuerdo! Tú me lo enseñaste diciéndome que el tronco había sido degollado... y había, además, otros degollados por patriotas y por herejes...

El grito que dio Sangama despabiló por completo a su interlocutor. Fue la protesta del sabio defraudado. Mas, arrepentido de su actitud, reaccionó para suplicar paternalmente:

—Sigue durmiendo, amigo Luna. No me refería precisamente a mi árbol genealógico. Duerme... ¡Tú no entiendes de estas cosas!

El Matero pretendió sincerarse:

—Es que acá no podemos conocer eso de que tú hablas. Más arriba de los abuelos, ignoramos quiénes existieron y lo que hicieron... A lo mejor, nada bueno han hecho y por eso no los degollaron. Tal vez nuestros nietos hagan algo... ¡Dios los libre...!

—Duerme, amigo, duerme... —insistió Sangama—. No tienes la menor idea de lo que significa la estirpe, la herencia y la nobleza. No conoces, pobre amigo, la relación de causas y efectos que gobierna la vida, según la cuál no pueden tener el mismo origen el poderoso león y la elemental sanguijuela, ni el gigantesco roble y el vil renaco.

La verdad era que delante de Sangama, cada vez me sentía más en presencia de un ser enigmático y descomunal. Selvático extraordinario, cazaba y pescaba con excepcional destreza; la espesura era su medio, subía a los árboles con la agilidad del más ducho bosquimano, imitaba con maestría las voces de todos los animales. Observándole de cerca era posible advertir que durante sus períodos de mutismo, le poseía con frecuencia honda intranquilidad espiritual, como si se desataran tempestades en su alma; en cambio, otras veces, en especial bajo las noches lunadas, se tomaba locuaz, afable y comunicativo. Analista por temperamento, se creó para sí una especie de ciencia que explicaba sencillamente los fenómenos naturales que, en la selva, constituían obscuros misterios para los demás. Unas veces parecía hasta ingenuo; otras, listo y cazurro. Era, paradójicamente distraído y detallista, religioso y hereje, escéptico y creyente ¡verdadero enigma y contradicción! Ni siquiera se sabía su verdadero nombre, el cual, por otra parte, nadie se interesaba en averiguar.

Habíase quedado silencioso fumando nerviosamente, mientras el Matero dormía con la cabeza apoyada en un árbol. Al ver su figura, que el juego de luces y sombras llenaba de cambiantes labradoras, me pareció descubrir en su gesto una profunda aflicción.

Comencé a sentir sueño. Chuya, recostada en mi hombro había cerrado los ojos. Por su respiración tranquila y pausada, comprendí que estaba quedándose dormida.

Los gritos del Piquicho y del Toro, que se incorporaron temerosos, nos hicieron volver la vista al lugar qué indicaban. Una mancha brillante avanzaba abarcando toda la anchura del canal. Todos nos pusimos en pie, sobresaltados. Conforme se aproximaba, distinguimos que ella estaba formada de infinidad de puntos luminosos dotados de gran movilidad.

—¡No teman! ¡No teman! — gritó Sangama —: ¡Es la mijanada!

Efectivamente, era un cardumen que se trasladaba en formación compacta. Utilizando remos, machetes y hasta simples cañas hicimos abundante provisión de pescado. Después de la faena, nos entregamos a un sueño reparador.

Capítulo 20

El paisaje casi no varió en la jornada siguiente. El Toro y el Piquicho constituían un lastre inútil que arrastrábamos muy a nuestro pesar. Pero se manifestaron dóciles, porque comprendían, sin duda, su poco valer en tales circunstancias. Desarmados, abatidos por la falta de alcohol, a duras penas se movían, cruzando entre ellos lastimeras miradas. Bien podían comprender, a pesar de lo penoso del viaje, que estaban libres de los peligros que les hubiera significado permanecer en Santa Inés. Hasta su voracidad había menguado y con frecuencia era necesario exigirles que tomaran sus raciones. Con razón dijo el Matero: "En la selva se tomarán mansos como dos perros".

Sin notables incidencias llegamos al río Pacaya, cuyas aguas claras y rápidas comenzaban a mermar por haber cesado las lluvias en esos días.

La noche llegó cuando ya habíamos acampado en un puesto shiringuero. Allí dejamos, al día siguiente, a dos de los bogas con el fin de que procedieran a la extracción de goma, que se presentaba fácil en ese lugar. Al rayar el alba, estábamos nuevamente en la canoa; pero esta vez íbamos a favor de la corriente y casi todo el esfuerzo se reducía a cuidar que nuestra embarcación se mantuviera al centro del río. En la tarde ingresamos a la boca del afluente que nos conduciría al corazón mismo de la selva desconocida. La entrada semejaba un gigantesco túnel horadado a través de una masa verde y compacta. Confieso que cuando transpusimos ese boquerón, sentí el temor de lo desconocido. Para aumentar la intranquilidad que me dominaba, hizo su aparición la chicua, ese pájaro de mal agüero tan detestado por los moradores de la selva y cuya risotada es tenida como funesto presagio. El perro aumentó mi desagrado, al responder a la chicua con alargados y lúgubres aullidos.

—¡Malo! ¡Malo! — dijo el supersticioso Matero.

El mismo Sangama adoptó un aire pensativo. Felizmente, las caricias de Chuya y de la vieja Ana devolvieron pronto la alegría al atemorizado Sultán, y los variados ruidos del boscaje y de las aguas, nos hicieron olvidar la carcajada estrepitosa del avechucho.

La canoa, aliviada del peso de los dos bogas que habíamos dejado, vencía la corriente con bastante ligereza. Mas, a los desaciertos del Toro

111

y del Piquicho debimos continuas detenciones para evitar que nos aprisionaran las ramas bajas que se entrecruzaban sobre nosotros. Si no hubiera sido por la oposición de Sangama, yo los habría abandonado a su propia suerte en cualquier lugar. Lo que más me irritaba eran las frecuentes miradas, llenas de salvaje apetito, que lanzaban a Chuya.

Hace muchos años que muy joven realicé este accidentado viaje. Y si bien lo recuerdo hoy con la claridad de lo inolvidable, declaro que muchos de los detalles no pueden ser narrados con minuciosa propiedad. He notado que algunas de las distancias sufren desmesuras y que hay acontecimientos cuya precisión carecen de fijeza. Una y otra deficiencia deben ser disculpadas, en homenaje a que el tremendo drama que viví está vertido con toda fidelidad.

Al otro día, las dificultades crecieron. A cada paso tropezábamos con árboles caídos de banda a banda. Según las circunstancias, realizábamos entonces la pesadísima labor de vaciar totalmente la canoa, depositando la carga en la orilla, para sumergirla y hacerla pasar por debájo del obstáculo, o de vararla por encima del tronco utilizando la corteza de cetico que, remojada produce en su cara interna una sustancia flemosa que la hace resbaladiza en extremo. Sin el empleo de este auxiliar, descubierto por los indios, no habríamos podido, en muchas ocasiones, vencer las barreras que se nos enfrentaban.

En las noches acampábamos en una u otra orilla donde se armaban las camas, bajo el imprescindible mosquitero, sobre lechos de hojarasca u hojas de palmera. Siempre teníamos que asegurar fuertemente la canoa con largas lianas, en precaución de que no fuera arrancada por la corriente o quedara en seco al bajar el caudal de las aguas en la noche.

Pernoctamos cierta vez en una lengua de tierra que se extendía entre el riachuelo y una laguna pantanosa. A media noche desperté sobresaltado. Un cuerpo enorme, frío y viscoso que se movía con lentitud tras el mosquitero, me presionaba la cabeza. Sin darme cuenta de lo que era, me levanté alarmado llamando a Sangama y al Matero. Este prendió rápido un farol, a cuya luz vimos que se trataba de una boa descomunal que, habiendo surgido del pantano, se sumergía muy lenta en el río.

Sangama requirió su machete y se dirigió resuelto hacia la serpiente, recorriendo con la mirada todo lo visible de ella como si estuviera calculando sus dimensiones.

—¡Cuidado, que te puede coger! —le grité.

—Estos animales cuanto más grandes, son más tardos —me contestó tranquilo—. Además, ya tiene metida la cabeza en el agua, lo que la hace inofensiva.

Y, ante nuestro asombro, de un feroz machetazo casi dividió la enorme masa de músculos. Tres o cuatro cortes más acabaron por partirla completamente.

—Ya no hay peligro —aseguró Sangama, a tiempo que limpiaba el machete empleado con tanta eficacia.

El Matero, diligente, procedió a trasladar mi cama a otro sitio.

Esta espeluznante escena se había desarrollado en silencio. Todos acudieron a presenciarla. Chuya y su vieja cuidadora demostraban terror; pero gracias a la serenidad de Sangama volvieron a una aparente calma pues el recelo continuaba asomado a todos los semblantes.

Desde ese momento, muy pocos pudieron dormir. Yo captaba, en la obscuridad todos los ruidos y movimientos, y podía distinguir claramente los suspiros de las mujeres y los resoplidos del Toro y del Piquicho.

Al día siguiente, encontramos algo inesperado. Al pasar por una montaña de troncos caídos y amontonados, que en invierno formaban una palizada, escuchamos débiles aullidos. Sultán, erizado de pescuezo a cola, saltó de la canoa, olfateó un rastro y se dirigió cauteloso al lugar de donde procedían. El Matero le siguió ansioso. Temerosos, los vimos alejarse. Una exclamación ahogada, mezcla de alegría, dolor y sorpresa nos dejó paralizados. Sultán subrayó aquella exclamación con un ladrido fuerte y prolongado. Nos disponíamos a acudir en socorro del Matero, que había desaparecido entre los troncos, cuando le vimos reaparecer llevando en brazos un perro famélico.

—¡Litero! —exclamó Luna al reconocerlo—. ¿Dónde está mi padre?

Le rodeamos al instante. Uno de los peones aportó algunos pescaditos, que el perro devoró con avidez mientras demostraba su contento moviendo alegremente la cola. El Matero le acariciaba sin cesar de preguntarle:

—¿Dónde está mi padre? ¿Dónde ha quedado el viejo?

Como si le comprendiera, el perro dejó la comida y se dirigió a rascar un madero casi oculto entre la palizada, en el que no fue difícil reconocer los despojos de una canoa.

—¡La canoa del viejo! —aseguró Luna, estupefacto.

—-¡El perro del viejo Luna! —agregó Sangama—. ¡Fiel hasta el último!

113

—¡Qué nos contaría si pudiera hablar! —dije yo caviloso.

Reanimado el perro, más, al parecer, por la satisfacción de encontrarse con el Matero, que por los alimentos consumidos, gruñía de contento. Con frecuencia, alzaba la cabeza mirando río arriba.

Embarcado, Litero ocupó voluntariamente la proa de la embarcación, mirando siempre adelante y con claras muestras de su intención de saltar a tierra tan pronto como encontrara el lugar que buscaba. En cada detención Litero era el primero en desembarcar y, con manifiesta inquietud, olfateaba los contornos, encontrando siempre alguna huella o marca dejada. Sangama sometía a minucioso examen los lugares indicados por el perro, y comprobaba los rastros del viejo explorador que buscábamos. Podía decirse que Litero era el guía a quien obedecíamos en esas horas.

Así llegamos a un estrecho paraje donde los arbustos habían sido cortados, señal evidente de que por ahí habitaban hombres. Entrando por una angosta trocha que trepaba el barranco, nos dimos con un pedazo de monte despejado, en el que la maleza pugnaba por imponerse. Al centro, erguíase una choza abandonada. Litero ladraba furiosamente. Sultán le seguía de uno a otro lado, gruñendo con la pelambre erizada.

—¡La choza de mi viejo! —exclamó Luna, penetrando con ansiedad y temor.

Le seguimos. Plumajes de colores prendidos en las paredes, provisiones secas envueltas en hojas, y, en un rincón, un lecho vacío y revuelto, que el Matero reconoció ser el de su padre. Por aquí y por allá, desordenadamente, estaban esparcidos por el suelo algunas prendas y diversos utensilios. Al costado de la choza, bajo una pequeña enramada, se levantaba un fogón sobre el que pendía de un gancho de madera, una ollita. La cantidad de cenizas revelaba que durante mucho tiempo había ardido ahí leña.

Pocos eran los comentarios que podíamos hacer. Con seguridad estábamos sobre las huellas del viejo perdido; pero la sorpresa que nos aguardaba bien podía ser halagadora o de lo contrario.

En el exterior se habían sembrado algunas matas de caña dulce, y unos papayos raquíticos agonizaban ahogados por la maleza. Sobre un tocón había una piedra de afilar desgastada por el uso. Silenciosos, examinamos los contornos. Uno de los bogas descubrió una angosta trocha que, como un índice, señalaba el interior misterioso de la selva.

—¡Viejo! ¿Dónde estás? —gritó Luna con todas sus fuerzas.

Sangama compasivo le puso la mano sobre el hombro diciéndole:

114

—-No llames. Nadie te contestará. Hace ocho meses, por lo menos, que esto ha sido abandonado. Sigamos esa trocha.

Todo ese día lo empleamos en desbrozar la maleza alrededor del pequeño tambo hasta dejar un claro despejado y limpio. La cocina estuvo pronto humeando, y la comida que nos servimos bajo la enramada, nos pareció más sabrosa que nunca.

Se trazaron planes. Y, por sugerencia mía, Sangama se encargó de dirigir la exploración.

A pesar de su intranquilidad, Luna descubrió a cierta distancia varias copas de shiringa, lo que me llenó de entusiasmo, pero Sangama acabó con mis planes de empezar a formar estradas, al comunicarme que Chuya, la vieja "mama" y Ahuanari debían quedar en la choza, mientras los demás proseguíamos la búsqueda del viejo Luna.

—Sultán también quedará con ellas. Volveremos muy pronto — agregó.

La verdad era que yo seguía sin comprender por qué Chuya había sido llevada hasta allí, y esperaba la decisión de que no continuaría sufriendo las penalidades de ese viaje, peligroso aun para los hombres más decididos. Varias veces le había dicho esto a Chuya; pero siempre me respondía que yendo con su padre, no abrigaba ningún temor y podía soportarlo todo. Su fe en Sangama era ilimitada. La disposición me pareció razonable cuando esa noche, Sangama nos explicó por qué la tomaba.

—Hubiera sido peligroso dejarla en el Ucayali. Aquí la cosa es distinta. Estará segura y a cubierto de riesgos. Nuestra vuelta será cuestión de pocos días. Al regreso, seguiremos la corriente de este río que estará ya desbordado por las aguas invernales. Tomaremos la sacarita[1], que debemos encontrar por alguna parte, y nos trasladaremos al primer curso de agua que conduzca al Huallaga... La selva siempre amparó cariñosamente a mi niña.

Y como yo manifestara tristeza por la separación, acercándoseme paternal, agregó:

—Al regreso. Al regreso tendremos asuntos importantes de qué tratar.

---

[1] Sacarita: canal angosto que conecta ríos y lagos, y que también corta penínsulas fluviales.

Durante esa noche, que pasé en vela procurando coordinar ideas y proyectos, los lamentos del Matero y los aullidos de los perros sonaban en lo más hondo de mi alma.

Las copas de los árboles ya estaban doradas de sol cuando fui en busca de Chuya a quien hallé apesadumbrada cerca de un pequeño arroyo. Acababa de apoyar la cabeza en un tronco y parecía interrogar al cielo.

—¿Sabes que partimos y que te dejamos? —le pregunté con voz incierta.

—¡Lo sé! —y dando un suspiro, continuó —: He encargado mucho a mi padre que te cuide. Ten confianza en él. Me ha prometido devolverte como tú lo devolviste un día: sano y salvo.

—¿No temes quedarte, vida mía?—atiné a interrogar.

—¿No es frecuente eso en la selva? Allí donde mi padre me dejó, me ha encontrado siempre sin que nada malo me haya ocurrido.

—Procuraré volver pronto. ¡Qué triste va a ser para mí este viaje!

—Aquí te esperaré rogando a Dios que los lleve con bien.

—Tu amor, será mi mejor guía. Veré tu sonrisa en todas las flores de la espesura, tus ojos me estarán siempre mirando desde el verde boscaje y tu voz me halagará en los dulces trinos de las aves. ¡Déjame besarte!

—¡A tu regreso! —me contestó turbada. Se desprendió de mis brazos y se alejó cubriéndose el bello rostro con las manos, seguramente para que no la viera llorar.

Capítulo 21

La separación fue dolorosísima para mí. No podía negar que era necesaria; pero me embargaba una tristeza preñada de presentimientos. Al iniciarse la marcha, me hice atrás y vi pasar uno a uno, a todos los compañeros. Cuando me llegó el turno, volví la vista hacia la choza a cuya puerta Chuya, inmóvil y serena, nos miraba partir. Confieso que después de hacerle adiós con la mano, nerviosamente agitada, tuve que cerrar los ojos, como deben hacerlo los suicidas cuando toman la fatal determinación, y avancé a tientas hundiéndome en la selva. Sentí el imperioso deseo de volver hacia ella y abrazarla una vez más, besarle las manos y repetirle conmovido cuánto la amaba. Mis primeros pasos fueron torpes e inseguros. Saqué fuerzas y apuré la marcha para unirme a los demás, que ya se habían adelantado.

El Matero llevaba la delantera en esta ocasión. Con mirada certera examinaba cada árbol, y su machete, esgrimido con diestra contundencia, despejaba el angosto sendero de las nuevas ramas que pugnaban por borrarlo. Horas después, la trocha se perdía a las orillas de un bosque pantanoso e impenetrable. Teníamos que decidir entre atravesar esa extensión de selva, que el Matero juzgaba no ser muy extensa, o hacer un rodeo. Decidimos lo primero, y nos lanzamos a la travesía en lucha con la naturaleza feraz, que había entretejido en esa zona la más compacta urdimbre de ramas y raíces que puede imaginarse. Se ha formado esta sección de la selva con tres factores que le dan características peculiares: el sol que irradia con calcinadora bravura; las lluvias torrenciales muy frecuentes, y el terreno bajo, sin desniveles, en el que se depositan, fermentan y pudren grandes cantidades de materia orgánica. Sobre esa masa en descomposición, a la que no llega la luz directa del sol, la vida brota, se desarrolla y extingue. Allí germinan las semillas, entre líquenes, hongos, esporas y anofeles. En ese hervidero se realizan raras transformaciones y se producen originales brotes en lucha inexorable por destruirse y sobrevivir. La atmósfera es densa y asfixiante por la continua emanación de las aguas y de los jugos descompuestos. Lucha intensamente el árbol nuevo que quiere abrirse paso entre las copas formidables, buscando el espacio vital que le de aire y luz; la liana trepadora se enrosca a tallos y ramajes; los animales inferiores emplean

117

garras, tentáculos, dientes, aguijones y ventosas con que se aterran a la vida, mientras secretan, para defenderse, ponzoñas y toxinas. En este medio, donde se debaten fuerzas y elementos tan desconocidos lucen las más bellas flores en promiscuidad paradojal, pegadas al fango o adheridas a los troncos que se descomponen para proporcionarles sustento. Los epífitos, como las begonias y las orquídeas, de incontable variedad, florecen en profusión maravillosa. A flor del pantano alternan los heléchos con los bambúes y los carrizos, en peligrosa vecindad con los renacos, cuyos troncos y raíces se extienden en todas direcciones. Se observa la ausencia absoluta de pájaros y mamíferos; sólo cierta especie inferior de murciélagos y uno que otro gavilán comedor de serpientes se aventura por estos parajes en busca de alimentos. La boa digiere enroscada en los troncos bajos, como nudo macabro, la presa que obtuviera en las zonas altas que bordean esos pantanos. En dichos lugares, donde se están formando la flora y la fauna del porvenir, el hombre puede vivir tan sólo de paso.

Con el fango hasta cerca de las rodillas, seguíamos al Matero que dirigía la marcha sorteando los chupaderos y haciéndonos, por momentos, encaramar a las raíces que se extendían sobre los tremedales.

En estos sitios casi no es posible ocuparse de los demás. Todas las fuerzas y cuidados deben concurrir en servicio egoísta de uno mismo. Por eso, las maldiciones del Toro y los aullidos del Piquicho eran apenas advertidos. A pesar de todo, me daba cuenta de que para ellos la cosa era mas terrible que para los otros. No me hubiera sorprendido, pues, dejar de oír sus lamentos y saber que algún chupadero se los había tragado, lo que me hubiese producido cierta maligna satisfacción. Todos íbamos provistos de largos bastones de bambú. Cerca de mí, el Matero sufrió un resbalón y se hundió hasta los muslos en el espeso lodo. Al sacarlo, notamos que sus piernas estaban totalmente cubiertas de sanguijuelas que le succionaban voraces la sangre. Difícil fue la tarea de libertarlo. Una vez más, Sangama demostró su profundo conocimiento de los secretos de la selva. Escogió entre la maleza unas hojas puntiagudas cuyo jugo hacía desprenderse inmediatamente a los anélidos. Después de una frotación a las piernas con esas hojas trituradas, Luna pudo proseguir la marcha tras de Sangama.

De repente se obscureció la selva y una copiosa lluvia comenzó a caer sobre nosotros. La falta de sitio apropiado para abrir el equipaje, nos impidió sacar los impermeables. Seguimos, pues, empapados y casi a tientas entre el sordo ruido que el aguacero hacía en las ramas. Era necesario continuar sin descanso. El largo bastón de Sangama tocó casualmente una rama, y un nido de hormigas cayó sobre Luna, deshaciéndose sobre sus hombros y, al instante todo su cuerpo quedó cubierto de pequeñísimos insectos rojizos. El Matero, que llevaba, mala suerte ese día, se despojó rápido de carga y ropas, labor en la que todos le prestamos ayuda. Mas, a despecho de nuestra diligencia, el cuello, las orejas y parte de la espalda de Luna se llenaron de ronchas.

—Es el puca-curo.

Luna bramaba como si le estuvieran pasando cautiles. Lamenté que ese accidente no lo hubiera sufrido el Toro, que reveló su malvada indolencia, o el Piquicho, que se limitó a soltar una de sus risotadas de ratón.

Hormigas que no pican, su simple contacto quema la piel y la llena de escoriaciones. Anebrado, adolorido, el pobre Matero seguía la marcha rechinando los dientes.

La lluvia no cesaba, el bosque se convirtió en una verdadera laguna por la que avanzábamos con el agua hasta la cintura. El légamo hervía. Por momentos creía percibir, en la ciénaga, el movimiento de la yacumama en acecho.

Extendí el brazo para sostenerme de una rama, mas advertí a tiempo que no era tal, sino una serpiente que acechaba descolgada el paso de alguna víctima. Felizmente huyó antes de que la tocara. Casi al mismo tiempo Sangama daba muerte a un jergón que al sentir nuestro avance se enroscó formando una espiral, dispuesto al ataque.

—Mucho ojo —aconsejaba Sangama—, que por aquí abundan las culebras del color de las ramas. Cuidadito con los chicharra-machácuy que están pegados a la corteza de los árboles con el aguijón listo para clavarlo.

La selva se hacía cada vez más tenebrosa, y no podíamos encontrar un espacio propicio para el descanso. Sangama, que avanzaba a la cabeza, y el Toro, que cerraba la marcha, encendieron las antorchas, y al amparo de esa movediza claridad seguimos todavía varias horas. Si la selva pantanosa era desesperante de día, en la noche y bajo la lluvia, se tornaba enloquecedora. Llegó un momento en que, fuera de juicio, grité a Sangama que se detuviera.

—¡Ya no puedo más! ¡Aquí vamos a morir todos! ¡Esto no terminará nunca!

—Es el mal de la selva que le quiere dar—dijo Sangama dirigiéndose a Luna—. Paremos un rato hasta que le pase.

119

Sentí cómo si la cabeza me fuera a estallar. Toda la selva se lleñó de una luz rojiza, y los árboles se agitaban desordenamente extendiendo sus ramas para aprisionarme. De súbito se obscureció y perdí el sentido.

Cuando volví a la realidad, estábamos en una especie de isla. El Toro y el Piquicho me tenían sujeto de los brazos en un lecho de hojas de palmera.

—Ya le va pasando —comentó el Matero, que parecía no preocuparse de su cuello y sus orejas muy hinchadas.

—Aquí debemos pasár la noche —dispuso Sangama—. Seguiremos tan pronto raye el alba.

Al fin, las posas tomaron sus naturales formas y proporciones tras de aquella noche infernal, y me sentí un tanto aliviado. Con la luz del nuevo día cesó la lluvia. Un poco de café caliente acabó de reconfortarme, poniéndome en condiciones de reanudar la marcha. Con gran alegría pisamos, al rato, terreno firme. Escogimos el trecho en que debíamos acampar. Allí nos cambiamos las ropas y se preparó el desayuno.

—Cometimos una gran chambonada en cruzar por aquí —dijo Luna, después de examinar detenidamente el paraje---. No hemos avanzado gran cosa. Mejor hubiera sido dar un rodeo por terreno sólido.

No fue muy largo el descanso. Reiniciada la marcha encontramos un lugar en donde habían sido derribádas varias palmeras. Sangama examinó las marcas existentes en las cortezas de algunos árboles.

—Por aquí ha estado el viejo Luna —iba comentando.

El Matero, cerca de él, demostraba gran ansiedad.

Sangama se hacía camino a fuerza de machetazos siguiendo las huellas encontradas. De vez en cuando llevaba a los labios su vieja antara en la que ejecutaba melodías cortas y tristonas, del sabor melancólico que caracteriza las tocatas indígenas; después de cada frase musical, tosía fuertemente como para alejar el influjo depresivo de las notas. Los acordes repercutían débiles a la distancia, produciendo una sensación de angustia. Ese reflejo, que adquiría tonalidades diversas, era atentamente escuchado por Sangama quien, deduciendo algo, tomaba decididamente una nueva dirección, cortando a una misma altura las ramas que se oponían a su paso. Le seguíamos en silencio, entregados por completo a su dirección. Ibamos bajo un imponente y elevadísimo palio de empinadas copas y sobre una crujiente alfombra de hojas secas. Sangama se detuvo, echó su carga al suelo y, volviéndose hacia nosotros, dispuso el alto:

—Ya es hora de descansar. La noche llegará en breve.

Rozamos un pedazo de monte, reunimos leña y armamos nuestras camas. Momentos después, rodeábamos la hoguera crepitante. Rendidos de cansancio, nos acostamos. Sólo Sangama permanecía al lado de la hoguera. Hasta que me quedé dormido pude contemplar su sombra, que se achicaba y crecía a capricho de las llamas, distinguiendo en la penumbra el punto rojo de su cigarro.

A la mañana siguiente, el cholo Fababa no se levantó. Bajo su mosquitero caído lo encontramos exánime, con la boca rebosante de espuma blanca. Buen trabajo nos costó reanimarlo. El Toro dijo que le había oído quejarse toda la noche, pero que no se alarmó porque siempre dormía hablando entre fuertes ronquidos.

—Este Fababa nos dará mucho que hacer ---comentó Sangama-—. Es muy propenso a sufrir la influencia de la selva, y, por lo que ronca, es posible que la noche menos pensada lo coja dormido un tigre.

Es creencia muy arraigada en la selva que los que roncan son invariablemente víctimas de los tigres. De nada vale hacer que pernocten en el centro del campamento, para sustraerlos a los ataques de esos astutos felinos. Orientado por los ronquidos, escúrrese el tigre, alarga su enorme y muda zarpa bajo el mosquitero, y degüella a su víctima, a la que arrastra enseguida hacia la espesura.

Cuando Fababa pudo hablar, nos dijo que un demonio se le había acercado durante la noche, martirizándolo con gestos horribles y, que al final, echó abajo su mosquitero.

—Es el chulla-chaqui[1], que conmigo también ha estado queriendo jugar—aseguró el Matero, sin dar gran importancia al suceso—. Una de estas noches veremos las huellas de sus pies en las cenizas.

Luego nos explicó que los chulla-chaqui son los diablillos juguetones de la selva; que no hacen daño y se distinguen por tener un pie grande y otro pequeño, deformación a la que deben su nombre.

El Toro y el Piquicho, que tenían los pelos de punta, por creer que el aparecido quiso matar a Fababa, demostráron gran satisfacción al escuchar este informe. Esa mañana la dedicamos a explorar los contornos buscando al padre de Luna.

Dejando al Toro y al Piquicho encargados de preparar los alimentos seguimos a Sangama que seguía descubriendo marcas en los troncos, así como numerosas ramas quebradas uniformemente. Al principio me

---

[1] Chulla-chaqui: demonio selvático de pies desiguales.

parecía casi sobrenatural el acierto con que daba con las huellas; pero a poco de intentarlo pude también distinguirlas. Siguiendo dichas marcas, penetrábamos más y más en ese tupido enmarañamiento de malezas. La dificultad mayor con que tropezábamos era la existencia de muchas señales, que el Matero y Sangama interpretaban como indicadoras de bifurcaciones de trochas[1]. Guiados por el instinto escogíamos la ruta que nos parecía más conveniente, y continuábamos el avance tropezando a menudo con arroyos y riachuelos que trasponíamos mediante puentes improvisados con débiles tallos que se cimbraban a nuestro paso. En estos casos teníamos que hacer prodigios de equilibrio para no caer en los cauces fangosos.

Como las huellas continuaran interminables y no diéramos con ningún detalle revelador de que hacíamos progresos, decidimos regresar. Asombrábase el Matero de que su padre se orientara hacia el lado de la selva más impenetrable y que la multiplicidad de sus huellas no estuviera justificada por la presencia de árboles de shiringa.

—Sólo cuando se proyecta la formación de estradas, se procede en esta forma —comentaba, contrariado—. ¡Esto parece no llevar a ninguna parte! Muchas veces he recorrido los mismos lugares u otros inmediatos como si hubiera estado dando vueltas en un círculo. Hay que dejar la cosa por hoy. Estas marcas, en fin, han sido hechas hace mucho tiempo. Por aquí ya no anda el viejo.

Yo opino —dijo Sangama— que debemos seguir la orientación que llevábamos al salir del tambo. Si no lo encontramos más allá, nada nos impide volver por estos sitios. Cortando camino, en un día de viaje a poco menos, podemos llegar a la choza del viejo.

Al oir mencionar la choza, surgió en mi mente la figura de Chuya. A su recuerdo, sentí que mis fuerzas se redoblaban. Era preciso volver a su lado como volvían los héroes antiguos después de una campaña, llenos de cicatrices, pero erguidos, soberbios y orgullosos, a poner a los pies de la amada los trofeos conquistados.

Abstraído en tan gratos pensamientos, no pude atender la discusión que tuvieron Sangama y el Matero. Sólo cuando acordaron el regreso, me di cuenta otra vez del lugar en que estaba y de la naturaleza que nos rodeaba.

El camino de regreso fue mas corto. Cuando llegamos al lugar de donde habíamos partido, ya el sol descendía. Irrumpimos en el preciso

---

[1] Trocha: senda abierta por el hombre a través de la selva.

momento en que el Piquicho se moría de risa. Nos detuvimos sorprendidos. El Toro, que se dirigía en busca de agua al cercano cauce, volvió la vista, gritando:

—¡Si no te callas, rata maltrecha, te aplastaré de un pisotón!

Pero el Piquicho seguía riéndose inconteniblemente con su peculiar carcajada de contrahecho.

—¡Ji, ji, ji, ji...! ¡Ji, ji, ji, ji...!

De repente el Matero saltó gritando al Toro que se detuviera. La advertencia fue tardía. Una serpiente que estaba a sus pies se irguió rápida, y oímos el chasquido de un fuerte latigazo que dejó al Toro tambaleante de susto y de dolor. El reptil desapareció veloz, perdiéndose entre la maleza de la orilla.

—¡Una afaninga! —exclamó Sangama—. Felizmente no fue serpiente venenosa.

El Toro rugiendo de indignación, se dirigió hacia el Piquicho requiriendo de paso su machete; pero éste, ágil como un gamo, corrió al mónte desapareciendo en él, agazapado; mas, al cabo de un momento, reapareció atisbando entre las ramas. Con paso cauteloso fue aproximándose, mientras, con risa mal contenida, expresábase malignamente:

—Yo la estaba viendo. El Toro iba a pisarla ¡jí, jí, jí! El tonto estaba mirando hacia arriba, ¡jí, jí, jí!

El Toro, hecho un energúmeno, se lanzó en ademán de estrangularlo; pero el Piquicho era más ligero y volvió a escabullirse como un ratón en la maleza.

Esta vez tardó mucho en volver. Y como el Toro no disimulara su enojo, yo creí que la amistad entre los dos malhechores había llegado a su término, lo que no dejó de causarme cierta satisfacción, ya que en adelante tendrían bastante trabajo en cuidarse el uno del otro. Grande fue mi decepción cuando, más tarde, los vi discurrir fraternalmente cómo si nada hubiera pasado. Y es que hasta en eso la selva impone su singularidad. Dentro de ella los malvados, los proscritos de la civilización, olvidan rencores, y se buscan, mientras que en cualquier otro lugar vengan las ofensas que se infieren.

Aprovechamos las restantes horas de la tarde en trasladarnos a un bosque libre de maleza. Acampamos cuando ya obscurecía, entre gruesos troncos y sobre mullida hojarasca que invitaba al reposo.

123

—-Aquí sí provoca dormir -—dijo el Toro, mientras preparaba su lecho—. ¡Qué noche más tranquila voy a pasar, por fin!

¡Cuán equivocado estaba!

Capítulo 22

Prendimos la hoguera para preparar la cena, durante la cual se comentaron las incidencias de la jornada cumplida, y se hicieron algunos proyectos para el día siguiente. Por consejo del Matero, y a fin de mantener alejados a los tigres que venían siguiendo nuestros pasos, se hizo más grande la fogata, amontonándose cerca de ella gran cantidad de leña, para mantenerla encendida durante toda la noche. Sangama se ofreció a vigilar el fuego, para que los demás pudiéramos entregarnos sin preocupaciones al descanso.

A cierta hora de la noche me desperté sobresaltado, un tremendo estampido semejante al de un cañonazo que repercutió sacudiendo los árboles. La fuerte detonación fue repitiéndose con decreciente intensidad a la distancia.

—¿Qué pasa, Sangama? —interrogué temeroso.

—És la Sachamaman, que sale de la lupuna. No tardará en pasar por aquí.

El acento reposado y sereno con que Sangama me contestó desde el interior de su mosquitero, donde velaba fumando, me produjo gran extrañeza, pero tuvo la virtud de devolverme la tranquilidad. No se mostraría tan confiado —pensaba— si el impresionante fenómeno constituyera peligro.

Pero, momentos después, cuando un acentuado batir de alas gigantescas que pasaban sobre nosotros agitó la fronda con violentas ráfagas de aire, tuve la conciencia de que algo sobrenatural estaba ocurriendo. El silencio volvió a reinar en torno nuestro, mas ya no me fue posible dormir. Con los ojos bien abiertos, buscaba entre las sombras la explicación del fenómeno. Y como viera que Sangama continuaba despierto, fumando cigarro tras cigarro, le di la voz, quejándome de la intensidad del calor. Me propuso salir y sentamos junto a la hoguera. Allí se nos unió el Matero que también había permanecido despierto y escuchado tanto la detonación como el ruido de las alas misteriosas.

Fue entonces que observé el aspecto de la selva en toda su grandiosidad. Allí no reinaban las tinieblas como pudiera suponerse. Millares de insectos, que esparcían tenue claridad, iluminaban el espacio en forma realmente maravillosa. El bosque parecía ser algo así como el interior de un palacio fabuloso, de proporciones inconmensurables y

125

cuajado de preciosa pedrería, en cuyas aristas se quebraran infinitas radiaciones de claros y brillantes colores. Los gruesos y elevados troncos semejaban columnas colosales, sostenes de bóvedas que en la vaga penumbra imperante, parecían tener la altura del firmamento. Las hojas y las ramas que alfombraban el suelo, despedían asimismo escurridizas luminosidades de fuegos fatuos. El silencio no era absoluto. A poco de observar, pude percibir suaves ruidos. Allí, a distancia que se me antojaba infinita, los luminosos insectos tejían claros cendales, cual si trataran de rodear el círculo de árboles que nos encerraba, con una cortina de difusa luz.

Casi fuera de la realidad, permanecía absorto contemplando la naturaleza, como un niño por cuya imaginación cruzara un aladinesco panorama. Mis sentidos se iban paralizando, embriagados en un raro sopor que deformaba y borraba lentamente las cosas. De pronto se dejó escuchar un grito lejano. Era una voz angustiada que parecía pedir auxilio. Se me erizó el cabello, y tuve la sensación de que mi cuerpo crecía hasta alcanzar la magnitud de la selva.

—¡Alguien grita! —exclamé buscando los rostros de Sangama y del Matero.

—¡A la cama...! ¡Pronto! —ordenó Sangama—. ¡Y taparse bien los oídos! ¡Es la llamada del supay![1]

Y sin dar mayores explicaciones, corrió a su lecho. El Matero y yo le imitamos más que de prisa. Arrebujado bajo los cobertores, me tapé los oídos para no sentir nada; pero agudizando mis sentidos, a despecho de mi voluntad, pude escuchar cerca de mi cama el ruido de veloces pisadas. No me fue posible resistir la mezcla de temor y curiosidad que me invadía. Como al ruido de los pasos se sucedieron pisadas que parecían de lucha, creí que alguno de mis compañeros estaba en peligro y levantando el mosquitero, me incorporé en actitud de saltar del lecho. Entonces vi como Fababa, desprendiéndose de los brazos de Sangama, huía desesperado hacia la espesura, en cuyo fondo desapareció.

Sangama trató de perseguirlo en vano. La desaparición fue instantánea. De nada sirvieron las voces enérgicas que le diera:

—¡Detente, Fababa! ¡No te vayas!

No obstante mi nerviosidad, alcancé a ver que Fababa volvió el rostro antes de perderse entre los árboles. ¡Horror! Contraído por una

---

[1] Supay: diablo.

mueca diabólica y con los ojos desorbitados, tenía una expresión aterradora; fue algo que no podré olvidar jamás.

Volví a cubrirme, queriendo borrar la espantosa visión de Fababa y sustraerme a su influjo. Así, envuelta completamente la cabeza, logré oir repetidas carcajadas que se me antojaban ser del pobre fugitivo que, seguramente, había perdido la razón. Remeciéndome fuertemente, Sangama me hizo salir fuera del mosquitero, donde una larga hoguera lanzaba vivas lenguas de fuego, a cuyo resplandor amarillento la selva adquiría fantasmagórico aspecto. Los leños chisporroteaban y crujían al quemarse, despidiendo densas columnas de humo. Próximos a la hoguera, y muy juntos, estaban el Matero, el Toro y el Piquicho, quienes frecuentemente miraban a los lados y hacia atrás, como si temieran descubrir la presencia de algún monstruo. Me senté cerca del Matero, sin atreverme a pronunciar palabra. Sangama echaba más y más leña al fuego y con su enorme sombrero volvía hacia nosotros el humo, en bruscos aventones, tratando de que nos envolviera.

—El fuego lo purifica todo. El humo deshace los maleficios —decía sentenciosamente.

—¿Qué pretendes, Sangama? —me aventuré a preguntar, pues el humo me asfixiaba.

Como si no hubiera escuchado mi pregunta, siguió hablando:

—El enemigo no está allí —y extendía el índice hacia el lugar por donde desapareciera Fababa—. Tampoco se ha ido... ¡Está aquí!

—¿Eh? —coreamos todos, con acento de espanto.

—¡Está aquí entre nosotros, rodeándonos por todas partes...!

—¿Eh...?

—¡Sí! Hasta dentro de nosotros mismos... ¡El aire...! ¡La sombra fatal!

Con raras expresiones en el rostro, nos miramos unos a otros. Sin duda, cada cual quería descubrir en los demás los signos de posesión por el demonio.

—¡Huyamos! —propuso el Toro.

—¡Será peor! Más allá del círculo de la luz está la locura. ¡Esténse quietos! —ordenó Sangama.

—¡Que Dios nos ampare! —murmuró el Piquicho.

El Toro se santiguaba grotescamente.

—Tócame, Luna —le supliqué—. Esto es una horrible pesadilla ¿verdad?

——Sí —me respondió—. Una pesadilla... Pero la verdad es que estamos bien despiertos. ¡Nos llamó el supay, y se llevó a Fababa!

Todos se callaron. Terriblemente impresionados pasamos el resto de la noche, sin atrevernos a hacer el menor movimiento. Sólo el crepitar de los leños que el fuego devoraba y los aullidos quejumbrosos de Litero, turbaban el silencio de la escena.

Tan luego la luz de la alborada comenzó a disipar las sombras, perfilando los árboles, levantamos apresuradamente las camas y partimos siguiendo a Sangama, que orientaba la fuga.

No habíamos recorrido gran trecho, o al menos así nos parecía, tal era nuestro afán de alejarnos del lugar en que habíamos pasado esa inolvidable velada, cuando Sangama se detuvo, examinó minuciosamente el paraje, y nos dijo:

—¡Aquí estamos fuera de todo peligro!

—¡Pero si no nos hemos alejado del supay! —arguyó Luna, dispuesto a seguir más adelante.

—Cuando alguien tiene el alma saturada de supersticiones, cualquier fenómeno de esta naturaleza se explica relacionándolo necesariamente con el diablo —dijo Sangama, mirando al Matero con lástima—. Es fuerza convenir contigo en que fue el diablo. Sería imposible, convencerte de lo contrario. —Y dirigiéndose a mí, me propuso:

—¿Te vienes conmigo a examinar el terreno para explicarnos todo lo que ha pasado anoche? ¡No tengas miedo!

Por lo visto, Sangama había sufrido su acostumbrada transformación. De selvático, con todas sus creencias primitivas, convertíase de pronto en el científico que todo lo analiza y explica de acuerdo con las leyes naturales.

Hube de seguirle. Cuando ingresamos al lugar en donde habíamos pasado la noche, ya los rayos del sol se filtraban hasta el suelo a través de la fronda. Distinguimos por entre las altísimas copas doradas, los resplandores de un hermoso día de verano. Millones de temblorosos discos de oro salpicaban la hojarasca. Ráfagas furtivas de olorosa brisa mañanera se deslizaban entre los troncos, moviendo alegremente las ramas y las hojas de los arbustos. Nadie hubiera imaginado que en ese paraje, casi arrobador, hubiese transcurrido una noche enloquecedora. Ante nosotros se alzaban varios árboles de gran corpulencia, hacia los cuales dirigió sus pasos Sangama. Clavó la punta de su machete en uno de los troncos, haciendo profunda incisión de la que brotó denso látex.

—Es una vieja catahua —me informó—. Aunque sé que es uno de los árboles venenosos de la selva, nunca creí que su sombra fuese mortal.

En seguida pasamos a examinar el árbol próximo, cuyo tallo, por sus manchas blancas y obscuras, caprichosamente dispuestas, tenía extraña semejanza con el cuerpo de una serpiente. Antes de atacarlo con el machete, mi compañero permaneció largos minutos contemplándolo.

—¿Qué árbol será éste? A lo mejor es inofensivo, como tantos otros de los que contiene la selva, y nada tiene de particular, salvo estas manchas curiosas —dijo, al fin.

Como la punta de su herramienta no pudiera penetrar en la corteza, la emprendió a furiosos machetazos, haciendo saltar varios trozos, uno de los cuales fue examinado detenidamente. Comprobamos que era inodoro; pero nos abstuvimos prudentemente de probarlo, práctica de uso frecuente en la región. Seguimos observando los demás, sin descubrir nada que nos llamara la atención. Aspiramos el aire a pulmones llenos, más ninguna manifestación llegó a nosotros. Entonces, Sangama procedió a escarbar la hojarasca, y encontró varias osamentas de animals. Se incorporó con presteza, y, después de permanecer un momento pensativo, como si ordenara sus ideas e hiciera deducciones, prosiguió:

Esto confirma ampliamente mi hipótesis, de la que ya estaba dudando. Fue el aire... la sombra. Y si no fuera eso, ¿qué podría ser? Porque, después de todo, esa llamada existe entre los mitos selváticos. Según dicen, tiene la propiedad de enloquecer de inmediato, atrayendo a la gente que la escucha.

Yo me encogí de hombros. Mi cerebro se negaba a todo razonamiento, cosa que, por lo demás, no era rara en mí, pues huía de los problemas que torturaban el cerebro a fuerza de inducciones y deducciones lógicas y de fatigosas comparaciones.

Ante mi indolente impasibilidad, Sangama continuó su investigación por los contornos.

—Si pudiera permanecer aquí siquiera una semana, acabaría por descubrir el misterio —se lamentó—. Tal vez a ciertas horas del día o de la noche, o únicamente ciertos días de la semana, acaso del mes, si no es solo — lo que me parece más probable— en determinada fase de la luna, estos árboles proyectan una sombra mortal. Posiblemente, cada uno de ellos, creciendo aislado, sea inofensivo; pero reunidos determinan una asociación de malhechores. Y esta hipótesis me explica la causa por la cual durante toda mi permanencia en la selva, no he oído de ningún árbol cuya sombra tenga las propiedades de la del manzanillo. Las gentes incultas todo lo relacionan con el diablo; con los espíritus vagabundos de los fallecidos; con el brujo, que desata enfermedades entre sus semejantes, o con el curandero, que neutraliza los maleficios del brujo y las influencias malignas del demonio por medio de artes mágicas. El diablo, al que no falta quienes quieran aplacar mediante ridículos exorcismos e invocaciones; el diáblo, concepto universal del mal, que en la selva tuvo origen, seguramente, en la imposibilidad de explicar las causas de la muerte y de los fenómenos selváticos... Bueno, como veo que pones cara de mártir al escuchar estos razonamientos mejor será que regresemos. Ya estarán preocupados por nuestra tardanza.

En efecto, nos esperaban con ansiedad temiendo por nuestra suerte. Al vernos llegar, tranquilos y sin que nos faltara absolutamente nada, no pudieron ocultar su satisfacción. El Toro no cesaba de girar en torno mío para cerciorarse de que no había traído, pegado a la espalda algo sobrenatural y monstruoso.

—¿Qué vieron? —me preguntó al oído el Matero.

—Nada, absolutamente nada —respondí con exagerada indiferencia y, para quitarle toda importancia al asunto, inquirí—: ¿Y por acá como les ha ido?

Sangama, el único que se mantenía sereno después de las experiencias de la noche anterior, nos dijo que a la mañana siguiente debíamos emprender la búsqueda de Fababa.

—Partiremos después del desayuno, una vez recuperadas las fuerzas—indicación que todos aceptamos como si fuera una orden.

El verano se manifestaba con fuérza extraordinaria. Poco había llovido los días anteriores, y la selva estaba reseca en la zona dónde nos hallábamos. Los cauces de los riachuelos casi no tenían agua, y quedamos ingratamente sorprendidos cuando el Matero y el Toro, que habían ido por agua, regresaron con la olla vacía, pues no imaginamos que la escasez llegase a tal extremo. Tuvieron que salir por el lado opuesto, y no tardaron en volver con el recipiente bien colmado.

Estábamos tratando de poner el agua al fuego, utilizando para colgar la olla un gancho de madera, cuando Sangama, que había desaparecido momentos antes entre los árboles, se presentó apresurado, e interrogó:

—¿De dónde han recogido esa agua?

Y como Luna le describiera el lugar, cogió la olla y vació el contenido.

—Está infectada. Vengan a ver—nos dijo.

130

Tras él, llegamos al sitio de donde la habían extraído. Era un pocito de agua estancada que había quedado en el cauce seco de un riachuelo. Allí nos mostró un árbol de catahua cuyas raíces sumergíanse en el agua y nos hizo notar, además, ramas desgajadas y hundidas del mismo árbol y de otros circundantes, muchas de las cuales ya estaban en plena putrefacción.

—Los animales, por instinto, se apartan de este pozo que contiene los gérmenes más virulentos de una de las peores enfermedades tropicales. Hay que huir pronto, antes de que un zancudo o una mosca nos inocule el bacilo.

—Felizmente no bebimos — dijo el Matero.

—¡Y con la sed que yo tenía...! —repuso el Piquicho.

Levantamos el pequeño campamento para trasladarlo al lugar que Sangama juzgó suficientemente alejado del pozuelo morboso. Acampamos, rozando el monte, junto a un arroyo seco y profundo.

—Es cuestión de cavar más o menos para favorecer la filtración del agua; pero lo importante es dar con el sitio en que brote de inmediato para preparar los alimentos -—monologaba Sangama, mientras recorría el lecho buscando el punto apropiado para la excavación.

Recorrimos inútilmente el cauce del arroyo en una apreciable extensión. El Matero, que se había alejado sin que lo advirtiéramos, nos llamó con gritos y silbidos. Cuando estuvimos cerca, nos señaló, con aire triunfal, un grueso bejuco que se descolgaba hasta el suelo desde las altas ramas de un árbol. Después de colocar convenientemente la olla, cortó el bejuco de un tajo. Al instante salió abundante chorro de agua cristalina. Llena la olla, todos alcanzamos a beber.

—Esta es el agua más pura que se encuentra en la selva —aseguró orgulloso el Matero.

Como lo teníamos acordado, pronto estuvimos dispuestos a emprender la búsqueda de Fababa.

Nada sacaremos yendo más adelante—dijo de pronto el Toro, en tono altanero y fusil en mano—. Te exigimos, Sangama, que regresemos.

—Y a ti también, mocoso —agregó el Piquicho envalentonado, mirándome insolente, a la vez que acariciaba un machete.

—Bueno —-contestó Sangama con la mayor tranquilidad del mundo—. Ustedes se quedan. Nosotros vamos por Fababa. No podemos seguir sin hacer todo lo posible por encontrarlo. A la vuelta trataremos del regreso.

131

La actitud amenazadora de los bandidos se calmó cuando les confiamos el cuidado de todos nuestros efectos, en señal de que volveríamos pronto. Partimos. Los tres caminábamos visiblemente preocupados. Era necesario acordar de inmediato un plan de acción para contrarrestar la rebeldía manifiesta de los criminales.

—No hay más que dejarlos en alguna parte de donde no puedan regresar a la choza —propuse.

—Pero si éstos no pueden andar solos dos cuadras en el monte —observó Luna.

Y como todos encontráramos fundada la afirmación, resolvimos abandonarlos donde estaban.

Ante las imprevistas circunstancias, nos pareció inútil seguir buscando a Fababa, empresa que requería tiempo y paciencia, pues dar con él en esa selva era algo parecido a encontrar un alfiler en el fondo de un lago pantanoso. Y como era conveniente que el Toro y el Piquicho creyeran que nuestra tarea había sido larga, dejamos correr el tiempo, tendidos sobre la hojarasca.

Regresamos portando un añuje que el perrito Litero había pillado en el interior carcomido del tronco de una palmera.

Encontramos a los criminales con los semblantes hoscos y los fusiles en las manos, tendidos muy juntos en el suelo, tal como quedaron a nuestra partida. Por lo visto, estaban resueltos a imponerse. Nada nos dijeron, pero su actitud era intranquilizadora, razón que nos obligaba a no perderlos de vista, precavidos contra cualquier sorpresa.

Como transcurriera la tarde sin que nadie se preocupara del añuje ni de otros alimentos, el Toro se impacientó y encarándose al Matero, le dijo.

—Bueno. ¿Qué esperamos?

—¿Para qué?

—¡Tenemos hambre, majadero!

—Y a mí ¿qué me dices?

—¡Rata inmunda! ¡Te voy a triturar!

—No disputen. Yo voy a cocinar —intervino Sangama, en el preciso instante en que el desalmado se disponía a romperle a Luna la cabeza con la culata del rifle.

Yo me apresuré a secundar a Sangama en la preparación de la comida. Mientras uno avivaba la hoguera, el otro se ocupó en descuartizar el añuje. El hambriento Toro examinaba con frecuencia las presas, que se removían en el agua hirviente. Su disgusto era enorme

132

porque la carne no se ablandaba con la prontitude que él hubiera querido. El animal era viejísimo. Ya entrada la noche, hubo que bajar la olla como estaba. Formamos el grupo de costumbre alrededor de hojas anchas esparcidas en el suelo. Sangama repartió la ración de caldo; luego, hizo la distribución de las presas. El Matero mordía la suya y tiraba fuertemente de ella, en su afán de partirla; mas el pellejo estirábase elástico una y otra vez; resistiendo el esfuerzo. Al fin se rompió, pero con tan mala suerte para el Piquicho, que comía a su derecha, que la mano del bizarro Luna fue a estrellarse contra su rostro en sonora bofetada. El contrahecho comenzó a echar sangre por boca y nariz. De pronto reaccionó y, cogiendo un tizón encendido, trató de aplicarlo a la cara del sorprendido Luna, quien apenas pudo esquivar el ataque. Tuvimos que intervenir porque los dos criminales se habían enfrentado a Luna blandiendo sus machetes.

Calmados los ánimos y completada la comida con una ración de fariña, nos acostamos. Los criminales no cesaron de hablar en voz baja, durante largo rato. Entre refunfuños, el Piquicho no se cuidó de expresar que el golpe había sido intencional. En alguna venganza convinieron, y quedaron aparentemente tranquilos. Varias veces desperté y pude comprobar que todos dormían confiados, como si ningún peligro nos amenazara.

Capítulo 23

La quietud era apacible. Un hálito de paz nós envolvía amoroso, como si estuviéramos recibiendo, con creces, la compensación merecida por todos los incidentes de los días anteriores. De rato en rato abría los ojos, asombrado de la tranquilidad que reinaba en torno nuestro. Sólo las llamas de la hoguera se agitaban contorsionándose, cual si quisieran separarse de los leños que las producían y volar para extinguirse diluidas en la bóveda de sombra que nos vedaba la visión del cielo. Estaba en ese período de vigilia que precede al sueño, en que las cosas se borran lentamente de la imaginación y de la realidad, cuando sentí que algo se arrastraba cerca de mi lecho. Levanté sigilosamente el mosquitero y pude notar un bulto que se movía en dirección a la cama del Matero, cuya respiración larga y fuerte acusaba profundo sueño. Advertí que el bulto portaba un machete. Di a tiempo la voz de alarma. El Piquicho —pues no era otro el que se escurría atentando contra la vida del Matero— saltó veloz al lado del Toro, quien se incorporó con un fusil en las manos, apuntándonos sucesivamente a los tres.

—¡Arriba las manos! —ordenó— ¡Que ninguno de los tres se mueva, si no quiere morir! ¡Pararse al frente!

En cumplimiento de la orden, nos agrupamos en el punto indicado. El ataque nos había cogido de sorpresa y estábamos a merced de esos desalmados a quiénes sólo habíamos hecho beneficios y dispensado inmerecida protección.

—Ahora, si no quieren morir abaleados como perros — nos impuso el Toro, sin dejar de apuntarnos con el arma—, en cuanto aclare emprendemos el regreso.

El Piquicho alimentaba con afán la hoguera, a fin de que no les faltara la luz necesaria para asegurar la efectividad de su traidor ataque.

Sangama, ante el general asombro y contrariando nuestras prevenciones se enfrentó al gigante hablando con pasmosa serenidad.

—Nosotros seguimos adelante. ¡Pobre de ti, Toro, si intentas tocarnos siquiera un cabello!

El Toro, furioso, pero cohibido por la desconcertante actitud de Sangama, continuaba amenazador sin decidirse a hacer fuego.

—No continuarán —decía congestionado de rabia—. ¡Aquí quedarán los tres cocidos a balazos!

135

—¡Ya veremos si te atreves! —le contestó Sangama con acento burlón—. Pronto hemos de tenerte amarrado como a una fiera, lo mismo que a esa víbora que te acompaña.

—Mata, Toro, de una vez, sin miedo. No tienes más que disparar. Con uno solo de ellos basta para que podamos volver... —oíase la voz chillona, apenas perceptible, del Piquicho.

Sin hacer caso de los insultos del Toro, ni de las frases de su cómplice, Sangama se recostó de espaldas en el tronco inmediato, y sin apartar la mirada del irritado gigante, entonó una extraña sucesión de notas, gangosas y graves, estridentes y agudas, que Litero, tendido humilde y tembloroso a sus pies, acentuaba con lúgubres aullidos, produciéndose un dúo adormecedor, que anulaba la voluntad.

—¡Cállate, maldito! —alcancé a oir la voz del Toro.

—Esto es pura brujería. Toro —chillaba el contrahecho—. Aprieta el gatillo, aún es tiempo...

La entonación siguió, unas veces violenta y otras calmada. Era un órgano colosal y salvaje, tocado por demonios. Una detonación y una bala que perforó el suelo a nuestros pies, fueron las últimas manifestaciones de la furia de nuestro atacante; después le vi desplomarse, desarticulado, pugnando por incorporarse. Su amigo, que apenas podía tenerse en pie, le arrebató el fusil y se dispuso a disparar contra Sangama, pero el Matero, armado de un leño y aprovechando que el perrito ladrando furiosamente mordía las piernas del Piquicho, le asestó un golpe en la cabeza que le hizo rodar.

Las piernas se me habían doblado bajo la influencia de esa música soporífera y terrible. Sentía que a mi alrededor todo se deformaba y me pareció que unos brazos de dimensiones imprecisables me reducían a la impotencia. El Matero, tendido en el suelo junto a mí, también estaba semiadormecido. De improviso nuestro amigo interrumpió su melodía para arrastrarnos fuera del lugar. En seguida volvió al lado de los criminales para repetirles la canción, que yo escuchaba distante recobrando poco a poco los sentidos.

Me incorporé restregándome los ojos, como para ahuyentar una alucinación. En vano trataba de explicarme lo que había ocurrido. Luna, medroso, me apretó con fuerza uno de los brazos. Nos miramos asombrados sin saber qué decimos.

Sangama vino a nosotros y nos sacudió violentamente. Luego, nos ordenó:

—¡Ayúdenme a sujetarles! ¡Ya están dormidos!

Pronto los tuvimos fuertemente atados de pies y manos. Fue entonces cuando Sangama, cuyo semblante demostraba ya mayor serenidad, nos explicó:

—Les eché trocitos de ayahuasca en el caldo; pero como tardaran en producir su efecto, tuve que entonarles la Canción del Sueño.

—¡Qué canción, ni qué canción! —exclamé reaccionando--. Eso tenía algo de los gemidos del viento cuando atraviesa el boscaje, del rugido del tigre, del grito de la boa. ¡Qué cosa más extraña!

—Efectivamente, la Canción del Sueño es producida por el viento, que recoge todos los sonidos. En ella se funden las notas que lanzan las fieras para adormecer a sus víctimas. Es la Canción del Plenilunio, que se escucha cuando los extensos y tiernos gramalotales se dilatan cubriendo de pastos la tierra humedecida y fecundada por las avenidas invernales. ¡Plenilunio! Abundancia, solaz y esparcimiento para los herbívoros que acuden, surgiendo de la obscuridad de la selva, para repartirse por el campo, lleno de luz, donde no hay sombra proyectada sobre las gramíneas plateadas, que se mecen en rítmicas ondulaciones, como las aguas de un mar tranquilo, acariciadas por las ráfagas suaves de un viento sutil. Allí los animales hacen su agosto, devorando los tallos jugosos de savia y de rocío. Es la época en que engordan con opíparos festines tras los cuales se hacen el amor sin temer el ataque de alevosos carnívoros. Su poderoso instinto y sus agudos sentidos los amparan contra tales acechanzas. Hay que ver a los más grandes, como la gran bestia, empinar las cabezas sobre la alta grama que los cubre, mirar en todas direcciones y otear el aire que llega hacia ellos sin obstáculos, para volver, satisfechos de su inspección, a llenarse las fauces con sabrosos manojos de verdura, que mastican con avidez. Su vista descubriría con facilidad si el movimiento de las hojas es producido por el viento o por alguna fiera en acecho que se desliza a ras del suelo. Después, antes que lleguen las horas de sopor y laxitud, los precavidos se internan a prisa en la espesura para entregarse al sueño en los seguros lugares de costumbre; en tanto que los incautos y confiados se retrasan perezosos. Es entonces cuando ef gemido del viento adquiere repentinas modulaciones adormecedoras, arrulla el canto del agua con acentos misteriosos, y sordos rumores enervantes surgen del pantano y de entre la maleza: son los sonidos guturales y los rugidos apenas perceptibles que producen las gargantas de las boas y de los tigres, que tratan de hipnotizar a sus víctimas. Todos esos heterogéneos elementos combinados constituyen la Canción del Sueño, que aprendí en mis largos deambulares por las

137

márgenes de los ríos y las orillas de los lagos. La omnipotente boa y el cazurro tigre, astutos y aprovechadores, se deslizan suavemente a los lugares que ocuparon los previsores hervíboros y, cercando a los rezagados, dan principio a su festín. Los pobres animales despiertan al mortal zarpazo o a la presión de los anillos triturantes.

Sangama se acomodó mejor en el suelo y, echando blancas volutas de humo del cigarro, prosiguió:

—Suele suceder, a veces que el tigre, rey de la espesura, y la boa, reina de las aguas, se encuentran en el momento de echarse encima de la misma presa. Y como son los más irreconciliables enemigos desde que surgió la selva, al desaguarse el enorme mar que existió en el centro de este Continente, la lucha titánica, siempre renovada, viene a producirse. Jamás se atacan de improviso. Dejan a un lado la presa moribunda, se miran con odio ancestral, se miden en todo sentido irritándose tremebundos. El tigre se agazapa, estirándose en el suelo en tal forma que se diría hundido en él, pues sólo sobresalen las garras desnudas y la enorme cabeza en la que brillan las pupilas felinas, que alumbran a su rival como dos focos intensos. La boa se encoge en tirabuzón, clava la cola en el suelo y extiende parte de su cuerpo hacia adelante como una lanza destinada a herir al enemigo. Este, evita el golpe y, a su vez, ataca cuando la boa decepcionada por su fracaso o queriendo, prudente, evitar la pelea con tan formidable contendor, vuelve la cabeza en dirección a las aguas donde impera. Veloz como un rayo hiere a la boa con dientes y zarpas, y se aparta de ella, para esquivar la respuesta, rugiendo furioso. Su poderoso acento hace estremecer la selva hasta la lejanía. Todos los animales que lo escuchan huyen aterrados. El armadillo y el picuro se internan más en sus agujeros. Las aves, temblorosas, ocultan la cabeza bajo las alas y, las que son madres, estrechan a los polluelos en el nido. Todos saben, en tales circunstancias, que el soberano de la selva está enojado porque la intrusa ha salido de las aguas a disputarle supremacía en la tierra. La boa queda un momento indecisa por lo repentino del ataque; luego, al sentirse herida, vuelve a enroscarse y acomete moviéndose hacia adelante y hacia los costados, con tal vertiginosidad que la vista humana no puede seguir la línea quebrada que describe la empuntada cabeza que busca al tigre con la boca abierta, pronta a cogerlo. Los tigres viejos, cautos y mañosos, conocen la treta de su enemiga y saben aprovechar las fracciones de segundo ante el raudo ataque, especialmente las tigresas envejecidas en las correrías de caza, las cuales, por su ferocidad y astucia, son las más temidas de la selva;

pero los cachorros, atolondrados y petulantes, que buscan aventuras y pendencias prematuramente, antes de haber aprendido a luchar y de que se les hayan grabado los sabios consejos de la abuela, son cogidos y envueltos entre los anillos de su veloz adversaria. Sin embargo, en tal eventualidad, el tigre no está todavía vencido. Expande su cuerpo en el preciso instante en que la boa aprieta; después, ese cuerpo inflado como un globo y constituido por músculos de acero, en cuanto siente que el ofidio cede para preparar el próximo apretón, se comprime extendiéndose inverosímil casi hasta tomar la alargada forma de la misma serpiente, se escurre entre los anillos y de un salto se pone fuera del alcance de su adversaria... Bueno, esto sólo pueden hacerlo los tigres. Por algo son los reyes de la selva. Saben por instinto que, una vez fallado el primer esfuerzo, la boa necesita cierto espacio de tiempo para ejecutar el segundo, que es de efecto mortal, pues concentrando en él sus vigorosas energías, tritura los huesos de su víctima, dejándola, por poderosa que sea, convertida en una masa informe, lista para ser engullida.

Sangama guardó silencio, fijó en nosotros su mirada para observar el efecto que nos hacían sus explicaciones y luego de lanzar bocanadas de humo de tabaco volvió a proseguir:

—Fracasado el segundo ataque de la boa, el tigre se encara resueltamente a ella. Ya no hay saltos ni quites. La lucha es continuada y feroz. La cabeza de la serpiente, con rapidez increíble, trata de burlar al felino que se defiende a dentelladas y zarpazos, empleando, a su vez, extraordinaria ligereza. Lucha terrible que estremece la tierra y las aguas, por lo común resulta indecisa. Cuando el cansancio los obliga a cesar el combate, ambos quédanse quietos, jadeantes, mirándose rencorosos. La boa torna despreciativamente a internarse en las aguas y el tigre, presuntuoso, aunque maltrecho, ruge desafiante y penetra en la espesura. Estos dos monarcas de la selva tienen fundados motivos para odiarse y ser irreconciliables adversarios, pues uno y otro se invaden recíprocamente sus zonas de influencia. El tigre a veces se vuelve pescador. Disimula su cuerpo agazapándose sobre algún tronco que flota o crece a flor de agua, y desde allí pesca con las zarpas los peces que acuden atraídos por los bigotes que sumerge y mueve a manera de insectos. Cuando la boa tiene conocimiento de ello, se enfurece hasta la desesperación. Bien quisiera sorprenderlo allí, en la orilla, a su alcance, donde lo vencería con facilidad; pero el tigre que sabe esto muy bien, se cuida con muchas precauciones de aproximarse a las aguas fangosas, a los remansos muy profundos y a las orillas llenas de árboles que puedan ocultar a su implacable enemiga. No es que tenga miedo —su gran valor, casi siempre temerario, está plenamente probado—, tanto es así que busca con frecuencia la ocasión de prenderse al hocico de la vaca marina para sumergirse con ella y permanecer en el agua el tiempo necesario para matarla, a fin de darse después un atracón entre los árboles de la orilla. Otra de sus arriesgadas hazañas es la de presentarse, escurriéndose entre la maleza, al borde mismo del río, para emitir allí sus poderosos rugidos. Y no hay caimán que, al sentirlo, se atreva a moverse por más despierto que esté. El tigre se pasea entre ellos, elige los más gordos y les va devorando las colas. No puedo explicarme cómo esa mutilación, que debe ser dolorosísima, es soportada por las víctimas sin la más leve protesta, pues se dejan amputar, aparentemente tranquilas, cuantos trozos apetece la fiera, y permanecen inmóviles hasta que su agresor se aleja satisfecho. Entonces se lanzan al río dando gritos lastimeros.

Un prolongado quejido del Toro, obligó a Sangama a cortar la interesante exposición que nos había abstraído tanto rato. Habíamos amanecido escuchándole como si la escena se hubiera desarrollado en un cómodo recinto de ciudad.

Cuando clareó lo suficiente, advertimos que el Toro y el Piquicho se miraban idiotizados, sin darse cuenta cabal de lo que les había ocurrido. Poco después, el cobarde gigante lloraba su desventura en la forma más ridícula. En cuanto a su compañero de infortunio, era difícil distinguir si lloraba o reía, tan raros eran los ruidos que exhalaba. Pero por su rostro contrahecho rodaban abundantes lágrimas.

Sin darles importancia ni cuidamos de que nos escucharan, nos pusimos a discutir lo que debíame hacer en seguida.

Sangama opinó por la continuación de la marcha sin mayor perdida de tiempo, ya que el transcurrido, desde nuestra partida, se había prolongado fuera de todo cálculo. El Matero insinuó la conveniencia de liquidar a los malvados. Yo también participaba de esa opinión; pero me guardé de manifestarla, seguro de que Sangama lo rechazaría. Este se limitó a decir:

—Aquí los dejamos hasta nuestro regreso. Hay muchos bejucos para que tomen agua; en último caso, pueden cavar un pozo en el lecho del arroyo.

Mientras yo les apuntaba con mi fusil, el Matero los desató y, al separarse, les advirtió:

—¿Ven ese roble a la derecha? Vayan junto a él dentro de un par de horas. Voy a dejarles un rifle.

Los malvados reanudaron sus lamentos y sus imploraciones; pero al convencerse de que no los admitiríamos más en nuestra compañía, prorrumpieron en groseras amenazas.

—¡Ya nos veremos, Sangama, si estoy con vida cuando regreses! ¡Brujo endemoniado! —bramó el Toro.

—¡Te morderé, maldito! —agregó el Piquicho—. ¡Te morderé...! ¡Yo tengo veneno en los dientes!

Burlándome de seres tan viles, les dije al tiempo departir, señalando la margen opuesta del riachuelo, donde la selva era más espesa:

—Por ese lado se regresa...

Capítulo 24

Como en los días anteriores, Sangama llevaba la delantera y a golpes de machete abría paso entre la tupida maraña, cuidando de marcar los árboles para que nos sirvieran de referencia al regreso.

Al atardecer, nuestra marcha se hizo muy lenta en nuestro afán de cazar algo, pues nuestras provisiones escaseaban, en razón de haberlas dejado en gran parte al Toro y al Piquicho, y consumido en la demora.

Una gran sorpresa nos dio de pronto el acucioso Litero. Siguiendo la orientación que casi nos impuso con aullidos y carreras, mordiscos a las piernas y saltos hacia adelante, dimos con una trocha abierta recientemente a juzgar por las huellas y marcas visibles.

—Esto indica que estamos siguiendo de cerca los pasos del viejo Luna —dijo Sangama, tras breve recorrido.

Contra lo que esperábamos, no habíamos podido cazar una sola pieza ni encontrar agua en todo el trayecto. Las sombras de la noche nos envolvieron y hubimos de acampar, contentándonos con una escasa ración y unos cuantos tragos de agua que Sangama tenía en su cantimplora.

Nada digno de ser relatado aconteció durante la noche. Parecía que los espíritus de la selva nos amparaban, al vernos libres de la aciaga compañía de los criminales que tantas mortificaciones nos habían causado en los días anteriores.

Muy de madrugada reiniciamos la marcha, siguiendo siempre a Sangama, que avanzaba confiado por la trocha descubierta. El ambiente era en extremo sofocante. La vegetación iba tomando un pronunciado color gris debido a la braveza de un despiadado sol de verano. La sed nos devoraba. Felizmente, en un claro que, sin duda, había sido un pantano, encontramos varios juncos gruesos de cuyos interiores extrajimos abundante líquido con el que aplacamos la sed y preparamos alguna comida remojando harina de plátano y mandioca. Reconfortados, seguimos la marcha por una selva completamente deshabitada.

Cuando no llueve por espació de varios días seguidos las hojas, al quemarse, se descoloran y desprenden de las ramas y caen para formar gruesa capa de hojarasca que cruje bajo los pies, los animales, expulsados por la sequía, buscan las márgenes de los lagos y las orillas de los ríos. Es en tales inmediaciones donde la naturaleza adquiere entonces inusitada manifestación de vida.

Y bulle la selva con la algarabía indescriptible y sonora de voces y de ruidos, matizándose de movedizos y variados colores. Gritan los loros, los guacamayos y los pihuichos en escandalosa competencia. Muge el trompetero, de aire grave, con alardes de gran señor civilizado, pero asustadizo y raudo. Suenan los martillazos del carpintero, que horada los troncos secos con su afilado pico. La perdiz yungururo, notable por ser la más grande de todas las perdices, vuela produciendo al rasgar el aire, un pronunciado silbido. La unchala canta alegre, buscando caracoles con la agilidad que le permiten sus largas zancas sobre las que pavonea su cuerpecito canelo. Corre el tuquituqui, sobre las plantas acuáticas emitiendo gritos estridentes. El enorme camunguy, con sus lancetas en los extremos de las alas, y que habita allí donde crece fuerte vegetación sobre las aguas capaz de resistir su peso, avisa su existencia en voz tan alta que se deja escuchar a grandes distancias. El voluminoso paujil de pico rojizo y abultado; la pinsha, de vivos colores, que vuela tras su pico desmesurado para su cuerpo; la torcaz romántica, y tantas otras aves que forman parte de esa orquesta ensordecedora que ejecuta un himno infernal o una plácida melodía. Sobre la tierra húmeda y a ras de las aguas, miriadas de mariposas revolotean haciendo florecer de caprichosos y deslumbrantes ramilletes el barro y los arbustos de la orilla.

Más arriba, en tierra consistente, los venados pacen vigilando celosos a las tiernas crías; las ardillas saltan retozonas de rama en rama, sacudiendo sus espesas colas, con las que se cubren acurrucadas tan luego sienten las primeras gotas de lluvia. En la maleza se ocultan los roedores: el codiciado añuje, el nocturno picuro, experto trazador de caminos desde su madriguera hasta el lago en que acostumbra beber, cuya carne es la más preciada de la selva.

Pero lo que con más interés buscan los animales, especialmente las aves, son los lechos casi resecos de las lagunas y de los riachuelos, en cuyas partes más hondas han quedado profusas lagunitas donde los peces escamosos forman masas casi compactas, y los sin escamas, cavan en los bordes, bajo los árboles caídos, sus viviendas de verano, consistentes en cuevas más o menos profundas en las que el agua se conserva fresca hasta que vuelvan las primeras lluvias. Allí capean la sequía el shitari, ese zapador que gusta del barro y horada galerías en los terrenos duros lamidos por las aguas torrentosas; el shirue, de entretejidas escamas; la traidora ánguila, que mata con sus descargas eléctricas, y los shuyos. Estos tienen la audaz propiedad de cruzar la selva cuando aún está

144

húmeda, emigrando a lagos más extensos, lo que permite muchas veces a los cazadores pescar en pleno bosque y en tierra firme.

Los gavilanes huyen atacados por minúsculos pajarillos que les aventajan en rapidez de vuelo. Y aún los tigres merodean a la distancia para no ser acorralados por la huangana[1] que disfruta de su collpa[2]. Esta es la época del año en que los animales menudos engordan, al par que las fieras languidecen de hambre. Es el fenómeno opuesto al que se produce en invierno, cuando ateridos de frío bajo la lluvia incesante y sin frutos de que nutrirse, toda la fauna selvática se refugia en las restingas, largos islotes que las grandes crecientes no llegan a cubrir; período en que las fieras cazan sin restricciones.

Ello explicaba la causa por la cual estaba deshabitada la zona que recorríamos. Era preciso apresurarse, si no queríamos morir de hambre y de sed.

—Pronto terminará esto —dijo Sangama, comprendiendo que nuestro mutismo era fruto del temor que nos dominaba—. Dentro de algunos momentos llegaremos a las orillas de algún rio-lago, en donde será posible resarcimos.

Nuestra marcha, siguiendo la trocha, habíase convertido casi en fuga, mas fue recién al atardecer del día siguiente, cuando ya dudábamos de que se realizara el alentador pronóstico, que percibimos a la distancia el ruido peculiar de la selva habitada, y se abrió, a nuestro paso, un extenso claro cubierto de vegetación baja, cuyos confines apenas se adivinaban en la borrosa lontananza. Sobre esa pampa verde, cuya superficie ondeante se dilataba ante nuestros ojos, como un mar de remotas orillas que el sol quisiera calcinar, se levantaban grandes masas de vapor amarillento.

—Hemos llegado al renacal —suspiró Sangama— Más allá no puede haber ido el viejo Luna, por muy conocedor que sea de la selva.

Descendimos la pequeña depresión del terreno hasta el mismo borde, en donde hicimos alto.

Absorto permanecí largo rato contemplando la extraña selva lacustre que se extendía a nuestros pies.

---

[1] Huangana: jabalí.
[2] Collpa: terreno muy fangoso donde reposa y duerme la manada.

Capítulo 25

Sólo algunos de los más atrevidos exploradores han llegado al renacal, región que se extiende entre los grandes ríos Huallaga y Ucayali, y confína con la selva baja que caracteriza la zona que este último recorre.

Sobre un enorme mar de agua fangosa ha crecido esta vegetación extraña. La constituye exclusivamente el renaco, planta que progresa especialmente en los lugares muy húmedos o en los pantanos, donde forma compactos bosques. Cuando brota aislado, medra rápidamente. De sus primeras ramas surgen raíces adventicias, que se desarrollan hacia abajo buscando la tierra; pero si cerca de alguna de ellas se levanta un árbol de otra especie, se extiende hasta dar con él, se enrosca una o varias vueltas en el tallo y sigue su trayecto a la tierra, en la que se interna profundamente. Desde entonces el renaco, enroscado cómo una larga serpiente, va ajustando sus anillos en un proceso implacable de estrangulación que acaba por dividir el árbol y echarlo a tierra. Como esta operación la ejecuta con todos los árboles que tiene cerca, termina por quedarse solo. De cada una de las raigambres que sirvieron para la estrangulación brotan retoños qué con el tiempo se independizan del tallo madre. Y sucede con frecuencia que, cuando no encuentran otras especies donde prenderse, forman entre sí un conjunto tan extraño que se diría un árbol de múltiples tallos deformados y de copas que no coinciden con los troncos. Poco a poco, desenvolviendo su propiedad asesina, el renaco va formando bosques donde no permite la existencia de ninguna otra clase de árboles.

A menudo, el viento lleva a distancia la minúscula semilla del renaco y la deposita sobre la corteza de otro árbol. Allí germina entre las rugosidades y se desarrolla parasitariamente a expensas de la savia que succiona, mientras lo envuelve con los tentáculos de sus raíces hasta cubrirlo completamente. El árbol muere, al fin, asfixiado y la planta estranguladora continúa viviendo de los despojos en descomposición hasta que muere, a su vez por falta de sustento.

En los lugares muy pantanosos, donde no existen condiciones para que pueda prosperar hundiendo sus raíces, el renaco se amolda y logra desarrollarse admirablemente. Sus ramas y raíces se entretejen y cubren la fangosa superficie con un tupido y fortísimo enrejado, bajo el cual viven boas de extraordinario tamaño.

El renacal en cuyas márgenes nos hallábamos, estaba formado así. De un amplio lago de fango surgía un enmarañado bosque de rara configuración, en la que unas ramas se envolvían en las otras, tal como deben envolverse las fibras impalpables de la angustia en los cerebros de los locos. La superficie de esa malla enredada no era continua. De trecho en trecho veíanse tenebrosas aberturas, al fondo de las cuales y en estancadas aguas negras, moraban corpulentos reptiles.

Sangama miraba pensativo esta fantástica extensión. ¿Qué cúmulo de ideas bullía en su mente? Contemplaba el renacal con tanta fijeza como si quisiera arrancarle algún importantísimo secreto. Sin adivinar la causa de tan hondo ensimismamiento, permanecimos a su lado guardando respetuoso silencio. Cual si regresara cansado de un largo viaje, con voz muy queda, nos manifestó que debíamos prepararnos a pasar allí la noche y atender a nuestro sustento.

A corta distancia, en el linde del terreno firme, distinguimos un grupo numeroso de palmeras de chambira; cuyas hojas tiernas producen la fibra empleada por los indios en el tejido de sus hamacas y cuyos frutos, especie de pequeños cocos, contienen una pulpa sabrosa y nutritiva. Para proveernos de agua, que no fuera la negra y fangosa empozada entre las raíces de los renacos, abrimos entusiastamente un hueco en las arenas del cauce de un arroyo agostado, que poco tardó en llenarse del buscado líquido. Junto a este pocito levantamos el pequeño campamento. Luna tumbó varias palmeras, permitiéndonos saciar con sus frutos el hambre que nos devoraba. La noche nos sorprendió convenientemente situados, prontos a dar buena cuenta de los animales que acudirían a beber. El experto Lima colocó sobre el guión de cada rifle una bolita de huimba[1] para asegurar la puntería en la obscuridad. No era necesario que permaneciéramos mucho tiempo en vela, pues antes de media noche ya habíamos cazado un venado y varios picuros.

La luz de la mañana nos encontró en pie, empeñados en levantar, de troncos y hojas de palmera, un campamento que nos albergara cómodamente en caso de lluvia, mientras la olla hervía con suculentas tronchas de carne fresca y se doraban aromáticas chuletas sobre las brasas.

---

[1] Huimba: árbol corpulento cuya flor es una valiosa seda vegetal.

Descansamos todo ese día; descanso bien merecido ciertamente, después de la redoblada caminata que acabábamos de realizar.

Fue entonces que pude entregarme a mis anchas, como no lo había hecho desde que emprendimos la excursión, al recuerdo de la amada, cuya existencia en la lejana choza me preocupaba en grado sumo. Recorrí con la imaginación todos los instantes de mi vida desde que me cupo la suerte de conocerla. ¡Qué serenas, qué dulces, qué suaves transcurrían las horas en tan grata recordación! Mientras desfilaban por mi cerebro, las escenas del poema amoroso que protagonizábamos, manteníame ajeno a todo lo demás.

Habría continuado deshilando el lienzo de tan inefable fantasear, si no me hubiese interrumpido el Matero, que se aburría soberanamente, pues Sangama continuaba sumido en sus meditaciones, mudo, tendido en el suelo con los codos apoyados en tierra y la cabeza sujeta por ambas manos, clavada la vista en la lejanía monótona del inmenso renacal.

Recordamos al Toro y al Piquicho, a quienes suponíamos muertos de miedo, rogando a todos los santos que volviéramos a recogerlos.

Por la tarde, noté a Sangama preocupado. Luna formulaba en voz alta proyectos de caza para esa noche y el día siguiente, decidido, al parecer, a quedarse en ese paraje y seguir descansando.

La actitud de Sangama me inquietaba; pero no me atreví a interrogarle, no obstante el interés que tenía en conocer las peculiaridades del lugar que teníamos al frente. Esperaba que, saliendo de sus cavilaciones, de un momento a otro diera principio a la consabida disertación, que esta vez versaría, indudablemente, sobre el renacal y sus misterios.

Avanzada la tarde le vi levantarse, tratando de no llamar nuestra atención, y dirigirse hacia el borde del renacal... Busqué el rostro de Luna y, como éste tardara en mirarme, me acerqué a él y le propuse por señas ir detrás de Sangama para ver lo que hacía. Lo descubrimos sentado al borde de un pequeño barranco desde donde continuaba su persistente observación. A poco, se puso en pie y encaminó sus pasos a un arbolito nudoso, al que se encaramó para otear en todas direcciones, con la mano derecha extendida sobre los ojos a modo de visera.

—Parece que quiere descubrir lo que hay detrás del renacal— susurró a mis oídos el Matero.

—¡Chist! No vaya a disgustarse porque le espiamos— le contesté, tan bajo como pude.

—Si no se ha vuelto loco, poco le falta. No tiene cuando bajar.

En efecto, Sangama no se cansaba de inspeccionar la lejanía con profundo detenimiento, sin que pareciera importarle el transcurso del tiempo. Cuando descendió, ya había anochecido. Volvió a sentarse vigilante en el mismo sitio en que había estado anteriormente.

El confianzudo Matero, que no era hombre de andarse en ciertas consideraciones y no comprendía que se pudiera dedicar tanto tiempo a la contemplación de algo que para él carecía de interés particular, no pudo contenerse y, acercándose, le espetó esta interrogación burlona, que me pareció inoportuna para ser empleada con Sangama, cuyas preocupaciones siempre me infundían respeto.

—¿Se te ha perdido algo en el renacal...?

El interpelado no contestó. Su expresión, al volver el rostro y darse con nosotros, fue de quien despierta de un pesado sueño y se sorprende ante la realidad. Primero miró atentamente al Matero, después se fijó en mí, que estaba medio oculto tras un arbusto.

—Espiándome... ¿eh? —nos dijo con acento de reproche.

—¡Hombre...! Como no regresabas al tambo, tuvimos que venir a buscarte —intervine.

Estoy tratando de comprobar si éste es el lago absorbido por la selva, que he vislumbrado en mis horas de telepatía... ¡Pero no está la isla de la leyenda...!

—¡Caramba...! ¿De qué nos hablas...? ¡Estás incomprensible!

—Ya me parecía bastante inexplicable el viaje de Sangama por estos sitios —terció Luna, sorprendido.

—Ustedes saben bien que nunca he sido egoísta. He venido a buscar al viejo Luna. Pero tengo, a la vez, otro motivo fundamental, el aliciente de mi vida, podría decir. Ha llegado el momento de hacerles la gran confidencia y de pedirles que me ayuden... Si las cosas son como yo creo, se acercan trascendentales acontecimientos históricos.

El Matero y yo nos miramos asombrados. Evidentemente, Sangama había enloquecido o, al menos, estaba sufriendo un ataque de enajenación.

De vuelta al campamento —si nuestra improvisada chocita merecía que así la designáramos—, al rojizo fulgor de la lumbre, nos contó la siguiente historia.

Capítulo 26

—No puedo menos que principiar confesando —empezó Sangama— que nuestra gran misión, la de mis antepasados y la mía, se sustenta en una leyenda que fue trasmitida a mi abuelo por el Huillac Umu, Sumo Sacerdote que acompañaba al mártir Amaru. Tiene, pues, para mí, los caracteres más sugestivos y trascendentales. En mis horas telepáticas he visto borrosamente un lago absorbido por la selva..., éste que tenemos a la vista, y perdida en él, la isla donde se encuentra en un sepulcro el Dios de mis mayores, representado por una estatua de oro puro, junto a una calavera. Hoy no he podido distinguir la isla, lo que no deja de causarme gran contrariedad... Escuchen la leyenda:

"El Inca Amaru se encontraba en dificultades. La última resistencia opuesta al conquistador hispano había fracasado, y huía de las alturas de Vilcabamba hacia la selva perseguido muy de cerca por las aguerridas tropas del Capitán Martín García de Loyola".

"Después de larga caminata, acosado sin descanso por los españoles, el Inca se detuvo en el último Tampu, que señala el límite del Imperio con la tierra de los antis".

"Rodeábale un pequeño grupo de servidores, todos de la nobleza imperial, entre los cuales se destacaba el anciano Huillac Umu, quien, postrado ante la estatua de oro, impetraba para su Señor la protección de los dioses del Imperio".

"—¿No has recibido ningún mensaje de Huiracocha?— le interrogó, con ansiedad, el Soberano".

"—Huiracocha está enojado con sus hijos... sigue enojado. Se manifiesta sordo y mudo a la invocación".

"El Inca inclinó la cabeza apesadumbrado. El sacerdote prosiguió solemnemente".

"—Nos tiene abandonados a nuestra suerte desde que lucharon los fratricidas. En sus templos, en vez de la sangre de los sacrificios, corrió la sangre humana, la sangre pecadora. Los blancos codiciosos, vencedores de Atahuallpa, saciaron sus apetitos en los sagrados recintos... Cinco generaciones pasarán antes de que los descendientes de los Hijos del Sol vuelvan a tener la sangre purificada por los sufrimientos. Entonces, y sólo entonces, volverá a ser para ellos la palabra divina".

"El cansancio abrumador no tardó en dominar al Monarca, el cual se quedó dormido sobre la gran piedra que le servía de trono. Sus servidores le rodearon velando solícitos su sueño".

"De pronto el pecho del Inca se agitó convulsivamente. Gruesas gotas de sudor brotaban de su frente, deslizándose por las mejillas en las que dejaban líneas húmedas. Su boca entreabierta dejaba escapar palabras ininteligibles".

"Cayó la noche, y silenciosamente fueron fijadas en las paredes del Tampu gruesas antorchas que chisporroteando, derramaban luminosidad amarillenta por la estancia".

"Muy entrada la noche, despertó el fugitivo Soberano jadeante, como si acabara de sostener tremenda batalla. Miró en derredor y, enjugándose la frente, llamó al Huillac Umu y a Quispe, uno de los jóvenes nobles que le eran más adictos".

"—He visto a Huiracocha —les dijo—. Sus ojos me miraban coléricos al anunciarme la proximidad de mi fin. Me ha ordenado que salvemos su imagen, para que, con el poder que encierra, uno de mis descendientes arroje al invasor. A ti, Quispe, te ordeno que, con los hombres que elijas partas sin pérdida de tiempo, y te internes en la selva. Abre bien los oídos y escucha":

"Irás, siguiendo el curso de este río, hasta que encuentres sobre una peña, un ave de rapiña devorando una serpiente. En cuanto te vea, levantará el vuelo hacia el Norte sin soltar la presa, cuyo excesivo peso le hará descender con frecuencia y, en cada una de esas paradas, reanudará su festín dándote tiempo para que lo alcances. A tu presencia, volverá a elevarse tantas veces como sea necesario, y volará siempre en la misma dirección. Síguele sin descanso. Así habrás de llegar a la margen de un gran río cuyo largo curso bajarás, sin que te importe cuantos días emplees. Cuando encuentres en la orilla una montaña de sal, detente el tiempo necesario para llenar tu jícara, y sigue adelante. No temas la braveza de las aguas, que Huiracocha te protegerá. Llegarás así a las tierras ignoradas donde moran los desnudos antis. Sólo dejarás el río cuando veas bandadas de blancos pájaros que, atravesando el cielo se dirijan hacia el Este en pos de lagos interiores. Seguirás sin variar, amado Quispe, esa orientación. Pero antes de abandonar el río, afila bien tu champí porque troncos y ramas saldrán a impedirte el paso. Corta y corta mucho, Quispe; no te canses de cortar. La ruta que vayas abriendo te permitirá volver a la montaña de sal en la época en que el cielo no sea cruzado por las aves. Las bandadas de pájaros te señalarán la ruta que conduce a las orillas de un lago, en medio de cuyas aguas se levanta una isla. Allí esperarás hasta que uno de nuestros descendientes vaya en tu busca. Antes que provisiones, procura llevar semillas, pues sólo Huiracocha sabe el día en que tengas que devolver a tu Señor la estatua que te confió. ¡Parte!"

"Postróse Quispe de hinojos ante el Inca. Extendió los brazos hacia adelante en señal de acatamiento y adoración, y partió seguido de Auca, que llevaba sobre sus poderosas espaldas la sagrada imagen".

"Acto seguido el Monarca se volvió al Huillac Umu diciéndole:

"—Parte también tú antes de que sea tarde. Tu misión con el tiempo será la de encontrar al más digno de nuestros descendientes que haya salido con vida del aniquilamiento de nuestra estirpe. Comunícale el mandato de Huiracocha. El, sus hijos o los hijos de sus hijos irán en busca de Quispe, recogerán la estatua y reconquistarán el Imperio".

"En cuanto desapareció el Huillac Umu, cayeron los españoles sobre el Tampu y apresaron al Inca y a toda su comitiva. Ninguno de la familia imperial y de la nobleza del Tahuantinsuyo escapó con vida de la saña del Virrey Toledo. La historia ha recogido en sus páginas la horrible matanza que él ordenara y que le valiera, en los últimos años de su vida, el reproche del Rey que le hizo morir de pesadumbre".

"Largos años pasaron desde entonces".

"Una tarde, al pasear arrogante por las calles sevillanas, un noble, un genuino descendiente de la raza imperial y Capitán de las Reales Fuerzas de España, fue abordado por un vagabundo que parecía venir en su busca, tras larga peregrinación a través de mares y continentes".

"—Tengo un mensaje para vos —le dijo abruptamente— ¡Seguidme!"

"Tales palabras, la extraña catadura del sujeto, y su voz que parecía salir de una tumba, le impresionaron hondamente. Sin pedir explicaciones siguió al misterioso personaje hasta una paupérrima habitación cuya ventana daba al río. Una vez dentro, el raro individuo cerró la puerta y, sentándose en uno de los ángulos del cuarto en que reinaba leve obscuridad, fue relatando, con acento lúgubre y cansado, todo lo que acabo de exponerles, agregando':

"—Aquí tienes la descripción de las cuevas que encierran los conocimientos de los sabios del Imperio y también los grandes tesoros ocultos que te servirán para mover el Mundo en favor de la Gran Causa de nuestra raza; pero lo primero que has de hacer ¡oh Hijo del Sol!, es encontrar la estatua de Huiracocha que se encuentra escondida en la selva. Ya pasaron las cinco generaciones y hase aplacado el enojo del gran dios tutelar del Imperio. El te guiará en la búsqueda de su imagen, de eso que vosotros, los que abandonásteis la fe de vuestros mayores, llamáis despectivamente ídolo".

"—Y ¿quién sois vos?—preguntó el Capitán, creyéndose de pronto objeto de una burla".

"—Yo soy el Huillac Umu, a quien el Inca encomendó la misión de trasmitirte sus palabras".

"—¡Mentira! ¡Impostor! —gritó fuera de sí el orgulloso militar, convencido de que se trataba de una farsa—. ¡Pagarás tu insolencia y tu osadía...! ¡Hace dos siglos que Amaru fue degollado, y vienes tú con tamaña impostura!"

"Y desenvainando su tizona, atravesó de una estocada al desconocido, que no hizo el menor movimiento para defenderse. Prodújose un macabro sonido de huesos. El Capitán se abalanzó sobre el siniestro personaje y de un tirón le arrancó el amplio sombrero y la bufanda con que ocultaba el rostro. Ante su mirada estupefacta, quedó al descubierto una blanca calavera, que rodó hasta quedar frente a él en un rincón. Tuvo la conciencia de que esa calavera le miraba con fijeza desde la eternidad. Escuchó luego sordo rumor de huesos que se esparcían por el piso y vio que los andrajos, desprovistos de su contenido, se apiñaban y plegaban disminuyendo hasta desaparecer por completo".

"El Capitán dio en tierra como herido por un rayo, al tiempo que decía:"

"—Sí, Señor, iré a cumplir tu mandato... —y quedó desvanecido".

"A media noche, cuando volvió en sí, se encontró tendido sobre las baldosas de la calle, rodeado de varios transeuntes".

"—¡Que tal borrachera! —exclamó uno de ellos alejándose, exclamación que fue seguida de un coro de carcajadas".

"Irritado por el ultraje, se dedicó a buscar la casa en la que había penetrado. Encontró la escalinata contigua que advirtiera al volver la vista en el preciso momento en que ingresaba a la umbrosa calle, pero la casa que buscaba no existía, y por ningún lado pudo encontrar el corredor. Se creyó víctima de una alucinación; pero cuándo, en su elegante residencia, se desvestía para entregarse al descanso después de los sucesos narrados, sus ojos se clavaron en unos papeles amarillentos que asomaban de uno de sus bolsillos. ¡Los papeles que le había dejado el fantasma!"

—Ese noble fue mi abuelo —continuó Sangama—. Fracasó en la búsqueda del ídolo, como años después también fracasó mi padre. Ambos murieron en la selva. Yo, obsesionado por esa misión que me toca cumplir, vine muy joven a las márgenes del Ucayali y aprendí, además de los amplios conocimientos que se esmeraron en proporcionarme, los secretos que encierra la selva y, bebiendo el jugo mágico, logré asimilar, después de muchos años, las facultades que me identifican con ella. Gracias a las propiedades clarividentes del ayahuasca, descubrí esta selva pletórica de serpientes... ésta qué tenemos a la vista.

—¿Acaso en un tiempo fue lago? —atiné a preguntar, queriendo salir del asombro que el relato me había producido.

—¡La planta maldita lo cubrió! —dijo Sangama—. Cada renaco encierra un espíritu maligno. Observen cómo algunos semejan seres humanos con las extremidades deformadas que, como garras extendidas hacia nosotros, parecen amenazarnos. El renaco está siempre dispuesto al ataque. Con sus ramas y raíces asalta y asesina a los árboles, y con las boas que cría bajo la red con que cubre el pantano, ataca y mata a cuantos animales se le aproximan. El renaco terminaría por vencer a toda la selva y absorberla, si los demás árboles no se defendiesen. Allí, un árbol estrangulado ha caído sobre centenares de renacos que estaban invadiendo el terreno alto, destrozándolos en su caída y, para evitar el funesto rebrote, abigarrada maleza ha cubierto el despejado rápidamente. Acá, hay otro que tiene la forma de un tirabuzón porque el renaco que lo estaba torturando, murió aplastado por la caída de una de sus víctimas. ¡Es la defensa colectiva de la selva amenazada por el malvado elemento que atenta contra su existencia...!

Capítulo 27

Cuando Sangama puso término a su relato, tuve la sensación de que algo imprecisable nos amenazaba, y hasta cuando dirigía la vista hacia atrás, parecíame percibir la silueta de una forma extraña que se ocultaba en la espesura. Sin embargo, sobreponiéndome, nada dije a mis acompañantes. El Matero, a no dudarlo, también estaba inquieto, pues trataba de aguzar el oído mirando por todos lados la jungla circundante, débilmente alumbrada por la rojiza hoguera ante la cual nos hallábamos.

Como no pudiese conciliar el sueño, repasé en mi imaginación los detalles que precisaban esa historia, y pude encontrar la lógica relación que tenía con las declaraciones que en varias oportunidades vertiera Sangama, a las cuales nunca atribuí tan trascendental importancia. Pero por la ocasión en que había sido hecho el relato, la verdad es que no me atrevía a dudar de su certeza. Me explicaba claramente el motivo por el cual Sangama, en sus arrebatos de entusiasmo, aludía siempre a la Gran Causa y al Ídolo.

Mi sueño fue de los más intranquilos, poblado de todo género de fantasías, en las que la figura de Sangama adquiría proporciones descomunales y con poder suficiente para la destrucción de los renacos.

Al despertar, cansado como si hubiera sostenido enconada lucha, tuve que hacer gran esfuerzo para convencerme de que no había sufrido ningún daño físico. El Matero, que se desperezaba, me dio la voz:

—¿Qué te pareció la historia de Sangama? Yo creo que está medio loco. El, que no cree en demonios ni en aparecidos, ¿cómo puede dar crédito a esa historia en que intervienen personajes del otro inundo?

—Yo no sé —me apresuré a responder—. Pero algo debe haber de cierto. Nuestro compañero no es hombre que pueda engañarse tan fácilmente...

La presencia del aludido, que volvía de una inspección al renacal, nos impidió continuar.

Después del desayuno, Sangama, que hasta entonces había permanecido abismado en sus meditaciones, se me encaró diciendo:

—Tienes cara de desenterrado. Necesitas descansar. Seguramente has dormido mal. De día no hay peligro en este sitio, de manera que puedes aprovechar mientras nosotros vamos de caza.

El Matero aseguró que no se demorarían mucho pues la caza abundaba en los alrededores. Quise acompañarles; pero se negaron obstinadamente a que fuera con ellos. La deferencia, que hube de aceptar finalmente, me hizo muy poca gracia.

Siguiendo el consejo y acosado por los zancudos, resolví meterme dentro del mosquitero; mas al cabo de cortos momentos, experimenté inexplicable temor. Estaba seguro de que un peligro se cernía sobre mí. Consideré la facilidad de un ataque y lo difícil que me sería defenderme en la situación en que me encontraba, metido dentro de aquel artefacto, sin ver el exterior.

Salí. No sin cierta nerviosidad, amontoné manojos de hojas secas y les prendí fuego. La humareda ahuyentó prontamente las nubes de mosquitos y zancudos y cesó el zumbido desesperante que producían. Miraba con inquietud en todas direcciones, tratando de penetrar lo más profundamente en la espesura. Desde el lugar en que me hallaba, podía ver largo trecho de bosque, pues el suelo se encontraba casi completamente libre de malezas, y si había uno que otro arbusto, estaban secos o mutilados.

Hubo un momento en que vi agitarse en forma extraña las ramas de un árbol. Me aproximé a él; pero por más empeño que puse en examinarlas, nada de particular pude descubrir. Menos mal, pensaba para darme valor, que Sangama y Matero estarán muy pronto de regreso. Pero, desgraciadamente, pasó el mediodía sin que dieran acuerdo de sus personas.

La soledad es mala compañera. Estaba seguro de que si hubiera peligro, Sangama no me habría dejado en la chocita, pero me era imposible evitar la sensación de desamparo que me invadía.

La marcha del sol era pausadísima. Las horas crecían y crecían. Unos disparos lejanos me hicieron suponer que ya estaban de vuelta mis amigos. No podía concebir que, existiendo abundante caza en las inmediaciones, iban demorándose tanto. Esperé largo rato sin escuchar ruido alguno ni ver nada anormal. Mi desasosiego aumentaba a medida que los minutos transcurrían y las cortinas de la noche se descolgaban sobre la selva. Paseábame inquieto, como una fiera dentro de una jaula, de un extremo a otro del estrecho despejado.

Tenia la persistente impresión de que dos ojos, desde alguna parte, estaban fijos en mí, esperando el momento propicio para atacarme. Arrojé gran cantidad de hojas secas a la hoguera y, como estaba rendido de tanto caminar, me senté junto al fuego, en cuyo resplandor cambiante me pareció encontrar alivio. Evidentemente, no se trataba de la emoción que produce la cobardía. Más de una vez había demostrado en el transcurso de mi vida, saberme enfrentar con decisión a los peligros. Pero en ese lugar y en tales circunstancias, como consecuencia del influjo de la selva, se desarrolla un nuevo sentido: la sensación de la acechanza del peligro.

Cuando el llamear de la fogata se extinguió por falta de combustible, yo estaba medio adormecido. Fue entonces que ese algo que yo temía, cuya naturaleza me era imposible determinar, se me vino encima de improviso. No sé si cayó de las ramas que se entrelazaban sobre mi cabeza, si se abalanzó saliendo de atrás de alguno de los troncos que me rodeaban o, por último, si surgió de las entrañas de la tierra.

Caí violentamente al suelo con unas garras que se prendían en mi garganta y una especie de barba fétida que barría el rostro. De una cara casi totalmente cubierta por largos y enmarañados cabellos, unos ojos asesinos me miraban llenos de un fulgor extraño.

En el primer momento, me creí perdido; pero como seguía respirando con libertad, resolví, aconsejado por el instinto, defenderme y vender cara la vida que el monstruo quería arrebatarme. Extendí los brazos para asegurar a mi enemigo, y toqué un cuerpo sin pelos, frío, huesudo y húmedo de sudor. Mis manos se afianzaron en dos puntos que me parecieron hombros humanos y, con gran esfuerzo, me separé de los nudosos sarmientos que me presionaron el cuello. Traté desesperadamente de incorporarme; pero sus muslos, atenaceándome el torso, me mantenían sujeto al suelo. Luché con furia, con toda la violencia y el ímpetu que se emplea en los momentos supremos para defender la vida. Aunque el ataque era denodado y continuo, pude darme cuenta de que en fuerzas no me aventajaba. Su agilidad sí era sobrehumana. Siempre lo tenía encima de mí, pugnando por volver a cogerme del cuello o por herirme con los dientes. Noté que su respiración se nacía cada vez más fatigosa y sus movimientos menos ligeros. Para salvarme, era necesario seguir resistiendo hasta agotarlo por completo; mejor aún, para no darle tregua, yo debía tomar la iniciativa en la lucha. Así lo hice. Busqué su cuello y lo presioné con todas mis fuerzas. Y como jadeante cediera, le solté para buscar mi rifle o mi machete, que los suponía próximos. En el momento de extender la mano, sentí una feroz mordedura en el brazo; fue una mordedura de fiera que me contrajo de dolor. De un salto se puso fuera de mi alcance y desapareció en la espesura como una sombra, dejándome el brazo desgarrado.

Sin perder tiempo, cogí el fusil y agoté su carga apuntando al lugar por donde había huido. Como si estuviera loco, recargaba sucesivamente el arma y hacía disparos en todas direcciones.

Vencido por el esfuerzo, me tendí en el suelo. Una gran inquietud se apoderó de mí al imaginar que mis compañeros se hubieran perdido en la inmensidad de la selva y que, acaso, no regresarían jamás. Y yo quedaba solo, herido, rodeado de inconcebibles peligros, a muchas leguas de los lugares habitados a los que sería imposible regresar sin el auxilio de un guía. Sentí de pronto fuertes impulsos de partir a la carrera y hundirme en la selva. Un instante más... y la locura.

Un animal se me arrojó a los pies y, lamiéndome las manos, se restregaba contra mi cuerpo... ¡Era un perro! ¡Era Litero que, dejando a Sangama y a Luna, venía a buscarme!

Capítulo 28

Cuando un cazador, siguiendo obsesionado una bandada de pavas silvestres o de tucanes, o corriendo entusiasta tras la manada de jabalíes, sale de la trocha y se interna confiado en la selva desconocida, es porque está poseído de la fiebre del cazador. Vence obstáculos, salva atajos, trepa y desciende, corre y salta con la espalda vuelta a la fatiga, sin medir distancias ni escatimar esfuerzos. Avanza veloz, obsecado, siguiendo a la pieza que se aleja; y mira aguzando la vista en su afán de percibir el más leve movimiento de la maleza o de las ramas que delate el paso de la pieza que persigue.

No tiene tiempo para meditar, fijarse en detalles ni anotar accidentes que determinen la orientación y establezcan el rumbo que, ofuscado, sigue al azar. Apenas mira el suelo que pisan sus pies, desdeñando las espinas que le desgarran y las ramas que intentan detenerle.

Vuelan las horas en esa vertiginosa carrera que agota tanto al hombre como al animal. Al fin, aquél logra hacer puntería, dispara y hiere, deteniéndose jadeante y satisfecho junto a la pieza cobrada. La remata gozoso, la amarra, se la echa a la espalda e inicia el camino de regreso. Recién, entonces, trata de encontrar el rumbo conveniente. Mira sorprendido a su alrededor donde resalta un árbol corpulento, al que se acerca para darle un machetazo en la corteza, a fin de que la sangrante huella fije el punto de partida. Esta acción instintiva es la marca que deja el cazador como referencia de su paso por el bosque. Luego, cree orientarse y parte en determinada dirección, que supone la más acertada; enmienda el rumbo ante un barranco, un arroyo, un tremedal o cualquier otro paso difícil de librar. Y vuelve a rectificarlo una y otra vez. Se detiene indeciso, y experimenta una desalentadora sensación que le enturbia la inteligencia. Sin embargo, sigue y sigue sacando energías de donde no existen, para detenerse de pronto frente a un tronco robusto que atrae su atención y le suscite un vago recuerdo. Aproxímase a él y descubre la herida fresca, chorreante, que él mismo le hizo. Es el árbol de cuyo pie partiera horas antes queriendo regresar. Una fuerza misteriosa, inexplicable le ha llevado a la vera misma del árbol vengador. Es un fenómeno que acontece casi invariablemente al qué se extravía en la selva. Sólo entonces se da cuenta de la pavorosa realidad. ¡Está perdido!

Dicen que ni el "¡Sálvese quien pueda!" definitivo, que domina el rugido de la tempestad y, penetrando hasta la médula de los huesos, lleva el pánico a la tripulación y al pasaje, produce un terror comparable al que experimenta el que prisionero de la selva, percibe temblando de pavura el grito de su conciencia: ¡Perdido...! Parece que los troncos adquieren movilidad y, convertidos en seres extraordinarios, se les acercan, estrechando más y más el círculo que le encierra. El cazador emprende la fuga fatal. Desaparece la conciencia y sólo ve la amenaza de los árboles que le persiguen. Oye ruidos inauditos, y voces ultraterrenas. Corre y corre, destrozando sus carnes en los espinos, hiriéndose los pies al tropezar con las raíces y los troncos, sufriendo el castigo implacable de flagelantes ramas. ¡Hasta las fieras y los reptiles huyen a su paso!

Paradójicamente, esa agonía al escape es lenta y se prolonga a veces días y noches, hasta que el infeliz cae rendido para no levantarse más. Generalmente, los que se pierden en la selva terminan rodando al fondo de algún barranco o sumergiéndose en los chupaderos.

Cuando un cazador no regresa a su tambo el mismo día de su partida o durante la noche, la noticia se difunde, y cuantos la conocen se reúnen, al día siguiente, para buscarlo. Distribuidos en grupos, recorren el monte en distintas direcciones, haciendo frecuentes disparos para dar aviso de su presencia y orientar al extraviado.

Los círculos descritos por un cuervo que vuela a gran altura, indican que el cazador ha muerto. A poco, estas aves, reunidas en gran número, descienden estrechando los círculos y se posan en las ramas próximas al cadáver.

En tales ocasiones, los que buscan al cazador perdido, se orientan por la bandada de cuervos que descubren al mirar el cielo, y acuden a rescatar el cadáver antes de que sea despedazado.

Los aborígenes resisten muchos días perdidos en la selva, y no es raro que logren salir de ella, siguiendo sus impulsos instintivos de orientación; pero cuando un civilizado se aventura solo por la selva y tiene la desgracia de perderse, su destino es fatal.

Hay tres cosas que causan súbita reacción en el cazador que huye frenético: el canto del gallo, el estampido de un disparo y el ladrar de un perro. Al oir esos sonidos inconfundibles, que la extraña acústica de la selva transmite largas distancias, el infortunado se detiene de golpe, su cerebro vuelve a funcionar normalmente, desaparece el embrujo de la selva y, como guiado por mano providencial, regresa al lejano campamento o se encuentra con quienes han salido en su busca.

162

La presencia de Litero me devolvió de pronto la tranquilidad. Su contento era indescriptible. Parecía darse cuenta, con orgullo, de estarme prestando auxilio. Gruñendo de gozo, lamíame las manos para corresponder a las caricias que le prodigaba. Compartí con él mi ración, que había permanecido intacta, y en momentos en que me entretenía viéndole roer los huesos, Sangama se presentó seguido del Matero y, con forzado aplomo, me dijo:

---¡Ah, el perro se había adelantado... ! ¿Qué tal?

---Creimos que te había atacado una tribu entera. ¡Cuántos tiros.

La ironía se le heló en los labios a Luna, al observar que estaba herido y descubrir en mi rostro las huellas de la lucha. Sangama palideció. Ambos arrojaron sus cargas de animales muertos y, en silencio acusador, mientras aquél avivaba el fuego, éste me curó la herida.

—Mañana estarás mejor —me había dicho Sangama, al tiempo de vendarme el brazo. Poco después añadió con manifiesta sorpresa—: ¡Pero esto no es la mordedura de un animal...!

—¡Claro que no! —le contesté—. Me atacó una especie de hombre.

Y a medida que refería el suceso, Luna, que no perdía palabra, cambiaba con Sangama frecuentes miradas significativas.

—Posiblemente, el que te atacó es un loco que anda por aquí— adujo Sangama.

Al escuchar tales frases, el Matero se desbordó:

—Hemos encontrado su pisada al canto del agua. Seguimos su rastro en el monte una larga distancia y dimos con uno de los sitios en que duerme, junto al arroyo. Pero comprobamos, también, que desde hace muchos días no va por allí. Por eso nos alejamos, demorándonos tanto.

Esa noche, mientras vigilábamos, discurrimos animadamente los tres, cubiertos por los mosquiteros armados muy juntos bajo el reducido techo que nos cubría. Recordamos a los bandidos y convenimos en no preocuparnos más de ellos, porque si se aventuraban a regresar, alejándose del pozo que les aconsejamos abrir en el cauce seco de la encañada, irían a una muerte segura. Además, las marcas que había dejado Sangama para orientarnos al regreso, no podían ser descubiertas por ellos. Lo importante era, por el momento, el ataque de que yo había sido víctima. Sangama no pudo callar por más tiempo la sospecha que había concebido.

El viejo Luna merodea por aquí. Su alma ha sido absorbida por la selva, y su cuerpo vaga encadenado al renacal.

—Pero, ¿es que crees en eso, Sangama? —pregunté con un dejo de ironía.

—Desde mañana lo espiaremos en la collpa donde acostumbra beber —intervino el Matero, evitando una posible disquisición sobre la existencia de los mitos selváticos. Lo único que le interesaba era, sin duda, su padre.

—Me agarró de sorpresa —expliqué—. Si hubiera logrado coger mi fusil a tiempo, habría hecho fuego contra él, creyéndolo una fiera... —Y agregué, casi apesadumbrado—: Falta que le haya herido con tantos disparos hacia el punto por donde huía, pues me pareció oír un quejido entre las detonaciones.

Acordamos buscarlo en los alrededores hasta dar con él, vigilando el lugar indicado por Luna. Pero cuando éste nos dio la voz al otro día para levantamos después de haber efectuado una matinal incursión, reinaba ya en el bosque intensa claridad.

—¡Vengan! ¡Vengan! —nos llamaba—. ¡Aquí...! Y señalaba con el dedo una línea de gotas de sangre que se perdía en la espesura.

Seguimos las huellas auxiliados por Litero, que se detenía a olfatearlas. Aunque separadas las manchas, al perrito siempre le era posible dar con ellas. Además, la propia conformación de la espesura nos indicaba claramente los sitios por donde podía haber pasado un hombre. Sangama, que abría la marcha, iba describiendo las incidencias de la fuga, en voz tarda, como si hablara consigo mismo.

—Su paso ha sido rápido por aquí. Las gotas están muy distanciadas... ¡Ajá! Tiene la herida al lado izquierdo de la cintura. Esta ramita manchada de sangre lo demuestra. ¡Diablo! ¡Aquí se arrastró...!; pero no por la imposibilidad de mantenerse en pie, sino porque no hay otra manera de pasar. El loco sabía por donde escapaba, pues diez hombres a machetazo limpio, no hubieran podido abrirse camino por este sitio, —y levantando la voz, en tono de mando, nos ordenó—: ¡Agacharse, también!

Se echó al suelo y se dispuso a penetrar, a rastras, por un agujero obscuro que perforaba un enmarañamiento de lianas que parecía llenar todo el bosque, y por el cual acababa de desaparecer Litero decididamente.

—¡Cuidado, que puede ser un nido de víboras! — grité.
Sangama, confiado, repuso: .

—Un loco ha pasado por aquí. Cuando un demente pasa por un sitio en la selva, es porque no hay peligro. Sólo el que tiene la razón completa es capaz de ponerse al alcance de las garras de un tigre o dar en un nido de serpientes. Además, el perrito parece conocer el camino. Hay que seguirlo. ¿No vienen?

Ya se había metido completamente dentro del tunnel. Su pregunta nos vino desde el fondo. El Matero se tiro al suelo y también entró. Tras él, me deslicé sin titubear. Las voces de Sangama llegaban apagadas, como si hablara de muy lejos.

—No teman. Todos los bichos están ahora donde hay agua y barro. Allí acechan a sus presas. Las víboras se han marchado en pos de sapos y pajarillos. En esta selva tostada no hay ni alacranes.

Después de atravesar en la obscuridad ese túnel, que tenía una serie de vueltas y revueltas, con los vientres rozando el suelo y las espaldas un techo de malezas, bejucos, troncos caídos y hojas secas, salimos a un trecho despejado. Litero había desaparecido; pero no nos fue difícil encontrar la mancha de sangre, que seguían adelante.

—La herida no debe ser leve —comentó Sangama—. Muy pronto daremos con él.

Hubo un momento en que tuvimos que detenernos por haber perdido las huellas. Guiados por los ladridos de Litero, pronto nos pusimos nuevamente sobre la pista. Las gotas de sangre marcábanse en unas grandes aletas, bifurcadas. Nos metimos entre ellas. Sangama se detuvo al descubrir un charco de sangre sobre la hojarasca aplastada por el peso de un cuerpo que había reposado allí algún tiempo

—Aquí pasó la noche —dijo el Matero, ansiosamente—. Seguro que no está lejos.

Las huellas seguían por debajo de una aleta y conducían hacia el renacal.

Se ha ido a la tahuampa —afirmó el Matero apresurando el paso—. Está buscando agua.

A medida que avanzábamos, las manchas eran cada vez más frescas. Las ramitas ya no estaban quebradas. Era evidente que las fuerzas habían ido abandonando al herido, pues se recostaba en cada árbol y seguía desangrándose a cada paso.

¡Al fin dimos con él! Había caído en una depresión del terreno — curso de desagüe de las lluvias invernales — con la cabeza levantada sobre unas raíces. Estaba casi desnudo, extremadamente flaco, con los cabellos y la barba crecidos, hirsutos y enredados. El pecho se le abultaba a cada aspiración, marcándose las costillas en la piel apergaminada. Apenas podíamos distinguir las facciones, especialmente

165

los ojos, profundamente hundidos, cuyas desteñidas pupilas se adivinaban dentro de los rugosos ojales rojos que las circundaban. La herida había sido hecha, efectivamente, en el costado izquierdo y aun manaba gotas de sangre. En cuanto nos tuvo a su vista, trató de incorporarse gritando:

—¡Váyanse, malditos, demonios! ¡Ustedes son los que no me dejan regresar!

—¡Viejo! ¡soy yo: tu muchacho, tu Puricho! ¡Hemos venido a llevarte! —exclamó el Matero, al tiempo que se precipitaba a sostener cariñosamente a su padre.

El demente se levantó con gran esfuerzo, aprestándose a rechazarlo.

—¡Demonio! ¡Has venido a matarme! ¡Déjame! ¡Vete!

Pero cuando el Matero lo sostuvo en sus brazos, el viejo se puso a temblar. Inclinó la cabeza, se cubrió los ojos con un brazo esquelético para no ver lo que tenía delante, y se puso a hablar en tono lastimero y suplicante:

—¡Sí! Ya oigo. No puedo escapar porque he perdido el camino. ¡No! No he sido yo quien te atacó. ¡Vete! ¡No me mates todavía...! ¡No he sido yo...! ¡Agua...! ¡Agua...!

Se desplomó en los brazos de su hijo, vomitando sanguaza espumosa. Acostamos al pobre anciano, que ardía de fiebre, en un improvisado lecho de hojarasca.

Litero no cesaba de aullar, lamiendo las manos y los pies del moribundo. De su lado saltaba indistintamente hacia alguno de nosotros, como si tratase de avisarnos que era su amo y quisiera invocar nuestra protección para él.

Sangama trajo en un momento su gran sombrero lleno de agua. Inclinado ante el viejo, le refrescó la frente y el pecho, después de haberle lavado la boca. El contacto del agua fría le produjo súbita reacción. Abrió los ojos, que la fiebre hacía brillar con resplandores siniestros. Levantóle su hijo la cabeza para darle de beber. La agitación del pecho se calmó visiblemente. Al encontrarse su mirada con la del Matero, que lloraba silencioso sosteniéndolo con delicadeza, se estremeció violentamente.

—¡Mi hijo! ¡Mi Puricho! ¿Eres tú, mi cachorro? — dijo con ansiedad pasando la mano por la frente del Matero.

—¡Sí; yo soy, padre! Hemos venido en tu busca.

Sangama y yo nos mirábamos moviendo la cabeza con ese gesto que impone lo irreparable.

166

—Recuéstame, hijo mío... Fue una horrible pesadilla... ¡Me muero...! ¡El supay me agarró...! ¡Dáme agua!

Intentamos seguir dándole de beber, pero el agonizante ya no pudo abrir la boca. Las pupilas, en las que se veía la paulatina extinción de la vida, estaban fijas en el rostro del Matero. Una mueca, caricatura de una orgullosa sonrisa, le contrajo los labios secos y temblorosos.

Tal vez, en ese momento supremo, al abandonar la vida, recordaba los viejos caminos, la casita en el cañaveral, en cuya pampa retozaba su fornido cachorro, su Puricho, que le siguiera por todos los senderos de la selva desde que sus hombros pudieron soportar el peso del fusil y sus piernas resistir las interminables jornadas; su Puricho, que había llegado a ser un gran matero, como él, y que vino en su busca, como conquistador de la selva.

Lentamente, las pupilas del anciano se apagaron en los brazos amorosos del hijo; esas pupilas en que vimos reflejarse el último instante de una vida heroica.

Mi dolor era infinito. El Destino habíase valido de mis manos para poner fin al tormento de ese hombre enloquecido por la selva.

Capítulo 29

El entierro del viejo Luna nos llevó toda la mañana del día siguiente, pues queríamos que la tumba fuese capaz de resistir las crecientes venideras. En un terreno alto abrimos la zanja, que fue forrada con hojas de palmera. Trasladado cuidadosamente el cadáver, lo depositamos en medio del más respetuoso silencio. Concluida la faena, nada nos quedaba por hacer en ese lugar, que debió ser el punto final de nuestra excursión; pero, habiendo resuelto secundar a Sangama en su empresa, aunque no alcanzábamos a comprender toda la trascendencia que éste le atribuía, estábamos dispuestos a seguirle a donde fuera e intentar, por lo menos, el descubrimiento del ídolo. Lo cierto era que nos habíamos contagiado en algo del entusiasmo de nuestro guía.

Fácil es figurarse que la noche nos brindó un sueño reparador. Muy temprano, a la mañana siguiente, estábamos listos para continuar la exploración. Y sin preguntar siquiera adónde nos dirigíamos, iniciamos la marcha tras de Sangama, quien se encaminó por la orilla del renacal, que frecuentemente formaba encenadas dónde los tuqui-tuquis y las tangrillas saltaban graciosamente entre las plantas acuáticas, produciendo ensordecedora algarabía al notar nuestra presencia. Casi todas las ramas estaban cargadas de torcaces, chirricleses y zorzales alborotados. En los troncos trajinaban las ardillas arrastrando sus velludas colas y, en las ramas altas, los loros parloteaban despedazando bellotas y almendras. En la tierra húmeda, entre compactos enjambres de mariposas, prendía su hocico el quirquincho, y allá, en las ramas más elevadas y desprovista de todo follaje, el cotomono emitía el grito más sonoro de la selva. Con su pelambre rojizo reverberando al sol y gritando escandalosamente en su afán de llamar la atención de todos, el cotomono me pareció siempre el animal más vanidoso de la selva.

El Matero que cerraba la marcha, iba encorvado como si llevara enorme carga sobre las espaldas. Así caminamos durante todo el día, sin que nos ocurriera incidente alguno digno de ser narrado. En la noche, mientras consumía su ración de cena, Luna se aventuró a opinar: — Mejor sería que emprendiéramos el regreso... Nuestras familias nos esperan... Tal vez más tarde ya no podamos volver.

Sangama, sorprendido, lo miró atentamente. Bien hubiera querido yo aunar mi opinión a la de Luna; pero el gesto de Sangama me contuvo.

Las palabras del Matero, dichas lentamente, sonaron como cargadas de presagios: "Tal vez más tarde ya no podamos volver..." Eso era posible, sobre todo si seguíamos internándonos en esa región hostil y desconocida. Pensé en el viejo recientemente sepultado; pensé en Chuya abandonada en una choza en el corazón de la selva. Pero era preciso resignarse. Estábamos a merced de Sangama, a quien no era posible hacer variar en sus decisiones.

Más tarde, en un aparte, Sangama me informó:

—Está con el manchari. —Y como le mirara sin comprender, agregó—: Bueno. Es la enfermedad del susto y de la pena. Eso es y peligroso en la selva. Fuerza es que nos detengamos aquí para purgarlo con ojé. Por allí debe haber alguno, allá en la tahuampa, junto al renacal.

Confieso que yo también me sentí atacado de la enfermedad. Estaba asustado y sentía honda pena. Pero, al fondo de esos tormentos, una fuerza enorme me alentaba. Era la confianza en Sangama y el amor que me ligaba a Chuya. Ella le pidió que cuidara de mi y, con absoluta seguridad, él sabría cumplir el encargo.

Cuando nos cubrieron los primeros rayos de la nueva alborada y levantamos la vista para dar gracias al cielo, en ese instintivo movimiento que obliga a todos los que amanecen en el campo, a elevar el alma a la altura mirando el firmamento, descubrimos un tronco de ojé, el árbol prodigioso que crece en los lugares bajos y que a fines del invierno, cuando la selva inundada se toma propicia para la vida de los peces, se llena de frutos amaños semejantes a higos. Entonces, la parte de agua bajo las ramas del árbol, se convierte en un vivero donde, compactas masas de peces de distintos tamaños, se agitan atraídos por el ruido que hacen los frutos al caer, y que devoran con avidez.

Cada minuto que se pasa en la selva baja, es una gota de sangre que se pierde. Los zancudos, los mosquitos y los tábanos la succionan sin cesa. Los multiples parásitos intestinales producen la irritación y el crecimiento desproporcionado de la barriga

En ambos casos, la chuchuhuasha, esa raíz cuya corteza renueva los glóbulos rojos de la sangre, y el ojé, cuyo látex actúa como purgante germicida, devuelven la salud a los pacientes. La sabia naturaleza ha puesto junto a la enfermedad el remedio.

Cuando Sangama presentó al Matero el jarro de ojé diluido para que lo tomara, éste lo bebió casi de un trago.

—Estás con manchari— le había dicho. Y la opinión de Sangama, cuando diagnosticaba una dolencia y administraba la medicina, tenía el prestigio de las cosas sacramentales. Había que obedecerle sin réplica.

Ampliamos el campamento donde habíamos pasado la noche, e hicimos un pozo junto a la orilla para filtrar agua limpia, ya que debíamos permanecer allí dos largos días, tiempo que, según Sangama, era suficiente para que Luna se repusiera por completo.

A la segunda noche, Sangama nos comunicó que continuaríamos la expedición al otro día, muy temprano.

Por lo que habíamos hablado, Sangama abrigaba el propósito de alcanzar las alturas que se distinguían desde algunos puntos salientes de la margen del renacal y que a la distancia se presentaban cubiertas de azul.

—Desde esas alturas podremos examinar mejor el interior de este lago cubierto de renacos —nos dijo, señalándolas, en momentos en que dejamos nuestro improvisado campamento---Tal vez podamos ver désde ahí la isla que buscamos, si es que existe. Después trataremos de encontrar un vado.

La caza era abundantísima. Un tropel bullicioso de pájaros y monos acompañaba sin cesar nuestra caminata. Muy cerca de nosotros apareció una enorme danta que se detuvo a miramos con pasmada curiosidad. Toda la fauna de la selva parecía haberse dado cita en esas orillas donde abundaba el agua.

Seguimos bordeando el renacal lo más cerca que podíamos, sin dejar de aventurarnos, algunas veces, en esa selva acuática, caminando sobre la red que habían entretejido las raíces de los renacos; pero los inconfundibles gritos de las boas nos apartaban más que de prisa. Presenciamos entonces algo tan espeluznante que nos mantuvo inapetentes varios días.

Fue en la desembocadura de un caño agostado por la intensa sequía, a donde nos acercamos de prisa, al escuchar gangosos y desesperados gritos emitidos, al parecer, por un animal que se hallaba en trance difícil. El Matero se adelantó valeroso e hizo de lado las ramas que nos cerraban el paso y, ante nuestro asombro, apareció un movedizo montón, una masa informé que se debatía en movimientos espasmódicos. Trabajo nos costó darnos cuenta precisa de lo que allí sucedía.

Una boa de considerable tamaño se esforzaba por engullir, entero y vivo, un enorme caimán negro, cuya dura piel no pudieron triturar sus poderosos anillos.

171

La ingestión era lenta y laboriosa. Ya la cola y gran parte del cuerpo del saurio habían desaparecido entre las fauces de la serpiente, que se encogía e hinchaba abriendo desmesuradamente la boca, para tragar unas pulgadas más de la difícil presa. Agotada por el tremendo esfuerzo, quedábase inmóvil unos momentos; luego, reiniciaba la tarea y absorbía un pedazo más de su víctima.

El caimán, que apenas tenía poco más de la cabeza fuera de la boca de su enemiga, gritaba espantosamente con los ojos salidos de las órbitas, por el terror.

---¡No aguanto más! — gritó el Matero. Y empuñando su fusil, tiró varias veces al cuerpo de la boa, que brillaba bajo el sol.

Al sentirse herida, la serpiente se sacudió con violencia, sin dejar la presa.

—Sólo dándole en la cabeza podré matarla —agregó Luna. Y aproximándose resuelto, sin descuidar la amenazante cola del animal, le disparó dos tiros a una cabeza chata que se destacaba sobre el dorso del saurio, luciendo los vivaces ojillos. Con los sesos volados, y tras breves convulsiones quedó quieta, estirada hasta su máxima amplitud. Poco a poco, fue expeliendo el gigantesco cuerpo que no pudo tragar, el cual salía cubierto de una substancia viscosa formada por los poderosos ácidos intestinales, que ya comenzaban a producir su acción disolvente.

Con toda seguridad, la fatigosa tarea del ofidio, que debió haber empezado muchas horas antes, fue precedida de un fiero combate, pues en un gran trecho se notaba la tierra removida y numerosos arbustos arrancados de raíz.

Con disgusto quité la vista de ese espectáculo y me alejé seguido de Litero, que tiritaba silenciosamente. Rato después, el Matero me informó que al caimán le era imposible alejarse del lugar, y predijo que pronto sería fatalmente engullido por alguna otra boa.

Capítulo 30

La ansiedad de Sangama crecía en razón directa al avance del sol. A cada rato se encaramaba a los árboles más próximos a la orilla, cuyas copas sobrepasaban en altura a los renacos que cubrían el lago fantasmal. Luego bajaba con manifiesta contrariedad, para dirigirse al próximo árbol elevado y realizar idéntica operación. El Matero y yo aguardábamos su descenso con la esperanza de que hubiese descubierto lo que con tanto interés buscaba; pero, en vista de su contrariada expresión, nos absteníamos de interrogarle, limitándonos a cambiar discretas miradas.

Al recoger su carga, que siempre ponía al pie del árbol que trepaba, nos habló, antes de emprender de nuevo la marcha:

—Posiblemente, los renacos han exterminado todos los árboles de la isla, pues a la distancia sólo se nota una pequeña elevación.

Cuando próximo a ocultarse el sol alumbraba inusitadamente la orilla, Sangama me invitó a subir a un árbol nudoso. Quería que alguien, además de él, observara dicha elevación. Encaramado en una de las ramas mas altas, dirigí la vista hacia el distante punto que indicaba el dedo de mi amigo. Ante mis ojos se desenvolvía una gran sabana verde-gris, sobre la cual jugaban las postreras luminosidades del sol. A cierta distancia se adivinaba, más que se veía, algo así como un repliegue de esa extensión de verdura.

—En realidad, parece una isla —le informé, con la vista clavada en lontananza—. Pero no me imagino cómo pudiéramos llegar a ella.

—Ese, precisamente, es el problema que debemos resolver. Tal vez sea preciso aventurarnos por entre los renacos —suspiro Sangama, con marcado acento de pesar.

¡Iremos! ¡Hay que arriesgar! — me apresuré a decirle, con ánimo de alentarlo.

Seguí examinando en todas direcciones. Al frente, una franja obscura de alta vegetación parecía ser la opuesta orilla del lago, y en la margen que seguíamos, más adelante, perfilábanse las alturas que aparentemente eran el objetivo de Sangama. Sobre ellas se dilataban tupidas frondas, de entre las cuales sobresalía uno que otro penacho de palmera dominando airosamente el macizo de copas.

173

Nubarrones de loros bulliciosos atravesaban el espacio y una bandada numerosa de pinshas vino a posarse, desafiando nuestra presencia, en las mismas ramas del árbol que nos servía de atalaya. El Matero nos gritó que bajáramos, pues quería derribar algunas.

Así terminó ese día. Al siguiente continuamos por la orilla, examinando a cada paso el bosque de renacos, sin que lográramos descubrir el vado propicio. Llegamos al borde de un riachuelo de aguas tranquilas y claras que se perdían lentas bajo el renacal. En ese sitio los renacos crecían menos compactos, dejando espacios por los cuales se descubría el curso de la perezosa corriente. Sobre el agua cristalina aparecían hermosos sábalos, que el Matero se dedicó a pescar a machetazos, desde la orilla, para ofrecernos orgulloso, como fruto de su destreza, un reconfortante chilcano.

Al otro lado del riachuelo se levantaban los cerros que veníamos observando. Como era necesario construir una balsa para atravesar el curso de agua nos dispusimos, el Matero y yo, a cortar los palos indispensables, faena que tuvimos que aplazar en razón de que Sangama propuso que, antes, retrocediéramos un trecho pues había observado que más atrás el renacal era tan tupido que podía intentarse atravesarlo, con grandes probabiliades de buen éxito. El Matero, completamente restablecido de su reciente enfermedad, mostrábase más activo y animoso que de costumbre. Se creía, según lo manifestaba entusiastamente, en posesión del famoso ídolo de los Incas.

Regresamos, pues, al sitio indicado, que no estaba muy distante. Allí nos detuvimos. En efecto, con bastante equilibrio, agilidad y suerte, podía intentarse vadear por ese sitio. Pasamos allí la noche y, a la mañana siguiente, provistos de largas y fuertes cañas, saltábamos sobre el enrejado de raíces que cubrían el agua fangosa, sin darnos cuenta de que nos habíamos lanzado a la más fantástica y peligrosa de las aventuras.

Bajo nuestro peso temblaba todo el renacal. Dificilísimo era el avance. Cada paso de uno ponía en peligro a los otros, a cuyos pies las raíces se movían hundiéndose en el fango. Sangama y el Matero llevaban a sus espaldas, además de la indumentaria personal, provisiones para varios días. Litero nos seguía desconfiado.

Atentos a la marcha y haciendo prodigios de equilibrio, nos internábamos sobre esa gigantesca y cimbreante red de raíces, apoyándonos en las cañas y en los troncos. De entre las raíces comenzaron a emerger innumerables cabezas de boas, que emitían gritos horripilantes sacudiendo la urdimbre cuando, para defendernos, las heríamos con las agudas puntas de nuestras cañas. Temeroso de que Litero fuera cogido, hube de llevarlo amarrado a las espaldas, lo que entorpeció aun más mis movimientos para transponer los árboles pasando por debajo o por encima de sus profusas raíces superiores. No había tiempo de medir el peligro. De tumbo en tumbo, sin despegar la vista de la temblorosa malla, seguimos nuestro temerario avance con la lentitud y cautela que se apodera de quienes se encuentran cercados de peligros, y tienen que elegir el menos inmediato, sin pensar que a la postre se entregan a otro mayor.

De improviso, Sangama, que iba adelante, nos gritó que nos detuviéramos. Al mirarle, vimos que disparaba contra una corpulenta boa que venía hacia nosotros con la cabeza levantada en señal de ataque.

El efecto del disparo, si bien suprimió de pronto la amenaza, resultó contraproducente y pavoroso. Centenares de serpientes irrumpieron de todas partes, en un florecimiento infernal de fauces y de gargantas que lanzaban ensordecedores gritos destemplados. Felizmente, todas estaban un tanto alejadas de nosotros. Los trés aguzamos instintivamente con los machetes las puntas de nuestras fuertes cañas, disponiéndonos a la defensa. Poco a poco se iban acercando pesadamente los cuerpos ondulantes, tejiendo a nuestro alrededor un monstruoso cerco que se estrechaba a cada instante. Algunas serpientes se anillaban poniendo en alto las movedizas cabezas y, después de cortos segundos, seguían avanzando...

Ante situación tan crítica, sólo nos quedaba demorar el final, trepando a las copas de los árboles. Por eso, la voz de Sangama aconsejando subir, nos sorprendió a media ascensión. Cuando tuve tiempo de mirar abajo, me encontré con que una boa se enroscaba al tronco del árbol que me sostenía. Tan luego la tuve a mi alcance, le di enérgico lanzazo que despertó su acometividad. Multipliqué mis esfuerzos y volví a herirla repetidamente, logrando penetrar hondo en la dura piel. Entonces se desprendió sacudiéndose adolorida. Sangama no cesaba de animamos:

—¡Allá, voy! ¡Hoo! ¡Suban más! ¡Vénganse por las ramas! ¡Hoo...! ¡Hoo...!

Los gritos frecuentes de Sangama me hicieron creer que le había abandonado la serenidad. Indiscutiblemente parecía que estábamos perdidos. Pero, como en tales trances se redobla el esfuerzo, el Matero y yo iniciamos la empresa de reunirnos con Sangama pasando de una a otra rama. No sé cómo llegamos al viejo y corpulento renaco en que Sangama nos espéraba y a cuyo alrededor habíanse aglomerado muchos reptiles, con las cabezas levantadas, pugnando por enroscarse y subir a darnos caza.

—Nunca imaginé que estos animales pudieran agruparse en ésta forma. Hemos caído en el más grande vivero de boas del Amazonas— nos dijo pesaroso.

De súbito sentimos que el árbol se hundía.

—¡Ahora sí que no escapamos! —grité lleno de espanto.

El Matero aferrado a una rama, permanecía lívido. Al darse cuenta del desastre, se deshizo en exclamaciones: —¡María Santísima! ¡Nos hundimos! ¡Vamos a caer derechamente en esas bocas!

Una entonación fantástica brotó de la nariz de Sangama. ¡Cómo podía usar la nariz para emitir tales sonidos! Imitaba los gritos de las mismas boas y les agregaba espasmódicas modulaciones que destrozaban los nervios. Al callar, para tomar resuello, nos recomendaba:

—¡Agárrense bien y no se muevan!

Observamos, con el consiguiente asombro, que los reptiles se aquietaban lentamente y, los que de distintos puntos se acercaban al árbol, detuvieron su avance. El más atrevido, que va reptaba por el tronco del árbol que nos amparaba, se dejó caer en uno de los numerosos charcos que dejaban libres las raíces. Otros lo siguieron por distintos sitios, pero los más se quedaron donde estaban, extendidos o perezosamente enroscados sobre sí mismos. El árbol, libre del enorme peso de la serpiente, recobró su posición, con gran alivio de nuestra parte.

—Este es el rey de los brujos. No cabe duda —me dijo al oído el Matero—. Yo creo que debemos ayudarle a balazos.

Y como hiciera ademán de disparar, Sangama se apresuró a advertirle:

—Si disparas, vendrán más, y se alborotará todo el renacal.

—No lo hagas —intervine—. Nos acabarán más pronto, y sin remedio.

El sol nos quemaba verticalmente. No soplaba ni la más leve ráfaga de brisa. Tenues nubes de vapor amarillento salían del renacal envolviéndonos en su pronunciado olor nauseabundo. El perro, al que sostenía sobre una rama para descansar de su peso, sofocábase encogido, sin ánimo para moverse.

—Yo no sigo adelante, aunque me maten a palos — me comunicó Luna.

—Seríamos muy felices si pudiéramos regresar. Se necesita cuajo para pensar en seguir adelante —me apresuré a contestarle.

Sangama no cesaba de producir la gangosa sinfonía infernal. Pero el trance no podía ser más desesperado. Mi imaginación trabajaba febrilmente por encontrar algún medio de salvación. La idea de ganar la orilla más cercana, que era aquella de donde habíamos partido, me pareció factible de pronto; pero, recapacitando, tuve que desecharla por impracticable, pues sólo una disposición providencial podía hacer que los renacos tuvieran en toda la extensión, fuertes ramas entretejidas para facilitarnos el escape.

Por encima del follaje podía ver, con la misma ansiedad con que miraría un náufrago sin velas ni remos la costa salvadora, la cercana línea de árboles altos que denunciaba la existencia de terrenos firmes. No estaba a mucha distancia; pero ¿cómo atravesar el trecho que nos separaba? Miré interrogante a Sangama, que estaba silencioso. Pensé en su fecunda inteligencia, que siempre había encontrado manera de ponernos a salvo en las circunstancias apuradas. ¿No podría salvarnos otra vez? — me preguntaba con una mezcla de esperanza y ansiedad—. ¿No acababa de encontrar un recurso milagroso para conjurar el peligro inminente que nos amenazaba...? Pero..., las boas permanecían allí, quietas, adormecidas sin tener cuando alejarse.

El Matero, dándome un codazo, me dijo por lo bajo:

—Si no se van, estamos lo mismo. Lo miré con lástima y dirigiéndome a Sangama, le interrogué:

—¿Podremos escapar?

—No sé cómo podríamos hacerlo. ¡Sólo un milagro...!

Y el milagro se produjo. La margen de donde iniciamos la peligrosa empresa, se llenó de gritos, como si estuviera poblándose de cerdos enfurecidos. Las boas despertaron asustadas y huyeron. Al momento, ni una sola quedaba a la vista.

—¡Las huanganas! ¡Las huanganas! —gritaba el Matero lleno de júbilo.

—Es lo que me faltó imitar —murmuró Sangama, enjugándose el sudor que le bañaba el rostro. ¡El grito de la huangana!

Capítulo 31

La huangana es el mamífero más gregario de la selva y, también, el más nómade. En agrupaciones que alcanzan muchos millares, efectúan sus recorridos por la selva virgen. Son manadas de verdaderas fieras, más agresivas y voraces que los jabalíes, a los que se parecen en todo. Cada manada sigue a un trío de guías, que la comanda; obedece a los flancos, que impiden el desbande, y es defendida por la retaguardia, la cual se bate con los tigres, que marchan casi siempre tras ella, especialmente el audaz otorongo, ansiosos de apoderarse de las crías que se rezagan por el cansancio. Son muchos los felinos que mueren destrozados por la retaguardia cuando acicateados por el hambre, se arrojan sobre alguna huangana no muy retrasada. El guía principal, que marca el rumbo, es un ejemplar pequeño muy resistente. Su notable diferencia con la generalidad, hace suponer que se trata de un individuo genéticamente seleccionado, pues con peculiar habilidad se orienta conduciendo a su ejército de uno a otro manchal de palmeras, cuyos frutos pétreos, que se amontonan año tras año al pie de la planta, contienen delicadas almendras que las hacen engordar. Nada hay que se oponga al paso de la manada cuando emprende un recorrido. Con la mayor facilidad atraviesa ríos caudalosos, lagos, extensiones impenetrables de la jungla. Se recuerdan ocasiones en que los váporcitos fluviales han tenido que detener la navegación durante horas a causa de que un masa compacta de huanganas llenaba el río. Nada gusta tanto a estos animales como tropezar con un pantano, al que se precipita la manada como un aluvión. El fango removido désde el fondo por los fuertes hocicos, uniforma su densidad y constituye así el blando lecho, en que las huanganas descansan. La collpa debe tener extensión suficiente para albergar toda la manada; si no, la dejan por otra más amplia, en la cual, sumergidas hasta el hocico duermen plácidamente, seguras de que nada las perturbará.

Las boas y los caimanes, dueños del pantano, huyen al sentir la proximidad de la horda que cae sobre ellos como un huaico[1] incontenible. La gigantesca boa que es atrapada y cuya fuerza es capaz de convertir en una bolsa de huesos y músculos triturados a la

---

[1] Huaico: aluvión devastador de tierra y rocas que traen las primeras avenidas invernales en la costa.

179

voluminosa danta o al corpulento toro, si caen bajo la presión de sus potentes anillos, es despedazada por centenares de mandíbulas que la hieren a la vez. En pocos minutos, sólo queda del enorme animal, el más grande y fuerte de la selva, la piel hecha trizas, flotando sobre el fango teñido de sangre.

Era, pues, explicable la desaparición instantánea del espeluznante anillo de ofidios que nos tenía cercados.

Luna fue el primero en abandonar el árbol en que estábamos. El susto mayúsculo y el instinto de conservación parece que le dieron alas. De un salto increíble se arrojó de la rama en que se apoyaba junto a mí, cayendo al suelo en sonoro impacto.

—¡Se mató! —grité angustiado.

Pero, como por milagro, se incorporó y emprendió vertiginosa carrera, saltando de raíz en raíz, instándonos a gritos que le siguiéramos; mas tuvo que detenerse abruptamente, al oir las voces de Sangama:

—¿Quieres que te atrapen las huanganas...? ¡Por ése lado están...!

El Matero tuvo que volver decepcionado, cojeando adolorido y frotándose las caderas. La orilla más cercana estaba completamente cubierta por la manada. El único punto accesible, sin arriesgarse, era el lado opuesto de la desembocadura del riachuelo, donde se erguía la más alta de las colinas ya mencionadas, hacia la cual se dirigió Sangama invitándonos a que le siguiéramos, después de que Luna se nos hubo reunido.

—¡Pronto! ¡Huyamos por acá! Estos árboles no son muy resistentes. ¡Contra ésa turba no hay nada seguro en la selva!

No habíamos adelantado mucho cuando el bosque se abrió ante nosotros, dividido por el riachuelo, cuyo curso, atravesado por innumerables puentes flotantes de raíces, cruzamos con el agua a la cintura. Por fortuna, esas proyecciones entretejidas que se hundían a nuestro paso, resistieron lo suficiente para evitarnos una completa inmersión. El agua se deslizaba con lentitud, y Sangama afirmó estar libre de reptiles esa parte del renacal.

Ganada la otra margen, seguimos de prisa nuestra marcha por esa selva tan singular hasta que llegamos ante una ladera que se levantaba casi vertical, totalmente desprovista de vegetación hasta una altura de cuatro metros.

Como siempre, Sangama descubrió el medio de vencer la dificultad que nos cerraba el paso.

* * *

—Vas a ser el primero en subir —me dijo nuestro guía. Y sin darme tiempo para formular palabra sobre la precedencia, ató el extremo de su caña a mi cintura. Fuertemente impulsado por el bastón y prendiéndome con las manos y los pies en las escasas grietas, pude salvar el obstáculo y asirme de los robustos raigones que se descolgaban por el borde del barranco, comienzo de la vegetación que cubría feraz la colina. Después, convenientemente sujeto a la punta de la misma caña, subió Litero. Luna se encaramó en idéntica forma, ayudado desde abajo por Sangama y cogido a la caña, que yo, a mi vez, tiraba desde arriba.

Terminada la ascensión del Matero, movido por inexplicable presentimiento, miré con ansiedad el sitio en que se hallaba Sangama, allí a pocos metros debajo, esperando que estuviéramos en condiciones de prestarle ayuda. A su lado había una abertura circundada de raíces, como la boca de un pozo, llena de agua espesa y obscura. Como en ese momento Luna se alegara para procurarse un bejuco con que izar a nuestro compañero, lo llamé, gritando:

—¡Con la caña basta! ¡Ven, ayúdame! —Y dirigiéndome a Sangama, le sugerí—: ¡Sujétate a la caña para poder jalarte!

Estando yo, en espera de que Sangama siguiera mi indicación, una cabeza chata asomó por la abertura, junto a una de sus piernas, y con la rapidez del pensamiento lo levantó en viló y lo dejó caer violentamente, para arrastrarlo luego hacia el pozo. La sorpresa no me permitió siquiera lanzar un grito. Atónito veía una de sus manos asirse de una raíz cuyo extremo se sumergía en el denso líquido, y que, atraído por fuerza irresistible, fue deslizándose sobre ella con tal presión que le arrancaba la dura corteza. Debió haber transcurrido un segundo desde que esa mano crispada trató de asirse a la vida, hasta que desapareció en el agua cuya superficíe recobró su quietud, dejando como único vestigio una raíz pelada que aun se sacudía.

—¡Se acabó! ¡Se acabó...! ¡Adiós, Sangama, y su ídolo! — profirió Luna, que había alcanzado a presenciar la funesta escena.

—¡Tenemos que salvarlo. Luna! ¡Haz algo! ¡No me mires así con cara de idiota! — grité desesperado.

El Matero hizo una mueca, encogióse de hombros y se cruzó de brazos, con lo cual significaba elocuentemente que no había nada, en absoluto, que hacer. Luego, con irritante tranquilidad, me invitó a subir más arriba.

181

—¡Aquí me quedo yo! — le contesté —. ¡Que más da! ¡En esta selva maldita todos los lugares son iguales! Voy a disparar todas mis balas contra este infierno.

----No es igual todo —repuso en voz baja, como si discurriera consigo mismo. Y señalando el renacal, agregó filosóficamente—: Allí está la muerte segura. Aquí la salvación. Allá arriba ¿ves....? por allá se regresa al hogar.

Convencido de que yo no me movería, emprendió solo la subida; pero no tardó en volver sobre sus pasos, arrepentido, sin duda, de su actitud.

—¡Vamos, hombre! Tú sabes que no puedo dejarte. Ya cierra la noche, y aquí no podemos quedarnos.

Y cogiéndome de un brazo, casi me arrastró cuesta arriba, abriéndose paso entre el ramaje. El perro iba tras de nosotros, aullando lúgubremente. Un viento frío proveniente del renacal, nos lamía las espaldas. Yo me dejaba llevar. Alelado, me parecía que mi alma, prendida al hueco por donde Sangama desapareciera, quedábase, a cada paso, más distante de mí.

Luna se detuvo. Estábamos sobre terreno llano, en una reducida saliente. Echó al suelo el bulto que conducía a las espaldas y, después de aliviarme del que yo llevaba, procedió a rozar un pedazo de monte dónde hizo su cama, dejando un espacio para la mía. Mudo, estático, le miraba hacer sin experimentar el menor deseo de ayudarle. Así le vi abrir el paquete de hojas donde guardaba el fiambre. Cuando me llamó a comer, reaccioné:

—¿Pero es que piensas en comer, hombre? —le dijé asombrado, agregando una serie de improperios.

—No hay más remedio —me contestó, sin inmutarse—. Yo tengo apetito... y como. Después, si quieres hablaremos de lo ocurrido. Ya tendremos tiempo para llorar, si también quieres eso.

En varias oportunidades había admirado la resignación y serenidad del Matero, pero su actitud en ese día sobrepasó los límites de lo tolerable.

----Parece que te es indiferente lo ocurrido con el hombre que para nosotros fue siempre el más bueno de los amigos —le respondí, mirándolo fijamente.

—¡No! Estoy con pena—¿O crees que no soy capaz de sentir pena? ¡Cuánto sufrí por mi taita...! Pero es que yo no creo...

—¿Qué es lo que no crees, desalmado?

—No sé... No lo quiero aceptar... No puedo creer que esté muerto.

—Explícate, majadero. ¿No lo has visto tú mismo? ¿Dudas, acaso? ¿En qué te fundas? —insistí colérico.

—Bueno. Hasta mañana. Nada se saca con rabiar — me respondió, desapareciendo bajo el mosquitero.

El acompasado ruido de su respiración denunciaba, momentos después, que dormía tranquilamente.

Sentado frente a esa tenebrosa llanura, envuelto en el opaco claror de la luna que se adivinaba entre la húmeda atmósfera, trataba en vano de agudizar mis sentidos para percibir algo. Una débil y remota esperanza me hacía dudar, también, de la muerte de Sangama. Posiblemente, esa recóndita duda era determinada por la dificultad con que se aceptan las grandes desgracias cuando se producen de improviso. No podía conformarme con que ese hombre maravilloso, capaz de dominarlo y resolverlo todo, hubiese terminado su vida en forma tan vulgar, en el vientre de un reptil, cuando le era tan fácil avasallar a las fieras y vencer todos los peligros de la selva. Pero, pensaba que, así como un domador puede, en cualquier momento, morir bajo las garras de sus esclavas, este domador de todos los elementos había sido exterminado por uno de los reptiles que momentos antes tuvo a sus pies hipnotizados. Al fondo de estos pensamientos, que llenaban mi cerebro, embotándolo, me pareció oir una llamada que luego supuse venir del otro mundo.

¡Hoooo...!

Intenso calofrío recorrió todo mi cuerpo. Agucé lo más que pude mis oídos. Absoluto era el silencio que me rodeaba. ¿Qué fue lo que oí? No puedo precisar cuánto tiempo duró esá expectación. Cansado de esperar, tuve que convencerme de que había sufrido una alucinación. Imperceptiblemente fui de la actividad sensorial a la imaginativa. Me representé mentalmente al viejo Sangama, alto, musculoso, con su continente de Amauta que me miraba bonachonamente cuando me veía junto a su hija, esa muchacha sonrosada, de pupilas verdes y garganta prodigiosa que adoraba las flores, los pájaros y los versos. Recordé los diálogos que con ella sostenía y las escenas vividas a su lado en la distante casona del bosque. Y me espantaba la idea de cuánto habría de sufrir cuando nos viera volver a la choza en que la habíamos dejado, sin llevar con nosotros a su padre. ¡Oh, Sangama, viejo amigo, a quien tanto debía: afecto y protección! ¡Cómo había sentido siempre sobre mí su vigilante y paternal mirada en todo ese inolvidable viaje! Y ahora estaba siendo digerido por su captura, que lo habría tragado después de convertirlo en masa de músculos y huesos. ¿Dónde estaría durmiendo esa boa, como acostumbran las de su especie hacer la digestión, sin saber que su presa era el nombre más portentoso que había pisado la selva?

Me encontraba con la garganta seca, sudando a chorros, afiebrado. Se nublaron mis ojos y sentí cálidas lágrimas correr por mis mejillas. ¿Lloraba? En la selva los hombres sólo lloran cuando están borrachos. Las mujeres, sí, lloran por cualquier cosa, como en todas partes del Mundo. Y ese bruto del Matero dormía como un bendito, sin que le importara nada el tremendo infortunio. Tan estúpida indolencia me sacó de las casillas.

—¡Levántate! —le grité, echándole abajo el mosquitero—. ¡Pareces que fueras de palo!

—¡Que esta noche no duermo, caramba! —refunfuñó—. ¡Duerme, hombre, y deja dormir en paz al cristiano!

Púsose a buscar algo afanosamente junto a su lecho. Era un cabo de vela, que prendió para mirarme a su claridad, con ojos asombrados.

—¿Estás llorando...? ¡Pucha con el hombre! Menos mal que mi taita decía que los hombres también lloran de coraje... Pero —agregó pensativo--- yo también lloré de pena cuando enterramos al viejo... Sí, lloré...! Aunque ustedes no me vieron.

Hablaba lentamente, a largos intervalos, como a través del sueño que le vencía. Fuerte laxitud dobló su espina dorsal, apoyó la cabéza en las rodillas y se quedó dormido, sentado como una momia incaica, mientras yo enloquecía de desesperación.

Capítulo 32

En la madrugada de esa noche aciaga sentí frío intenso. El Matero continuaba durmiendo arrebujado en sus mantas. Tuve que acurrucarme al pie de un árbol, con la cabeza apoyada en la bolsa impermeabilizada que contenía mi escaso equipaje. Era evidente que habíamos penetrado en una zona térmica distinta de la que dejamos horas antes y que, iniciada en el montículo donde nos hallábamos, confinaba con el sistema hidrográfico del río Huallaga, cuya topografía es diferente a la del Bajo Ucayali.

Así nos encontró el día con su profusión de luz y el concierto de los pájaros que despertaban y emprendían el vuelo. Mirada desde esa altura, la extensión de los terrenos bajos, que semejaban la vasta superficie de un mar de verdura. Del renacal, como de un perol gigantesco, elevábanse manchas de vapor, al contacto de un sol quemante cuyos rayos, sin duda, cruzarían el firmamento sin tropezar con la más ligera nube.

El Matero cogió su rifle, al oir los gritos de una parvada de guacamayos que disfrutaban de su ración de bellotas en las ramas cercanas.

—Un par de guacamayos a la brasa nos hará mucho bien —dijo, internándose en la espesura—. Pero al penetrar en la maleza, le distrajeron los vuelos bulliciosos de varias perdices asustadas, tras las cuales partió cuesta arriba.

Yo, a la vez, cogí mi fusil y avancé por el lado opuesto, recorriendo el trecho qué habíamos subido el día anterior. Me sentía deprimido. Partí sin la intención previa de descender la cuesta; pero una fuerza misteriosa me arrastraba subconscientemente hacia abajo, en contra de la decisión que tomara la noche anterior, de alejarme cuanto antes y para siempre de esas tierras, al parecer olvidadas de Dios. Fui recapitulando detalladamente los sucesos de la tarde anterior. Sentí la necesidad de recorrer la orilla desde el pie mismo de la abrupta ladera. Me animó de pronto la idea de sorprender a la inmunda serpiente que había cogido a nuestro compañero, entregada tranquilamente a la función de digerir su extraordinaria caza.

Así llegué pronto al sitio donde tuvo lugar el suceso. La caña permanecía cerca de la orilla, con su extremo inferior prendido entre las raíces que circundaban esa especie de pozo colmado de aguas negras. Mi vista se detuvo de inmediato en la raíz trágica, casi desgarrada, en la cual me parecía ver aún la potente mano aferrada con la energía sobrehumana de quien trata de salvar su vida. Sobre esa urdimbre de tentáculos, vi algo en que no reparé la tarde anterior: la bolsa de que Sangama se despojara para ayudarnos a subir hasta el reborde del barranco.

Corté una rama en gancho y la dispuse en la parte inferior de la caña, en cuya afilada punta noté, con repugnancia, las manchas de sangre de las boas que habíamos herido en el renacal. No me fue difícil levantar la bolsa; para ponerla en seguridad. Me parecía que en ella se ocultaba algo del espíritu de ese hombre sobrenatural, que tan decididamente intervino en mi vida desde el día en que llegara, cargado de ambiciosos sueños, a las inmediaciones de Santa Inés. Litero, que me había seguido, dio de pronto extrañas muestras de intranquilidad.

Inconsciente de lo que hacía, vagaba por el borde saboreando la amarga tristeza de sus alrededores. Desandaba cada trecho para volver a recorrerlo, como si una traba, me mantuviera sujeto al pedazo de selva por donde se había perdido Sangama, cuando de pronto creí oír una especie de lamento que venía del lado de la desembocadura del riachuelo. Me detuve nervioso, tratando de escuchar los más leves rumores y de advertir los más ligeros movimientos. Litero también se había detenido como impresionado por la misma causa. Estaba seguro de que el perro compartía mi inquietud. Al cabo de largo rato, llegó nuevamente hasta nosotros más nítida la voz. Era un gemido humano exhalado por alguien que no podía gritar. El perro partió y tras él corrí llamando con todas mis fuerzas. Del fondo del barranco, y a mis pies, surgió una voz, ronca y apagada:

—Aquí...

No sé como me deslicé hasta la orilla, seguido del perrito, que gruñía desesperado.

¡Cuál no sería mi asombro al abrir un ramadal y encontrar a Sangama, casi oculto entre la maleza de la orilla, en un lugar del que partía una ranfla hacia el lecho del riachuelo! ¡Allí estaba! ¡No cabía duda! Pero, ¡en qué estado!

Tenía las ropas destrozadas y cubiertas de ese lodo negro y maloliente del renacal; sus cabellos y brazos presentábanse también embadurnados de la misma pestífera masa, sobre la que hervían cantidades de moscas como en un cadáver. Me incliné sobre él, después de espantar los bichos con una rama; Apenas me daba cuenta de la grata realidad. Como quien sale de un sueño hipnótico, abrió con lentitud los ojos cansados y, con expresión de profundo alivio, musitó:

—Sabía que vendrías en mi ayuda...

Dejándolo con el perro, que se prodigaba en demostraciones de júbilo, fui por la bolsa que recientemente había recuperado y de ella extraje un pate, ropas y un paño. Le desnudé delicadamente y, con el agua fresca y clara del riachuelo le bañé hasta dejarlo limpio. Luego, le vestí y conduje con mucho trabajo hacia arriba, a un sitio plano y aparente. Su cuerpo, casi inerte, pesaba en demasía. Lo instalé sobre un lecho de hojas frescas.

El baño, la ropa seca, el descanso y, posiblemente mi compañía lo reanimaban lentamente. Señalando un árbol contiguo me pidió que lo condujera hasta allí. Se recostó con la cabeza y los hombros apoyados en el tronco y las aletas, y pareció dormirse. Sólo entonces pude medir la intensidad de mi alegría. Con la resurrección de Sangama me sentí otra vez fuerte, ágil, capaz de emprender las más audaces aventuras.

Junto a Sangama, velando su sueño, trataba de explicarme el providencial acontecimiento. Pero, ¿cómo pudo esto ocurrir? Era un milagro cuya explicación sólo él podía dar. Como si hubiera escuchado mis pensamientos, Sangama abrió los ojos y, mirándome paternal, dijo:

—Ha sido algo terrible, algo que la imaginación no puede concebir. Un poco de descanso me hará mucho bien.

Cuando quise ir en busca del Matero y de algunos alimentos, me detuvo:

—Nada que no sea descanso necesito por el momento; pero quiero saber que estás a mi lado. No te vayas.

Allí permanecí en silenció, empeñado en infundirle ánimo. De la somnolencia que a poco, contra mi voluntad se apoderaba de mí, me arrancaron unas detonaciones que venían de la altura. Poco después, oí la voz de Luna, que me llamaba. Le respondí gritando tanto como podía. Litero partió a darle encuentro, ladrando escandalosamente.

Haciendo temblar las ramas, apareció el Matero, guiado por mis llamadas y los ladridos del perro. Al ver a Sangama, quedóse pasmado de asombro. Al fin reaccionó y dijo, con aparente naturalidad:

—¡Hola, Sangama!

Nada más se le ocurrió decir. Con los ojos avivados por la sorpresa y ese gesto penetrante de las personas acostumbradas a escrutar de continuo la espesura; examinaba minuciosamente a Sangama.

—¡Hola, Matero! —le contestó éste, haciendo esfuerzos por sonreír—. ¡Otra vez con ustedes!

Capítulo 33

Dos largos y tranquilos días pasados en la pequeña explanada, donde improvisamos un tambo, permitieron a Sangama reaccionar. Había convalecido con desconcertante rapidez y se mostraba ansioso de continuar la empresa, de la que casi no había cesado de hablarnos, exaltando su trascendencia y entusiasmándose con el éxito que esperaba obtener de todos modos. El Matero, que se mostró diligente, había recuperado mi aprecio. Comprendí que su apatía era sólo ante los hechos consumados, ante aquellos que, a su juicio, ya no tenían remedio, y analizando su conducta, la encontraba casi justificada en ese medio donde, la realidad iba desenvolviéndose en forma sorpresiva y peligrosa reclamando el empleo íntegro de todas las facultades para poder sobrevivir.

Al tercer día de permanencia en el tambito, el Matero se lanzó entusiasta a explorár los alrededores, llevándose una buena dotación de cartuchos para cazar. Este fue un día verdaderamente feliz para mí, pues veía al buen Sangama caminar desenvuelto después de su alarmante postración.

—Verdaderamente, se necesita tener una constitución de acero para reponerse tan pronto —le dije admirado—. ¡A cómo te encontré allá abajo...!

Tendióse Sangama a descansar sobre un fresco colchón de hojas de palmera, observando los caprichosos vuelos de una espléndida mariposa que tejía delicados arabescos sobre los arbustos, revoloteando entre una nube de libélulas diáfanas. De pronto dirigió la mirada a la lejanía, recorriendo con lentitud el horizonte como si quisiese descubrir un punto preciso perdido en la selva. Sin saber lo que pretendía, yo también fijé la vista en el fondo de la selva y pensé en la chocita donde imaginaba esperándome, la muchacha que para mi fantasía era la más adorable y bella de la Creación. Quizás, en ese mismo instante, su pensamiento volaba hacia mi a través de la espesura, como una mariposa blanca.

Si bien la expedición había logrado cumplir su primer objetivo, cual era descubrir el paradero del viejo Luna, el segundo, el que tanto nos interesaba ya a todos, parecía llevarnos, de tumbo en tumbo, al fracaso. Lo que se me antojaba de mayor importancia, en ese momento, era regresar cuanto antes al tambo donde había quedado Chuya, a quien

189

nuestra prolongada ausencia tenía que mantener intranquila. Las ingratas figuras del Toro y del Piquicho también aparecieron en mi pensamiento, con toda su repugnancia. Los habíamos dejado prisioneros del monte, de donde no podían salir, por su incapacidad para orientarse, a menos que quisieran marchar a una muerte segura.

De la lejanía mi vista pasó a los ramajes que se extendían sobre nosotros, y de allí fue aposarse al suelo alfombrado de obscura hojarasca, sobre el cuál se movían temblorosos discos de oro luminoso. Una pareja de sinsontes cantaba alegremente volando, de copa en copa, por los arbustos cercanos.

Hasta ese momento había evitado, a pesar de mi curiosidad, interrogar a Sangama sobre el milagro de su salvación, pues consideré inoportuno recordarle escenas y circunstancias que podían afectarle en el estado de postración en que se hallaba. Pero él mismo quiso hablar sobre el particular ese día, mientras se entretenía en reunir los tizones dispersos, para reavivar la fogata y preparar el almuerzo. Yo quise oponerme a que interviniera en esos menesteres; pero insistió, manifestándome que ya estaba bien y que eso le serviría de distracción.

No habló en forma directa, sino como quien relata algo experimentado por otro, abordando los hechos desde distintos puntos de vista, como si tratara de ocultar algo, para revelarlo al fin de la manera más completa.

—Comprendo que arden ustedes en deseos de saber cómo me liberé del reptil, considerado el animal más fuerte de la selva —comenzó pausadamente midiendo las palabras, como si a la vez qué trataba de satisfacer mi curiosidad, se empeñase en prolongarla—. Los caimanes y los cocodrilos son más pescadores que cazadores. Las boas son más cazadoras que pescadoras. Ambas especies tienen sus maneras peculiares de actuar, pero jamás devoran las presas dentro del agua, sino en la superficie o en tierra. En esto se parecen. Los caimanes y los cocodrilos no pueden pescar dentro del agua, ni siquiera son capaces de perseguir a los peces cuando nadan en la superficie. Se sitúan entre dos aguas, en los lugares donde se encuentran los cardúmenes, cierran por medio de una contracción especial la faringe y abren la boca permaneciendo inmóviles hasta que la incauta presa, perseguida por los peces más grandes, penetra en la cavidad, confundiéndola, seguramente, con los flotantes troncos. Al sentirla en su cavidad bucal el caimán levanta la cabeza sacándola del agua, hasta ponerla casi vertical, y la victima desciende por su propio peso a lo largo del esófago abierto. Esa operación no puede efectuarla dentro del agua porque se le llenaría el vientre y perecería ahogado. ¿Nunca has visto dar muerte a un caimán negro..? Cuando son de los temibles, de esos que ni las balas pueden perforarles la coraza, musgosa por la vejez, los que conocen el secreto suelen matarlos con facilidad. Cubren de carne un pedazo de topa[1] y lo tiran al agua, donde queda flotando. El animal hambriento se abalanza sobre la supuesta presa con las quijadas en alto, y la aprisiona de feroz dentellada. La topa o, lo que es lo mismo, el palo de balsa, además de ser esencialmente flotante, es muy blanda. Cualquier cosa aguda penetra en ella con suma facilidad, pero no sale de la misma manera. Los dientes del saurio, al morderla, penetran íntegros en la traidora madera y quedan sujetos a ella, sin permitir que la boca se abra ni se cierre completamente. El agua, entonces, fluye por la garganta abierta hasta llenar la cavidad ventral. A los pocos minutos se hunde. Es muy posible que tarde en ahogarse y siga luchando estérilmente en el fondo; pero, a la postre, aparece flotando con la panza hacia arriba, señal de que está muerto. Con las boas sucede lo propio. Estas son muy afectas a las delicadas carnes de los pájaros, para cazar los cuales no tiene más que levantar la cabeza donde pueda ser vista y emitir su grito, que tiene algo de relincho, e instantáneamente paraliza de terror a las avecillas. Las que se encuentran en los árboles más próximos, caen como atravesadas por un dardo, y la boa se dedica, entonces, a recogerlas en su inmenso vientre. Los mamíferos de talla grande, como la pesada danta; el ronsoco comedor de gramalote, o el veloz ciervo sin cornamenta, son cazados sólo cuando, incautos, se acercan a beber. El arte de mimetizarse ha llegado a la perfección entre los animales de la selva. Ningún venado o danta podría darse cuenta que bajo la exacta apariencia de un madero descompuesto, como los hay muchos por todas partes en la orilla, a escasos centímetros de su vista, se encuentra una boa en acecho, que en cuanto lo tiene a su alcance se lanza sobre él con la velocidad del rayo. Allí lo tritura y lo engulle. Cuando la boa pesca en los lugares de poco fondo, saca la cabeza fuera del agua y la levanta para dejarla caer sobre el pez elegido; si lo atrapa, vuelve a surgir para tragarlo en el aire. En el agua no podría hacerlo, porque se le llenaría el enorme vientre, que se expande como un globo y se alarga y encoge como un acordeón.

Hubo un dilatado paréntesis de tiempo, como si Sangama luchara por vencer alguna dificultad, sin que yo me atreviera a interrumpirle.

---

[1] Topa: madera blanda y muy liviana.

Abría y cerraba alternativamente los ojos y daba la impresión de esforzarse por pasar algo que se le hubiera pegado a la garganta. Mas, al cabo, continuó:

—Cuando una boa logra coger un animal que se encuentra nadando, lo mantiene sumergido tan sólo el tiempo necesario para que se asfixie, después lo conduce a la orilla. Las boas saben que los animales de la selva, caminen en dos o cuatro patas, o simplemente se arrastren, se ahogan en el agua con mucha facilidad. Basta impedirles que saquen la cabeza, para lo cual esos reptiles no requieren el empleo de mucha fuerza. Sujetan a su víctima valiéndose únicamente de su enorme peso y la hacen "estirar la pata" con sólo esperar el tiempo suficiente. Por eso, las boas viven orgullosas de poder estar lo mismo dentro como fuera del agua. No están constituidas para matar una presa capaz de resistir en el agua el tiempo suficiente para apoyarse en el fondo y atacar a su vez. ¿Has visto bien la enorme mordedura que me dio en el muslo? Mordedura de boa dispuesta a no soltar hasta que su víctima esté completamente muerta... Pero te aseguro que esa serpiente no volverá a cazar mientras viva que será por muy poco tiempo. La ataqué por su única parte vulnerable: los ojos, que logré arrancárselos de las órbitas, sin que esa cabeza, rápida tan sólo para el ataque, pueda nunca darse cuenta de cómo unos dedos, al parecer inofensivos, pero guiados por la inteligencia humana, consiguieron vencerla dejándola casi ciega. ¡Esa boa ya no cazará más!

Cualquiera hubiera creído al oír la detallada exposición de Sangama, que se trataba de un tranquilo naturalista que recordaba sus experiencias en la selva, y no de quien había escapado milagrosamente de un monstruoso abrazo del que nadie hasta entonces se había salvado y cuyo recuerdo bastaba para crispar los nervios. Como si adivinara mis pensamientos y supiera que no le daba completo crédito, agregó:

—Todo depende del ejercicio sistemático. ¿Permanecer cierto tiempo dentro del agua? ¡Cosas más asombrosas han logrado los faquires y los yogas!

*   *   *

Entre tanto, el tiempo había trascurrido. La extensa exposición nos había absorbido bastante tiempo y, como el Matero no regresaba, tuvimos que resignamos a almorzar sólo un pedazo de carne asada con fariña.

—No te preocupes — me advirtió Sangama —. La configuración del terreno no permite extraviarse. Ya volverá.

En efecto, a frecuentes intervalos llegaban a nuestros oídos las detonaciones que, a la distancia, producían los disparos de Luna, anunciando que la caza iba a ser abundante. A la caída de la tarde, apareció sudoroso. Arrojó delante de nosotros su pesada carga de perdices, añujes y paujiles, que Litero rondaba como encargado de custodiarlos.

—No he podido alejarme mucho, pues el otro río es muy ancho y no encontré cómo atravesarlo — nos informó.

—¿Qué río? — interrogó Sangama, vivamente interesado.

—Bueno. Es un río que desemboca en el otro lado del renacal. Este que conocemos, de donde sacamos agua, no es sino un brazo del otro.

—Entonces, ¿estamos sobre una isla? —volvió a preguntar Sangama..

—Eso es lo que quise decir — contestó el Matero satisfecho —. Ni más ni menos. Estamos en una isla.

Esta noticia pareció intranquilizar a Sangama. Se acostó muy tarde, cuando ya el Matero hacía horas que roncaba como un bienaventurado.

Al despuntar el nuevo día, subimos a la parte más elevada de la colina. En la cima descubrimos unos árboles muy gruesos y frondosos, cuyos tallos exhibían raras deformaciones.

—¡Qué lindo sitio para acampar! — exclamó Sangama, maravillado.

Como el Matero y yo fuéramos de la misma opinión, corrimos en busca de los pocos efectos que constituían nuestro equipaje. Al regreso, encontramos a nuestro compañero recostado a un tronco, mirando atentamente los corpulentos árboles. La parte inferior de uno de ellos, singularmente deformada y nudosa, me llamó la atención cuando, siguiendo la mirada de Sangama, fijé la vista en él. La brisa mañanera soplaba agradablemente, meciendo a ráfagas las altas copas de los árboles y comunicándonos una sensación de vida y alegría como no la experimentábamos desde algún tiempo atrás. El Matero, dando muestras de contento, entonaba picarescos aires selváticos, mientras cortaba ramas y hojas para improvisar el nuevo tambo, faena en la que Sangama y yo contribuimos entusiastas.

—Aquí sí que podemos descansar algunos días, hasta que Sangama se reponga bien y podamos regresar —dijo el Matero, recalcando las palabras y haciéndome un guiño significativo para darme a comprender que deseaba, por ese medio, descubrir los proyectos que cruzaban por la mente del aludido. Luego, como nada había logrado, mirando hacia el profundo renacal, agregó —: Lo que es yo no vuelvo por ahí ni de tiranas... ¿O, acaso piensan ustedes empuñarle la cola al diablo por segunda vez...?

Después del almuerzo, nos tendimos sobre la hojarasca. Mirando las volutas del humo azulado del descomunal cigarro de Sangama, gozábamos silenciosos de la placidez del ambiente que nos rodeaba. Hasta los gorjeos de los zorzales nos parecían más dulces, como si se esmeraran en darnos la bienvenida. Una modorra invencible se iba apoderando de mí, y ya estaba para quedarme dormido, cuando una exclamación escandalosa del Matero me volvió sobresaltado:

—¡Qué hermosa ardilla, por Cristo...!

Púsose en pie presuroso y con el fusil en las manos, se dirigió al mas tosco y nudoso de los árboles por cuyo tronco trepaba la más hermosa de las ardillas. El Matero hizo puntería y la mató; pero, al instante, el árbol se pobló de ardillas asustadizas que brotaron no sabíamos de donde. Luna desapareció tras el tronco siguiendo a Litero, que había partido en pos de la ardilla muerta; mas no tardó en reaparecer lívido y sin poder hablar.

—¿Qué es? ¿Qué es? —le preguntaba yo, intrigado—. ¡Alguna serpiente inmensa, de seguro!

—¡No! — logró decir el Matero, haciendo un gran esfuerzo — ¡Es una ca-la-ve-ra!

Al oir esto, Sangama, que había observado casi sonriente la escena, se incorporó como si le hubiese picado un alacrán, para acercarse al Matero, interrogándole nervioso:

—¿Dónde...? ¿Dónde está?

—¡Allí! —contestó el Matero, sin volver el rostro—. ¡Allí, en el árbol grande...! Por la parte de atrás...

Corrimos hacia el sitio indicado, en donde Litero había permanecido aullando, sin apartar la vista de una abertura grande, en el tronco, casi a ras del suelo, en cuyo fondo obscuro destacábase una calavera blanquecina que nos miraba con la fijeza de sus órbitas vacías, a través de las cuales tuve la impresión de asomarme al pasado, como si me hiciesen una revelación espantosa.

Sangama penetró resueltamente en el tronco, cogió la calavera y la puso en mis manos, que no atinaron a rechazar la fúnebre encomienda. Acto seguido, púsose a descubrir con su machete toda una osamenta humana que se encontraba cubierta de una costra de tierra reseca, y luego, en actividad febril, prosiguió la excavación hasta que fueron apareciendo unos tejidos polícromos que se deshilachaban al contacto de sus manos temblorosas. Yo había ido trasladando a corta distancia la calavera y los huesos. Cuando me disponía a hacer lo mismo con los harapos, Sangama me recomendó:

—¡Mucho cuidado...!

El Matero, desconfiado y supersticioso como buen montaraz, manteníase a la distancia, y sólo cuando estuvo convencido de que nada sobrenatural nos ocurría, se acercó.

Largo rato empleó Sangama en esa tarea. Cuando salió de esa especie de cueva, estaba inconocible con el rostro cubierto de una capa de polvo gris. Respiraba penosamente. Después de renovar el aire de sus pulmones y de limpiarse el rostro sudoroso, exclamó:

—¡Estamos en la isla...! El que me esperaba, hace siglos que murió.

Sangama no se acostó toda esa noche. Mi sueño tampoco fue continuo ni tranquilo. Cada vez que me despertaba, distinguía su figura recortada por los resplandores de la fogata a cuyo lado permanecía como una momia, en cuclillas, con la cabeza apoyada en una mano y el gran cigarro en la boca.

Allí lo encontré al amanecer abstraído, como si estuviera explorando lejanías irreales tras una supuesta clave del más profundo misterio. Cuando le di la voz, después de examinarle de cerca sin que se diera cuenta de mi presencia, pareció volver del distante viaje. Y restregándose los ojos dijo:

—¡Estamos en la isla! ¡Me parece sentir la proximidad del Idolo que hasta aquí me ha traído! ¡Al fin vamos a tener la revelación del misterio que encierra! ¡Al fin...!

Capítulo 34

El Matero, que preparó el almuerzo esa mañana, dispuso de la última porción de fariña que nos quedaba. En lo sucesivo debíamos, pues, mantenemos sólo de carne asada y cogollos de chonta.

—Si hubiera una olla... — suspiraba el Matero — Ya me hostiga tanta carne asada.

—Allá, dentro del tronco, hay una en buen estado que desenterré ayer — le dijo Sangama.

—¡No, por Dios! — protestó supersticioso el Matero—. ¡Comer en la olla de un muerto...! ¡Aunque, me maten!

Poco después de que apareciera el sol, Sangama estaba ya excavando con febril empeño. Sus nerviosas manos extraían de entre la tierra reseca, raídas mantas y tejidos de algodón en los que se admiraban dibujos simétricos, bordados con hebras multicolores. De un extremo sacó utensilios de barro cocido y de madera, y algunos instrumentos de piedra. Al final, salió del hueco del árbol llevando en brazos, ceremonioso como un sacerdote que cumple rituales oficios, una burda caja que condujo al tambito, mientras sus labios desgranaban, en voz baja, algo que debía ser una oración. Lleno de curiosidad y cada vez más animoso, yo seguía atentamente los movimientos de Sangama, extrañamente lentos y meticulosos, como el que las leyendas atribuyen a los profetas y a los pontífices. Sin acercarme demasiado, por temor a perturbarlo, pude ver cómo abrió cuidadosamente la caja y extrajo de ella un ovillo de tiras de distintos colores, a las cuales, tras desenredarlas, sometió a un minucioso examen; después, fue colocándolas extendidas en orden sobre la hojarasca que cubría el piso. Conforme realizaba esta parsimoniosa faena, su semblante adquiría patética expresión en la que se adivinaban, extrañamente entremezcladas, todas las fibras crueles de la desilusión y la desesperanza.

Encorvado ante el arcaico hallazgo, pasó abstraído todo el resto del día. El Matero y yo lo vigilábamos intrigados, sin atrevemos a distraer su atención, pues, a no dudarlo, estaba descifrando el significado que encerraban esos quipus.

Cuándo dio término a la tarea, ya la tarde languidecía diluyéndose en las primeras sombras de la noche. La selva tenía denso sabor a desolación y se cubría de un vaho asfixiante. Los árboles que formaban ese bosque alto y frondoso, perfilaban sus siluetas fantásticas sobre la agonía atormentada de la tarde.

Esa noche, sentados los tres muy juntos a la luz pálida que filtraba la luna por entre el tupido follaje, salpicando de lágrimas de plata el interior del bosque, Sangama nos leyó, con palabras pausadas, el mensaje contenido en los quipus. Lo escuchamos pasmados como si en los umbrales de la vida nos estuviera descubriendo los misterios de ultratumba.

Aun recuerdo esas palabras, que se grabaron en mi memoria con indeleble precisión. Decían así:

"A ti, que llevas en las venas la sangre de nuestra raza y que vienes, atravesando el tiempo, hasta estos montes en busca de la Sagrada Imagen que guardaron en secreto tus mayores, va dirigido este mensaje que, permitan nuestros dioses, llegue a tus manos y sea comprendido por tu mente. A ti, que quizás seas el último Hijo del Sol, te saluda, respetuoso, Quispe el Noble".

"Obediente a la orden que se dignara impartirme nuestro señor, el Inca, he venido hasta aquí, tras hallar el ave de rapiña que devoraba una serpiente, seguir el curso del gran río, en cuyas orillas se levanta la montaña de sal, y desafiar la turbulencia de las aguas torrentosas, que sólo dejé cuando los blancos pájaros me orientaron hacia el Este y la selva opuso su espesura impenetrable al afán con que se cumplía la misión. Llegué, cansada la planta a este lugar remoto e ignorado, que me acogió hospitalariamente tantos años... Esta es la isla que debía alcanzar como término de mi larga jornada, y ésta la cima que se acerca más al sol, en la cual enterré, como me fuera advertido, la imagen que las fuertes espaldas de Auca, mi fiel acompañante, condujeron hasta acá".

"En estos contornos talé él monte y sembré las semillas traídas, que me dieron, año tras año, abundantes frutos. Muchas veces he regresado hasta la montaña de sal, para proveerme de la rosada piedra que sazona las carnes y los granos. Y pude ver, allá arriba, nuestras tierras desoladas y a nuestros hermanos conducidos, bajo el látigo del conquistador, para perecer por millares en el fondo tenebroso de las minas".

"Aquí te he esperado luna tras luna, incontable inviernos y veranos, con la ilusión de que vendrías a recoger la herencia de poder y sabiduría que guarda la Estatua de Oro, guía protectora de tus antepasados, con la cual nos conducirías a la reconquista. Noche tras noche he soñado que, al conjuro de tu voz, se agrupaban presurosos todos los pueblos; que infinitos guerreros, enardecidos, por tus palabras, llenas de inspiración y de sabiduría, te seguían valerosos al combate y ganaban batalla tras batalla, y que el Gran Imperio resurgía tan moral y religioso como antes, pero más fuerte y más unido. No has llegado aún. Al dejar este Mundo para continuar mi vida en la región donde mora Huiracocha, parto con la pena de no haber oído tu grito de liberación, ni tu verbo de fuego en los combates".

"Cuando tus plantas acierten a posarse en esta recóndita isla, no te preocupes al no encontrarme para darte la bienvenida: mi alma, prendida en los ramajes, te verá. Y aunque no oigas mi acento ni veas mi forma humana, aquí estaré mirándote para reconocerte si eres el predestinado Hijo del Sol".

En este punto, Luna se sintió mal.

——¿Sabes, Sangama — dijo inquieto, escrutando el ramaje que entretejía sus alargados brazos sobre nuestras cabezas —, que mejor sería que nos sigas leyendo en las soguillas, mañana, cuando haya sol....?

—Sigue, sigue, Sangama; no te detengas ¡Me moriría de ansiedad si tuviera que esperar hasta mañana! — supliqué.

—¡Sea! — contestó éste, mirando compasivo al Matero, que pareció resignarse. Y continuó:

"Te miraré a través de los años... tal vez de los siglos. Porque siempre estaré aquí, hasta el día de tu llegada. La nieve de la ancianidad ha caído sobre mi cabeza; mis manos, entorpecidas por el tiempo, ya no púeden abatir el monte ni cavar los surcos; mi paso es tardo. Y estoy completamente solo, abandonado. Auca, el fiel servidor y compañero, hace años que ha caído de vejez y de tristeza... Lo enterré aquí junto, con los ojos hacia arriba para que pueda ver tu llegada por entre la tierra que lo cubre".

No aguantó más el Matero.

—Yo me voy a dormir... ¡tengo mucho sueño! —sonó su voz sofocada, al tiempo que se apartaba para hundirse bajo el mosquitero. Desde allí llegaron sus últimas palabras, veladas por los cobertores:

—¡Nada me gusta con los del otro Mundo!

Sangama bajó la voz:

—"¡Cuánto ha cambiado ésto desde que llegamos! Entonces éramos jóvenes y fuertes, y nos alentaban muchas esperanzas. Ahora todo lo veo gris, marchito, como las hojas que desprende el invierno y desparrama el soplo frío de los atardeceres interminables. El amplio lago, un tiempo límpido, que retrataba la luna y el arco iris, ha comenzado a enturbiarse, y unas plantas desconocidas invaden la superficie. Parece condenado a desaparecer. La madre de las aguas, la serpiente gigante, apareció cazando a los mansos ciervos que van a beber en sus orillas".

"Siento que llega para mí la noche infinita, en la que se duerme para no despertar. Allí está la Imagen, bajo el árbol, donde la enterramos al llegar. Quiero verla por última vez. En su interior hueco está la clave de la sabiduría; la palabra de dios, que interpretaba el Huillac Umu en los grandes acontecimientos históricos... El porvenir del Imperio que fundaron tus mayores, ¿cuál será?"

"¡Perdón, señor! ¡He profanado la Estatua de Huiracocha! ¡Atónito he mirado su interior! ¡Incrédulo he buscado dentro de ella aquello que mis ojos no veían...! ¡No había nada, señor...! ¡Estaba vacía! ¡El misterio humano, sombra herida por la luz, se esfumó ante mis ojos profanadores que quisieron vislumbrar la Verdad antes de cerrarse definitivamente...! ¡El Imperio se ha derrumbado para siempre!"

"Si algún día descifras este mensaje, no te detengas a meditar en él, ni pretendas entender más de lo que sus palabras dicen. Vuelve cuanto antes sobre tus pasos, y aléjate. No busques la estatúa de Huiracocha. Está profundamente enterrada para que no haga daño a los hombres. De ella no queda sino el oro, oro puro, ese metal que enciende el alma de codicia y conduce al crimen. Por eso no lo busques: es la muerte. Morirás a manos criminales si intentas sácarlo; y los que se apoderen de ella, también perecerán. ¡Mucha sangre se verterá antes de que la selva devuelva el tesoro que guardan sus ávidas entrañas!".

"¿Quieres oro, señor? Lo encontrarás allá, en las alturas, siguiendo la quebrada agreste. Oculto en una gruta, bajo el torrente, existe el más grande tesoro de la Tierra, aquel que tus mayores reunieron y ocultaron día antes de que fueran profanados sus templos y violadas las Vírgenes del Sol".

"Mas, ten presente, señor, que el oro en las arcas de los países es ambición, guerra, exterminio, y en las de los hombres, vicio, degeneración, locura. ¡Ahoga tu llanto, Hijo del Sol, y sigue por el Mundo! Tu brazo es poderoso y tu inteligencia lúcida. Ellos te abrirán el paso... "

No bien hubo terminado Sangama, cuando se dejó escuchar estruendoso el estallido de la lupuna que repercutió trepidante en la selva. La fronda, encima de nosotros, se agitó violentamente como al paso del huracán, y dos nubes negras se abrieron como dos olas inmensas entenebreciendo el bosque. La hoguera crepitaba, chisporroteando, como si algo le impidiera arder, y el perro despertó emitiendo un aullido siniestro.

—¡Cuándo estaré libre de todo esto, Dios mío! —exclamó el Matero, revolviéndose de espanto.

*   *   *

Aquella noche permanecimos en vela. Sangama se dedicó a reanimar la fogata, removiendo las brasas y echándole más troncos y ramas secas. A la movediza y lívida claridad que la hoguera proyectaba, las cosas adquirían un aspecto irreal y fantasmagórico. Sobreponiéndome a mi natural nerviosidad, le ayudé en las labores que en seguida emprendió. Recogimos la osamenta humana y la enterramos nuevamente junto con el cofre que contenía los quipus misteriosos.

Cuando la caja hubo desaparecido bajo la tierra que echamos sobre ella, me sorprendió que Sangama no demostrara alteración alguna en su semblante el cual se había tomado inmutable.

Ahora que conozco la importancia de los quipus, la trascendencia qué tendría su interpretación y la publicidad de los valiosos secretos que encierran, no puedo menos que experimentar doloroso remordimiento por no haber intentado siquiera que Sangama me instruyese en el arte de los quipucamayos, pues como seguramente fue el último que lo dominaba, con él quedó para siempre sumido en el misterio el acervo de la maravillosa cultura incaica.

Terminada la tarea, nos preparamos para el regreso tan vivamente deseado por el Matero y por mí, y que desde ese momento, parecía ser también la preocupación de Sangama. Rápidamente descendimos la cuesta hacia el riachuelo, en cuya orilla nos sorprendió la luz de la mañana improvisando un puente de troncos para cruzarlo. Ganada la otra margen, el Matero se adelantó en busca del tambito en que pasamos la noche anterior a nuestro intento de atravesar el renacal y en donde, felizmente, los escasos víveres y objetos que habíamos dejado, estaban intactos, milagrosamente respetados por la horda de huanganas. Sangama le seguía cabizbajo. Litero, reconociendo las huellas de nuestro paso por esos lugares se adelantaba y retrasaba husmeador.

Experto en seguir cualquier ruta, el Matero caminaba sin vacilaciones, evitando siempre los rodeos. Así llegamos, con gran sorpresa de mi parte, a la tumba del viejo Luna que suponía aun distante.

Sin detenerse, el Matero, sombrero en mano y haciéndose la señal de la Cruz, dijo a manera de juramento:

—¡Alguna vez he de volver por verte, viejo!

Dejamos, pues, el renacal, provistos de agua fresca y de hachones, y nos internamos en la zona reseca. Mucho después de haber entrado la noche, nos detuvimos para dormir algunas horas y reanudar la marcha antes de que despuntara el nuevo día. La dura jornada del día anterior y, sobre todo, la falta de reposo en las noches, me agotaron de tal modo que hacía esfuerzos enormes para avanzar con la misma rapidez que mis compañeros, quienes frecuentemente tenían que detenerse a esperarme, temerosos de que me extraviase.

En los días subsiguientes nos deteníamos tan sólo para tomar algunos alimentos y dormir contadas horas. En plena noche, atravesábamos como fantasmas, a la incierta luz de los hachones, la majestad de la selva. Empapados de sudor, nos aproximábamos con sorprendente rapidez al sitio en que dejamos al Toro y al Piquicho.

Al hacer un alto, el Matero examinó los contornos y, después de calcular distancias y orientaciones, dijo a Sangama:

—Hemos dejado atrás todos los sitios en que dormimos de ida. Los tengo bien contados. Ya debemos encontrarnos con esos forajidos. Estoy seguro de que no tardaremos en dar con ellos. Tú, ¿qué opinas, Sangama?

El interpelado asintió moviendo la cabeza.

El Matero, satisfecho, volvió a interrogar:

—Oye, Sangama, ¿cómo les hubiera ido a esos con las boas en el renacal....? ¿eh?

A pesar del estado de mi ánimo y del cansancio que sentía, no pude evitar esta observación:

—¡Y la que nos esperaría con semejantes criminales, si trajésemos el ídolo de oro!

Dolíanme los pies terriblemente. Mis zapatos, no resistiendo más, dieron la carcajada final unas horas antes, y sus despojos estaban sujetos con tiras que se rompían a cada momento, haciéndome comprender que muy pronto me vería precisado a continuar el viaje descalzo.

Casi no demoramos allí. El Matero, malhumorado porque sus palabras no merecieran atención, quiso continuar la marcha al poco rato. Sangama, que parecía habérsele subordinado después del tremendo fracaso que sufriera, se incorporó dispuesto a seguirlo. Yo tuve que hacer lo propio, no obstante sentir que me sería muy difícil mantenerme en pie.

Tropezando a cada paso y con agudos dolores, continuaba esa marcha acelerada, en el curso de la cual pagué no sólo las faltas cometidas, sino las que pudiera cometer durante toda mi vida.

Por fin llegamos a la orilla del cauce seco, en cuyas inmediaciones quedaron los malhechores. Grande fue nuestra sorpresa al no encontrarlos. Sangama quedó abismado. Y como no aparecían por ninguna parte y el tambito daba muestras inequívocas de abandono, yo me puse lívido a mi vez.

Luna, incrédulo, los llamaba dando potentes gritos.

Sangama le advirtió:

—Es inútil. Se han marchado.

—Pero, ¿cómo...?

—Eso es lo que quisiera yo saber — repuso Sangama, al tiempo que se dejaba caer como si le hubieran asestado un golpe terrible.

Capítulo 35

La tremenda sorpresa nos quitó el cansancio. Emprendimos de inmediato el examen de los contornos para descubrir el rumbo que habían tomado; pero convencidos de la infructuosidad de nuestro empeño, no tardamos en regresar, el Matero y yo al punto inicial. Nos mirábamos indecisos y en silencio, cuando apareció Sangama quien, con un brazo extendido, señaló la margen opuesta:

—Por allí se han ido.

Ese era, precisamente, el lado que no habíamos inspeccionado porque allí sólo se apreciaba selva impenetrable, que se extendía desde el borde mismo del cauce. Siguiendo esa dirección, el Matero examinó con la vista la arboleda y, a poco, lanzó su característico grito de admiración al descubrir la corteza sonrosada de un grueso tronco de shiringa. Automatizado por la costumbre, avanzó resuelto hacia él. Era el primero que veíamos desde que dejamos el tambo del viejo Luna, y el Matero por ningún motivo desaprovecharía la oportunidad de clavar en la vidriosa corteza la punta de su machete, para descubrir si era o no rico en látex. Sabía por experiencia que algunos de estos árboles, generalmente los de apariencia modesta, rendían como ubres pletóricas; mientras que otros, los que por su aspecto podían parangonarse con los más hermosos de la selva, sólo daban, a menudo, unas cuantas gotas. Aquellos producían la goma más fina, empleada en los mejores artículos de una de las más importantes industrias contemporáneas; éstos, cuyo jugo no merecía ser recogido diariamente y manipulado en pellas, daban el sernamby, la goma ordinaria mezclada con el orin de las latas.

Siguiendo el cauce del arroyo, que no pudo atravesar de inmediato porque a trechos ocultaba un peligroso fangal, dio con un puentecillo. De pronto lo vimos desaparecer en la otra margen tras la tupida maraña, para sorprendernos, al rato, con el grito que menos esperábamos:

—¡Una trochaaa...!

Y así era, en efecto, según pudimos comprobarlo cuando llegamos al pie del árbol de shiringa. En este punto, la trocha, que venía en un sentido, tomaba otra orientación, determinando un ángulo cuyos lados se alejaban de la zona que habíamos explorado.

—Es una estrada —decía alegremente el Matero—. Una estrada abierta por mi taita, antes de volverse loco.

205

Sangama se dedicó a buscar afanosamente huellas en el suelo. Litero le auxiliaba rastreando. Pronto dieron con la evidencia.

No cabe la menor duda —nos dijo—. Es por aquí por donde han partido. Encontraron esta trocha, y se fueron seguros de no perderse.

—Pero tienen que haber ido dando vueltas en este laberinto. Posiblemente, todavía estén dentro de la estrada sin poder salir de ella. Si no perdemos tiempo, es muy posible que, siguiendo por la ruta que nos trajo, lleguemos al tambo antes que ellos —opinó el Matero.

—Exacto —se apresuró a convenir Sangama—. Hay que hacer el esfuerzo. Les ruego que inmediatamente nos pongamos en marcha.

Como mis zapatos estaban destrozados, tuve que ingeniarme para sujetarlos a mis pies a manera de sandalias, valiéndome de unas lianas. En cuanto estuve listo, partimos decididos.

Penetramos resueltamente a la espesura tras del intrépido Matero, que dirigía la marcha haciendo prodigios de destreza. Era tan rápido nuestro avance, que podía juzgársele de fuga, apariencia que se acrecentaba por los frecuentes altos del Matero, quien a menudo volvía la vista hacia atrás. Confiados en su pericia de explorador le seguíamos silenciosos a través de la maraña abigarrada que se extendía idéntica por todos lados, poblada sólo de ruidos indefinibles y del monótono e incansable chillar de las chicharras en escandalosa cópula bajo las hojas.

A las varias horas de nuestra partida, la selva se llenó de una luminosidad amarillenta que, poco después, tomóse opaca y gris, borrándose todos los contornos. El Matero prendió su antorcha y, con ella sostenida en alto, prosiguió el avance, abriéndose camino a machetazos. Una irrespirable atmósfera de fuego nos envolvió, y el calor, dentro de una espesa vaporosidad, nos derretía, haciéndonos sudar copiosamente.

—¡Malo! ¡Malo! —dijo Sangama—. Se avecina una tormenta. Felizmente, ya vamos terminando de bordear el pantano que tanto nos mortificó a la venida.

El Matero redobló el ímpetu desaforado de la marcha. Ya no se detenía a cortar las ramas que obstaculizaban el avance. Los movimientos de su antorcha eran para nosotros indicación precisa de las maniobras que debíamos hacer para seguirle.

—Vamos bien. Vamos bien —aprobaba Sangama cuando Luna detenía el paso para orientarse.

De repente tembló la selva. El Matero se detuvo. Al rojizo resplandor de la antorcha, vi que con la mano derecha hacía caracol ante la oreja, empeñado en percibir la intensidad del ruido. Cesado que hubo el eco, se produjo un rumor lejano que fue acercándose por segundos a medida que crecía en sonoridad. Fuerte ráfaga de viento apagó la antorcha, sumiéndonos en absolutas tinieblas, al mismo tiempo que caía sobre nosotros enorme cantidad de hojas desprendidas de los árboles.

—¡Nos alcanzó el temporal! —se dejó escuchar el alarmado acento de Sangama—. Es la llegada del invierno. ¡Si no encontramos pronto donde refugiarnos, no volveremos a ver el sol!

—¡Qué noche más espantosa!

Ruidos fragorosos, destellos de luz que cegaban, árboles que al caer tronchados hacían retemblar la tierra, ramajes desgajados que cruzaban el espacio silbando como dardos. ¡Parecía que la selva quisiera desintegrarse en apocalíptica agonía!

El bosque tronaba al paso del viento desbocado y salvaje. Las elevadas copas, abatidas furiosamente, se entreabrían dejando al descubierto pedazos de cielo cenizo del que destilaba una enfermiza semiclaridad que permitía ver los troncos retorcerse en epilépticas contorsiones. Toneladas de hojas y ramas caían sobre nosotros amenazando sepultarnos. El chicotazo de luz de un relámpago me permitió contemplar el tremendo espectáculo de la selva enloquecida.

—¡Ahí hay un shihuahuaco! —gritó el Matero—. ¡Rápido! ¡Rápido!

Sus gritos llegaron a mis oídos apenas perceptibles. Casi tuve que adivinar sus palabras. Avancé con los ojos cerrados, llevando en brazos a Litero, que temblaba de miedo. Las voces de Luna me llegaban a intervalos, sueltas y sin sentido; pero eran suficientes para orientarme hacia él y permitirme avanzar a tientas. Varias veces caí atontado, no sé si porque mis pies se enredaban en las ramas o porque éstas, al caer, me arrastraban. Sentí derrumbarse un enorme tronco a mis espaldas. El ruido y la conmoción que produjo fueron tales, que me lanzaron contra una rama, dejándome aturdido por el golpe.

El Matero y Sangama retrocedieron llamándome angustiados. Yo les contestaba con todas mis fuerzas; pero seguramente no me oían, pues continuaron pronunciando mi nombre a gritos. Tenía la sensación de que una insalvable distancia nos separaba. Sin embargo, pronto tropezaron conmigo, me extrajeron de un montón de ramas y de hojas que me tenían aprisionado, y me arrastraron un trecho. Por fin dimos con el tronco costroso de un shihuahuaco, considerado, aparte del huacapú, el árbol más resistente de la selva. Allí pude ponerme en pie, satisfecho de encontrarme junto a mis compañeros. La selva seguía atronando, sacudida en todas direcciones, como si contra ella se hubieran desatado todas las fuerzas de la Creación.

Esto debe ser el final del Mundo, pensaba, sujetándome al fuerte tronco, que sentía crujir a pesar de su formidable diámetro. La lluvia de hojas era cada vez más intensa y nos obligaba al constante trabajo de evitar que nos cubriera por completo.

Nada era posible ver en esas tinieblas, salvo el lívido fulgor de los relámpagos que recorrían la espesura seguidos de fuertes trepidaciones. Al sentir los sacudimientos de los árboles, se me ocurría que estaban empeñados en arrancarse de sus propias raíces y fugar. Nuestra salvación dependía únicamente de la resistencia del árbol dónde habíamos buscado asilo, lo que, a mi parecer, era un tanto dudoso. Sangama y el Matero hablaban en voz alta y, no obstante estar muy cerca de ellos, no podía entender lo que trataban. Mezclábanse sus voces con los potentes ruidos y llegaban a mí entrecortadas y faltas de sentido.

Cuando la furia del huracán amainó, fuerte lluvia comenzó a precipitarse volviéndose, a poco, torrencial, como si un caudaloso rio se volcara desde el cielo.

—¡Gracias a Dios! —percibí que decía Sangama—. ¡Ya no sopla tan furioso el viento!

Tan cerca estaba Sangama de mí, que su aliento cálido me llegaba junto con sus palabras. De otro modo no habría podido escucharle, tal era la sonoridad infernal que retumbaba en la selva.

De súbito vi por todas partes unos puntos de luz que parecían surgir de múltiples linternas manejadas por una muchedumbre que, activa, buscara algo entre la maleza. Asombrado, pregunté a Sangama la causa de ese fenómeno.

—Son... Bueno. Es el agua que entra en contacto con materias en descomposición bajo la hojarasca... las que se vuelven fosforescentes. —Y, despreciativo, agregó—: ¡No es nada!

Así pasamos las horas que aun nos separaban del día, ¡horas infinitas! Quieto, cómo sin vida, sentía que el agua iba corriendo a chorros por mi cuerpo como por un ser inanimado.

—¡Adelante, Matero! —sonó la voz de Sangama—. ¡Ya se puede distinguir algo! ¡Si nos demoramos, no podremos caminar por la selva inundada!

Por más esfuerzos que hice, nada pude distinguir, lo que me hacía considerar temerario lanzarnos por la selva, desorientados por la tormenta. En esa obscuridad, era materialmente imposible establecer un

208

punto de referencia. Pero ellos se pusieron en movimiento sin temor, y yo tuve que seguirlos. En esos momentos me di cuenta de que, para desgracia mía, estaba completamente descalzo. Nada dije y seguí soportando las punzadas y los rasguños de las ramas que cubrían el suelo. Más irritados mis pies a cada instante, los dolores se agudizaban aumentando la torpeza de mis pasos. Me pareció que dábamos repetidas vueltas por el mismo sitio. El Matero se detuvo ante una palmera y cortó varias hojas, bajo las cuales logró encender la mojada antorcha, gracias a su tenacidad y al derroche de los fósforos que encontró en el fondo de su bolsa de viaje.

Defendida la luz por el toldo de hojas que había confeccionado el Matero, Sangama se dedicó a examinar la corteza de un arbolillo que seleccionó entre los que nos rodeaban. El resultado pareció no satisfacerle, pues, con un gesto de duda, raspó la corteza en todo el contorno, para continuar su prolijo análisis en las astillas que arrancaba de diversos sitios, valiéndose a veces de sus uñas. Después de algunos momentos, pude notar que una expresión de triunfo reemplazaba al gesto de impaciencia que contraía su rostro. Entonces, levantando un brazo, señaló la orientación que debíamos seguir, precisamente por el lado que acabábamos de recorrer para dar con el arbolito.

—Este hombre sábe cosas increíbles —me dijo el Matero al oído, mirando con admiración a Sangama. Luego procedió a tomar la delantera llevando en alto la antorcha, que se extinguió nuevamente, empapada por la lluvia.

Seguimos. A menudo teníamos que desviarnos, para poner al lado las zonas impenetrables y enmendar el rumbo. Era una orientación a ciegas, fijada por el instinto extraordinario del Matero. Menos mal que ya se insinuaban ante mis ojos los perfiles de los troncos más cercanos. Mis pobres pies, que imaginaba destrozados, estaban cada vez más adoloridos, y me era necesario apretar fuertemente los dientes para no prorrumpir en gritos de dolor cuando alguna ramita se clavaba en la planta.

Cruzábamos pequeñas encañadas por donde corrían torrentes de agua barrosa y, con pérdida de un tiempo precioso, teníamos que rodear los numerosos lugares en que la tempestad había formado montañas de ramas y troncos. La empresa de conservar la orientación conveniente era, pues, ardua en demasía.

Al tocar mis pies una raíz, me fue imposible contener un gemido. Tuve que sentarme en el suelo para oprimirme la parte herida, y me sobresalté viéndolos hinchados y sangrantes. Sangama y el Matero se detuvieron al escucharme.

—¡Tengo los pies destrozados! —les grité, contorsionándome de dolor-—. ¡Continúen ustedes! ¡No se detengan!

Los dos se miraron entre disgustados y compasivos. Yo insistí suplicándoles que siguieran, que me dejaran, porque me era imposible marchar tras ellos.

—Aquí me quedó, Sangama. Dile a Chuyita que no pude seguir. Ustedes vayan, no pierdan tiempo. De ninguna manera voy a poder llegar. ¡Lo mismo da quedarse aquí o más adelante!

—¡Hombre! —se apresuró a decirme Luna—. Aunque el camino se haga más penoso no podemos abandonarte. A ver si te cargamos.

—¡Es inútil! —le grité—. Les ruego que me dejen.

Y como viera que no se movían, acabé por decirles la razón de mi insistencia, lo que me preocupaba horriblemente, lo que nunca hubiera querido decir por temor a que mis palabras fueran agoreras.

—¡Vayan! ¡Vayan! Chuya está en peligro... ¡Hay que salvarla!

Sangama me contemplaba conmiserativo, mientras yo persistía en suplicarles, que prosiguieran la marcha para llegar cuanto antes. De improviso se despojó de la ancha y larga faja que le servía para sujetarse los pantalones y oprimirse el vientre, reemplazándola por una liana, y procedió a vendarme con ella los pies en forma que supliera la falta de zapatos. Terminada la operación, me ayudó a ponerme en pie preguntándome:

—¿Puedes sostenerte y caminar?

No sólo pude sostenerme perfectamente, sino que, sintiendo gran alivio, podía caminar con seguridad y desenvoltura.

—¡Adelante! —les dije animoso—. ¡Con esto podré soportar varias horas más!

—¡Las precisas! —agregó el Matero—. Ya no tardaremos en llegar al tambo.

Y el Matero se adelantó alegre, como si la solución de mi caso significara asimismo, la del grave problema que tanto nos preocupaba. La lluvia ya se había calmado y, a través de su monótono repiqueteo, se podía escuchar aguda y fresca, la tonada que el Matero iba silbando.

Su silbido, que fue haciéndose cada vez más ágil, repercutía en mi corazón anheloso con extrañas sonoridades. El espíritu del Matero, evidentemente, demostraba alegría. Una alegría tristona como una humorística paradoja. Cansado de silbar, echó al aire una canción:

210

Cuando salí de me tierra
de nadie me despedí;
sólo las piedras me vieron
y ellas lloraron por mí.

Este Matero —pensaba yo— es de tal naturaleza que, en vez del grito de agonía, le brotará de la garganta, con el último aliento, una canción selvática.

Capítulo 36

Sangama reconoció de pronto las marcas dejadas en los árboles cuando iniciamos la accidentada exploración. Entonces, apresuró el paso dirigiendo la marcha. Ya estábamos cerca de la choza. La ansiedad nos impedía hablar; pero, en cambio, redoblaba nuestras energías, haciéndonos caminar animadamente.

¡Al fin llegamos! Desde el linde del bosque descubrimos el techo de la choza y, poco después, la cocina humeante. Sultán nos salió al encuentro, dirigiéndose atropelladamente hacia Sangama.

Yo tenía los ojos fijos en el tambo, de donde esperaba ver salir, alegre y cariñosa, la encantadora figura de Chuya. Pero mi desencanto fue grande cuando la única que salió, al escuchar nuestras voces, fue la vieja servidora, quien se quedó muda y como petrificada ante Sangama. Este arrojó al suelo la carga que llevaba y penetró resuelto en la choza, de la que partieron, luego, gemidos entrecortados.

Atraído por los ladridos de los perros, Ahuanari vino presuroso de la orilla.

—¡Por fin llegaron! —exclamó, dando un fuerte suspiro de alivio.

Y como se encontrase con nuestras miradas interrogantes, provocadas por los sollozos que continuaban en el interior de la choza, nos informó brutalmente:

—¡La violaron...!

Me apreté desesperadamente la cabeza con ambas manos, pues la sentía próxima a estallar. Un gran nudo me oprimió la garganta, ahogándome, y noté que se me obscurecía la vista. A mis pies se abrió de pronto un negro abismo en el que me sentí caer. Sobreponiéndome al dolor, corrí hacia Sangama que salía tambaleante de la choza.

—¡Nos vengaremos! ¡Nos vengaremos! —repetí varias veces, henchido de furor.

—Ya lo agarraremos —agregó el Matero, que se había enterado de que sólo el Toro vivía—. Ahuanari dice que por las noches grita en el monte... ¡Habrá que cazarlo! ¡Qué más da si es peor que un otorongo!

—Mañana —suplicó Sangama—. Hoy no podría acompañarles...

Abrumado por la terrible realidad, casi inconsciente, me dirigí paso a paso, hacia el borde del río. Cierto es que los grandes dolores insensibilizan. Agobiado por el golpe que acababa de recibir, me senté en la orilla para contemplar las aguas alborotadas que revueltas, arrastraban en su interminable fluir los troncos y las ramas arrancadas por el huracán. Como si presenciara algo ajeno a mí, que se desarrollase a la distancia, se reprodujeron en mi imaginación todas las escenas de la pasada noche, y me pareció que esa formidable tormenta fue la protesta de los elementos por el crimen cometido. Deteníase mi atención en cada una de las cosas que me rodeaban: en la canoa varada en la playita, que significaba el retorno al hogar, la vida para todos nosotros; en los espesos felpudos de plantas acuáticas que arrastraba el río desde ignoradas lagunas donde se habían formado y que pasaban dóciles, transportados por la corriente; en las yerbas de la orilla, mojadas por la lluvia, frágiles y sin embargo tan resistentes, como el alma humana, que se oprime abatida hasta sentirse agonizar y que resiste todas las tempestades; en las altas copas de los árboles, que se mecían rumorosas bajo lluvia como si no hubieran sufrido, hacía poco, la tortura del huracán.

Por entre los claros que dejaban las copas de los árboles, vi cruzar bandadas de garzas que se alejaban, huyendo del invierno, hacia otras regiones acogedoras. Tuve envidia de aquellas aves porque podían alejarse de esa cárcel verde que ahogaba; que podían renovar los horizontes al empuje de sus alas, hasta dar con el paraje donde se pudiera olvidar.

Y seguí pensando sin concierto, dejando que unas ideas sucedieran a otras, sin deseo de llegar a ninguna conclusión, sin otro interés que el de seguir pensando y pensando...

La voz amable del Matero puso fin a mi abstracción. Se sentó a mi lado y quiso convencerme de la necesidad de volver al tambo para cambiamos de ropa, tomar algunos alimentos y descansar. Luego, poniéndome afectuosamente un brazo sobre los hombros, agregó:

—¿Sabes cómo sucedió aquello? Los bandidos llegaron ayer, manifestando que Sangama los había enviado por delante para preparar el regreso y que, en consecuencia, era necesario mandar al peón de caza, a fin de aumentar la existencia de víveres. Chuya, creyéndoles, los acogió y dispuso que en cumplimiento de las disposiciones de su padre, Ahuanari saliera inmediatamente acompañado de Sultán. A su regreso, Ahuanari, encontró a las dos mujeres encerradas, rifle en mano, llorosas y con los cabellos en desorden, la vieja "mama" lo condujo entonces a un ángulo de la choza y le refirió que, a los pocos minutos de su partida, los malvados las cogieron de sorpresa y las ataron de pies y manos. Trascurridos algunos momentos, los necesarios para que embarcaran todo lo que querían llevarse oyeron que el Piquicho incitaba al Toro para que ultrajase a la pobre niña antes de embarcarse y huir.

—Calla, hermano —supliqué, tapándole la boca—. ¡Calla, por Dios!

—Si tú quieres, callaré —me contestó el Matero, guardando silencio; pero luego volví a escuchar su voz como si no hubiera sufrido interrupción alguna—: El Toro embarcó a la muchacha desmayada y, creyéndola muerta, le quitó sus ligaduras, mientras el Piquicho protestaba porque su compañero no le permitía que él también consumara el atropello... Sonaron varios disparos. El Piquicho cayó atravesado de un balazo y el Toro, al sentirse herido y ver a Chuya que, vuelta en sí, se había apoderado de un rifle de la canoa y avanzaba disparando contra él, huyó al monte... Dice Ahuanari que anoche tiró al río el cuerpo del Piquicho.

Mientras escuchaba este relato, que el Matero hizo sin intercalar comentario alguno, yo iba representándome en la imaginación las distintas escenas y me hacía cargo del sufrimiento de esa frágil criatura, cuyo valor me hubiera arrancado un grito de admiración y aplauso, a no tener la garganta oprimida. Permanecí pues mudo, secándome el sudor que brotaba de mi frente.

—Mañana lo agarramos. ¡Ya verás lo que le espera a don Misael! —terminó el Matero entre indignado y burlón.

—¡Mañana lo agarramos! —rugí yo, sediento de venganza.

Ya se había borrado completamente el paisaje, envuelto en las sombras de ese atardecer tétrico. El cielo volvía nuevamente a llorar inconsolable ese llanto salvaje que la tierra no podía enjugar. El ruido había tomado a ser impresionante. Parecía que la selva se quejaba adolorida bajo el manto negro con que la noche iba cubriéndola. Casi arrastrándome, el Matero me llevó a la choza.

Débil mechero de aceite alumbraba penosamente el rincón de la choza donde encontramos a Sangama sumido en la más dolorosa de las meditaciones con la cara hundida en el hueco que formaban sus dos manos juntas.

Cuidando de no turbar su quietud, lo contemplaba al lívido fulgor de la lámpara, pensando conmiserativo en la doble tragedia que doblegaba tan hondamente a ese hombre valeroso y fuerte. Los dos grandes ideales de su vida, condensados en el deber y en el amor, se habían derrumbado simultáneamente, como si el Destino se recreara con perversidad, en someter a la máxima prueba la reciedumbre de esa alma templada en el peligro.

Tarde, esa noche infinitamente triste, volvió a cegar el ímpetu de la lluvia, y la selva quedó envuelta en el susurro sollozante de los árboles. Ladraban los perros en el linde del bosque por el lado donde los lamentos del Toro se dejaban escuchar, y hasta el Matero, que se había dormido acurrucado junto a mí, abría los ojos de rato en rato hasta percibir las voces del criminal; luego me miraba con fijeza y, guiñando significativamente un ojo, me hacía comprender que era necesario un poco de paciencia para que nuestros deseos se cumplieran. Bien me hubiera gustado, para distraer mi ánimo, discutir con el Matero los detalles de la cacería de la fiera, que estaba seguro íbamos a emprender tan luego asomara la luz de la mañana; pero no me atreví ni siquiera a moverme. De la vecina habitación donde estaban encerradas las mujeres, se dejaban oir frecuentes suspiros que contribuían a excitar más, si era posible, el dolor que me abatía.

De madrugada, Sangama nos invitó a salir. Quería acordar los detalles de la cacería de la bestia humana.

—Fácilmente vamos a dar con él. Merodea por este lado—nos dijo, señalando el sector por donde habían resonado durante la noche los gemidos—. Pero es preciso andar con mucha cautela. Esa fiera intentará defenderse.

Armados de fusiles iniciamos la marcha acompañados de los perros que corrían en torno nuestro.

Al penetrar en la espesura, con los fusiles preparados, nos separamos un poco sin llegar en ningún momento a perdernos de vista, a fin de poder ayudarnos recíprocamente en caso necesario. Avanzábamos con lentitud, examinando cautelosamente los lugares en que podía estar oculta la fiera, de la que temíamos un ataque sorpresivo. Los perros ladraban con más frecuencia olfateando los rastros y se detenían a cada momento, lo que indicaba que el criminal había estado vagando por todos esos contornos. Redoblamos nuestra atención, pues era seguro que no tardaríamos en dar con el peligroso prófugo.

Y así fue. Sultán y Litero lo descubrieron refugiado en un matorral. Sus ladridos, tan característicos en los perros cuando dan con el escondite de la pieza buscada, fueron confirmados por un grito de cólera. Apresuramos el paso al escuchar aullidos dolorosos entre furiosas maldiciones. Llegamos tarde. Sultán se revolcaba agonizante a los pies del Toro, que blandía enloquecido un enorme garrote.

—¡Ah, maldito perro! —rugía demudado de ira—. ¡Por tu culpa no he podido regresar!

Iba a descargar sobre el animal un nuevo golpe para acabar de victimarlo; pero nuestra presencia lo detuvo. Los tres fusiles le apuntaban. Arrojó el garrote y se arrodilló implorando cobarde :

—¡No me maten! ¡Me rindo! ¡Yo no quise hacerlo! ¡Estoy arrepentido!

El Matero se le fue encima y le asestó un feroz culatazo que le hizo caer de bruces aturdido.

—¡Esta presa es mía! —gritaba excitado—. ¡Déjenmelo...! ¡Déjenmelo...!

Al acercarme más, tuve la impresión de que estaba en presencia de un monstruo. Una barba hirsuta le cubría el rostro. Los cabellos, le caían sobre la frente haciéndola desaparecer. Por entre esa maraña de pelos asomaban los ojos desmesuradamente abiertos y circundados por sangrientos párpados. Tenía una herida en el costado derecho. En las piernas y en los brazos podían apreciarse fácilmente las huellas que habían dejado los fieros dientes de Sultán y las ramas vengativas de la selva. Resultaba extraña esa figura musculosa, convertida en brutal masa de huesos y tendones, torpe, abrumada. Viéndolo así, el Matéro se le acercó imprudente desafiando la fiereza que aun se adivinaba oculta en las ruinas del coloso abatido. De entre los labios, hinchados y resecos, salía la ronca voz preñada de terror. No atinaba a mirarnos fijamente sino por instantes. Sus ojos buscaban por todas partes algo que no podían encontrar, algo impreciso que era sin duda la causa principal de su terror. A ratos dejaba de lamentarse para maldecir a la selva endemoniada.

—¡Aquí está! —decía la voz fatigada y cavernosa— ¡Aquí está! ¡Lo siento aprisionarme! ¡Es el demonio que se esconde tras de cada árbol!

El Matero procedió a atarle fuertemente los tobillos, sin que hiciera el menor esfuerzo para defenderse, a pesar de la brusquedad con que era tratado. Seguía implorando, poseído de una rara locura, y hablaba incoherencias:

—Era distinta a todas las demás mujeres que dominé en la selva. Yo no quise hacerle daño. Fue el demonio que se metió en el Piquicho para perderme. ¡Yo luché, pero fue en vano! ¡Es el alma del Gobernador que se está vengando...! ¡Todas las almas de los que yo maté...! ¡Sí, aquí están todas amenazándome...! ¡Pero yo no quiero morir....! ¡He dicho que no quiero!

217

Su voz iba adquiriendo progresiva fiereza. Las últimas exclamaciones las profirió en un arrebato desesperado, como si quisiera libertarse de algo que lo cogía con fuerza sobrenatural. Difícil era precisar si ese condenado lloraba al tiempo que maldecía. Sus palabras surgían como bufidos estruendosos; pero en el fondo eran doloridas y suplicantes. Callaba un momento para reiniciar en tono suave, casi tierno, la plegaria que luego se iba trocando, entre convulsos lamentos, en desbordada catarata de blasfemias e imprecaciones.

—¡Perdón! ¡Perdón, Sangama! Sé que te hice un gran mal... Pero el Piquicho me aconsejó... El Piquicho, que ahora me persigue... ¡Yo no quiero oir su risa...! Ignoraba lo que hacía... Ella intentó resistir con sus débiles brazos, pero fue en vano: cayó como una palomita bajo la zarpa del tigre. Se agitó un instante como un cervatillo al abrazo de la boa estranguladora... Era tan tierna, tan delicada, que creí haberla muerto... ¡Horror...! Y me alejé después de quitar las ligaduras a su cuerpo inanimado... Y ahí estaba el Piquicho, ávido... Pero no lo dejé... Yo lo castigaba cuando cayó muerto a mis pies... Esta bala que se me ha clavado aquí, me hizo huir hacia el monte embrujado ...

Se cubrió luego los ojos con un brazo, mientras con el otro hacía ademán de apartar a un fantasma que se le aproximaba. Quiso incorporarse y correr; pero como estaba atado de pies, fue a dar contra un tronco que tenía delante, casi junto a mí. Al levantar la cara, su mirada aturdida se cruzó con la mía, descubriendo todo el odio que me inspiraba, pues, con intención filuda como una estocada, me atravesaron sus palabras:

—¡Ah, maldito! ¡Vienes a arrancarme la vida!

—¡Cállate, desgraciado! —-le interrumpió el Matero, amenazante.

Aquello era insoportable. Esa bestia iba a terminar por matarnos a todos con sus ofensas y sus lamentos. Sangama, con la mirada fija en el suelo, había perdido esa imperturbable y enigmática serenidad que era su característica en los momentos supremos. Estaba horriblemente demudado, y tenía sujeto a Litero que ladraba desesperado.

—¡Sáquenme de aquí! ¡Llévenme a cualquiera parte! ¡Mátenme si quieren...; pero más allá...! ¡Fuera de esta selva endemoniada!

—¡Qué poco te pide el gusto, miserable! ¡Ya te vamos a sacar, ten un poquito de paciencia! —Y el Matero se inclinó para amarrarle los brazos. Fue entonces que el Toro logró cogerlo por las ropas y, atrayéndolo violentamente, le hizo rodar por tierra, donde se preparó a estrangularlo.

—¡Ah! ¡Te pesqué, Materito...! ¡Ahora eres mío! ¡Antes que me acaben a balazos, habré tenido tiempo de ahogarte!

Rodaron junto al perro que, con la espina dorsal golpeada y medio cuerpo inerte, estaba a los pies de Sangama. Tenía la cabeza apoyada en las patas delanteras y su vista de fiera fija en el monstruo. Sangama dio un salto; pero antes de que interviniera en ayuda del Matero, esa cabeza avanzó arrastrando su medio cuerpo, y mordió. Dejóse oír un crujido de huesos en la muñeca derecha del Toro y, esa mano que apretaba el cuello de Luna, hubo de aflojar. Dos culatazos dados en el otro brazo por Sangama, libertaron a nuestro compañero de una muerte segura. Este, levantándose atontado, se restregó los ojos y no tardó en reaccionar. El Toro se puso de rodillas, exhalando rugidos de dolor; con el brazo libre aprisionaba a Sultán en un vano esfuerzo por ahogarlo.

Por un instante nos quedamos estáticos, mirando sobrecogidos la escena tremenda de la lucha muda de un perro, con la mitad del cuerpo inerte, y de un gigante en mutilación, casi paralizado por el dolor.

Cuando esas mandíbulas al fin se abrieron, fue para no cerrarse más. Ensangrentadas y con los labios contraídos, parecían conservar todavía su fiereza. El perro estaba muerto.

—¡Te has vengado, perro maldito! —grito el Toro, tratando de contener la sangre que le brotaba de la muñeca despedazada.

Esa escena no podía continuar. Sangama parecía conmovido por la situación de ese ser bestial enloquecido por el dolor y el miedo.

Entre tanto, el Matero había preparado un lazo corredizo y me indujo a que yo hiciera otro. Colocándose a la espalda del criminal logró deslizar el lazo sujetándole los brazos; seguidamente, dio una vuelta con la liana a un tronco y templó. Entonces yo pude acercarme sin riesgo y colocar en igual forma el otro lazo, templándolo a mi vez en otro árbol. Cuando lo tuvimos así seguro, reducido a la impotencia, el Matero le ordenó:

—Levántate, Toro. Te vamos a llevar para que no padezcas más.

—No puedo levantarme —dijo después de hacer vanos esfuerzos—. Suéltenme los pies. Así no puedo caminar.

Sangama le cortó las amarras de los tobillos, y el Matero se apresuró a advertirle:

—¡Ahora, si intentas siquiera desobedecer, disparamos!

—¡Llévenme! ¡Llévenme pronto! —clamaba—. ¡Pero pronto!

En ese momento, abismado, como un autómata, Sangama cargó con el cadáver de su perro, y partió en dirección de la choza, mientras nosotros, como quien conduce un verdadero toro bravo, sujetándole con los tientos que de tronco a tronco templábamos, fuimos llevando al Toro por los sitios que indicaba el Matero, sin darme yo cuenta de lo que éste se proponía hacer. El malvado no objetaba las órdenes que a gritos le impartía Luna.

—¡Por allá...! ¡Más acá...! ¡De frente...! ¡Ahí nomás!

El Toro había quedado debajo de un arbolito de tallo delgado, color pardusco, que crecía muy cerca de la orilla.

—¡Ya estás fuera del bosque! —le dijo—. Ahora, espera que voy a desatarte.

La faz horrorosa del criminal cobró una trágica expresión de alegría. Se dejó caer pesadamente junto a ese tronco pálido en el cual apoyó las espaldas al sentarse en el suelo. Luna corrió y, con rapidez increíble, dio varias vueltas con la liana, atando al gigante contra el tronco, al tiempo que le decía:

—¡Aquí vas a descansar! ¡Aquí vas a pagar todas tus cuentas!

—¡No, no me dejen! —rugió el Toro, esforzándose por libertarse.

El arbolito se estremeció violentamente sacudido por el Toro cual si fuera a ser arrancado de raíz. Al ser remecido un sordo rumor de panal alborotado surgió de su interior y, por millares de agujeritos que se adivinaban en la corteza, brotó una masa compacta de hormigas rojizas que caían sobre el Toro, cubriéndole el cuerpo semi-desnudo.

Al darse cuenta de la fatal situación en que se encontraba, atado a una tangarana, el Toro lanzó, entre maldiciones, atronadores gritos:

—¡Malditos...! ¡Me han engañado...! ¡Ahhh! ¡Uhhh!

—¡Aguanta, Torito! ¡A ver si te salva el diablo que tienes en el cuerpo! ¡Aguanta, Torito! —repetía el Matero, pálido, jadeante, pero sarcástico.

El grupo que formaban el hombre y el árbol tomó un aspecto extraño. Parecía una sola cosa deforme, monstruosa, que se devoraba a sí misma. Del cuerpo del Toro iban brotando gruesas gotas de sangre. Aún así, la fiera continuaba insultando y maldiciendo.

El Matero parecía recrearse en la escena. Yo aparté la vista, pero un grito me obligó a mirar. El Toro había conseguido arrancar el tronco y avanzaba dando tumbos, tropezando con las ramas. Se detuvo. Entonces lo vi debatirse en la más horrorosa tortura. Ya no veía. Una gruesa e hirviente capa de hormigas le devoraba los ojos, y cayó definitivamente, abrazado al tronco mismo que le quitaba la vida. Poco a poco, el estertor

220

de agonía que brotaba ronco del pecho del moribundo, fue desapareciendo hasta que el silencio cubrió la escena.

De pronto apareció Sangama y se quedó paralizado ante el cuadro tremendo de la muerte del Toro, devorado por el árbol. Luego volvió hacia mí la mirada más triste que observé en mi vida, en la que había de reproche y conmiseración.

—¡La justicia de la selva se ha cumplido, Sangama! justificó el Matero.

Yo quise hablar, decir algo; pero no pude.

Capítulo 37

De regreso en la choza, Sangama ingresó al estrecho y obscuro aposento donde Chuya sollozaba. Yo quise seguirle; pero me detuvo a la puerta con severo ademán, dejándome paralizado.

Allí, escuchando el rumor de las palabras de consuelo, llenas de filosófica confortación del atribulado padre, y los sollozos de la abrumada criatura, permanecí hasta que volvió a salir la consternada figura de Sangama.

—No te separes un momento de ella —ordenó a la vieja—. Me llamas al instante.

Y volviéndose hacia mí, me abrazó profundamente emocionado.

—Esto es lo peor que ha podido pasarme —se lamentaba.

—Que ha podido pasarnos a todos —me apresuré a decir, dándole a comprender que mi dolor era tan grande como el suyo.

—Sí —repuso—. Te comprendo.

El Matero y Ahuanari se habían dirigido al monte para enterrar el cadáver de Sultán. Cuando llegaron al lugar donde yacía el noble perro, en el sitio en que fuera dejado por Sangama, encontraron a Litero tendido junto a él, aullando tristemente.

Después se dedicaron a reparar la canoa, perforada, según explicó Ahuanari, para evitar que el Toro se escapara en ella. Al realizar esta operación, pudieron advertir que muchas de las provisiones que intentaron robarse los bandidos, estaban perdidas, pues se habían hundido con la creciente del río. Esto nos produjo la consiguiente alarma, ya que sin ellas nuestra situación se hacía muy grave. Pretender cazar algo era imposible, pues la selva se inundaba más y más por minutos. Y la ruta de regreso era larga. La noticia no nos afectó de pronto. Algo más serio nos preocupaba por completo.

Sangama volvió a ingresar al aposento de la niña. Como tardara mucho, yo resolví dirigirme al canto del río, cuyas aguas habían crecido considerablemente. Algo me hizo rememorar los años mozos, cuando mi alma, pletórica de ilusiones y esperanzas, no había sido aún azotada por los infortunios. Entonces me sentía en aptitud de absorber los más crueles sufrimientos, conformado para resistir todos los embates. Volví la vista hacia el bosque y miré los troncos de la orilla enfilados como centinelas que lloraban, también, alguna tremenda desventura. Sobre la tarde caían y caían amarillentas, grises y rojizas, las hojas desprendidas, como lágrimas de la selva conmovida

Cuando me encaminaba de vuelta a la choza, ya anochecía. Escurriéndose en la penumbra, las siluetas abrazadas de Sangama y de Chuya penetraban al bosque siguiendo el filo del río. Los vi hundirse entre las sombras. ¿Adónde iban? Fuerte inquietud se apoderó de mí y me lancé a seguirlos, ocultándome tras uno y otro árbol. La obscuridad era profunda en el boscaje. Apenas podía distinguirlos. Hubo un momento en que me detuve desorientado, sin saber por qué sitio ir. En ese momento, rasgaron el silencio las notas de una quena. Fuerte sensación indescriptible me conmovió al escuchar esas notas angustiadas, en trémulo mayor, ululantes, melodiosamente enfermas.

Música saturada de dolor que sólo el indio puede producir en la desolación de la puna; música que nació en el corazón del guerrero vencido por la adversidad en su lucha con los conquistadores que irrumpieron implacables desde lejanas tierras, y que los arrojaron hacia las cimas agrestes donde el pájaro no canta, ni da sombra el árbol. Era la síntesis de la agonía de toda una raza amante del trabajo, que no robaba ni mentía; raza de civilización ejemplar sustentada en la Moral y en la Religión, sobre cuyos despojos parecen gemir aún las almas blancas de las vírgenes violadas en el Templo del Sol, cuyos himnos a Huiracocha, el dios supremo de los Incas, se han convertido en llanto.

La quena de Sangama llenaba de tristeza la selva. A su influjo comprendí qué si no fuera por la elocuencia de la historia y por el expresivo medio físico en que vive, bastaría esa música para sindicar al indio de la puna como al paria de América. La historia para ellos no ha cambiado, como no cambia en la puna el paisaje polar, donde campea suprema esa música que envenena el alma del indio.

No queda ya ninguno de ese florecimiento de guerreros incanos que, en su rebeldía, escalaron las abruptas sierras. Sus descendientes viven allí escépticos, impregnados de soledad y de silencio, entre los picachos nevados y las lejanías rocosas de horizontes breves. Para ellos no existe otro mundo que el suyo; no conciben nada que pueda turbar su quietud pétrea. Son los hijos soberbios de los indomables de antaño, y su aislamiento constituye la patente manifestación de la heredada indocilidad. Parecen insensibles a todo menos a esa música cultivada amorosamente, qué hacen cada vez más triste, perfumándola de intensa melancolía, para que les penetre hasta la médula de los huesos y les curta el alma, volviéndola indiferente a todo lo que no sea el dolor que les adormece.

Y la música de Sangama seguía, seguía... Enervábanse los músculos con su tristeza envenenante, y la vida aplastaba como una montaña.

Evocado por esas notas hechizadas, apareció el indio de las alturas, con su cara afilada y su perfil de media luna, acurrucado junto a la miserable hoguera humosa, alimentada con las pajas que crecen en las llanuras gélidas. Tiene la inanimación de las duras rocas, cuyas aristas se yerguen eternas. Su quietud es la del tiempo que no pasa; quietud que satura el espacio; quietud sombría, cóncava y aisladora como una urna. ¿Cuándo nació? Nadie podría decirlo. Nace, crece sin risas con ese dolor heredado que le deprime y que lo envejece a poco de haber nacido. Para el indio de la puna la vida tiene la duración de un sueño. Sólo sabe como experiencia de ella, lo que el recuerdo le dice de una sucesión de días y de noches, sin concepto del devenir del tiempo. Y es que el indio de la puna sólo vive los instantes de dolor que se abren como un paréntesis en la vida de los que nada esperan. Nada le importa que la antorcha del día se apague, que el cielo se amortaje de negro y de blanco la tierra. El sigue, solo, sobre la cresta desolada, mudo, pensativo, consumiéndose de tristeza. En su mente tarda, aletargada por el dolor como por un narcótico, vive el confuso recuerdo ancestral. No es el recuerdo de sus experiencias personales; es la memoria compleja de toda la raza que protesta del gran drama histórico que protagonizaron sus antepasados. Esa protesta se exterioriza en tan propicio escenario, perpetuando a través de los siglos la música doliente que mata las energías y hace sangrar el alma. Es el pasado que emerge en su conciencia, brumoso, turbio, informe, abogando la raza que degenera, que se extingue encastillada, allí donde la defienden las heladas y las soledades. Ahí está, en las alturas inaccesibles, con el cobrizo semblante tostado que se confunde con las rocas circundantes, suspendido entre los abismos y las cimas. Está solo, porque no le importa la desolación. Está triste, porque ignora las alegrías. Un rictus de dolor contrae su rostro, porque ha nacido de duelo, en medio del llanto de las nubes, del frío y del silencio que anestecian el alma y profundizan su dolor. Ahí, donde la vida parece no existir, donde no se descubre sino nieve, bruma, soledad, misterio; ahí, en esas lejanías descolgadas del espacio, de estériles quebradas y desiertas pampas, es donde suena lúgubremente el son de las quenas cuando llega la noche, y se adormecen los sentidos porque despierta el dolor. Vibran las notas crispantes de la quena embrujada, repitiéndose el sonido en las oquedades de las rocas de donde vuelve más cargado de tristeza, para extenderse esparcido por los espacios infinitos sin luz.

Y Sangama la producía en circunstancias en que su alma estaba carente de esperanzas, desolada y triste como la puna, haciendo vibrar el corazón de la selva virgen con el dolor infinito de su desventura.

Las notas seguían sonando: ora suaves, cadenciosas como las aladas del cóndor al cortar las ráfagas enrarecidas que soplan entre las crestas de la cordillera; ora se afinaban agudizando sus tonalidades progresivamente, hasta convertirse en el grito frenético del espasmo desgarrador; y volvían a decrecer, casi hasta extinguirse en modulaciones sollozantes.

Gradación cambiante de notas que semejaban deslizarse y subir, del torrente undoso al elevado risco, y del risco a la puna, para de ahí rodar en fuga pianísima, por los caminos que serpentean en las laderas grises, y terminar perdidas en los valles. Evocaban el paso por la jalca, cuando el ocaso ha muerto y el granizo cae cubriendo la tierra de helada mortaja, mientras el viento silba y brama clavando sus álgidas garras en las entrañas del caminante. Era la tocata del indígena suicida que se precipita al abismo para destrozarse rebotando entre los peñascales, sin soltar de las manos crispadas la quena o la antara, compañera simbólica de su vida.

La quena había enmudecido. Sus últimas notas se extinguían desmayadas en las lejanías del eco fugitivo, sin que sonara el estribillo salvador. El alma se quedaba en la agonía temblando con el frío de la muerte. Así termina la tocata del indio que quiere matarse en el escondido rincón de la puna. No ha prendido la hoguera que le arrulla con su calor, no ha chacchado la hoja sagrada que le conforta adormeciéndole los sentidos, ni ha tocado la fuga que, agregada al final de la melodía suicida, le devuelve milagrosamente el ansia de vivir.

Esperé unos segundos en los que me pareció que la vida me abandonaba, escapándose en persecución de las notas que se perdían diluidas en la distancia. Sentí que me disolvía en esa atmósfera de tristeza inextinguible.

Haciendo enorme esfuerzo avancé presuroso; mas me detuve al ver a Sangama mirando las inquietas aguas del río. Estrechaba cariñosamente a su hija contra el pecho y parecía titubear. Es que no se encontraba en la elevada cima, al borde del precipicio insondable, ni sentía la atracción del abismo.

No pude contenerme más tiempo.

226

—¡El estribillo! ¡La fuga, Sangama! —grité.

Vi que retrocedía llevándose la quena a los labios... Y, al fin, vibraron las notas esperadas, ágiles como el revoloteo de las hojas arrancadas por las primeras ráfagas otoñales, o como el revuelo de un enjambre de mariposas sobre florido rosal. Notas de ritmo acelerado que devuelven el aliento, producen calor e impulsan a la acción; tránsito del llanto a la risa, rebelión de la vida que derrota a la muerte; expresión simultánea del dolor que no deja de sentirse y del placer que se ansia. Desaparece el embrujo. Es el momento en que el indio abatido se subleva, exhala un profundo suspiro como para acabar de liberarse del influjo maléfico, toma su pate de chicha, llévase a la boca un puñado de hojas de coca y emprende la caminata. Nadie podría decir de dónde viene, ni adónde va. Un gesto amargo contrae su rostro inmutable y, al mirar hacia adelante, parece desafiar las lejanías.

Volvió a callar la quena. Sangama se dirigió, seguido de su hija, a un claro del bosque formado por la caída de un árbol centenario que dejó en descubierto un pedazo de cielo. Se detuvo en el centro y, levantando el rostro, principió a musitar una oración. Cuando la luna brilló entre dos nubes, bañando con sus rayos esa escena que parecía irreal, levantó los brazos y con voz sonora exclamó:

—¡Madre Luna! ¡Madre amorosa de mi raza y de mi estirpe! ¡Haz que pueda volver a la tierra querida de las alturas, allá donde nacen los grandes ríos y florece el pisonay! ¡Quise cumplir la misión sagrada que me dejaron mis mayores y, por eso, equivoqué la ruta que me señalaba la vida...! Hoy vuelvo, vencido por la selva, como la sombra del Pasado. ¡Madre Luna, piedad...!

Con la vista levantada y los brazos extendidos hacia el cielo, la actitud hierática de Chuya era, a no dudarlo, la de una ñusta en oración. Vi su rostro contraído por la tristeza y sus labios que se entreabrían para musitar una plegaria que yo no alcanzaba a oír.

Luego su padre la atrajo; se miraron cara a cara largamente. Por fin, ella sonrió con esa sonrisa dulce que tanta dicha me producía.

Detenido entre los árboles que circundaban el claro, miraba absorto a esa pareja de mártires. Y cuando emprendieron el camino de regreso, cogidos de la mano, destaqué mi silueta con la anhelante intención de que se detuvieran al verme. Pero pasaron junto a mí, casi rozándome, como dos sombras. Me quedé estático; y emprendí el regreso lentamente, ajeno a todo lo que me rodeaba.

Acababa de abrirse en mi alma una tremenda interrogación.

227

Capítulo 38

Horas más tarde el Matero dormía a pierna suelta. Por su tranquila respiración podía deducirse que su espíritu gozaba de la más completa paz, mientras yo velaba consumido por la desilusión y la incertidumbre. Quise despertarlo para que compartiera conmigo el suplicio que sufría, para que su filosófico menosprecio por las adversidades y su conformismo saludable me aportaran algún alivio; pero temía su incomprensión o su irónica indiferencia. Pasé la noche pensando en Sangama y en Chuya.

El día anterior todo nos había unido: los propósitos, los anhelos, las esperanzas. Ahora, mientras el porvenir abría ante ellos tal vez la trocha orientadora, yo me encontraba como el cazador perdido en la espesura. Sin embargo no debía conformarme a caer vencido por la desgracia; aún quedaban, seguramente, muchas rutas que intentar. Resolví, como en otro tiempo, abordar a la vieja Ana, a quien encontré en la cocina revolviendo los apagados tizones, madrugadora y activa.

—Viejita —le dije, acercándome cariñoso—, desde que volvimos he tratado en vano de hablar con Chuya. ¡Quiero verla!

La anciana me miró sorprendida y, bajando la cabeza como para ocultar la expresión de su rostro, me contestó.

—Ayer te vio la niña en el puerto sentado en el canto del río. "Está muy triste", me dijo. Y la niña lloró. ¡Pobrecita! ¡Pobrecita!

Las palabras se ahogaron en su garganta entre sollozos convulsivos. Como no acertara a calmarla y sus gritos se hicieron cada vez más violentos, la voz de Sangama, surgiendo del contiguo compartimiento donde se había encerrado con Chuya, investigó:

—¿Qué pasa? ¿Quién da esas voces?

—Soy yo, taita. ¡Estoy haciendo la candela! ¡No es nada! No me atreví a seguir hablando y me alejé.

El Matero se incorporó entre las sombras. Al advertir mi presencia me habló, bostezando perezosamente las palabras. Como pude, le di a comprender que no debíamos hablar allí para no turbar el reposo de Chuya. Casi abrazados salimos y nos alejamos de la choza. Refugiados, al amparo de un grueso tronco, casi a la orilla del rio que rezongaba cual si quisiera también alejarnos de su vera pudimos, al fin, cambiar algunas expresiones.

—Hoy mismo nos vamos de aquí ---fue lo primero que me dijo.

—¿Adonde?

—¡Al caserío! ¡A Santa Inés! ¿A qué otro lado quieres que vayamos? ¿No estás harto ya de aventuras o quieres que el invierno nos coja aquí?

Quise relatarle la escena de Sangama y de Chuya; pero apenas comencé la descripción de la música hechizada, me interrumpió:

—Ah, sí; un poco triste, desagradable.

—¿Un poco?

—Te diré. Estaba tan cansado que casi no la escuché. La vieja y Ahuanari se pusieron a llorar. ¡Caramba! ¡Con todo lo que habíamos pasado, ocurrírsele salir con esa musiquita! ¡Sangama tiene unas cosas...!

—Es que...

—¡Claro! Para olvidar la agonía del Toro.

—No era eso...

---¿Una despedida a estos parajes acaso? ¡Habráse visto!

—¡Nada de eso! ¡Querían suicidarse!

—¿Cómo dices? ¿Suicidarse? ¿Quién? ¿Sangama? ¡Ese no se muere nunca!

—Pues, como oyes -—afirmé encolerizado.

—Pero no se mató... ¡Ya ves!

—Porque yo intervine...

—¡Ah! Hiciste muy bien. Lo necesitamos para salir de aquí. Porque la cosa va a ser bien brava. ¡Te lo aseguro!

Comprendí que era inútil tratar de desahogarme haciendo al Matero confidente de mis penas. Mal podía comprender quien tomaba las cosas desde el vulgar punto de vista de sus inmediatos intereses, y estaba tan pegado a la materialidad de la vida. Preferí callar.

Envuelta en pálidos cendales, la mañana asomaba por entre las altas copas de los árboles. Era una luminosidad brumosa que evocaba la llama de una lámpara enfermiza luchando por no extinguirse.

Ahuanari empezó la tarea de cargar la canoa. Poco después llegó Sangama, portando algunas cañas con las que hizo un tabladillo en el centro de la embarcación, sobre el que debían ir acomodadas las mujeres. Le observé en todos sus movimientos sin que me fuera dable descubrir el más leve rasgo que turbara la serenidad que le caracterizaba.

Embarcamos cuanto debíamos llevar. Cuando todo estuvo listo, Sangama, que se paseaba delante de mí con aparente naturalidad, pero sin darme ocasión a que hablara, se dirigió a la choza, de donde salió poco después con Chuya, apoyada en él. La viejita Ana les seguía

230

encorvada, como si fuese arrastrando el duelo en el funeral de un ser querido.

En el momento en que Chuya se embarcaba, tropezaron nuestras miradas. Vi que ella se encendía, enrojeciendo cual si me hubiera sorprendido mirándola desnuda. Luego, bajó los ojos y apartó avergonzada el rostro. Yo, en cambio, me sentí palidecer.

Desde entonces no me fue posible verle otra vez la cara, pues yo iba a popa dirigiendo la canoa.

Y nos desprendimos del improvisado puerto lanzándonos al centro de la corriente. No pude reprimir un suspiro de satisfacción al sentir que la canoa se deslizaba sobre las aguas rojizas y torrentosas que, serpenteando entre la selva, nos conducirían a las fronteras de la civilización. Atrás quedaba esa tierra que aún recuerdo con horror.

El Matero trató de alegrarnos entonando el estribillo de una marinera, con el contento que afluía de su alma indómita:

Mi patrón
quiere que lo cante.
¡Cómo no loide cantar
supuesto que está bailando...!

No pudo evitar que una rama lo cogiera desprevenido y le azotara. Repuesto del golpe, buscó la cara de las mujeres, compungiéndose al mirarlas. Y sin duda con el ánimo de dulcificarles el momento, cambió de gesto y comenzó a entonar una canción selvática:

Se acerca ya la noche,
su vuelo apresurando
las aves van volando,
sus nidos a buscar;

el tigre en la espesura
ya ruge fieramente
y silba la serpiente
allá en el matorral.

Al doblar velozmente un recodo, se presentó de improviso una cortina de lianas que cubría el río en toda su anchura. No fue posible detener la canoa por más que Sangama y Ahuanari remaron hacia atrás con todas sus fuerzas. Ante tan inminente peligro, los tres requirieron instintivamente sus machetes y, encaramados en la punta de la canoa, dieron sendos tajos, abriendo un boquete en la masa de lianas por la cual pasó la canoa como una flecha certeramente disparada.

—Mejor es que mires adelante y te dejes de cantar —reproché al pobre Matero—. Si hubieras estado prevenido, nos habría sobrado tiempo para bogar hacia la orilla

El río por donde navegábamos era una faja de agua barrosa que serpenteaba en el bosque sin darle solución de continuidad, pues los árboles de una a otra orilla se abrazaban con sus ramas, lo mismo que si no hubiera un río de por medio. Ramas y toda clase de arbustos que crecían dentro del cauce, en los bordes, así como troncos caídos, dificultaban la navegación, haciéndola muy peligrosa.

Súbitamente se obscureció el bosque. Era el momento de acampar; pero, acicateados por la ansiedad, seguimos adelante sin detenernos ni para comer. La vista aguda de los punteros descubrían los pasos peligrosos; más, cúando la noche nos envolvió, sólo podía guiarnos el murmullo peculiar de la corriente al chocar contra las ramas y los troncos sumergidos.

—¡Guarda! —era la voz del Matero cuando la canoa estaba próxima a pasar por debajo de troncos o de enramadas. Otras veces gritaba irónico:

—¡El golpe avisa!

Y otras muchas, sin darle tiempo a gritar, el golpe verdaderamente era el que avisaba. Las mujeres estaban a salvo, acurrucadas y cubiertas en el fondo de la canoa.

De repente sentimos un violento remezón. La canoa había chocado, varándose sobre un tronco que cruzaba el río como un puente. Se levantó la proa y la popa comenzó a hundirse. Para aligerarla de mi peso tuve que arrojarme al agua. La corriente me llevó hacia la proa donde Sangama, Ahuanari y el Matero hacían esfuerzos para evitar que la embarcación se atravesara, lo que hubiera significado el naufragio. Varándola un poco más sobre el troncó, quedó, por el momento asegurada. Más abajo el río rugía colérico de que le obstaculizaran su curso. Parecía que en ese lugar se hubiera formado una palizada contra la que se precipitaba la corriente. Tuvimos que detenernos allí toda la noche.

Una fuerte lluvia se desencadenó. Gritos estridentes y silbidos de reptiles partían de la espesura. Escuchábase el rumor de vuelos de pájaros en busca de sus nidos. Dentro de la selva había una rara agitación de la fauna alborotada. El río seguía creciendo.

Antes de qué las aguas cubrieran por completo el tronco en que se había varado la canoa, fue preciso que la asegiráramos en la orilla.

Penosísima resultó la labor en tales circunstancias. Metidos en el agua, sujetamos a tientas la canoa con la larga liana que llevábamos a bordo y, para ello, fue necesario darle una vuelta completa colocando la proa contra la corriente, lo que demandó increíbles esfuerzos en la obscuridad. Después de la fatigosa faena, me senté en el barro de la orilla con las piernas sumergidas hasta los muslos en el río. Sangama y el Matero se turnaban para achicar el agua de la canoa. La lluvia aumentaba en tal forma que podía haberse creído que una corriente de agua resbalaba sobre nuestros cuerpos.

Fue aquella una noche interminable. Habíanse ocultado hasta los millares de insectos luminosos que prenden sus lentejuelas en el manto de las tinieblas formando la singular penumbra nocturna. El viento, vencido por las aguas que se desprendían del cielo, habíase calmado y los ruidos de la sélva se replegaron ahogados. Sólo la voz mortificante de la lluvia azotando el follaje, y el bramido de la turbulenta correntada, sonaban incesantes sobre ese fondo de negrura impenetrable.

A muchas millas de distancia de los centros civilizados, encerrado en esa obscuridad infernal, sufriendo los rigores de la lluvia que azotaba mi cuerpo casi desnudo, sin comer—¿pero quién pensaba en comer en semejantes circunstancias? — me sentía aislado, solo, con el alma aprisionada por la selva. La tormenta deprime; la obscuridad aisla. Allí junto, tal vez casi rozándome, estaban tres hombres mal cubiertos de harapos como yo y, sin embargo, no los veía ni los sentía. Era como si no existieran. Tres hombres que representaban tres épocas diferentes. El uno —Ahuanari— autóctono de la región, sin historia y sin anhelos, representaba el presente, resignado, impedido de mirar al pasado de donde no venía, incapaz de asomarse al porvenir a donde no tenía interés en llegar. Veíasele insensible a los rigores de la Naturaleza e ignorante de todo lo que no fuera su selva. El otro —el Matero— se proyectaba hacia el porvenir. Era de los forjadores de la época de la goma elástica, materia prima que debía revolucionar en notable proporción la industria contemporánea. Nuestro viaje le significaba una de sus tantas exploraciones en la selva. Iba alentado, satisfecho, casi feliz, soportando los rigores invernales, hacia la casita risueña que le esperaba llena de afecto, a la orilla del río. Y el último, Sangama, pertenecía al pasado, de donde venía a través de depuradas generaciones, y esplendorosos siglos, como una sombra, como un sueño vivido remotamente, al que se había aferrado con todas las energías de su espíritu. Como adaptarse es vivir, y éste era el único desadaptado de los tres, se me antojaba vencido, condenado a perecer a la postre.

También vino como una nave, como una nube, como una sombra a través de los siglos, esa mujer que estaba en la carpa, bella con esa belleza subyugante de su raza. Allí estaba, aterida, muda, inmóvil. Tenía cerrados los ojos al iniciarse la lluvia, en el momento en que acudí a cubrirla con mi raído impermeable. Un abismo que me resistía a imaginar se había abierto entre nosotros. Recordaba con algo así como el remordimiento profundo que causan las pérdidas irreparables cuando ha estado en nosotros evitarlas, la luz de sus pupilas que resplandecían amorosas al mirarme y el dulce arrullo de su voz.

En la selva el amor es simple, como el de los pájaros que se encuentran un día en una rama y desde entonces vuelan juntos. Dos seres se conocen sin previo propósito. Ese mismo día se comprenden y al siguiente amanecer despiertan juntos, para vivir inseparables bajo los umbrosos boscajes o en las orillas de los ríos calcinados por el sol.

Dentro de ese medio, la manera de ser de Chuya tenía que resultarme inexplicable e irritante. ¡Entonces estaba lejos de comprenderla! Deteníanme del empleo de la violencia, sólo la constante vigilancia de Sangama, a quien sabía capaz de todos los arrestos por cuidarla. Pensaba en mi desesperación que tal vez hubiera sido mejor emplear los métodos aconsejados por los duchos en la materia "¿Que se resiste? Bueno. Se le acecha en el canto del río, allí donde se sabe que ha de acudir por agua. Un golpe bien medido en la cabeza para desmayarla. Se carga con ella al pie del árbol más próximo, y... ¡asunto concluido!"

Esa noche ella estaba allí, acurrucada en el tabladillo de la canoa, junto a la viejita Ana, donde podía yo estirar el brazo y acariciarla; y, sin embargo, la sentía muy alejada de mí por su infranqueable indiferencia. A la verdad, no acertaba a comprender hasta dónde iba a conducirnos esa situación.

El río seguía creciendo rápidamente. Varias veces tuve que treparme sobre ese borde deleznable y resbaladizo porque el aumento de las aguas amenazaba cubrirme. Laxitud invencible se apoderaba de mí, y ya iba a cerrar los ojos vencido por el sueño cuando la voz del Matero me despabiló con un grito:

—¡Diablo!... Me había quedado dormido y por poco me lleva la corriente.

Subir más sobre esa tierra fangosa era peligrosísimo. Cerca habíamos oído el chillido inconfundible de la chicharra-machacuy y el

234

silbido del jergón, la más venenosa serpiente de la selva. Por otro lado, dentro de la obscuridad reinante, ¿qué podíamos hacer arriba? Mayor seguridad nos amparaba allí, con la mitad del cuerpo dentro del río, desde donde ejercitábamos constante vigilancia sobre la canoa, no sólo porque dentro de ella estaban las dos mujeres, sino también porque de su posesión dependía nuestrás vidas.

Sin más alternativas avanzaba perezosamente esa noche pavorosa como si el tiempo, entumecido, marchase penosamente. Cuando por fin comenzaron a insinuarse los perfiles de las cosas que nos rodeaban, nos apresuramos a reembarcamos para continuar el viaje. El tronco que nos detuvo había desaparecido bajo la creciente y más abajo, la palizada fue rota por el ímpetu de las aguas. La mañana se asomó tiritante como si también sus ropas estuvieran empapadas. Los cuatro hombres parecíamos completamente extenuados, tal era la lentitud con que movíamos los remos. La lluvia se había afinado; ya no se precipitaba diluvial sobre la selva. Bajo los ponchos, las dos mujeres continuaban inmóviles, encogidas, como si la vida las hubiera abandonado convirtiéndolas en un par de fardos.

Fue un gran alivio el que sentimos cuando logramos atracar en un pequeño sitio despejado. Encendimos una hoguera y nos obsequiamos con un poco de caldo hirviente preparado con la última reserva de carne que nos quedaba. No nos detuvimos sino el tiempo indispensable para tomar ese refrigerio. Cuando hicimos alto nuevamente, para darnos el merecido descanso que nuestros cuerpos reclamaban, el sol ya había traspuesto el cénit y la selva crepitaba bajo sus rayos de fuego. Subimos a tierra donde levantamos una choza, con hojas de palmeras, a fin de acomodar a las mujeres, mientras los hombres nos tendimos sobre la fresca hojarasca, que se había secado rápidamente con la fuerza del sol. Al instante me quedé dormido.

Al despertar, miré hacia la choza y descubrí que estaba vacía. Por la claridad reinante deduje que el sol aún permanecía en el horizonte. Mi pensamiento volvió a embargarme en el problema que me obsesionaba, empeñado en descubrir las razones que prevenían a Chuya en contra mía, haciéndola cambiar al extremo de descomponerse con mi simple presencia. ¿Qué culpa podía tener yo en lo acontecido para que se manifestase resentida al extremo de volverme las espaldas? Me imaginé que al llegar de vuelta al Ucayali se iba a marchar con cualquier otro hombre, riéndose de mí. Y con las manos crispadas de indignación, presa de un sacudimiento salvaje, brutal, me levanté para ir en su busca decidido a gritarle:

—¡Basta ya de farsa y melindres! ¡Anda, prende la hoguera y prepara la cama para los dos, porque desde hoy eres mi mujer!

A pesar de mi nerviosidad, me deslicé suavemente para no hacer ruido y despertar a los que aún dormían. Recorrí un trecho la orilla, hasta que me detuvo el eco de un cántico ahogado que venía de más abajo. Con gran sigilo me escurrí entre los troncos y la maleza logrando al fin descubrirlas. La viejita, sentada en el suelo, estrechaba en su regazo la cabezal de Chuya, cantando una melodía dulce y quejumbrosa en un idioma que me era desconocido. Gruesas lágrimas surcaban sus rugosas mejillas y la voz surgía entrecortadamente con el llanto contenido. Tal vez evocaba la vieja los pretéritos días en que una criatura fue depositada en sus brazos, a poco de haber nacido, a la que acostumbraba dormir entonando iguales canciones de cuna, en los anocheceres vividos en lejanas tierras.

Un jalón me hizo volver súbitamente la cabeza. Me encontré frente a Sangama quien, sin pronunciar palabra, casi me arrastró hasta la choza.

—¡Desdichado! ¿Qué pretendes? —me interrogó luego pálido y con la voz alterada.

Y como viera mi confusión y mi tristeza, bajó la frente y se alejó apesadumbrado y silencioso

Esa noche la pasamos en el mismo lugar. Asegurada la canoa convenientemente, nos dispusimos a comer las piezas cobradas de una bandada de tucanes que parecían emigrar por las ramas bajas de los árboles sin cuidarse de los peligros circundantes, al parecer temerosos de algo que las perseguía.

Nos acostamos junto a la hoguera, en cuya parte superior, sobre verdes ramas acondicionadas, se ahumaban las aves que no habían desaparecido presas de nuestra voracidad. Mi sueño fue pesado. Ya amanecía cuando las voces escandalosas del Matero me despertaron alarmándome:

—¡Hoo! ¡Levántense que el diablo nos lleva! ¡Se inunda todo el monte! ¡Hooo...!

El Matero saltaba de un lado a otro gritando con todas sus fuerzas, al tiempo que exprimía sus empapadas ropas. Se había acomodado cerca de la orilla del río para dormir y las aguas de la creciente le llegaron al desbordarse. Posiblemente, despertó nadando.

No pude reprimir una sonora carcajada al verlo en tan apurado trance. Mi risa exasperó al bravo Matero, que se volvió para decirme airado:

—Te ríes porque no te ha cogido el agua, pero de eso que viene no te escapas. ¡Escucha!

Por las cabeceras del río se dejaba oir un fuerte rumor cuya intensidad crecía por instantes. Era un aluvión de enormes proporciones que avanzaba atropellándolo todo. Por su repercusión espantosa parecía que trataba de sepultar la selva, lo que me quitó al instante el buen humor. Precipitadamente recogí mis cosas y, siguiendo al Matero, me encaminé a la canoa, hacia donde Sangama conducía ya a las mujeres. Divisamos en la semiobscuridad de la mañana, la embarcación que flotaba orgullosa, invicta, contoneándose a impulsos de la corriente. La metimos un poco entre los árboles para embarcarnos mejor, pues ya teníamos por las piernas la inundación. Colocada al centro de las aguas agitadas, reiniciamos la bajada con rapidez extraordinaria. ¡Ya podían venirnos todas las avalanchas, que esa angosta embarcación, de afilada proa, era capaz de resistir los embates y cruzar toda la selva inundada.

—¡Agáchate, Matero!

El Matero se empeñaba en tender su camisa sobre las bolsas del equipaje y una caña inclinada por poco le rebana la cabeza.

—Si no muero en este viaje, es porque tengo siete vidas como el gato, o porque todavía no me ha cantado la paca-paca.

El ímpetu del aluvión fue morigerado por la nutrida selva, de modo que cuando nos alcanzó ya no era sino una oleada espesa que aumentó considerablemente la correntada. Sin embargo, en previsión de un percance nos cogimos de unas ramas hasta pasar la avenida, que amenazaba arrojarnos contra la tupida maleza. Luego, continuamos el viaje sobre una superficie de agua más elevada, pero menos turbulenta.

La selva quedó inundada. Toda la tierra había desaparecido bajo las aguas.

Capítulo 39

Era el mes de Marzo. Las lluvias torrenciales de la estación hacen crecer rápidamente el nivel de las aguas; los afluentes del gran río fluyen a él salidos de madre, terminando por desbordarlo. Y la selva baja se inunda convirtiéndose en un mar. La naturaleza, en sí feraz, pierde su vitalidad asombrosa: tórnanse grises las hojas, los pájaros abandonan sus ramajes y los animales vivaces desaparecen por completo. El silencio se entroniza absoluto cubriendo la selva de tristeza y desolación. Es un breve lapso durante el cual todo languidece. Después, poco a poco, se advierte que la selva está habitada por algunos seres que se refugian en las copas de los árboles.

Los animales de la selva, en su mayor parte, buscan asilo en las restingas, donde se aglomeran en tal cantidad que hay quienes aseguran que es frecuente matar una docena de aves de un solo tiro. Entonces, el chama suele encontrar, al despertarse en las mañanas, algún venado reposando junto a su persona y, en el techo de la choza, agrupadas como domésticas gallinas, multitud de perdices que no se espantan al verlo. Como es de suponer, estos huéspedes son bienvenidos para el chama, quien sólo debe cuidarse de la visita de algún puma hambriento y de que no se escurra furtivamente, bajo las esteras de su lecho, cualquier serpiente venenosa, que suele dar a conocer su presencia cuando, en las noches, le mortifica el peso de la pareja chama.

Durante este período de tiempo, la actividad disminuye notablemente entre los pobladores civilizados de las márgenes del gran río, en la selva baja. Alguna improvisada concertina exhala melancólicas melodías, inspiradas en la desolación del medio.

A muchas leguas del Ucayali, casi prisioneros de la selva, teníamos que navegar con sumo cuidado para que las correntadas no nos arrastrasen fuera del centro del cauce, por donde debíamos seguir necesariamente, ya que nuestra desviación en algún recodo, nos exponía al naufragio.

Esa tarde volvió a nublarse el cielo. Fuerte viento fustigaba con sus ráfagas la fronda, haciendo crujir las ramas entrelazadas que, a veces, no pudiendo resistir el empuje, se desgajaban entre sonoros estallidos. Con frecuencia, la canoa se cubría de ramas secas, hojas e insectos. Antes de que obscureciera por completo, elegimos un fuerte tronco al que amarramos la embarcación, dispuestos a pasar allí la noche. En ese lugar soportamos el flagelo de una nueva tempestad que sacudió la selva hasta la madrugada, en que calmó su furia, sin que dejara de llover copiosamente. ¡Era el diluvio!

Envueltos en la obscuridad, nos dispusimos a consumir el sobrante de los tucanes que el Matero lograra recoger del campamento la tarde anterior. Mi ración y la del perro me fueron alcanzadas a tientas, sujetas a la punta de un remo.

¡Agua del cielo! ¡Agua de la tierra! ¡Agua de todas partes! En esa región de la selva no había ni una pulgada de superficie seca. Parecía que el Mundo se hubiera convertido en el agua sobre la que flotábamos y en la que no cesaban de caer sobre nuestros cuerpos semidesnudos. Sólo las mujeres acurrucadas en el centro de la canoa, estaban guarecidas bajo mi raído impermeable y una manta encauchada que habíamos logrado conservar. Todos achicábamos con frecuencia a fin de evitar que el agua aumentara en el fondo de la embarcación y sobrepasase el nivel del pequeño tabladillo sobre el que iba Chuya.

—¡Ojalá que alguna viborita no tenga el antojo de hacernos compañía! —dijo el Matero.

—Si piensas éso, cállate —le reproché, pues lo que el Matero decía era muy posible que se realizara.

Nadie habló después. Calados hasta los huesos, todos temblábamos de frío. ¡Cómo sufriría Sangama —pensaba compasivo--- sin un poco de tabaco que fumar! Las risotadas del musmuque, ese animalito nocturno que tiene de mono y de ratón, perturbaban el monótono rumor de la lluvia.

Me tendí como pude y, no obstante el aguacero, quedé dormido. Cuando desperté, ya clareaba. Todo era quietud dentro de la canoa. Las mujeres permanecían inmóviles como si la vida se les hubiera escapado, y los hombres recortaban sus siluetas, agrupadas a la proa, sin haber dormido en toda la noche.

Ahuanari largó las amarras, mejor dicho, cortó la liana que sujetaba la embarcación, y seguimos adelante. La corriente había disminuido en impetuosidad, haciendo menos laboriosa la faena de deslizarnos sobre ella. De trecho en trecho, por los claros que dejaban las copas de los árboles, distinguíase un cielo de plomo. La lluvia persistió sin tregua todo el día.

240

Navegábamos por un recodo cerrado, cuando advertimos que de la margen en que chocaba la corriente, partía una especie de sendero de aguas.

—¡Una sacarita! ¡Una sacarita! —gritó el Matero—. ¡Rápido a ella!

Obedeciendo la voz, los tres hombres remaron esforzadamente, mientras yo, desde la popa, dirigía la canoa. Nuestro vigoroso empuje resultó satisfactorio, pues logramos internarnos en esa vía que atravesaba el bosque inundado, a largas curvas, y donde la corriente era más rápida que en el río.

Aquella sacarita nos acortaba, sin duda, considerablemente el viaje, lo que nos infundió ánimos, ya que nuestras vidas dependían únicamente de la rapidez con que lográramos llegar a las márgenes del Ucayali.

En las últimas cuarenta y ocho horas, nuestros alimentos se habían reducido a unos cuantos bocados de tucán flaco, que consumimos la noche anterior. Por allí no era posible cazar nada. En vano el Matero viajaba con el fusil preparado, a fin de no perder la pieza que se aventurara a ponerse al alcance de su vista.

Al anochecer, la lluvia disminuyó notablemente. Antes de que nos envolvieran las tinieblas, logramos asegurar la canoa y, distribuyéndonos lo mejor que pudimos dentro de su espacio, nos acomodamos con la intención de dormir, a lo que se opuso bravamente una espesa capa de zancudos. Defendiéndonos de ese voraz ataque, pasamos en vela gran parte de la noche.

A pesar de todo, como mi cansáncio era tanto, me quedé dormido al amanecer, abandonando mi maltratado cuerpo al martirio de las agudas lancetas, que traspasaban fácilmente los trapos de algodón con que luchaba por cubrirme. Cuando salí del sueño, llamado imperiosamente por Sangama, me sentí lánguido y débil como nunca. ¡Cuánta sangre nos había sido extraída esa noche! Pero así es la selva.

Tuvimos que detenernos cuando ya el sol había dorado los ramajes. Una palmera recientemente caída, atravesaba de banda a banda la sacarita. Había necesidad de cortar el tallo para dejar el paso libre, y Ahuanari se apresuró a dividir en dos el tronco, pero como un solo corte no bastaba, fue preciso otro, a fin de extraer un trozo lo suficientemente largo para que la canoa pudiera pasar. El Matero tomó el hacha de manos de Ahuanari para reemplazarlo en el trabajo pero, en el momento de iniciar la faena, reparó entre las hojas de la palmera, en un hermosísimo racimo.

Se trataba de una shapaja, cuyos frutos, de dureza pétrea, llevan en su interior venas de almendras dulces y nutritivas. Ahuanari, advertido por el Matero, avanzó sobre el tronco flotante hacia el atrayente racimo.

De improviso, el cholo dio un grito de espanto. Le vi volverse con el machete en alto, dar dos golpes seguidos entre las hojas y retroceder precipitadamente. De uno de sus muslos manaba dos delgadísimos hilos de sangre. Temblor instantáneo remeció su cuerpo y, venciendo los brazos del Matero, se desplomó en el interior de la canoa. Sangama se apresuró a auxiliarlo, en tanto que el Matero descubría entre el verde penacho, dividido en tres pedazos que aún se contorsionaban, un loro-machacuy de extraordinario tamaño, el cual, por tener exactamente el color verde de las hojas, no fue distinguido por Ahuanari.

El color de estas víboras ha hecho que se las llame loros, y son consideradas entre las más venenosas de la selva virgen. Estaría muy embravecida por los golpes y sacudones del tronco al ser dividido, y cuando Ahuanari se le aproximó sin advertir su presencia, se lanzó contra él mordiéndolo en el muslo.

Con la punta del machete hizo Sangama varias incisiones en la parte afectada, chupó la herida, que luego cauterizó quemando sobre ella una cantidad de pólvora. A pesar de que Ahuanari se encontraba medio desvanecido, la bárbara curación le hizo retorcerse de dolor.

El Matero trajo la cabeza de la serpiente, diciendo que era el mejor antídoto contra la mordedura. Reunió algunas ramitas secas e hizo una llamarada en la que coció los sesos que luego colocó como un emplasto sobre la herida. Sangama hizo una mueca y, encogiéndose de hombros, dijo:

—Ni eso, ni la cauterización sirven para nada, pero hacemos lo posible.

La estrechez de la canoa no permitía que acostáramos al enfermo, por lo que el pobre Sangama, que a duras penas podía conservar su posición, tuvo que aumentar su incomodidad sujetándolo con los brazos.

Vencida la tarea de seccionar nuevamente el tallo de la palmera, continuamos la interrumpida navegación. A cada golpe de remos y a cada choque de la canoa contra los troncos que obstaculizaban el paso, gemía dolorosamente el indígena.

Por fin salimos de la sacarita al río. Este se presentaba mucho más caudaloso que cuando lo dejamos, lo que probaba que habíamos cortado una extensísima vuelta en cuyo recorrido el río pudo recibir el caudal de varios afluentes. Con agradable suavidad nos deslizamos por el centro de la corriente, libre de los obstáculos de lianas, ramas y troncos que dificultaran la navegación anteriormente.

Fue entonces, al tener una ancha franja ininterrumpida de cielo sobre nosotros cuando advertí la desaparición del pobre perrito Litero. Todos lamentamos la desgracia, sin que ninguno pudiera fijar en qué momento y por qué causa nos había abandonado.

Capítulo 40

Seguramente todos, a excepción del pobre Ahuanari que continuaba debatiéndose entre la sofocación de una fiebre elevadísima, experimentaron la profunda sensación de alivio que yo sentía, al comprender que iba acercándose el final de nuestra penosa peregrinación.

La heroica Chuya, a quien había visto sufrir con la resignación de una mártir y de cuyos labios no se había escapado durante el azaroso viaje ni una palabra, insistió de pronto ante su padre para que la dejara sostener al enfermo. Llevando en su regazo la cabeza de Ahuanari, acomodada de la mejor manera posible, producía una admiración respetuosa la figura de esa tierna mujer, triste como una Dolorosa, inclinada sobre el rostro del salvaje, cuya frente enjugaba con piedad.

Cuando atiné a mirarme el pecho y los brazos, quedé espantado al notar que había enflaquecido y que mi piel estaba por completo cubierta de costras y moretones. El Matero, al que observé cuidadosamente, aún tenía peor aspecto. Había perdido su distintivo color de tomate en sazón, para ostentar una palidez cadavérica sombreada por la espinosa barba. ¿Y Sangama...? Bueno, Sangama parecía que de un momento a otro iba a fallecer. Había derrochado tantas energías que su naturaleza de hierro al fin tenía que rendirse.

El espectáculo que ofrecían ambas orillas del río era desastroso. Troncos taciturnos inclinaban sus agostadas copas como bajo el influjo de mortal letargo. Ramajes desprovistos de hojas, lianas y raíces desgarradas, despojos flotantes, se divisaban por todas partes a donde uno dirigía la mirada. El agua había invadido todo lo visible bajo el horizonte.

Repentinamente, el huancahui, el temido pájaro agorero, cantó desde una de las orillas:

Huancahui... huancahui... huancahui...

Todos volvimos la cabeza simultáneamente. El canto partía de un árbol de corteza rugosa y tronco deformado de altura extraordinaria, cuyas ramas más altas parecían perderse en el espacio. Yo me estremecí involuntariamente, mientras aguzaba la vista tratando de descubrir al ave.

—¡Maldito avechucho! —gritó el Matero—. ¡Ya me parecía que tardabas! ¡No te veo, pero ahí te mando otro mensaje de muerte!

Y sonaron secamente dos disparos. El Matero supersticioso, irritado hasta la desesperación, habría continuado haciendo fuego al no impedírselo un grito de Ahuanari quien, puesto en pie de un salto, bramaba oprimiéndose la cabeza con las manos crispadas, en ademán de contener su estallido. De sus ojos, fijos y dilatados, brotaban dos cintas de sangre. Sangama y Chuya lo sujetaron, impidiendo que se lanzara al río.

—Has sido muy imprudente —reconvino Sangama al Matero, que no disimulaba su pesar.

El huancahui quedó tras el recodo del río entonando su fatídico canto con majadera insistencia; y cuando dejó de escuchársele por la distancia, del espeso ramaje brotó una especie de risotada. Era la chicua.

—He ahí otro bicho que quisiera ver carbonizado entre, las brazas— murmuró Matero.

A los pocos momentos, como para vivificar la impresión producida por los cantos agoreros que ya casi nos había pasado, volvieron a sonar delante de nosotros desde las elevadas ramas de un árbol milenario, las lúgubres notas del huancahui.

—¡Esto si que es como para acabar con todas las paciencias del mundo! —protestó el Matero, mirando rencoroso la altura. Luego, bajando la vista, agregó apesadumbrado—: Parece que es para todos nosotros...

—¿Te has convertido, acaso, en chicua o huancahui? —le repliqué entre irónico y fastidiado.

Impulsada por la corriente, la canoa penetró de improviso en una zona de aguas detenidas. Había un rebalse, indicio de que íbamos a salir a un río más crecido. La proximidad de la desembocadura era pues evidente.

Estimulados por esa manifestación, nos pusimos a bogar. Calculábamos que a dos o tres vueltas estaría el ancho afluente del Ucayali. Pero los remos, movidos desacompasadamente por nuestras mermadas energías, no hacían sino sumergirse y salir del agua sin dar a la embarcación el impulso necesario para avanzar con la rapidez que nuestra ansiedad exigía. Sin embargo, la canoa cortaba las aguas, y los árboles de las orillas desfilaban a núestros costados quedándose atrás. Pero el canto fúnebre del huancahui seguía resonando insistentemente como si el mismo pájaro, siguiéndonos por entre las ramas, se empeñara en impacientarnos con su fatídico sonsonete.

En esos momentos, los quejidos de Ahuanari eran más frecuentes, aunque menos agudos. Cuando el pobre cholo dejó definitivamente de quejarse, el huancahui enmudeció.

¿Qué relación podía existir entre la muerte de un ser humano y el canto de ese pájaro? Hay cosas que la razón se resiste a admitir, pero que suceden y se repiten con idéntica oportunidad, dejándonos cavilando toda la vida.

Había que redoblar nuestros esfuerzos. Ante nosotros se abría un gran claro. ¡Era la desembocadura! Ahí estaba, por fin, el caudaloso afluente que debía llevarnos a las márgenes salvadoras. Antes de lanzarnos a sus aguas, nos detuvimos para colocar dos troncos a un costado de la canoa, en la que depositamos el cuerpo de nuestro perdido compañero, cubierto con hojas de palmera, mientras las mujeres lloraban silenciosamente.

Un último empuje nos colocó al centro del amplio cauce. Ya no necesitábamos bogar, porque una fuerte corriente nos arrastraba. Ni siquiera era necesario vigilar que la canoa no se atravesara, pues ya no había peligro alguno.

Y salimos de aquella selva trágica, a la que penetramos seis meses atrás rebosantes de energías y entusiasmos; y de la que volvíamos providencialmente con vida, como espectros de los que partimos. Y, lo que era más lamentable, habiendo sepultado en la espesura las ilusiones y las esperanzas. El balance era desconsolador; teníamos los cuerpos y las almas en ruina.

Aún nos faltaba un día de navegación para llegar a las aguas del Ucayali. El sol se empeñaba en asarnos. Abandonando los remos, nos echamos con las manos agua sobre todo el cuerpo, del que se desprendían inmediatamente espirales de vapor. Por espacio de varios días no habíamos tomado alimentos. Nos acercamos a la orilla por consejo del Matero, quien había descubierto que ramas cargadas de shimbilios barrían el paso de las aguas. Pronto pudimos saborear los diminutos pacaes, de pequeñísimos granos, cual si fuéramos pajarillos; pero, por más que llenamos nuestras bocas de esas pepas cubiertas de delgadísimas pulpas, sólo conseguimos despertar el hambre que teníamos adormecido. El Matero, aburrido, arrojó al agua su manojo de vainas y bogó hacia el centro del río.

Bajo el intenso y candente sol de la tarde, me sentí afiebrado. Una debilidad invencible paralizó mi cuerpo. Se obscureció el sol ante mis ojos y, en una penumbra enrojecida, mil luciérnagas brillaban fugaces. A

247

poco, me sumí en un caos de sensaciones y pensamientos. Parecíame que una atmósfera irreal envolviera el Mundo; atmósfera densa en la que flotaba vagando mi cuerpo, mecido en suaves ondulaciones etéreas. Veía desde arriba, la selva, el río y la canoa, todo envuelto en un velo de aire turbio. En seguida, una impresión de dicha hizo vibrar mi cuerpo, al tiempo que se esfumaban los contornos de las cosas para dar paso a la visión de una mesa llena de manjares y vinos deliciosos. ¡Sentí la satisfacción de comer y beber en abundancia! Pero yo quería saber dónde me encontraba. ¿Cómo podía haberme trasladado de la mísera canoa en que estaba viajando cubierto de harapos, entre escuálidos compañeros? Algo me decía que se trataba de una simple alucinación, la alucinación que tanto había oído, decir, precede en ciertos casos a la muerte. Traté de sacudirme del hechizo y volver a la realidad, sin lograr más que verme envuelto en un torbellino en que se mezclaban figuras indescriptibles y sonidos inauditos. Después, todo se aquietó. Mi mente razonaba, pero sin fijeza. Tenía la sensación de que no iba a despertar nunca. ¡Qué importaba, a la postre, morir cualquier día si de todas maneras había que morir! Pero, ¿por que esa sensación de felicidad...?

Dicen del que se extravía en el desierto, y agoniza de hambre y sed en los arenales calcinados, que de improviso se ve trasportado al oasis salvador y, bajo la sombra fresca de las palmeras, come el dulce fruto del datilero y bebe del claro manantial… y bebe, bebe... hasta que la vida se le apaga como una lámpara consumida.

Hay quien afirma, también, que el náufrago experimenta igual sensación de dicha: llega de pronto a la ribera hospitalaria, donde se harta de agua y de frutas, y sacia sus ansias de sombra y de paz.

¿Por qué se asevera que canta el cisne al morir? El canto expresa satisfacción. ¿Acaso el cisne se siente dichoso al terminar su vida? Leyenda irreverente asegura que la mula, ese híbrido que resulta del cruzamiento del asno y de la yegua, parirá el día del Juicio Final. ¿Quiere decir que tendrá la dicha de ser madre el día en que mueran todos los seres de la Creación? .

—Pero, ¿qué es lo que veo ahora....? ¡Ah! Es Chuya que me mira sonriente. Siento su aliento de mujer que me embriaga. Miro frente a las mías sus pupilas verdes, profundas como abismos, y luminosas como el cielo. Siento sus tibios labios unirse a los míos en un beso apasionado e interminable... Sigue besándome Chuya, no apartes de mí tus labios que me colman de placer. Bésame más... ¡mucho más! ¡Bendita sea la muerte cuando llega así, dándome de beber la ternura infinita que soñé! Mas, detente que toda la sangre de mis venas fluye absorbida por tu boca y un frío extraño y doloroso me penetra desde la punta de los pies! ¡Me torturan tus dientes al clavarse en mis carnes! ¡Te has convertido en vampiro! Siento el aleteo del vampiro cuando se cierne sobre su presa. ¡Déjame, que me succionas la vida!

Vagas diafanidades alumbraron mis ojos, y repentinamente distinguí la luz.

Cuando desperté, por decirlo así, Sangama y el Matero, sudorosos, me frotaban el cuerpo y me agitaban los brazos esforzándose por devolverme la vida.

—¡Ya vive! —oí que decían—. ¡El corazón ha comenzado a latirle!

Al incorporarme, noté que nos encontrábamos en una choza, sobre un alto emponado. Era una de las estaciones de trabajo que utilizan los shiringueros en verano. Nos rodeaba una purma o chácara abandonada en la que, entre la maleza y casi cubiertos por el agua, algunos bananeros y papayos dejaban ver sus hojas amarillentas. Más allá, extendiendo la vista, descubrí dos árboles de shiringa ya trabajados. Desde cierta altura hasta la que alcanza el machadiño, o sea el hachita con que se hacen las incisiones en la corteza para extraer el látex, estaban hinchados, deformados, costrosos. ¡Pobres árboles! Me hicieron la impresión de esos sarnosos atacados desde las rodillas hasta los pies, que recorren esos caminos de Dios. Chuya y la vieja, que estaban junto al fogón tratando de utilizar las ollas, me miraban asustadas.

Preparáronme una cama y me cubrieron con el mosquitero que estaba en mejores condiciones. Luego el Matero y Sangama bajaron a recorrer con canoa la purma inundada. No tardaron en regresar contentos, porque habían recogido un racimo de plátanos en sazón y abundantes papayas maduras que las aguas no habían logrado descomponer.

Una mazamorra caliente de plátanos maduros me reanimó mucho, de suerte que al llegar la noche acepté gustoso la ración de papaya que me tocara en el reparto. La inevitable invasión de los zancudos nos encontró con las camas preparadas. Pero nadie se acostó. Todos permanecieron sentados en torno al fogón chisporroteante. Los tímidos sollozos de la "mama" me indicaron que se estaba velando al compañero fallecido.

Poco a poco, el sueño iba posesionándose de mí; pero el Matero se encargó de ahuyentarlo, ofreciéndome otro pote caliente de la agradable mazamorra de plátanos.

—Fue milagrosa tu resurrección —me dijo—. Estabas completamente mal cuando te subimos aquí... Esta purma nos ha salvado a todos. Mañana podremos continuar el viaje, seguros de llegar vivos al Ucayali.

Capítulo 41

Trajines madrugadores me despertaron, y me di cuenta de que estaba muy restablecido. Acepté en seguida la mazamorra, que esa mañana estaba más nutritiva gracias al descubrimiento hecho por el Matero de dos paquetes de fariña y de mandioca, que estaban escondidos entre las hojas del techo.

Vi cómo volvieron a depositar al muerto sobre los troncos en que viajara el día anterior. A mí me obligaron a ocupar los que habían añadido al otro lado de la embarcación, pues Sangama insistió en que debía ir acostado y no había como hacerlo dentro de la canoa. Así reiniciamos la navegación. La canoa avanzaba llevándonos a mí, enfermo, a un lado y a Ahuanari, muerto, al otro... Menos mal que me acomodaron sobre un colchón de abundantes hojas, colocándome encima una frazada y algunas ramas que me hacían sombra en la cara.

Esa tarde desembocamos en el Ucayali. Cuando me dieron la noticia, sentí el imperioso deseo de incorporarme un poco y mirar sus dilatadas orillas. Me parecía mentira que esa brisa fresca fuese la que había deseado sentir sobre mi frente desde hacía tantos meses. Hasta creía percibir, en el ruido leve del oleaje al chocar con la proa de la embarcación, voces musicales que nos daban la bienvenida.

A nuestro arribo a Santa Inés, la gente se alborotó.

—¡Madre mía! —exclamó una mujeruca que nos miraba asombrada—. ¡Qué flacos y qué harapientos están! ¡Si parece que no fueran ellos!

Cada cual se fue por su lado. Yo me dirigí a la casa del señor Rojas, que estaba a mi cargo, no sin antes cerciorarme de la dirección que tomaba Sangama. Gentes piadosas se encargaron de enterrar el cadáver de Ahuanari.

Mi cuarto estaba tal y como lo dejara. El convencimiento de haber escapado para siempre de los peligros, y que en adelante volvería a gozar de mis comodidades, me dieron ánimo para iniciar en seguida las labores inherentes a mi empleo. Me lavé y vestí con alegría; pero, finalmente, sufrí un serio disgusto al comprobar que mis pies habían crecido de tal modo que las botas me quedaban chicas. ¡Tanto tiempo caminando descalzo por la selva! Tuve que utilizar, por de pronto, un par de zapatos viejos, cortando el cuero para que no me ajustasen demasiado.

Mi primera preocupación al día siguiente, fue buscar a Sangama; pero encontré la casita herméticamente cerrada y mis llamadas quedaron sin respuesta, a pesar de que el humo que salía del techo indicaba que sus moradores estaban en el interior. En los días sucesivos acudí con mayor empeño, para obtener invariablemente el mismo resultado. Una tarde, cuando ya comenzaba a desesperar, hallé a Sangama sentado en el primer escalón a la puerta de la casa, fumando filosóficamente su enorme cigarro. Me detuve al pie de la escalera, y desde allí le hablé:

—¡Hola, Sangama! Hacía días que no te veía. ¿Estás bien?

—-Ahí vamos pasándola —se limitó a decirme, chupando nerviosamente su cigarro, sin invitarme a que subiera.

El tono y la actitud empleados me dejaron helado. Hubo un paréntesis de silencio que aumentó mi embarazo. Juzgué inoportuno preguntarle por Chuya, no obstante que saber de ella era la causa principal de mi presencia en ese sitio. Sin detenerme a pensar, hablé de lo primero que se me ocurrió:

—Dicen que el río sigue creciendo y que dentro de poco no va a quedar tierra por ninguna parte. El barranco come que da miedo. Anoche se llevó la capirona que estaba frente a mi casa.

—Lo que el río ha puesto se lo llevará cuando quiera —me contestó sentenciosamente; y, después de un largo silencio empleado en chupar su cigarro, agregó—: Estamos sobre una restinga formada por sedimentaciones de las crecientes contra la que cualquier día cargará el ímpetu de las aguas. Nada hay estable aquí. Todo se subordina al capricho del poderoso río... ¡Y es inexorable como el Destino!

Quise hablarle de muchas otras cosas; pero mis labios permanecieron cerrados. El acento con que se producía Sangama era muy poco acogedor. Las últimas frases las había pronunciado casi hablando consigo mismo.

—Hasta otro día, Sangama —le dije, despidiéndome.—Hasta otro día —me respondió, levantándose para ingresar a su casa.

Hubiera preferido que me dijera: "No vuelvas más por aquí". Al menos, así no me hubiese quedado en la duda. ¿Había llegado el día en que nuestros destinos se bifurcaban? Entonces, ¿para qué seguir aferrado a algo que se desvanecía? ¿para qué seguir tras una mujer que parecía encerrada en una tumba? Apuré el paso, infundiéndome coraje. ¡Bueno! —me dije en alta voz—. ¿No quieren que regrese? ¡Pues, no regresaré más! —Y mientras caminaba, me iba repitiendo—: ¡Se acabó! ¡Se acabó!

En la escalera de mi casa tropecé con el Matero que alegre me esperaba.

—Estamos de fiesta en casa de don Puricho —me informó—. ¡Quedas invitado!

—¡Magnífico! ¡Vamos, que tengo locos deseos de divertirme! —le grité; y, como notara cierto asombro en su expresión, agregué enfático—: ¡Se acabó! ¡Se acabó! ¿Sabes? ¡Se acabó...! Pero pasa, hombre, que aquí tengo una botella del bueno y te invito a que la despachemos juntos.

—¡Ya era tiempo, hombre! ¡Así me gusta! —aprobó el Matero, alargando la mano para recibir la copa colmada que yo le ofrecía. Su cara, llena de entusiasmo, empezaba a teñirse de ese color rojizo que la distinguía.

Terminada la botella, nos dirigimos a la fiesta En la casa de don Puricho, la jarana estaba ya en todo su punto.

—¡Los hombres sacan parejas! —gritó alguien, y el Matero se apresuró a elegir la suya.

La caña de la quena vibraba entonando una de esas manneras tristonas de la Montaña, acompañada de varios redoblantes y de un bombo que marcaban sonoramente el compás del bailé. El Matero, pasándose el pañuelo bajo las piernas, zapateaba incansable, como si quisiera resarcirse en esa sola noche de todo lo que no había bailado durante la expedición. La gente aplaudía frenética. Uno de los más entusiastas cantó, acompañando a la quena:

Mi corazón está alegre.

dice quiere bailar

su marinera, su marinera

Dice quiere bailar,

por si mañana,

se vaya, se ausente o se muera

La música y el canto me entristecieron. Fui a sentarme a un rincón, desde donde miraba envidioso la alegría desbordante que me rodeaba. Conmovido recordaba los venturosos días que ya no volverían.

—¡Ahora sacan las mujeres! —advirtieron varias voces.

—¡Don Abel! —me llamó uno tocándome en el hombro—. La señorita Trini desea tenerle por pareja.

Miré al centro de la sala donde se encontraban en fila las mujeres esperando a la parejas que habían elegido. Una muchacha agraciada, sonriente, de senos erectos me miraba insinuante.

—Me siento mal, ¿sabe? Hágame el favor de pedirle a la señorita Trini que me dispense—supliqué al intermediario.

Y, sin poderlo evitar, me volví a sumergir en mis meditaciones. Los pensamientos se me rebelaban y, cual caballos desbocados, iban precisamente a donde yo no quería que se fueran. Surgía en el fondo de mi imaginación el rostro risueño de esa linda muchacha de ojos verdes y garganta musical, que me hiciera sentir las más puras emociones del amor.

—Jovencito, ¿qué le pasa? —la que investigaba era la señorita Trini, la más guapa moza del pueblo, según decir general. Me levanté cortés. Ella siguió hablando—: Con que se permite desairarla a una, ¿no? Tal vez no le hayan atendido. Voy a traerle chicha. ¿De cuál quiere: blanca o amarilla?

—De la que guste, Trini. Viniendo de sus manos...

—¡Vaya, ya veo que no estoy hablando en cajón vacío!

Desapareció, para volver al punto con un rebosante pate de espumosa chicha que bebí ávidamente. Antes de consumir el último trago, ya pensaba que la Trini tenía razón, pues me sentía mejor. Comprobé en ese instante que mi interlocutora era verdaderamente hermosa.

—¿Bailamos? —preguntó algo indecisa.

—¡Encantado, Trini. Vamos!

—¡Un shimayshi! ¡Un shimayshi! —pidieron varios

La quena desparramó nuevamente sus notas agudas, y el bombo y los tamboriles atronaron. Como la cosa más natural del Mundo, una voz atenorada cantó esta picante estrofa, en tanto que las parejas zapateaban enloquecidas:

> Cuando me fui al Yavarí,
> mucho lloraste.
> La misma noche, con Pablo-Chino
> me la pegaste.
> No soy cauchero de los comunes,
> ya tengo lancha
> y buenos reales que he adquirido,
> pero sin mancha.

El Matero se aproximé ofreciéndome una copa de aguardiente.

—¡Venga! Y que no sea la última —grité, vaciándola de un trago—. Y venga también ese pate de chicha. —Y pensaba: ¿habráse visto tontería igual que sufrir por una mujer? ¿Pero dónde tenía la cabeza, estando el Mundo lleno de mujeres bonitas?

Terminado el baile, cogí del brazo a mi pareja, diciéndole al calor de la bebida:

—Oye, Trini..., dime: ¿eres palmera, puma o mujer? Te cimbreas como la chonta o el bambú cuando les empuja el viento; al andar, tu cuerpo tiene ondulaciones de felino, y tus senos provocan como dos caimitos maduros...

La chica tenía una carita fresca y alegre como crepúsculo mañanero, y se reía sin contestar, mirándome con mal disimulada malicia. Yo también reía, palpando goloso las duras carnes de sus brazos. Me atacó un acceso de risa nerviosa. Pero en seguida hirvió mi sangre.

—Oye, Trini, ¿quién es ese tipo que te mira con tanta insistencia y que parece una fiera embravecida dispuesta a embestirnos....? ¿Es, acaso, el que... el que te espera allá en el platanal?

—¡No diga usted eso! —me contestó, aparentando enojo—. Es Pascual, Pascual López, mi novio. Ya le ha entrado al viejo. El viejo le ha dicho que podemos irnos nomás a los centros para la zafra, y que cuando venga el Misionero, para el año entrante, nos casaremos.

—Es decir que primero te vas a vivir con él y después van a casarse. ¡Quedo enterado! —le contesté furioso—. Pero vas a saber ahora mismo que no podrás seguir a Pascual López... ¡Matero...! ¿Adónde diablos se ha ido el Matero? ¡Luna! Trae otra copa, hombre, que estoy muriéndome de sed. ¡Qué escasez de botellas hay en la casa! ¡Don Puricho, que lleven ésto al almacén!

Y escribí acto continuo un papel, leyendo con petulancia en alta voz mientras escribía: "Entregue al portador dos garrafones de aguardiente y dos cajas de cerveza..."

—¡Eso es...! Ahora la firma... la rúbrica... ¡Listo!

—¡No te muevas de aquí, Trini...! —sujeté a la muchacha, que intentaba escabullirse.

La cerveza y los garrafones fueron traídos con rapidez extraordinaria, y los vasos llenos circularon nuevamente.

—Esa caña ya no suena como es debido —comentó una voz de borracho desde un rincón—. Hay que darle de beber, hom... Y que el cantor también beba un doble, para que se le aclare la garganta. ¡Cómo me gusta que las jarras anden bobas por aquí...! ¡Hip...! ¡Hip...!

¡Ardía la jarana! El bombo y los redoblantes eran castigados con violencia. El Matero, haciendo derroche de entusiasmo, no perdía una sola pieza. En los estribillos, sus piernas se agitaban como dos pistones. De cuando en cuando se detenía un segundo para enjugarse la frente, y luego bailaba con más fuego. Yo aproveché del ruido para hablar a la Trini, cuyo brazo mantenía asido:

—Como te decía... no vas con Pascual López a los centros, porque vas a venir esta misma noche conmigo...

—¡No bromée, hom! ¿Quién no sabe que está usted pegado donde la muchacha del brujo? ¡Jajayyy! ¡No me haga reir, hom...!

—¡Oh...! ¡Eso ya se acabó...! Ahora de quien estoy enamorado es de ti.

El Matero estaba a mis espaldas, empeñado en llamar mi atención tirándome de la blusa.

—¡Materito, otra copa! ¿Qué me jalas hombre? ¡Este bribón cansado de bailar como un demonio, se entretiene en jalonearme de las espaldas! ¡Apúrate; trae otra copa!

—¡Aquí va, y esta otra para la señorita! ¡Así me gusta! ¡Al fin se te ve como debías estar siempre! Para olvidar, no hay nada mejor que enamorar. ¡Oye, tengo que hablarte con urgencia ...!

La muchacha interpretó la alusión del indiscreto Matero:

—¿Así que para olvidar a la otra, me enamora usted? ¡Qué tal! ¿Se puede saber por qué quiere olvidarla?

—¡Yo no quiero olvidar a nadie! Esta es la primera vez que me enamoro, y es de ti, Trini —mentí descaradamente, indignado con el Matero; y, volviendo a dirigirme a la muchacha, agregué—: Mira, Trini... Ese tipo sigue mirándonos con ojos saltones. Ya no aguanto más ¿sabes?

—No sea usted pendenciero —me contestó, sujetándome— ¡Cuidado con meterse con los López...!

—Y a es hora de que regresemos —terció el Matero—. Te estás poniendo un poco mal. —Y haciéndome a un lado, me espetó al oído—: ¡Esto se pone feo, porque los López no tardan en atacarte! ¡Y es lo peor que puede sucedernos! ¡Están que trinan! ¡Se han dado cuenta... !

—¡Quién dijo miedo al susto! Oye Materito, se acabó, ¿sabes...? ¡Tú no te vas de aquí, Trini...! ¡Bueno! ¡Oye Matero...! Habiendo tantas mujeres hermosas en el Mundo, ¿eh...? ¡Eso no era vivir...! ¡Pero se acabó...! Tráete, pues, otra copa, Materito. ¡Tú, Trini, te vienes conmigo...!

Lo que pasó en seguida casi no lo recuerdo. De improviso sentí golpes, zamacones, atropellos de todo género, entre groseras amenazas. Traté de identificar a los agresores, pero la luz se apagó. Una cuchillada me hirió en el hombro. Entonces, saqué mi revólver y comencé a repartir tiros a diestra y siniestra. Recuerdo vagamente que cuando estuve libre, salí tras la gente que se desparramaba. La gritería era espantosa.

En la calle, alguien me increpó:

—¡Qué fiesta ni qué fiesta! ¡Eso también se acabó! ¿Sabe?

Y en busca de más balas, me dirigí a mi domicilio.

*   *   *

Unos golpes violentos a la puerta me despertaron al día siguiente, muy de madrugada.

---¡Abre, hombre. Soy yo, Luna!

Era la voz del Matero. Me levanté gruñendo, con la cabeza embotada. Sentí alrededor de ella un suncho que, ajustándose, me causaba horribles dolores. Mis ojos se negaban a abrirse, como si cada párpado pasase un quintal.

---¡Que majadero había resultado este Matero! ¡Despertar tan temprano a la gente honesta! ---Y grité---: ¿No puedes regresar más tarde?

Los golpes seguían llamando con progresiva insistencia. Abrí la puerta, preguntando disgustado:

---¿Que pasa? ---Y quedé alarmado ante la expression de inusitada nerviosidad que tenía mi visitante.

—¡Buena la has hecho trayéndote a la muchacha! Los López están preparándose para atacar la casa... ¡Serás muy brujo si logras escapar!

—¿Qué yo me he traído a la muchacha...? ¿Estás loco, Matero?

Luna, empujándome, entró al cuarto y, parándose en seco, señaló un rincón:

—Y eso... ¿qué es?

Allí cerca, sobre unas esteras, fingía dormir la Trini. Empecé a sudar frío. Se me cortó el habla. No podía explicarme cómo la muchacha se encontraba ahí, pues yo ni siquiera la había visto. Y hasta hoy no puedo imaginarme de qué modo sucedieron las cosas. Al notar mi sinceridad, Luna supuso;

—Seguramente, ella te ha seguido en medio de la trifulca, y no te has dado cuenta porque estabas muy borracho.

—¡Trini! ¡Trini! —le dije sacudiéndola de los brazos—. Levántate y regresa a tu casa. ¡No quiero complicaciones! ¡Yo le explicaré más tarde a tu padre...! ¡Anda!

Se incorporó compungida; y, levantando la cabeza, me preguntó desdeñosa:

—¿Tienes miedo a los López?

Como no le contestara, volvió a recostarse dándonos las espaldas y murmurando:

—Ya que he venido, aquí me quedo... ¡Ya no puedo volver...! —Y cerró los ojos.

Nos quedamos estupefactos.

—Lo importante, por de pronto, es saber qué hacen los López— opiné caviloso.

—Yo vi al viejo, muy temprano, azuzando a su cuatro hijos — aseguro el Matero. Y, luego mirando el lugar donde estaba la Trini, me preguntó—: ¿Es cierto que no te quedas con ella?

—¡Pero si no sé cómo ha sido...! ¡Aún no salgo del asombro! ¡Ve tú cómo la devuelves! ¡Después de todo no ha pasado nada!

Salió el Matero, recomendándome que por ningún motivo me arriesgara afuera; pero no pude refrenarme y salí tras él. Observé que las gentes se apartaban de mí, cuchicheando. En la puerta de una casa próxima, encontré a dos ancianas que me miraron con lástima.

—¡Pobrecito! —dijo una de ellas—. ¡Está jurado! ¡Lo van a matar! ¡Tan joven y tener que morirse!

—¡Los López no perdonan! —agregó la otra—. ¡Se ha metido con ellos, y lo han jurado...! ¡Y todo por la pizpireta esa...! ¡Lo que es yo, en mi tiempo...!

—¡Oigan ustedes! —interrumpí airado—. ¡Eso de que van a matarme está todavía por verse! ¡Y antes de que yo caiga...!

Sonaron dos disparos, y las balas pasaron silbando junto a mis oídos. Me tendí de inmediato al suelo e hice fuego a la ventura. La gente desapareció como por obra de encantamiento. Terminada la carga de mi revólver regresé gateando a mi casa.

Cuando el Matero volvió, tenía en el semblante una marcada expresión de desaliento.

—Me vi con don Juan José, y me trató mal cuando quise explicarle lo de su hija. Nadie me quita que él y sus hijos se han aconchabado con los López. Dice que sólo recogerá a la Trini después que haya bebido tu sangre. En realidad agregó, como hablando consigo mismo—, lo que quieren todos es quemar los libros donde están sus cuentas y, después, arrasar con cuanto encuentren aquí. Los López han prometido a la peonada que después de quemar los libros, les repartirán todas las existencias del almacén. ¡Y aquí hay mercadería como para convertir en fieras a esos hombres!

—¡La cosa está fea! —dije reflexivo—. ¿Qué sugieres Luna?

—Los puertos están vigilados y huir por el río sería lo peor, porque nos acabarían a balazos más pronto. El nuevo Gobernador está borracho en una choza, allá abajo, y no habrá con quien hacerle avisar, lo que, por otra parte, sería inútil. Los peones están solivantados, y tú sabes que no le tienen la menor simpatía al almacén. Lo mejor, ¿sabes? es resistir aquí. ¡No hay más remedio!

Sin pérdida de tiempo hicimos los preparativos necesarios. Improvisamos parapetos con sacos de arroz, harina y azúcar, colocándolos a todo lo largo de la pared de ponas que lindaba con el exterior, en forma que dejaran intersticios que nos permitieran disparar sin riesgo. Trancamos la puerta de atrás, en previsión de un ataque por ese lado. Disponíamos de abundante provisión de balas y fusiles. Venderíamos caras nuestras vidas.

Mientras pasaba revista a las disposiciones, un remordimiento me asaltó.

—Mira, Matero —le hablé en tono convincente—. No conviene que te expongas por mí. Tú tienes mujer e hijos tiernos. Yo no tengo nada. A nadie haré falta.

—¿Y crees que podría soportar que mataran a un hombre a sangre fría? —interrogó, aparentando indiferencia—. ¡Y qué muerte! ¡Tal vez te amarren a la tangarana! La Conshe y mis hijos están en casa de Bartolomé, mi suegro; y con él no se mete nadie... ¡Tenemos que resistir aquí! ¡No hay más!

En eso, dos sombras avanzaron escurridizas. El Matero, al reconocerlas, se apresuró a franquearles la entrada. Eran dos mocetones armados de escopetas.

—¡Valientes muchachos! Son Pedro y Francisco, los hijos de mi compadre Esteban —dijo el Matero, a manera de presentación—. ¡Ya somos cuatro!

—¡Están ya en camino! —informó uno de ellos—. ¡Son muchos! ¡Hemos visto entrar a don Luna aquí y venimos a ayudar...!

La Trini, dándose vuelta, abrió los ojos para reconocer a los recién llegados. En su cara, bastante inquieta, se dibujó una leve sonrisa de aprobación a la actitud de los mozos, que la miraban intrigados. Luego tomó a su primitiva posición, como si no diera importancia a todo lo que por su culpa estaba ocurriendo.

Hicimos que Pedro y Francisco reemplazaran sus vetustas escopetas por flamantes "Winchesters" y les indicamos donde estaban las cajas de balas, para que pudieran proveerse a su antojo.

Ya se escuchaban las voces de los atacantes. Cuando llegaron en tropel, disparando sin orden, los recibimos con una descarga cerrada. Escuchamos claramente las maldiciones y las quejas de los heridos. Sin duda, nuestro recibimiento les causó sorpresa por haberme creído solo. A cierta distancia se detuvieron a discutir en desconcierto. Algunos opinaban por el asalto inmediato; otros recomendaban prudencia; finalmente, todos fueron retirándose y el lugar quedó sumido en el más completo silencio.

Al volver la vista para celebrar nuestro triunfo, quedé pasmado de asombro. La Trini, bien parapetada, tenía un fusil humeante en las manos. ¡Habíamos sido cinco!

Durante todo el resto de ese día, no volvieron a molestarnos. Nuestra constante vigilancia no pudo descubrir rumor alguno que nos advirtiera lo que pasaba fuera de la casa. Ya tarde, uno de los mozos comentó:

—Parece que no quieren volver por otra.

El Matero, desconfiado, manifestó sus temores:

—Eso es lo malo. Sabe Dios qué estarán tramando. La noche trascurrió sin que pudiéramos dormir. Con ojos avizores escudriñábamos las afueras, espiando por las rendijas de las ponas. Trini nos preparó varias veces café para poder resistir el sueño, y se mostraba desconsolada, al reconocerse al fin culpable de la situación que atravesábamos. Nos movíamos dentro de una completa obscuridad, hablando en voz baja. Estábamos seguros de que se trataba sólo de una tregua que sería interrumpida en cualquier momento

A media noche discurrimos analizando la situación, y llegamos al convencimiento de que era necesario conocer los planes y las actividades de los atacantes, cuya codicia y sed de venganza no podían haber desaparecido ante la descortesía con que recibimos su visita. Pedro, el mayor de los muchachos, se ofreció valeroso a salir para espiar la casa de los López, ofrecimiento que rechazamos por temerario; pero la insistencia del mozo acabó por vencer nuestros escrúpulos. Reunidos en la parte posterior de la casa, vimos suspensos, cómo Pedro se deslizaba a gatas en la maleza, apartando las ramas espinosas para avanzar hacia el costado por donde quedaba el domicilio de nuestros enemigos. En ese momento tuve la impresión de que el audaz explorador no regresaría, y me dije, arrepentido de haberle dejado partir: ¡pobre muchacho!

La luna ocultaba su disco despulido tras la cortina espesa de la garúa que envolvía la naturaleza adormecida. Coreaban millares de sapos la selva empapada y, entre ese monótono croar se distinguía, de rato en rato, el sonido escarapelante de los crótalos que se escurrían entre el barro y las ramas. Las hojas del platanal inmediato sonaban ásperamente al restregarse movidas por el viento. En esa vaga claridad, los troncos de los árboles que podíamos distinguir, tenían aspecto deprimente.

Conteniendo la respiración, atisbábamos la maleza por donde había desaparecido Pedro. Soportamos insensibles las acometidas de las nubes de zancudos. A pesar del fresco que la fina lluvia producía, de mi frente manaba abundante sudor.

De repente, como la realización de algo presentido, un grito agudo se oyó en la dirección que había seguido el muchacho. Era un grito de sonoridad extraña al que siguieron ahogados quejidos de agonía. Sacudiéronse violentamente algunos arbustos, como si una trágica ráfaga de muerte las convulsionara. Después, todo quedó sumido en sepulcral silencio.

Enloquecido, cogí mi fusil y me dispuse a salir en auxilio de Pedro, inmolado en mi defensa. Pero el Matero se apresuró a contenerme, murmurando en mis oídos:

—No vayas ¡es la muerte!

En ese instante resonó el estampido de un disparo y las municiones se incrustaron en las ponas de la puerta. Francisco, abatido, pero fiero, sufría la muerte de su hermano, en llanto contenido. Trini sollozaba nerviosa.

El tiempo pasaba con lentitud desesperante. De pronto percibimos golpes de hacha, silbidos y extraños rumores, exactamente en la tahuampa que cercaba la parte posterior del almacén.

El Matero me arrastró en la obscuridad hácia un extremo de la casa y, con voz que reflejaba viva preocupaión, me dijo:

—Esos malditos están embrujando la selva de atrás.

—¡Explícate! —le exigí alarmado.

Capítulo 42

Como parte de su explicación el Matero me hizo el relató de la extraordinaria historia de la familia López.

Del departamento peruano de San Martín salió, atraído por el caucho un mestizo rebelde llamado Apolinario López. Le siguieron su mujer y tres tiernos hijos. El cuarto le nació en el río Yurúa, razón por la cual le llamaban el yuruino.

Hombre osado e inteligente, en un año de trabajo en la selva realizó apréciable ganancia y se granjeó la estimación de las casas habilitadoras de Iquitos, que le abrieron crédito sin límites. Internado en las selvas del Alto Ucayali, con gentes y víveres abundantes, en sucesivas campañas extrajo grandes cantidades de goma elástica.

Realizando temerarias exploraciones y venciendo a los salvajes, cuyos ataques desbarataba a fuerza de astucia y arrojo, avanzó hasta llegar finalmente a las márgenes del río Yurúa con una considerable cantidad de productos; y bajó las aguas de ese río hasta la ciudad de Manaos, por entonces uno de los centros gomeros más importantes del Mundo. Allí tuvo obligatoriamente que ponerse zapatos y engolfarse en las frivolidades de la vida derrochadora de los caucheros ricos. Su mujer se hizo matrona, alternó con aventureras adineradas y le ayudó a despilfarrar los discos de oro arrancados a la selva. López aprendió a beber champaña y a jugar la pinta con notable maestría, hasta que, harto de tales actividades, tornó a sus dominios del Yurúa, en lancha propia, amo y señor de los contornos, donde estableció grandes almacenes comerciales.

Recordó que era peruano y que debía ocupar los territorios que poseía a nombre de la Patria. Para estimular el patriotismo de los hombres, nada es tan eficáz como trasladarlos al extranjero por un tiempo y devolverlos después, a unas fronteras en litigio. Apolinario López demostró ser ferviente patriota. Sabía que estaba en tierras peruanas, según el tratado de San Ildefonso.

—Y aunque no lo fueran —decía frecuentemente—. Yo he descubierto y conquistado estos lugares, y he tomado posesión de ellos a nombre del Perú.

Fue así como se resistió cuando los brasileños trataron de persuadirle con buenas razones de que la situación había cambiado y que

263

estaba en el territorio de un país hermano; le requirieron, después; y, por fin, le intimaron, dándole un plazo perentorio para que reconociera la soberanía de ese país.

El último plazo concedido a don Apolinario expiró sin que se produjera ninguna novedad, pues las autoridades brasileñas, caballerosas por tradición, no se resolvían a recurrir a las armas contra ese hombre para ellos estimable, al que por otra parte, sabían bien armado.

Pero como todo llega a su fin, terminó la paciencia brasileña y, al vencerse un plazo de gracia, fuerzas organizadas atacaron la estancia del cauchero. Al tomarla sólo encontraron escombros, pues viendo que le era imposible resistir, don Apolinario incendió casa y almacenes antes de huir con los suyos a la selva.

Pero si fue lejos en su huida, no quiso sin embargo, salir del río. A muchas leguas de distancia, abrió el monte en un lugar casi inaccesible y levantó su nueva residencia.

—¡De aquí si que nadie me moverá! —se decía.

Desgraciadamente para él, no fue así. La jauría de aventureros que se apropió de la extensa zona abandonada por López ardía en codicia y vio la posibilidad de explotar todo el río Yurúa, expulsándolo definitivamente. Para el efecto se organizó una numerosa y bien armada expedición, la cual tras de surcar el río, debía caer de sorpresa sobre la nueva estancia de don Apolinario. Avisado oportunamente de tales maquinaciones y sabiendo que era vulnerable la parte posterior de su casa, recurrió a la vasta experiencia que tenía de la vida, las costumbres y los ardides de los salvajes; y, con habilidad diabólica, construyó una serie de trampas y emponzoñó los senderos por donde tenían que irrumpir los atacantes. Tuvo tal éxito su plan de defensa que la expedición asaltante desapareció íntegra, una noche, tragada por la selva, y se asegura que todavía pesa sobre esa zona la brujería de Apolinario López. Desde entonces, nadie se atreve a pasar por esa jungla, pues los pocos que se aventuraron por allí, no volvieron jamás. Este hecho horrorizó al mismo don Apolinario, quien, cruzando nuevamente los terrenos en que campeara como conquistador, volvió vencido y pobre a las márgenes del Ucayali. Permaneció algún tiempo en Iquitos solicitando infructuosamente la ayuda de las autoridades peruanas para regresar.

Sin que sea posible precisar cuándo, apareció con sus hijos en el caserío de Santa Inés, donde a la sazón poseía unas estradas a cuya explotación se dedicaba

Tenía la fama de nombre fuerte e inexorable en sus decisiones, por lo que era temido; pero como andaba pacíficamente y no se entrometía en asuntos que no le incumbían, las gentes le trataban con afabilidad. Se contaba sí que había actuado en ciertos tenebrosos hechos ocurridos en el caserío, relato que estremecía de horror a los pobladores.

Habíanse radicado por allí tres aventureros que con sus bravatas hacían la vida insoportable a los tranquilos vecinos. Uno de ellos se enamoró de la mujer del hijo mayor de don Apolinario, y, en ocasión en que el marido estuvo ausente, allanó la casa y abusó de ella.

Esta ofensa irritó al viejo López, quien se dispuso a tomar venganza. Las gentes que habitaban las casas contiguas a las de los aventureros oyeron los mismos ruidos de cortes de hachas y demás rumores extraños que acabábamos de percibir con el Matero.

Cuando al día siguiente, antes del amanecer, los López incendiaron la casa y la acribillaron con nutridas descargas, a los aventureros no les quedó más que la espesura para escapar. Huyeron, internándose en el monte por la parte de atrás. Lo último que se oyó de ellos fueron sus gritos de agonía. Y allí se pudrieron sin que nadie se atreviera a recoger sus cadáveres para darles sepultura. ¡Hasta los cuervos se mantuvieron alejados!

A ese prestigio de don Apolinario se debía, sin duda, que el célebre Portunduaga mantuviera con él y sus hijos complacientes relaciones durante el nefasto período de su gobernación.

Según aseguraba el Matero al terminar la historia de los López, estos habían embrujado nuevamente la selva para vengarse de mí. La tragedia iba a repetirse.

Con los nervios en tensión y la zozobra consiguiente, esperamos el amanecer. Teníamos la ventaja de que el techo del almacén era de zinc y de que las fuertes paredes de la casa no podían ser incendiadas con facilidad. La noche cedió lentamente paso a la aurora, que nos trajo, junto con la luz, una sensación de alivio. Nada ocurrió durante el día. Mientras los tres hombres montábamos guardia, recorriendo el almacén atisbando el exterior, Trini nos preparaba alimentos a base de las abundantes y variadas conservas de que disponíamos. Cuando las sombras de la noche volvieron a reinar, escuchamos otra vez, los espeluznantes ruidos, los silbidos y los golpes indefinibles. Y así se venció otro día. La tensión iba acabando con nuestras energías. Cerca del amanecer del cuarto día de sitio, estaba a punto de dormirme, arrullado por el monótono golpear de la lluvia en el techo, cuando me despabiló una descarga cerrada y la vocería de las gentes que venían al asalto.

Todos corrimos a nuestros puestos. La Trini, que se había emplazado junto a mí, disparaba sin descanso. En la obscuridad, aun no disipada, sólo podíamos apuntar guiados por los chispazos de los disparos que nos hacían.

En el fragor de la batalla, oyéronse gritos que pedían: "¡La leña! ¡La leña!".

Casi de inmediato, sentimos bajo el emponado, a nuestros pies, el ruido de la leña que amontonaban. Al poco rato, espesa humareda nos asfixiaba. El Matero y Francisco dejaron los fusiles y se acercaron a mí, desesperados.

—Ya nos sonó la hora —dijo el primero angustiado. Nos moriremos aquí asados, pero no huyamos por nada al monte.

La Trini seguía disparando enardecida.

De pronto escuchamos gritos despavoridos.

—¡El brujo! ¡El brujo!

Súbitamente se iluminó la escena con la claridad de una antorcha lanzada hacia el sitio de los atacantes, la cual chirriaba, al contacto con el agua, sin apagarse.

La Trini, Francisco y el Matero aprovecharon la oportunidad para apuntar bien y herir a varios de los que en ese momento rugaban. Yo me dirigí a abrir la puerta. A un costado del depósito, entre los arbustos del frente, como una aparición espectral, Sangama sostenía en la mano derecha levantada una encendida antorcha.

Lentamente subió los escalones y, con voz cansada, me dijo:

—No he podido venir antes...

—¡Sangama! —exclamé conmovido—. ¡Sólo tú podías ser!

Prendió una vela, que casi no alumbraba entre el humo que iba disipándose. Exprofesamente, los atacantes habían empleado leña verde y húmeda, a fin de obligarnos a huir sofocados con el humo, abandonándoles, sin daño alguno, las mercaderías de que trataban de apoderarse.

Mis tres acompañantes estaban conmovidos mirando al recién llegado, a quien, sin duda, debíamos la vida.

Sangama fijó con extrañeza la mirada en Trini. Haciéndonos a un lado, le explicamos la verdad de lo sucedido. Cuando terminé, se encogió de hombros, murmurando:

—Lo importante es acabar con todo esto sin pérdida de tiempo. Mañana incendiarán de verdad el almacén.

Capítulo 43

Sangama tomó nuevamente la antorcha, que difundía vivísimas llamas y, armándonos de un fusil y de balas, se encaminó a la parte posterior de la casa.

—¡Síganme! —ordenó—. ¡Vamos a sorprender a los López en su propia guarida! ¡Es lo único que nos queda! Permanezca aquí sólo la mujer.

Bajó resueltamente la escalera escoltado por los tres; pero el Matero, al advertir que se dirigía a la espesura, lo contuvo violentamente, cogiéndolo del brazo.

—Este monte está embrujado —le advirtió, con terror supersticioso.

Sangama detuvo el avance. Quedóse pensativo como queriendo explicarse algo que le parecía en extremo complicado. Al fin, admitió:

—¡Ah, ya caigo! Ahora veremos lo que los López han hecho por aquí.

Retrocedimos todos al almacén. Una vez allí, los ojos escrutadores de Sangama fueron recorriéndolo todo. Mudos le contemplábamos sin adivinar sus intenciones. Al descubrir un rastrillo, se dispuso a cogerlo mientras decía:

—¡Magnífico! Esto es lo mejor que pudimos encontrar.

Por indicación de nuestro guía, completamos el equipo con dos palas y una caña larga. Y nos encaminamos nuevamente al bosque, llevando dichas herramientas en la mano y los fusiles a la bandolera. Me sorprendía ver la resolución y la confianza con que el Matero marchaba al lado de Sangama. Bien podía darme cuenta de que junto a ese hombre se recobraba el valor y la serenidad.

Antes de internarnos en la jungla, Sangama procedió a examinar prolijamente cuanto nos rodeaba. Parecía principalmente empeñado en distinguir los diversos y confusos rumores.—Por todas partes se escucha el croar de los sapos, menos por aquí. Don Apolinario López es sobradamente ingenioso—comentó.

Poniendo en alto la antorcha, alumbró el mayor espacio posible. Fue en ese momento que el Matero, dando un salto hacia atrás, señaló un punto apenas perceptible dentro del fango.

—¡Huy...! ¡Estuvo junto a mi pie...! ¡Ahí! —gritaba asustado, echando fuego por los ojos.

Siguiendo la dirección que indicaba su dedo, acertamos a descubrir el extremo de una ramita muy rara que sobresalía apenas del charco. Sangama, acercándose lo más que pudo, trató de tocar con el extremo de la caña el punto que tanto nos intrigaba. En el acto, la ramita adquirió inusitada movilidad. Viósela levantarse repetidas veces y acometer la caña golpeándola con tal fuerza, que la hizo sonar cómo herida por una punta de acero.

—Es una naca-naca —informó— ya comprendo...
Cambió la caña por el rastrilló con el que hurgó en el barro en distintas direcciones. Pronto extrajo, además de la descubierta por el Matero, dos de esas serpientes tan temidas por el veneno mortal que inoculan *y* por lo traidor de su ataque. Las naca-nacas extraídas del barro estaban cautivas, atadas a pedazos de madera.

Siempre cautelosos, nos arriesgamos en el lodo removido, internándonos en la espesura. Sangama se adelantó blandiendo la caña como si temiera chocar con algo invisible, pero sin dejar de rastrillar el terreno. Tras él, marchábamos pisando exactamente sobre sus huellas. La caña tocó algo y, al instante, de diversos puntos partieron silbando varios dardos que fueron a clavarse en los árboles circundantes. Uno de ellos se prendió en la caña. Examinándolo a la luz de la antorcha, el Matero aseguró escandalizado que cada uno de ellos tenía veneno suficiente para matar instantáneamente a un hombre. Dijo que se trataba de un veneno terrible y poco conocido que preparan ciertas tribus.

Haciendo una señal con la mano, Sangama nos detuvo. Acercó la antorcha a un junco arqueado que había distinguido. Lo analizó detenidamente, notando, al fin, que del extremo inferior partía una liana invisible a primera vista que, medio sumergida en el lodo, atravesaba el camino. Siguiendo la mirada de Sangama, volvimos la vista hacia arriba, y descubrimos suspendidos sobre nuestras cabézas, dos enormes troncos capaces de aplastar a una docena de hombres. Desandamos el trecho necesario para quedar a salvo. Sangama cortó un pedazo de rama y la arrojó con tanta certeza que dio en el junco y, simultáneamente, los troncos cayeron sobre el camino, desparramando agua y lodo.

Pasado ese momento, nos serenamos y la marcha continuó. Tenia la impresión de estar encerrado en alguna de las regiones de martirio de los propios infiernos. Así se me presentaba la selva tremenda, débilmente iluminada por la crepitante antorcha. Nuestros vestidos estaban empapados de agua, y sin embargo, sudábamos copiosamente. Transponiendo los troncos, seguimos el accidentado avance con la lentitud impuesta por Sangama, quien se detenía a examinar minucioso cada tallo y cada rama. Otra vez nos instó enérgicamente a que nos detuviéramos. Al mirarlo observé que tenía el rostro demudado.

—Felizmente no llegué a tocarlo con la caña—comentó—. Hubiera sido espantoso.

Permaneció algunos minutos indeciso.

—Esto se presenta más complicado de lo que yo esperaba — murmuró—. La única forma de evitarlo es improvisar un parapeto.

Metido en el fango hasta las pantorrillas, se dedicó a cavar el barro que amontonaba a un costado, mientras los demás escrutábamos hacia adelante, sin descubrir nada anormal. Soltó la herramienta y, auxiliado por la antorcha, se puso a escudriñar con desaliento las ramas que se extendían sobre nosotros. La minuciosa proligidad de su examen aumentaba nuestra inquietud.

—Lo que yo me temía —consideró, luego, al parecer satisfecho de su acierto— ¡Retrocedamos!

Los ojos del Matero y de Francisco parecía que iban a saltar fuera de sus órbitas. Miraban angustiados en todas direcciones, aunque sin tener conciencia exacta de la naturaleza del peligro que nos amenazaba. En nuestra retirada llegamos otra vez a los troncos, y Sangama renovó su observación minuciosa de la enredada bóveda.

—¡Aquí estamos seguros! —nos dijo triunfante.

—Volvió a tomar la pala y se dedicó a cavar febrilmente, depositando el barro delante de nosotros.

—Pero... ¿Qué cosa es? —inquirió el Matero impaciente.

—Ayúdame y lo verás.

Mezclando las ramas y los pequeños troncos, que encontrábamos a mano, con la tierra mojada que se extraía, levantamos una valla tras la cual pudimos amparamos contra ese enemigo invisible que teníamos delante.

—Ahora hay que tenderse en el fango y protegerse bien la cabeza — nos dijo Sangama al tiempo de echarse sobre el terreno cenagoso, detrás de la empalizada que apenas nos cubría tendidos. Convencido de que le habíamos imitado, se incorporó un poco y lanzó con todas sus fuerzas un palo hacia adelante.

Nada sucedió. Levantamos la cabeza esperando ver algo terrible.

—¡Agáchense! Ordenó nuevamente Sangama, repitiendo la anterior operación.

271

El palo arrojado se hundió en el túnel, de indecisa claridad, que se extendía ante nosotros.

Permanecimos quietos unos instantes en espera del temido fenómeno. Cuando el segundo proyectil cayó entre las sombras del charcal, el ruido, por uno de esos raros caprichos de la sonoridad selvática, llegó a nosotros como una risotada burlona.

—He calculado mal —lamentó Sangama—. Pero allí está, a una cuarta sobre el agua —y, fastidiado me arrebató la caña que sostenía yo en ese momento, aventándola con tal maña que cortó el aire oblicuamente, cayendo de plano, algo más allá del punto de donde habíamos retrocedido.

Sólo la agilidad con que, cumpliendo las instrucciones de nuestro guía nos arrojamos al fango, pudo salvarnos la vida, pues instantáneamente pasaron silbando sobre nosotros numerosas flechas, algunas de las cuales clavaron sus puntas en el mismo parapeto que nos protegía. Simultáneamente, de la altura se desprendió una nube de pequeñas lanzas de chonta que, al quedar clavadas en el suelo, erizaron la superficie en toda la extensión que podían alcanzar nuestros ojos.

Francisco, alocado, se incorporó dispuesto a huir. El Matero lo sujetó, tal vez por ese instintivo arrebato que ante el peligro nos obliga a impedir que huyan quienes nos acompañan. Una de las flechas había quitado el sombrero al muchacho, cuyos cabellos estaban rígidos de espanto. Sangama nos serenaba gritando:

—¡Ya pasó! ¡Ya pasó!

—Había flechas como para acabar con un batallón —comentó el Matero, aferrado aún a las piernas de Francisco.

Ya estaba Sangama de pie sobre el parapeto haciéndonos señas para que le siguiéramos. Al levantar, llevados por la curiosidad, uno de esos múltiples dardos, la punta se desprendió fácilmente. Con el mayor cuidado, extraje otra del fango y descubrí que estaba labrada de manera que, una vez incrustada la punta, el menor esfuerzo para extraerla haría que ésta se separase del asta.

—Que instrumento tan diabólico —observó Sangama, que se había detenido para examinar la flechita que yo sostenía—. Es el más feroz aparato que ha podido inventar el ingenio salvaje. Esta punta, —dijo señalándola al penetrar en algo duro, como el cráneo de un hombre, se quiebra quedándose alojada en el interior.

Nos encontramos otra vez en el sitio de donde habíamos retrocedido. Allí, Sangama tomó nuevamente el rastrillo con el que logró descubrir un delgado hilo que atravesaba el sendero. Cortándolo con los dientes expuso:

—Este hilo insignificante e invisible ha dado movimiento a la maquinaria más infernal que ha podido concebir el ingenio selvático para acabar con sus enemigos.

—¿Qué buscas? —le pregunté intrigado, al ver que continuaba rastreando en todas direcciones el barro en que nos encontrábamos metidos.

—Ya verás. Ya verás.

Y efectivamente, su insistencia dio por fin con unas tablillas de madera muy dura, erizadas de púas de chonta.

—¡Cuidado! —nos advirtió— no vayan a tocarlas, pues todas están envenenadas.

El avance era lentísimo. La tierra fangosa iba quedándose atrás y, a los pocos momentos, caminábamos trabajosamente entre la selva inundada. Sangama ya no rastreaba el fondo. Parecía buscar algo oculto casi al nivel de la superficie del agua.

—¡Esto era lo que deseaba encontrar! —nos dijo, levantando unas cañas de afilada punta, ocultas en el agua turbia y prendidas oblicuamente, como lanzas que defendieran el sendero por donde avanzábamos.

Sólo el rastrillo pudo haber evitado que se clavaran en el vientre de Sangama. Sus puntas estaban dispuestas en tal forma que si alguien escapaba en su fuga, a las anteriores trampas, en esta habría caído irremediablemente, atravesado por el vientre.

Ardua y peligrosa fue la tarea de limpiar el camino de tal obstáculo. Seguro de que todas las cañas habían sido arrancadas, Sangama nos informó, dando un suspiro de alivio.

—Esto ha terminado. Ahora tenemos que completar nuestra empresa. ¡Síganme!

Nos encontrábamos en un lugar donde la maleza, enmarañada y nutrida de las márgenes del camino, desaparecía. Sobre las aguas estancadas, los tallos de los árboles se levantaban aislados, emergiendo de la superficie movediza que la lluvia descomponía en infinitos círculos.

Dejamos la senda que seguíamos y que en verano llevaba a las chácaras del interior, y emprendimos la caminata por el costado, hacia la parte trasera de la casa de los López. Entonces comprendí la intención de Sangama. Atacarlos por ahí era ventajoso, ya que defendidos por la selva envenenada que acabábamos de cruzar, no podían imaginarse que irrumpiríamos por ese lado.

Aliviamos nuestra carga dejando entre las ramas bajas las herramientas que tan útiles nos habían sido, especialmente ese providencial rastrillo. Con el agua hasta la cintura e impulsándonos de las ramas, tratábamos de dar a nuestra marcha la mayor celeridad posible. Ibamos a enfrentarnos a los López y a la gente que los acompañaba, y lo hacíamos en la seguridad de vencerlos bajo la dirección de Sangama.

El Matero, conocédor de los contornos, manifestó al cabo que estábamos precisamente en la dirección deseada. La tierra se fue elevando poco a poco y después de breves momentos pisamos el enlodado camino que llevaba a la casa de nuestros enemigos. Entre el boscaje distinguimos las luces y, poco después, el rumor de la conversación que sostenían los conjurados. Nos detuvimos un instante para disponer la acometida y recobrar el aliento.

¡Cuanta gente vamos a matar! —exclamó el Matero enardecido, acariciando su fusil.

Me llamó la atención un palo largo que llevaba a las espaldas. Y, respondiendo a mis preguntas, me informó:

—Es una de las cerbatanas con que estos demonios quisieron matarnos Aquí tengo tres virotes envenenados que logré sacar de los troncos donde se clavaron.

Trataremos de no matar. . . —suspiró Sangama en respuesta a los arrestos del Matero.

Deslizándonos a rastras, conseguimos acercarnos para caerles sorpresivamente; pero antes de que nos hubiéramos aproximado lo suficiente, los perros bravos del viejo López nos descubrieron. Saltando de la casa avanzaron ladrando a nuestro encuentro. El Matero cargó su cerbatana con uno de los dardos y esperó que el más osado de los canes se pusiera a tiro. El animal emitió un aullido lastimero al ser herido y retrocedió hacia la casa donde quedó en silencio. Seguramente había caído muerto a los pies de los completados, algunos de los cuales se aventuraron a bajar al patio con los fúsiles preparados. La antorcha que Sangama blandía como una bandera, describía arcos de llamas iluminando el bosque

—¡El brujo! ¡El brujo! ---oímos voces alarmadas Se escucharon algunas detonaciones y las balas pasaron a distancia.

Todos, a excepción de Sangama, estábamos parapetados.

La confusión en la casa de los López fue general. Gran parte de los conjurados emprendió la fuga, poseídos de supersticioso terror. Entonces Sangama, escurriéndose entre la maleza, se adelantó por un lado hasta que pudo arrojar su antorcha sobre el techo de paja. Pronto el fuego se propagó iluminando el desbande hacia el río, dónde los fugitivos se embarcaron de prisa en las canoas, para tomar el centro de la corriente en su afán de ganar distancia.

—¡Avancen! ¡Avancen!— nos animaba Sangama.

Al irrumpir en el patio con los fusiles preparados, hallamos solamente a don Apolinario López rodeado de sus cuatro hijos. Estáticos, con los fusiles caídos en el suelo, denotaban intenso abatimiento. La escena representaba una gran desilusión soportada por ese grupo de hombres vencidos, horrorizados, incapaces hasta de intentar defenderse. El viejo López avanzó al encuentro de Sangama y le habló con emocionado acento:

—¡Sólo tú podías haberme derrotado! ¡Solo tú pudiste cruzar la selva emponzoñada sin perecer en ella! —Y levantando la diestra a la altura del pecho, continuó—: Aquí tengo el corazón, donde lo tienen todos los hombres. ¡Atraviésalo de una vez!

—No hemos venido a matar a nadie —contestó Sangama dejando su fusil— Vengo a traerte la razón que ha huído de tu mente ofuscada, y a recordarte algo que pareces haber olvidado: ¡la existencia de Dios!

Esas frases fueron dichas con los brazos levantados hacia el cielo y en tono tan grave, que daban a Sangama el aspecto de un profeta.

Don Apolinario inclinó la cabeza y permaneció, callado.

Viendo a Pascual López sobrecogido junto a su padre, me acerqué a él y le dije:

—¡Ahí tienes a tu Trini, en el almacén, hombre! Ni ella ni yo tenemos la culpa; fue el exceso de cerveza y aguardiente. Nada ha pasado.

—Sí, no ha pasado nada —intervino el Matero—. ¡Yo, el Matero Luna te lo juro por esta cruz! —y haciendo una cruz con los dedos índices, la besó ceremoniosamente como un solemne juramento.

Después de esta escena, todos permanecimos en silencio. La lluvia había cesado. Sólo se escuchaba el crepitar de las llamas que devoraban la casa de los López.

De la bruma mañanera que cubría el camino hacia las otras casas, una nueva figura apareció a la carrera, clamando angustiosamente:

—¡Mis hijos! ¿Dónde están mis hijos?

—¡Aquí estoy, taita! —gritó Francisco, saliendo al encuentro de su padre.

El recién llegado abrazó al mozo, como si lo encontrara después de haberle dado por perdido.

—¿Y Pedro? ¿Dónde está Pedro? —preguntó al muchacho mirándolo inquieto y temeroso.

Francisco bajó la cabeza y prorrumpió en sollozos.

—¡Lo han matado! contestó al fin.

Don Esteban se colocó entre nosotros y los López lleno de excitación y angustia. Y mirando a uno y otro grupo inquirió desesperado:

—¿Quién lo ha matado? Díganme ¿quién lo ha matado? Acabo de llegar, tras de bajar el río toda la noche porque supe que atacaban el almacén, con la intención de amparar a mis hijos... ¿Quién mató a Pedro? ¿Quién?

—Yo —contestó el yuruino, con voz apenas perceptible.

El Viejo, Esteban, sacudido de indignación, quedó paralizado. Mas, de súbito, sin darnos tiempo para impedírselo, cogió el rifle de Sangama y atravesó al yuruino de un balazo.

Alumbrado por las flamas de la gigantesca hoguera en que la casa se había convertido, el semblante del viejo López se contrajo en una mueca extraña de ira contenida y de dolor, como si la bala que había dado muerte a su hijo le hubiera también herido el corazón.

Los otros tres mozos rechinaron los dientes, torvos, retorciéndose de impotencia. Pascual trató de levantar a su hermano agonizante; pero dándose cuenta de que con el último quejido se le había escapado la vida, lo dejó caer.

—Vamos, Pascual, llevémosle al almacén para velarlo —propuso el Matero---. Vamos, que allí está la Trini esperándote.

Los tres hermanos y el Matero cargaron al muerto y partieron. Francisco y yo nos quedamos contemplando el cuadro que formaban los tres viejos. Sólo Sangama revelaba serenidad. Don Esteban y don Apolinario se miraban sin rencor, pues aflicción idéntica los abatía.

Cuando el grupo fúnebre se hundió en la noche camino del almacén, nos dispusimos a seguirlo; pero un disparo repentino nos hizo volver el rostro al lugar en que se había producido. Alcanzamos a ver cómo el viejo López caía fulminado por la bala que él mismo se disparara. Todos regresaron al punto. Para auxiliar al padre, los mozos dejaron cerca el cadáver del yuruino. Y fue entonces que se produjo la escena que nunca podrá borrarse de mi memoria.

Debatiéndose entre las torturas de la agonía, don Apolinario, con una energía impropia de sus años y de su estado, se acercó al cuerpo inanimado de su hijo y le habló al oído, muy quedo, como si intentara que sólo él le oyera:

—¡Hijo mío! ¡Mi yuruino...! ¡No podía quedarme sin ti! Me voy contigo siguiendo la gran trocha por la que no se regresa. Puede ser que al final de ella encontremos un cauchal inmenso, como el que tuvimos, en una tierra donde no existan fronteras y donde podamos vivir tranquilos sin olvidarnos de Dios.

Capítulo 44

Antes de disponer lo necesario para el velorio, nos sentamos cerca del mostrador, comentando los trágicos sucesos referidos. En el curso de la conversación, sentí que una progresiva languidez me invadía, como si un sueño hipnótico se apoderase lentamente de mí.

—¡Qué pálido estás! me dijo Luna.

—Es que está herido —apuntó la Trini, que se había colocado a mis espaldas—. ¡Acá, en el hombro!

Recordé la cuchillada recibida en la trifulca que puso fin a la jarana, así cómo la extraña molestia que, al sonar los disparos con que nos acogió la gente de los López, había experimentado en el hombro derecho, precisamente dónde recibí el artero corte, razón por la que, creyendo que fuera consecuencia de la superficial herida primitiva, no le di mayor importancia. En ese momento recién me daba cuenta de que tenía las ropas empapadas en sangre.

Todos se acercaron a examinarme. La expresión de Sangama, que revelaba alteración profunda, me impresionó mucho, pues era evidente que daba considerable valor a la herida. Procedió a rasgarme las ropas para descubrir la parte afectada, que examinó atento; luego, me informó con alivio:

—¡Menos mal que es un raspetón de bala! Temía que alguna flecha o chonta envenenada te hubiera cogido. Has perdido mucha sangre porque te tocó en la herida anterior.

Después de tolerar una de las drásticas curaciones que Sangama empleaba con eficacia proverbial, tuve que acostarme, porque las fuerzas me faltaban. Así pasé la noche, sin poder dormir con la fiebre que me sobrevino. Hasta mi lecho llegaban los rumores de las gentes que velaban a los muertos en la habitación contigua. Lamentos, sollozos, protestas, se sucedían ininterrumpidamente. Unos ruidos extraños me preocuparon sobremanera. Casi me aventuré a salir de la cama y arrastrarme hasta la puerta para enterarme de su causa. Llamé en el tono más alto que pude. El Matero acudió, informándome que habían traído el cadáver de Pedro, que estaba desfigurado por los mordiscos de los perros, lo que había originado muchas protestas. Después, o me dormí, o entré en un período de inconsciencia, pues no pude darme cuenta en adelante de nada.

Al despertar, al día siguiente, noté que acababan de volver algunos del entierro, y seguían comentando los acontecimientos. La mujer del

Matero estaba sentada junto a mi lecho. Por ella, me informé de que Sangama se había ido, recomendándole que no se marchara y que me diera un bebedizo que había preparado.

Le pedí que abriera la ventana, pues deseaba ver la naturaleza: el río, el cielo, los árboles... y sentir, al mirarlos, la satisfacción de vivir. El día era claro. Un pedazo de cielo azul me hizo suspirar por mejores días en el futuro.

Incorporado sobre el lecho, alcancé a ver algo más del paisaje, donde el verde es tan variado que, a pesar de predominar, no cansa. Si la selva no fuera tan caprichosa y cambiante, si no encerrara en algunas zonas el hervidero de acechantes peligros, en niguna parte se podría vivir tan plácidamente como al amparo de su ubérrimo y constante florecer. En el patio, junto al platanal que limitaba con el río, florecían varios exóticos rosales llevados allí; sin duda, desde algún jardín remoto cultivado por manos exquisitas. Entreabríanse numerosos capullos, impregnando el ambiente de perfumes penetrantes. El viento traía a mis oídos la canción de la selva cuando está alegre, cuando se mezclan las caricias del sol, los rumores del ramaje, la turbonada, la brisa y los gorjeos de las aves.

Así me encontró la tarde, mirando todo lo que cabía en el marco de la ventana abierta a la ilusión. Me negué a seguir pensando. Sentía verdadero deleite. La naturaleza se me presentaba más hermosa que nunca, y el cielo era tan límpido, que me parecía una profanación empañarlo siquiera con la nube de un pensamiento.

De cuando en cuando, como la evocación de algo muy lejano, de algo que surgía repentinamente de entre las cosas olvidadas, una imagen clara pasaba fugazmente por mi mundo interior, ensombreciéndolo, como el paujil con su sombra el cristal de los lagos, cuando cruza sobre ellos, volando bajo el sol.

¡Chuya! ¡Chuya! La evocación de su imagen envolvía mi alma con la sensación de bellas cosas lejanas y de dolores infinitos que viven asociados paradójicamente en un solo recuerdo. Chuya, paisaje de la infancia inocente y azul. Chuya, canción de cuna, dulce y arrulladora. Chuya, plegaria vespertina de melancolía embelesante. Chuya, mañanita pascual y campanera... y ¡Chuya! esfinge, enigma, interrogación... ¡Cómo pudiera arrancarme del alma ese recuerdo, encerrarlo en una urna, enterrarlo en las catacumbas del olvido!

Ya entrada la noche, me dejaron solo. El recuerdo se hizo obsesión. Cansado de pensar, iba aletargándome, cuando sonaron tímidos golpes en la puerta. Primero creí que se trataba de un sueño. Pero la insistencia me despabiló y me di cuenta de que efectivamente alguien llamaba.

—¡Adelante! —dije, y esperé.

La puerta se entornó suavemente y, ante mis ojos desorbitados por el asombro, apareció la imagen con que tanto soñaba. Le seguía la vieja Ana. La inesperada aparición me conmovió. Como un tropel desbocado, acudieron agolpados y confusos todos los pensamientos, sin que ninguno lograra precisarse con nitidez. Sólo atiné a decirle secamente:

—¡Pasa! ¡Al fin te has acordado de que yo vivía!

Turbada, temblorosa, luchando por no llorar, permaneció en silencio, de pie, junto a mi lecho.

Hubiera querido dar rienda suelta a mis contenidos reproches. Hacerle ver lo inmenso de mi sufrimiento por causa de su actitud inexplicable. Exigirle que definiera nuestra situación. Pero su expresión apenada me contuvo.

—Gracias, Chuya, por haber venido —dije en tono suave, mientras mis ojos buscaban en vano los suyos. Estaba muy pálida. El manto negro con que se cubría la adorable cabeza, aumentaba su aspecto doloroso. Al encontrarse nuestras miradas, noté que enrojecía como si fuera a estallar. Algo se esforzaba en decirme; pero las palabras se deshacían en sus labios lívidos. Por fin logró vencerse, y habló:

—Me dijeron que te habían herido y, alarmada, me apresuré a venir, creyendo que estuvieras grave... He venido sin permiso de mi padre... Ahora que vuelva le diré... Bueno: ya te he visto.

Y se fue, sin que yo acertara a detenerla. Tal entrevista, que era la ocasión tan deseada para hablar con ella y que no supe aprovechar me dejó apesadumbrado. Me acusaba de timidez, de descortesía, de indiferencia. Pero... ¡había cambiado tanto! Ya no era la Chuya sonrosada, grácil, con dos pedazos de selva en los ojos y con la garganta llena de alondras. La que acababa de ver era la imagen del martirio.

¡Qué gran tristeza se apoderó de mí! Me sentía defraudado. ¿Cómo la dejé partir sin decirle una sola palabra de consuelo? Tal vez fue llena de esperanzas, a recoger de mis labios el tónico que necesitaba para seguir viviendo, para recuperar su lozanía, para volver a ser la Chuya de antes. Y, pobre de mí, había perdido la oportunidad. ¡Ah, si ella hubiera podido leer en mi corazón y en mi cerebro!

Capítulo 45

Llegó el vapor fluvial en que el señor Rojas enviaba un fuerte lote de mercaderías para el almacén y la orden de tener lista toda la existencia de gomas, que la misma embarcación debía conducir a Iquitos en su viaje de bajada. Estaba entregado a la tarea de verificar la conformidad de la remesa, cuando el Matero irrumpió en mi oficina para comunicarme que Sangama y su hija se habían embarcado. La noticia me dejó perplejo. Quise trasladarme al puerto para informarme del objeto del viaje y tratar de hablar con Chuya, pero casi instintivamente resolví seguirlos.

Desde que abandoné el lecho, curada la herida que me postrara, mi único afán había sido encontrar a Chuya, sin conseguirlo. Sin duda se había alejado desde aquella noche, con la determinación de no volver a verme, ni dejarse ver por mí. Cerrada a piedra y lodo la casita donde se enclaustraba, vano fue que llamara a sus puertas una y otra vez. El silencio era invariablemente lo que acudía a recibirme. Sangama evitaba encontrarse conmigo, a veces hasta con brusquedad. Viviendo horas lentas junto a su casa, me vieron las auroras y los crepúsculos en continua sucesión.

Decidido a embarcarme en el acto, encargué al Matero y a Francisco el cuidado del almacén, y les instruí convenientemente para el despacho de los productos a la vuelta del vaporcito. En seguida, escribí una carta al señor Rojas, manifestándole que asuntos de carácter personal me imponían una breve ausencia. Preparé la maleta y me dirigí a bordo.

Recostados en la baranda de la cubierta destinada a los pasajeros de primera clase, encontré a Chuya y a Sangama, quienes no pudieron ocultar cierta contrariedad al saber que sería su compañero de viaje, circunstancia que yo, simuladamente, atribuí a la casualidad.

¡Cómo! ¿Marchándose sin despedirse? —me apresuré a decirles con fingida sorpresa.

—No diré que me desagrada verte; pero lo cierto es que deseábamos ahorrarnos la tristeza de la despedida — me contestó Sangama.

Chuya se limitó a sonreír ligeramente y a bajar la vista.

Hablamos luego de cosas triviales que casi no podría precisar, ya que mi mente estaba ocupada por completo en buscar el medio de quedarme a solas con Chuya siquiera un minuto; mas, por lo visto, Sangama tenía resuelto impedirlo, pues no se separaba ni un instante de su hija; y su celo llegaba al extremo de responder apresuradamente por ella cada vez que yo procuraba hacerla intervenir en la conversación.

Pronto tuvimos que separarnos, porque debían disponer sus cosas. Ya cerrada la noche, encontré a Sangama paseando por la cubierta.

—La chica está un poco indispuesta —me dijo, tan luego me acerqué a él.

A mis requerimientos, me informó ignorar el término de su viaje, que dependía de las circunstancias. Agregó que, por de pronto, se dirigían al Huallaga.

—En Tierrablanca desembarcaremos —dijo, dejando escapar un suspiro, y continuó—: Me entristece enormemente alejarme para siempre de los lugares donde he vivido tantos años. Pero esto tenía que suceder. La vida se me hacía ya imposible en Santa Inés.

—Pero ¿adonde llevas a Chuya?

—No quiere separarse de mí; insiste en seguir mi suerte y unirse a mi destino.

—Lo que pretendes es inmolar a tu hija, sacrificándome de paso—le dije amargamente.

—¿Crees tú eso? —me interrogó.

—No puedo juzgar otra cosa. Tú sabes que nos amamos.

—¡No es suficiente amarse...!

—Me hablas en tal forma, que no alcanzo a comprenderte.

—Algún día comprenderás. Ahora sería imposible. Perdóname, pero tengo que ir a verla.

Y se alejó, perdiéndose en el primer recoveco de la cubierta. No logré verle al otro día.

La víspera de nuestro ingreso al lago en cuyas orillas se levanta Tierrablanca, pasé casi toda la noche mirando la ancha corriente del rio que, a la luz de la luna aparecía despulida. Al amanecer volví la vista a la izquierda, atraído por una fuerza inexplicable. Asomada también a la baranda, estaba Chuya, vaporosa, con los cabellos agitados por la brisa y la mirada fija en mí. Al verse sorprendida, apartó la vista instantáneamente. Quise correr hacia ella, pero la vacilación me detuvo. La frase de Sangama: "Quiere seguir mi suerte", sonó con insistencia a mis oídos y me hizo titubear. En tanto, se alejó.

El pueblecito de Tierrablanca se hallaba en un terreno que sobresalía poco más de la altura de un hombre sobre el nivel de las aguas; elevación considerable en ese invierno que, como todos, había inundado casi por completo esa región.

Desembarcamos al obscurecer. Y mientras ellos se aislaban en su alojamiento, yo me dediqué a contratar peones que llevaran los equipajes hasta el río Catalina, distante tres horas de camino, de suerte que cuando Sangama apareció más tarde con el mismo objeto, encontró a los cargadores a las puertas de sus habitaciones.

Muy de madrugada, partimos. Durante el recorrido, procuré serles útil. Sólo una que otra vez conseguí cruzar con Chuya miradas fugaces. Apenas podía verle parte del rostro, pues se cubría en forma que era poco menos que imposible advertir sus expresiones. A pesar de ello, la noté intensamente pálida. Caminaba lenta, cansada apoyándose de continuo en el brazo de su padre. Acabé por seguirles silencioso como una sombra. En cierto momento se detuvieron, circunstancia que me hizo concebir la esperanza de hablar con ellos; pero Sangama me rogó que les alcanzase un poco de agua de una cascadita cercana. Bebieron algunos tragos y reiniciaron la marcha. Me pareció que en la voz de Sangama temblaba una pena muy honda y hasta creí verle enjugar una lágrima.

Como una ironía desesperante, el nombre del lugar donde terminó esa penosa jornada era Providencia. Allí alquilaron una pequeña canoa para surcar el angosto río. Cuando pedí a Sangama que me dejara ir en la popa hasta el próximo pueblo, me dijo en tono apesadumbrado:

—¿Por qué te empeñas en seguirnos?

—Es que voy buscando sal, que no hay en Santa Inés.

—Me suena a pretexto esa declaración. ¡Bien, sigue!

El Catalina estaba bajo porque, según nos informaron, el verano se había acentuado y no llovía. Por esa razón, la canoa, impulsada por las tanganas en vez de los remos surcaba con rapidez. Al atardecer del otro día, llegamos al pueblecito de Catalina.

Ubicado en la margen izquierda del río de su nombre, afluente del Ucayali, el pueblo de Catalina se yergue casi al centro de la gran planicie que separa los ríos Ucayali y Huallaga. De él parte un camino que conduce a la hacienda Quillucaca, vía la más antigua que conecta dichos cursos de agua y bastante traficada en aquella época, especialmente por los cargueros de sal de los yacimientos de Callana-yacu, que proveían de este producto a los moradores de las márgenes del Ucayali.

La falta de sal en el pueblo, me obligaba a seguir hasta el Huallaga, colmando mi deseo de permanecer el mayor tiempo posible cerca de Chuya. Dos largos días demoró nuestra caravana en llegar al Huallaga, caudaloso señor de dilatada cuenca. Al llegar a la hacienda, noté que la vegetación, distinta de la que habíamos dejado, continuaba siendo ubérrima. La brisa refrescante, casi fría dejaba sentir en el organismo la proximidad de la cordillera.

En cuanto llegamos al Huallaga, me aproximé hasta el rojo barranco que baña. A mis pies corrían torrentosas las aguas bermejas. Hacia el Sur se destacaba la enorme franja azul, de ribete caprichosamente dentado, de la Cordillera Oriental, que al internarse en la Hoya Amazónica, es atravesada por el río Huallaga formando el Pongo de Aguirre. Era la primera cordillera que contemplaban mis ojos.

Nos alojamos en casa de un honrado estanciero. Sangama, dispuesto a partir al amanecer del día siguiente, solicitó una embarcación con espacio sólo para tres pasajeros. Al establecer esa condición, me estaba diciendo que había llegado el momento de la separación definitiva. Entonces sentí caer sobre mi alma el peso íntegro de la cadena de montañas que estaban a la vista. Ya no tenía pretextos para seguirlos. Resolví, en consecuencia dejar que se marcharan. Pero, eso sí, trataría de no dormir toda la noche, si era necesario, para verles por última vez.

Pero el cansancio y el sueño me vencieron. Al despertar, me estremecí, viendo la habitación inundada de claridad. Salté del lecho y corrí hasta el filo del barranco. Busqué desesperado sobre las aguas del río y logré descubrir a lo lejos una canoa que avanzaba hacia el Pongo. Analicé la móvil silueta y pude distinguir a las dos mujeres y a Sangama en el centro de la embarcación.

La canoa cortaba la corriente impulsada por tres bogas. Diríase una saeta disparada a flor de agua, que aparecía y desaparecía sobre la línea irregular de la ribera. Siguiendo esa fuga hacia el olvido que nunca alcanzarían, como yo no habría de alcanzarlo jamás, veía como se iba borrando la silueta de la embarcación hasta que mis ojos no pudieron distinguirla. En el momento en que me disponía a volver sobre mis pasos para emprender el regreso, me pareció que la canoa resurgía en el horizonte cruzando el río hacia la banda opuesta. ¡Pero eso era imposible! Semejante maniobra no tenía objeto explicable. Cruzar un río caudaloso significaba malgastar tiempo y energías. La verdad era que las impetuosas aguas del centro del río, los bajaban velozmente. Después de algunos instantes estuvieron frente a mí ¡volvía a verlos! Sangama y Chuya levantaban las manos. El sacudía su gran sombrero y ella un pañuelo blanco. La vieja Ana se cubría el rostro como si estuviera llorando. La voz de Sangama vibró acentuada: —¡Adiós, joven amigo! ¡Adiós para siempre! ¡No te olvides nunca de los que en verdad te amamos!

Agité los brazos conmovedoramente. Con ello quería significarles cuanto los amaba. Quise hablar, pero las palabras no acudían en mi auxilio.

Sangama y Chuya, abrazados, continuaban haciéndome señales de despedida. Hasta creí advertir que me sonreían. ¡Cuán cerca los tenía y, sin embargo, estaba para siempre separados de ellos! En ese momento, la enorme masa de agua que se deslizaba entre ellos y yo me pareció ser el abismo que separa la vida de la muerte.

Terminaron de cruzar el río y por la banda opuesta la canoa volvió a surcar veloz, mientras yo, sentado en la orilla, con la cabeza apoyada en las manos, la veía perderse en la distancia.

Como si despertara de un sueño, mis pupilas asombradas recorrieron el extraño paisaje que me rodeaba. Todo tenía aspecto adverso. La naturaleza íntegra parecía obstinada en separarme del pasado. Mas, precisamente, ese contraste provocaba la sensación de una intensa nostalgia, despertando, con toda la grandeza de la realidad, las dichas y desventuras que eslabonaban la cadena que me sujetaba al ayer.

Las últimas palabras de Sangama repercutían en mis oídos abrumadoras: "¡Adiós para siempre! ¡No te olvides de los que en verdad te amamos!" ¡Buena manera de amar! Y me condenaban a perderlos para siempre.

Y mi pensamiento reprodujo de pronto la imagen de Chuya agitando el pañuelo en emocionada despedida. ¡Cuán bella la había visto en ese instante! Del fondo de mi conciencia aturdida, surgió de improviso una voz que me gritaba: ¡Cobarde!

Me incorporé midiendo con la vista la altura del barranco que bajaba abrupto, cortado a pico, hasta hundirse en las agitadas aguas del imponente río. Tuve en ese momento la intención de arrojarme al abismo, pero cuando ya sentía el vértigo fatal, la misma voz volvió a resonar: ¡Cobarde!

Súbita reacción se operó en mi ánimo, y me aparté del barranco. Efectivamente —pensé—, esá sería la mayor cobardía. Dirigí la vista al cielo y me pareció ver en la limpidez de su cristal azul, que había algo mejor para mis dolores que sumergirme en las torrentosas aguas que corrían a mis pies.

Ese cielo inmaculado, carente de nubes y de pájaros, y el anchuroso río, pleno de agua, pero vacío de barcas, tenían la angustiada soledad de los caminos que conducen a los cementerios abandonados, que no pueden mirarse mucho rato sin que acometan ansias de llorar.

Regresé a la casa de la estancia. Durante el corto camino, hice un rápido recuento de todo lo vivido en esas cortás horas. Y otra vez dejóse oir la acusadora palabra: ¡Cobarde!

El estanciero me esperaba para preguntarme qué debía hacer con un cofrecito que sus huéspedes habían olvidado. Inadvertidamente, le contesté.

—Guárdelo hasta que se lo reclamen.

—¿No es usted amigo de ellos? —inquirió.

—Sí..., bastante —contesté mortificado.

—¿Quiénes son? —insistió—. La muchacha es muy bella... Parece gente distinguida, por la manera de conducirse y expresarse.

—Sí, lo son —me limité a decirle, retirándome en seguida.

A solas en mi habitación, obsesionado con el recuerdo de los días felices que pasé sintiéndome amado por esa criatura, a la que dejé partir sin luchar por retenerla, me sentía indignado conmigo mismo. Salí presuroso pues la habitación me ahogaba. Vagué desorientado por los contornos, absorbido por mis pensamientos, ajeno a todo cuanto me rodeaba. Al darme cuenta de que inconscientemente me había alejado mucho de la casa, regresé a ella envuelto ya en las sombras de la noche. Me esperaba la cena. El estanciero volvió a referirse a los viajeros:—No hay duda, puedo asegurar que son gente distinguida...

—¡Si! —ratifiqué lacónico.

—¿Adonde van? Temo no poder devolverles el cofrecito.

—Ignoro.

—Pero, ¿no son sus amigos? Usted tiene más probabilidad de volver a verse con ellos... —insistió.

—Son mis amigos..., pero no sé adonde se dirigen — y a fin de evitar nuevas preguntas me despedí.

Ya en mi habitación acudió a mi memoria el recuerdo del cofrecito. Seguramente, era aquel en el que Chuya guardaba esa serie de reliquias que toda mujer joven colecciona y que forma la historia de su mocedad. Allí habría también alguna que se relacionase con nuestro amor. Quizá ese cofre contuviera la clave del enigma cuyo misterio anhelaba descifrar. Desde ese momento, conté los minutos que faltaban para el retorno del nuevo día.

Antes del amanecer estuve en pie. Abordé al estanciero que se ocupaba en disponer el trabajo del día y, no sin cierta vacilación, le solicité que me mostrara el cofrecito.

Pronto lo depositó en mis manos, diciéndome:

—Usted podrá guardarlo mejor que yo... ¡Llévelo!

En posesión del relicario; pasé casi todo el día sin resolverme a abrirlo, aunque para ello sólo tenía que presionar un resorte. Lo contemplaba vacilante pensando en las veces que lo habría tenido Chuya entre sus manos. La voz volvió a gritar en mi conciencia: ¡Cobarde!

Y entre el temor de quien comete un crimen y el afán de quien lucha por salvarse de un peligro, abrí el cofre y me entregué al examen de su contenido.

Un libro de versos, la fotografía de una mujer muy hermosa —su madre—, cintas, estampas, mechones de cabello, una sucesión de pequeñas cosas inexpresivas para el que no sabe leer en ellas. Y, al fondo, un cuaderno lleno de notas. Era una especie de diario, donde, con letra fina y menuda, había ido dejando sus impresiones. Después de besarlo con efusión, como si la besara a ella misma, me dispuse a leerlo. ¡Bien tenía derecho a penetrar en su corazón quien tanta la quería! El contenido, que fui leyendo con avidez creciente, me dejó anonadado. Recién me di verdadera cuenta de la grandeza de esa alma que yo había juzgado con criterio mezquino. ¡Infeliz de mí! ¿Y la había dejado partir...? ¡Cobarde! ¡Cobarde! Esta vez fueron mis propios labios los que lanzaron la acusación.

Capítulo 46

Parecíame un sueño la revelación contenida en el diario de Chuya. ¿Cómo podía haber permanecido ignorante de su pureza espiritual? ¿Cómo había podido atribuirle cualidades tan diferentes, hasta el extremo de ofenderla con el pensamiento? Pero no cabía duda. Allí estaban las páginas patentes, conteniendo el sufrimiento de una mártir y su resiginación al sacrificio.

Terrible remordimiento me destrozaba el alma, mientras recorría de nuevo las páginas de ese cuaderno. El diario decía:

"Día...

"En el cielo azul y transparente de mi vida sencilla brillaba con mágico esplendor el astro de la dicha. Me creía la más feliz, la más venturosa de las mujeres al ser dueña de tu amor. Casi sentía celos de la brisa que te acariciaba, de los pájaros cantores que halagaban tus oídos, de las delicadas orquídeas que te detenías a contemplar en los caminos. Es que yo quería ser todo para ti: la brisa, el pájaro, la flor... Mas, de pronto, las tinieblas extendieron ante mis ojos su enlutado manto. ¡Ya no volverá la luz de la dicha a resplandecer en mi sendero! ¡Ya no podré mirarte henchida de gozo, ofreciéndote mi alma pura! Un monstruo espantoso me hizo juguete de su depravación... Estrellita mía ¿adónde te has ido?"

"Día...

"Ayer te vi sentado junto al río. Comprendí tu tristeza que no encontraba consuelo ni en la corriente que ante ti se deslizaba, ni en el cielo al que alzabas las pupilas, ni en la selva donde hundías la mirada. Buscabas, sin duda, la explicación de lo inexplicable. Adivinaba tu pensamiento abisimado en las mismas profundidades en que se perdía el mío. ¡Cómo hubiera podido leer en él y saber si me despreciabas, o si aún me amabas; si me alcanzaba tu comprensión en el abismo de mi suerte! Sentí ansias de volar a tu lado para mitigar tus tristezas con mis besos, que nunca serán de otro; para cantarte las canciones que tanto te gustaban, y ofrecerte mi regazo hasta que en él te quedaras dormido. ¡Quise correr, arrojarme a tus pies y mendigar tu perdón...! Pero, ¿perdón de qué? ¿Qué culpa puedo tener yo, amor mío...? Mas me faltó valor y permanecí oculta, llorando mi inmensa desventura".

"Día...

"Siento tu mirada clavarse en mi corazón como un puñal. ¡La vida me pesa como un fardo enorme, y no la puedo resistir! Miro las agitadas aguas sobre las que navegamos, y me parece que el río me dijera compasivo: "Ven, que yo te daré la calma que buscas; mi seno te acogerá blanda y dulcemente. Aquí se acaba el martirio. ¡Ven...!" Pero, muy cerca está mi padre, cuya vida va en derrota. Apenas puede descubrirse en él al hombre fuerte del pasado. Ya no es el amparo donde yo podía cobijarme segura de no correr peligros. ¿Cuál sería su suerte si le abandonase, egoísta, por no seguir sufriendo? Varias veces me ha parecido sentir, mientras yo dormía, que sus labios temblorosos se posaban sobre mi frente para decirme quedo: "Valor!" Y debo tener valor para seguirle hasta que juntos nos detengamos vencidos en cualquiera de los caminos de la Tierra".

"Día...

"¡Soñaba...! —-tal vez soñaba demasiado—-. Soñaba que iba a ser la inseparable compañera de tu vida, que te seguiría por todas las rutas, sin preguntarte adónde me llevabas ni hasta cuándo caminaríamos. Y si tu voluntad hubiera sido dejarme en cualquier parte, como dejan a sus mujeres los que van en busca de cauchales y tornan después de largos años de ausencia, yo te habría esperado contando los años, los meses, los días..., mirando ansiosa el recodo del río por donde debías volver y la entrada de la trocha por donde te alejaste. Allí me habrías encontrado engalanada con flores de la selva, segura de que volverías, porque anidaba en mi corazón, tan grande como el amor, la fe".

"Día...

"Te he visto pasar muchas veces por los contornos de mi casa, como si estuvieras buscándome. Pero te he visto también mirar hacia abajo las aguas del río, como si pensaras alejarte sobré ellas... Esto es horrible: al consuelo de verte cerca, sigue la pena enorme de imaginar tu partida ¡No te vayas todavía hacia la hermosa ciudad que riega el río más abajo! ¡Deja abrazarme unas horas más a la última ilusión!"

"Día-..

"Me consumo esperándote, como espera la tierra el beso de la lluvia, para reverdecer y engalanarse; como espera el capullo las caricias del sol y de la luna, para teñirse de color y cuajarse de perfumes. Todo mi ser vibra en esta espera interminable. El hada maléfica de la selva, envidiosa de mi dicha, me echó sus maldiciones. Aquí estoy convertida en pájaro flautero, que ni siquiera tiene el consuelo de volar persiguiendo la ventura que no hallará jamás".

"Día...

"¿Recuerdas? Fue un día bochornoso de verano. La selva crujía, tostándose al sol. El zapotero, a cuyo pie descansábamos tendidos sobre la hojarasca, nos cubría con el palio de sus ramas espesas, mecido suavemente por las acariciantes brisas del Este. Tú vertías en mis oídos palabras entrecortadas, llenas de pasión, que me estremecían haciéndome palpitar de ansias y de temores. Tu aliento de fuego me quemaba el alma. En un fondo de claridades rojizas, aparecías gallardo, encarnando al príncipe de los cuentos infantiles que la virgen espera, en impúber letargo, como al dueño y señor que tocará las puertas de su claustro para sacarla y llevarla venturoso por el Mundo. Cuando enardecido te incorporaste, hundiendo en mis pupilas tu mirada, vi que tus labios estaban secos como la hojarasca y que tus ojos ardían con un fuego extraño. Mi corazón desfalleciente aceleró sus latidos y sentí que me envolvía ese algo imprecisable que anuncia los grandes acontecimientos de la vida... No hubiera tenido fuerzas para rechazarte. Fue entonces que volviste la mirada, diciéndome con voz sofocada que repercute aún en mi memoria: "Vamos, que ya es tarde".

"Día...

"La vida se hace más insufrible cuando se retorna del paraíso artificial que tejen los recuerdos. Hoy desperté de un sueño delicioso, y me siento desolada".

"Día...

"Ocultando el dolor que me desgarra el alma, fui a verte porque supe que estabas enfermo y creía que podía llevarte algún consuelo y que mis manos al posarse en tu frente, podrían mitigar el mal. Pero te encontré casi alegre. Y me heriste con tu indiferencia.

"Día...

"Mis ojos se han secado. Ya no puedo llorar. !He llorado tanto desde aquel día en que te supe perdido para siempre...!"

"Día...

"Mi buen padre accedió a que fuéramos a visitar nuestra antigua morada. El día amaneció sonriente. Creí que te encontraría en el trayecto, tratando de reconocer los sitios donde vivimos horas tan venturosas. Pero todo ha cambiado, y hasta los senderos pugnan por borrarse bajo la maleza invasora. Por más que hice, no pude reconocer una sola de las ramas en que dejamos prendidos nuestros recuerdos".

"La casa que nos albergara tantos años, vinculada estrechamente a todo mi pasado, donde mi alma tierna se abrió como una rosa blanca al beso del amor, estaba vacía y desolada. Silencio profundo reinaba en el amplio interior, sobre el que parecía flotar un espíritu rencoroso que, reprochaba nuestra ausencia. Por los intersticios de las paredes posteriores penetraban audaces enredaderas, avanzadas de la selva absorbente. Mi rosal favorito, oprimido por la maleza, presintió sin duda mi visita, pues una rama, como el brazo de un náufrago, me brindaba en su extremo, su postrera y más exquisita flor".

"Mi padre se encerró tras la crujiente puerta de la que fuera su habitación predilecta. Tal vez quiso dejarme sola para que desahogara el dolor que en vano quería reprimir, tal vez quiso ocultarse para no aumentar mi tristeza dejando ver sus ojos llenos de lágrimas. Recorrí uno a uno todos los sitios en que nacieron nuestros sueños y nuestras esperanzas. Llegué junto a la escalera cuando ya las sombras empujaban la penumbra. Algo raro sentí en el alma. Mi alucinación te vio como esa noche en que nuestros labios se unieron y nos dimos el primero y único beso que perfumó nuestro amor. Todo mi ser se conmovió al recuerdo. "¡Bésame más!" pedí, creyendo que me oías. Y me sentí tuya, como si se realizara el sueño que vivo ambicionando. Miré intensamente todas las cosas que me rodeaban para que se grabaran en mi mente y poder reproducirlas el día en que mis ojos se cierren para no abrirse más. Y quise morir así, embriagada de dicha, mirando tu imagen al indeciso fulgor de las luciérnagas que revoloteaban. "¡Bésame!", imploré otra vez, y caí desvanecida "

"Volví a la realidad en los brazos de mi padre. Y con los ojos preñados de lágrimas, salimos huyendo de la casa, símbolo de nuestras almas, sobre la que parece haber caído una maldición".

"La resolución está tomada. "Hija —me dijo anoche mi padre—, ya nada nos detiene en esta tierra que amamos tanto. El vacío nos rodea. Vacío de ideas, vacío de afectos. Todo nos repudia. Debemos partir... Desoí la voz de la vida y en aras de una misión sagrada te dejé sin mi sombra protectora. Y el rayo, desprendido desde las tenebrosidades más abyectas, te tronchó, tierno retoño mío, como ha tronchado mi vida el monstruo del pasado... Has querido dejarme solo varias veces. Comprendo las tormentas de tu alma. Ya no te recrean las cosas que antes veías con delicia: el remanso, la alborada, la floración de la selva bajo la luna, el lago oculto entre ramajes, los pájaros cantores... ¡ya no te gusta la vida! Alguna vez te pedí valor. Ha llegado la hora de las resoluciones. Pues bien, partamos juntos, pero partamos de más allá, de la elevada cima que yo conozco, a fin de que nuestras almas, libertadas de todas sus cadenas, queden flotando entre las nubes más cercanas al cielo. Allá nos despediremos de la Tierra, mirando sus horizontes infinitos, impetrando la misericordia de Dios..."

Día...

"¡Adiós, amor mío! Estás líneas destinadas a seguirme hasta el fin, jamás llegarán a tus manos; pero algún día tu alma las leerá y sabrás entonces que Chuya renunció a la vida porque el amor, en vez de tenderle la mano, la dejó sumida en el tormento de su suerte impía. ¡Adiós! ¡Mi último pensamiento será para ti, sueño delicioso, único sueño de mi existencia!"

"Día...

"¿Por qué nos sigues? ¿Acaso ignoras que turbas la serenidad de los que marchan a la inmolación? No sé como explicar tu conducta. ¿Es que todavía me amas? Si es así ¿por qué no impones un cambio a nuestro rumbo? Pero, ¿por qué trato de engañarme? Un día fui a verte y me dejaste salir de tu casa sin hacer siquiera un ademán para retenerme. Me ves marchar ahora y no me dices: "¡Detente!"

"Día...

"¡No me abandones! Te lo pido por última vez, antes de que sea tarde. ¡Ojalá escuches la voz de mi alma! Me da miedo esta partida hacia lo desconocido. Tengo el inmenso temor de que mi alma quede vagando eternamente errante, como dicen que vagan las de los suicidas y de los impenitentes".

"Día...

"Si no te hubiera encontrado en mi camino; si no hubieras inflamado mi corazón fibra a fibra; si no te hubiera idealizado hasta el delirio, tal vez abrigaría la esperanza de encontrar el bálsamo que curara mi desdicha: el olvido bienhechor. Quizá la vida hubiera deparado a mi juventud un albergue lleno de consuelo, donde un amor comprensivo hubiese borrado el espectro del pasado, dando a mi vida un objeto y un fin".

"Día...

"Ya clareó la mañana... Desde la ventana a que me asomo con la ilusión de verte una vez más, contemplo una madre que alimenta a su retoño con la savia de su misma vida, sintiendo junto al corazón sus palpitaciones cálidas. Siente la satisfacción de no estar sola, el goce de haber florecido.

"Más allá, hay seres que se desprenden del abrazo nocturno dándose el último beso de la hora. El parte hacia el bosque, con su fusil al brazo;

ella queda esperándolo para desplumar las aves que cobre en la gira y preparar alegre la merienda.

"Una muchacha prende el fogón mientras canta con el alma alborozada. El chacarero, lleno de contento, afila su machete. Y el cazador se aleja por la orilla, silbando una tonada selvática.

"¿Y los que súfrimos? Miramos este nuevo día con la obsesionante tortura de sabernos proscritos de la felicidad. ¡Cómo envidio la existencia de esos seres humildes, pero dichosos porque sienten la alegría de vivir!"

"Día...

"¡Inconsciencia de las cosas! Aurora radiante que despunta entre celajes de colores y algarabía de animales; tarde que agoniza entre crespones manchados de sangre. Rosas de luz en el cielo: las estrellas; meteoros resplandecientes en la negrura de la selva: los cocuyos... Desfile de caras nuevas, y el índice de la Fatalidad señalando severo la ruta misteriosa por donde todos van y nadie vuelve".

"Día...

"Ya nada me importa lo que hay delante de mis ojos. Quiero revivir las horas del pasado. ¿Recuerdas tus palabras agoreras? "Tus ojos, Chuya—me dijiste un día---, hoy que los miro envueltos en tu aliento, no son verdes como parecen. Tienen todos los matices indefinibles de la selva virgen. En ellos, al mirarlos fijamente, se advierten las honduras del corazón de la espesura. Allí está mi imagen aprisionada, como un cazador perdido".

"Día...

"¡Sufrir encerrada entre cuatro paredes de caña...! Esto es peor que recibir una puñalada en el corazón y quedarse con el puñal clavado. He leído alguna vez que es fácil a la mujer cruzar los cielos del Mundo, cuando le presta sus alas la belleza. ¿Por qué no puedo tender mis alas y libertarme? ¿Qué voz envenenada es la que me habla de los placeres que la vida encierra, de la música excitante que invita al baile, de los néctares embriagantes, de las palabras de amor que se desgranan a los oídos, de los besos apasionados que anestesian la voluntad, de inciensos embelesantes, de suavidádes de terciopelo, de pulideces de seda...? ¡Perdón, Señor! Sentí la atracción del abismo en que impera el pecado; viví con el pensamiento en su ambiente de locura, entre risas destempladas, rutilar de joyas, vapores azulinos, alas doradas... Quiero vivir como una mártir ¡no importa! a fin de que pueda subir al cielo, blanca, como nube herida por los rayos del sol.

"Día...

"Es inútil que me siga aferrando a este valle de amargura. ¡Qué importa que la vida se apague como una lámpara exhausta, si mañana, un instante después de que la oscuridad caiga a mis ojos, asistiré a los funerales del Dolor, saboreando el vértigo de la libertad infinita; si voy a despertar en un paraje sin horizontes, entre vaporosidades más suaves que la flor de la huimba y con alas de plumas más blancas que las blancas plumas de las garzas!"

"Día...

"Muerde el dolor cuando la lluvia cae y todo lo cubre su manto plomizo. El frío taladra el alma hasta hacerla tintar. Y tú nos sigues como una acusación. ¡Ten piedad de mí! ¡Dios mío, qué pesada es la cruz que has puesto sobre mis hombros!

"Día...

"¡Otra vez el suplicio de recordar! Mis manos infantiles plantaron un rosal junto a mi casa, antes de partir para el colegio. De regreso, lo encontré convertido en un arbusto en cuya tupida fronda las rosas se entreabrían en eterna primavera. Sus perfumes penetraban a la casa dándole unas veces aromas de Navidad que alegraban, y otras, olores de Difuntos que entristecían".

"Al escrutar entre las ramas, cierto día, descubrí un pequeño nido con pichoncitos implumes, a los que me dedique a cuidar amorosamente. No sabía que traicionaba una de las leyes más severas de la selva, que prohíbe el contacto humano con los tiernos pajarillos. Las serpientes saben cuando esa ley ha sido burlada. Una tarde que fui a buscarlos, ya no estaban. Por ellos lloramos juntos: los pájaros padres, revoloteando en los ramajes, y yo, arrepentida, junto al rosal".

"La escena se destaca en mi memoria con la nitidez de las cosas recientes. Y vuelvo a sentir la angustia de esa tarde, hoy que rosas de sangre cubren la fronda de mi alma y que mis ilusiones han desaparecido devoradas por la serpiente del mal".

"Dia....

"¡Qué triste transcurre la tarde después de la lluvia! El cielo está opaco; la selva en silencio; la brisa no mueve las hojas; las aves, ateridas, han plegado las alas. Ya llega la noche tenebrosa que transcurre lenta, muy lentamente, trayendo entre sus negras alas al monstruo insaciable del pasado para atormentarme, cebándose en mis nervios, en mi sangre, en mi carne de martirio".

"Día...

"Otro río; otras aguas bermejas... El horizonte limitado por una cadena de enormes montañas. Al mirar las azuladas cimas, mi padre exclamó: "¡Allá!" Y me sacudió un helado estremecimiento. Suena ya la hora de la separación definitiva. Muere mi última esperanza. Amor mío, único sueño hermoso de mi vida, ¡adiós!".

Quedé abismado. Mis manos oprimían frenéticas ese cuaderno, donde parecía palpitar el alma agonizante de Chuya. Sentía la opresión mortal de lo irreparable. Del fondo brumoso de la selva desmayada en los brazos del crepúsculo surgió la misma voz acusadora que tantas veces me había dicho: ¡Cobarde! Mi corazón aceleró sus latidos. Una ola de vergüenza tiñó de púrpura mis mejillas, encendiéndolas como brasas. Ya la voz no venía de la distancia. Vibraba con progresiva intensidad dentro de mí mismo, repitiendo: ¡Cobarde! ¡Cobarde!

Casi enloquecido fui a tocar la puerta del estanciero, no obstante lo avanzado de la hora. Le rogué, que me proporcionara de inmediato una embarcación liviana y diestros tripulantes.

—¡Es necesario que les dé alcance con el cofre!— terminé suplicante.

—Le ayudaré —me respondió en tono compasivo, después de corto silencio—. Desgraciadamente, lo único que puedo hacer ahora es avisar a la gente para que esté lista a la madrugada.

¿Cobarde? —me preguntaba, paseándome por el patio de la hacienda—. ¿Cobarde yo? ¡Conmoveré el Mundo hasta dar con ella!

Capítulo 47

Sólo disminuyó un tanto mi febril intranquilidad al encontrarme en una de las más livianas canoas, acompañado de cinco fornidos tripulantes, surcando con rapidez las inquietas aguas del Huallaga. Sin embargo me parecía que la velocidad no era suficiente, pues hubiera querido transponer volando las distancias.

No cesaba de animar a los bogas, repitiéndoles incansable:

—¡Remen! ¡Remen con furor! ¡De nuestros esfuerzos dependen dos vidas...!

El sol resplandecía; bajo su inclemencia, los bogas se derretían sudando a chorros. La línea azul de la cordillera subía, agrandándose conforme avanzábamos. Y los remos hendían las aguas en rítmico compás, haciendo que la embarcación se deslizara sobre la superficie entre el manto de espuma que la proa rasgaba.

El disco rojo de un sol de fuego iba cortando el firmamento, y hacia la hora postrera de la tarde, mi monótona súplica seguía el compás de las remadas.

—¡Boguen, boguen con furor!

—¡Ya hemos bogado por demás! —dijeron las voces fatigadas de los tripulantes.

—¡No se detengan! ¡Yo seré agradecido! Si desmayamos un instante, llegaremos tarde —gemí suplicante.

Algo debieron ver en mi expresión, porque, haciendo supremos esfuerzos, siguieron bogando. Y entramos en el laberinto de rocas del pongo, desafiando sus peligros. La noche se hizo muy obscura.

—El río está muy crecido. ¡Es imposible navegar en la noche por el pongo! —exclamó uno de los bogas.

—¡Adelante! ¡Adelante! ¡Sí nos atrasamos, llegaremos tarde...!

El popero hacía prodigios de destreza, sorteando los peñascos y los remolinos que se sucedían. La proa, inquieta, salvaba los peligros orientándose por los recodos. Las aguas parecían hervir, chocando contra las rocas. Sacudíase la canoa al pasar milagrosamente de una a otra vorágine.

Incansable, continuaba yo dando ánimos a esos intrépidos tripulantes que arriesgaban la vida contagiados de las ansias que me embargaban. Y, agotado por la tensión nerviosa, quedé medio adormecido al arrullo de mi propia voz, que repetía:

¡Boguen! ¡Boguen...! ¡Boguen con furor!

Me desperté al remezón producido por el choque de la canoa contra una roca. Casi zozobramos. Entonces, pedí un remo, para que uno de los hombres pudiera descansar. Los otros, redoblando su entusiasmo, bogaron impetuosos. Las vagas luces del amanecer se escurrían a lo largo del pongo.

El puntero gritó de improviso:

—¡Una mujer...!

Miré el punto que señalaba y, como una momia incaica, sentada sobre una roca de la orilla opuesta estaba la vieja servidora. Mis ojos recorrieron ávidos los contornos que la rodeaban. Pero estaba sola. ¡Mala seña!, pensé.

—¡Por fin, llegamos! —dije, poseído de la mayor ansiedad—. ¡Adelante, hacia ella!

Y cruzamos el río. Fui el primero en saltar de la canoa. La vieja hablaba entre dientes consigo misma, agitando un bolsón dentro del cual tintineaban monedas de oro. Sus pupilas, desteñidas, se hundían en imprecisables lejanías.

—¿Dónde están? ¿Dónde están? —le interrogué insistente.

La "mama" me miró con expresión vaga, como si estuviera delante de un desconocido. Me acerqué cariñoso y, abrazándola, volví a preguntarle, devorado por el ansia:

—¿Dónde está Chuya? ¿Dónde está Sangama?

La pobre mujer siguió hablando sola:

—Me han dejado porque ya no les sirve la vieja... ¡Me han dejado! Quieren que váya en busca de mi ayllu con esto. —Y agitó la bolsa repleta de monedas.

Desesperado, la remecí. Permaneció muda. Un rictus de dolor contraía su rostro agrietado, y por las rugosas mejillas resbalaban gruesas gotas de llanto. Casi colérico, la sacudí nuevamente.

—¡Contéstame! ¿Dónde están? ¿Por dónde han ido?

Volvió a hablar entre sollozos:

—En el pueblo ya nadie me reconocerá... ¡Nadie...!

Los que me esperaban hace tiempo que habrán muerto... hace tiempo... Me darán un rincón junto al fuego, para que viva sin que nadie me cuide, para que muera sin que nadie me llore.

—¡Por Dios, viejita, dime adónde se fueron! —grité emocionado sacudiéndola fuertemente.

La "mama" enjugó sus lágrimas, y siguió hablando:

——Sí, me dejaron sola porque ya no me necesitaban... ¡Sola...! ¡Como si yo pudiera vivir sin ellos...! Por allí subieron. . . ¡Me dejaron...!

Y con la diestra temblorosa señaló una especie de camino de cabras que zigzagueaba por la imponente ladera de una montaña.

No esperé más, y después de recomendar a los atónitos bogas que cuidaran a la vieja hasta mi regreso, empecé la ascensión.

El sendero que escalaba, empleando en algunos sitios los pies y las manos para evitar una rodada, se bifurcaba con frecuencia; pero no había riesgo de extraviarse pues las huellas de recientes pisadas y los desmoronamientos producidos por quienes me habían precedido, eran bien marcados. Pasé de una montaña a otra más alta.

Estando el sol ya en el cénit, me detuve a calcular lo recorrido. Era tan poco, comparado con lo que aun me quedaba por subir, que reanudé la marcha llamando en mi auxilio todas las fuerzas que me restaban. Era una lucha frenética por alcanzar el cielo azul, sin nubes, que se extendía sobre las altas cumbres. Me asía violentamente de los arbustos, de las raíces, de las rocas, para impulsarme y proseguir. En tan denodado esfuerzo, caí rendido y quedé colgado sobre el abismo, sujeto a las ramas de un arbolillo. Mi pecho parecía que iba a estallar. Pero no me detuve. Los minutos eran preciosos. Y reinicié penosamente la subida.

Así llegué a la saliente en la que observé la tierra aplastada como si dos cuerpos hubieran permanecido sobre ella largo rato. Supuse que en ese lugar habían pasado la noche. La esperanza renovó mis agotadas energías. La noche aun distaba y mientras las sombras no llegaran, el peligro se mantenía alejado. Calculé la altura: prolongábase la cuesta interminable; volví la vista para mirar hacia atrás: la selva dilatada como un mar verde azulado, transponía el horizonte.

Aquella montaña era un salto audaz de la tierra hacia el infinito. Para arriba semejaba un torbellino de formas cataclísmicas que se elevaba en ansia suicida de azul; para abajo, diríase una catarata de moles detenidas, que iba a hundirse en un abismo de penumbra y de ecos apagados.

Respiré profundamente, y seguí trepando. En el caminito que serpenteaba como una caprichosa espiral, las huellas aparecían más recientes. El viento casi helado de las alturas, azotaba mi espalda ardorosa y mi rostro bañado de sudor. El sol, que declinaba llenándome de espanto, no tardaría en transmontar la cumbre.

De pronto el paisaje se tornó gris. ¿Era la hora fatal en que agoniza el día? A mis espaldas, los campos lejanos, aún estaban dorados; arriba, los últimos destellos de un arco incendiado teñían de rojo las crestas de las montañas. ¡No! —me dije—. Todavía el sol debe recorrer un trecho del firmamento al otro lado.

En la gasa plomiza de la hora, el camino gris se destacaba apenas con esa tristeza que cobran todas las cosas al anochecer. Las ramas de los arbustos temblaban agitadas por las ráfagas frías. Y, allá, en las obscuras hondonadas, la agorera chicua emitía su maligna risotada.

Seguí avanzando. Cada paso hacia arriba requería un esfuerzo enorme. Mis brazos y piernas terminaron por paralizarse y quedé sin movimiento, abrazado a un arbusto, mirando con dolor indescriptible hacia adelante, donde quedaba muy próxima la cima recortada en el cielo que destilaba llorosas estrellas. Mortal angustia se apoderó de mí. ¡Todo había sido inútil! Impotente, como si me entrabasen pesados grillos, pensaba desesperado mirando la altura: cuando llegue allí, hoy, mañana, cualquier día... ¡ya será tarde! Encontrarán mis ojos el vacío y mi alma la desventura eterna de las cosas irreparables.

De súbito las notas de una quena hirieron el espacio. Era la melodía de la puna. ¡La tocata del indio suicida! ¡Cuán cerca de ellos me encontraba; y, sin embargo, ese corto trecho representaba la Eternidad! Intenté gritar; pero mi garganta, dolorosamente oprimida y reseca, sólo pudo emitir un gruñido.

Las notas desgarradoras de la quena entumecían mi cerebro, produciéndome el efecto de que, al compás de una marcha, asistía a mis propios funerales. Cerré los ojos desesperado. En un acceso de frenesí, fuera de los ámbitos de la cordura, empecé a trepar nuevamente. Casi no tocaba el suelo. Las piedras rodaban a mi paso. Subía. Subía, aturdido por el hálito de muerte que ya llegaba a mis sentidos, sin que nada lograra detenerme. De improviso me vi sobre la meseta de la cima, en el preciso momento en que la quena terminaba la melodía mortal. Me abalancé hacia las dos siluetas que se recortaban al borde del abismo y cogí a Chuya, al tiempo que gritaba:

—¡El estribillo, Sangama! ¡La ruga!

Y rodé al suelo, con el cuerpo de Chuya desmayado entre mis brazos, sintiendo sobre mi pecho jadeante los latidos trémulos de su corazón. Sangama, mirándome sorprendido, como si dudase de la realidad, se llevó la quena a los labios y desgranó en el viento las ansiadas notas.

Capítulo 48

Vuelta en sí, Chuya se incorporó mirando por todos los lados como paloma azorada. Parecía querer explicarse lo que había acontecido. Mirándome fijamente, como si dudara de mi presencia, interrogó:

—¿Eres tú...? ¡Dime que no sueño, que estoy despierta!

—Gracias a Dios, estás bien despierta, Chuya —le contesté conmovido, oprimiendo con fruición sus manos entre las mías—. Yo también he despertado de un sueño. Logré verte tal cual eres, y he venido en tu busca para ofrecerte mi vida.

—¡Déjame que entienda tus palabras! ¡Déjame comprenderte! Hace sólo un instante que me encontraba inclinada hacia el abismo, recitando mi última oración. Ya había perdido toda esperanza y, sin embargo, pronunciaba tu nombre. Fue entonces que me sentí arrebatada ... Alcancé a reconocerte, y la sombra cayó sobre mis ojos... Háblame. Miro en tus pupilas la ternura que soñé. ¿Es la redención? ¡No calles... Háblame...!

La quena seguía esparciendo sus notas ágiles. Era la marcha triunfal de los cóndores en la altura. Chuya, alarmada, se puso de rodillas y exclamó:

—¡Tus manos están ensangrentadas; tu frente, sudorosa y herida; tus ropas, desgarradas...!

No te levantes... Permanece tranquila... Te lo ruego —supliqué, atrayéndola cariñosamente—. Aquí, junto a mí.

Sangama, terminado el estribillo, nos miraba intensamente.

—Descansa tú también, padre, junto a tus hijos —le dije afectuoso—. Es la hora del olvido.

No dio muestras de haberme oído. Continuó estático, contemplándonos en silencio. De pronto cobró rara animación y con voz emocionada murmuró:—Tenía honda pena de llevarme a la región de los misterios a mi pobre hija, cuya juventud ofrece a la vida el tributo de los seres buenos. ¡Cuánto agradezco tu venida! Yo también amé a una compañera. Nació ese amor en la ciudad distante... y en ella me dejó no bien, feliz, empezaba a olvidarme del mandato de mis mayores. Creí ver en ello el designio del cielo que me señalaba la senda que debía seguir a través de la selva y del misterio... Y, contigo, hija mía, llevándote en brazos, me encaminé decidido a cumplir mi destino...

Nunca había oído hablar a Sangama con tan profunda emoción. Lo hacía con voz tierna, convulsa, apagada, como si estuviera llevando cauteloso a una criatura dormida, a la que temiese despertar en su carrera bajo la imponente fronda de la selva.

—Hasta hoy fui el guía... ¡Mal conductor, he sido vencido por la selva, como es derrotado todo el que vive soñando. Viví por el pasado y para el pasado... Y la selva portentosa, que alimentaba mi obsesión, tenía fatalmente que inmolarme...! Amo la selva porque aprendí a comprenderla y a interpretarla cual ninguno. Es el libro de la Naturaleza abierta ante mis ojos ávidos. Libro inmenso escrito por la mano misma de Dios. En él descubrí los secretos que me apasionaron; compulsé su poder incomparable y temblé sabiéndola invencible.

—¿Quién dijo que la selva no tiene historia? —preguntó enfrentándose a la inmensidad del firmamento—. América estaba aún envuelta en las tinieblas; las tribus, desorientadas, vagaban por los campos de la vieja Europa, cuando ya había comenzado la tremenda lucha de la selva con la civilización en el continente asiático. En esos tiempos los pueblos que habitaban la selva, después de erigir sus maravillosos monumentos, plasmando su historia en la piedra imperecedera, entregáronse confiados al descanso, a la malicie. ¡Síntomas de vejez y decadencia! Fue entonces que la selva empezó su obra trascendental, continua. Se extendió sobre las arterias vitales: los caminos. La raíz avanzando, levantó las piedras, y la hojarasca se encargó de cubrirlas; la planta rastrera creció en las superficies por donde pasaron las caravanas durante largas centurias y, por encima, las ramas y los tallos se entretejieron, brotando y rebotando, para consumar la obra destructora. Espinosas enredaderas prendieron sus uñas en las grietas de los muros pétreos. Las serpientes anidaron en las cuevas y se enroscaron en los altares. Los insectos invadieron todos los ámbitos. Y las calles de las pretéritas ciudades quedaron silenciosas y desiertas. Las fieras campearon libremente, haciéndose el amor entre la fronda, bajo el palio estrellado de las noches y, posteriormente, con progresiva audacia, penetraron en las pocas casas que continuaban habitadas y hundieron sus zarpas y sus colmillos en las carnes palpitantes de los hombres que permanecían sumidos en el sopor de sus recuerdos, encadenados a supersticiones ancestrales...

Escuchábalo extasiado como a un iluminado, cuya voz intentaba conmover al Mundo. En mis brazos, Chuya permanecía sumida en arrobador letargo cual tórtola cautiva. Sangama proseguía:

304

—Y los hombres perecieron. Y las civilizaciones a que pertenecían fueron asfixiadas por la selva. Las ciudades y las aldeas quedaron sepultadas bajo su capa inexorable. ¡Y dicen que no tiene historia...! La selva dio vida a dos seres humanos que, venciendo las condiciones adversas de aquellas épocas remotas, lograron sobrevivir. Fue el milagro de las Edades que esos seres desprovistos de agudos colmillos y de afiladas garras, cubiertos de piel suave inapropiada para resistir rudos embates, pudieron no sólo defenderse de sus poderosos enemigos, sino, lo que es más, atacarlos y vencerlos. Y cuando el medio les fue propicio y la vida del hombre pudo extenderse fuera de los linderos de la selva, ambos hermanos se apartaron. El uno permaneció entre los bosques: avanzó el otro sobre las maderas, aró y cultivó los campos, domesticó los animales y fundó la ciudad, originando, así, la portentosa civilización... de la que formamos parte. Lo malo fue que con el tiempo éste desconoció a su hermano y se convirtió en fratricida, combatiéndolo para subyugarlo y conquistar la selva....

Sangama cesó de hablar. Erguido en la altura, junto a los arbustos que se sacudieron al embate de todos los vientos, parecía la imagen de un profeta bíblico. Llevándose las manos a la frente como si pretendiera reconcentrarse en el devenir histórico, volvió a proseguir.

---Veo las grandes conflagraciones que se suscitarán en los dominios del hermano civilizado! ¡Las conmociones sociales sacudirán los tiempos! La civilización se reconcentrará en las grandes ciudades, y los caminos volverán a borrarse de la superficie de la Tierra. La máquina, perfeccionada hasta lo inconcebible, desplazará la energía humana y dará origen al Monstruo Prepotente. ¡Un día se iniciará la guerra de los super-hombres! ¡El derrumbe de la civilización...! El selvático escuchará, pasmado, el fragor horrendo de la lucha y de la devastación en la superficie de la tierra, en las profundidades oceánicas, en las alturas etéreas. Y cuando el silencio profundo envuelva los campos de destrucción, brotará un rumor confuso seguido de gritos desafiantes que, partiendo de la selva, penetrará en la ciudad sombría. ¡El selvático aparecerá en el escenario histórico en la plenitud de su vigor!

—Me intranquiliza papá —dijo Chuya muy quedo—. Parece que estuvieses anatematizando a la Civilización.

—Así volverán a encontrarse los dos hermanos después del trascurso de los siglos —continuó Sangama—. Habrá lucha, pero breve. El hermano selvático, transformado de acuerdo con la evolución de su medio, vibrante de dolor y de placer, atesorador del sufrimiento y de la risa, contraerá sus músculos potentes y el super-hombre caerá abatido a sus pies de vencedor. Vendrá después el equilibrio. Y de la fusión del hombre deshumanizado con el hombre de la selva, que aparta cuanto aquél ha perdido —su enorme afectividad— surgirá una nueva civilización basada en la Religión y en la Moral, sólidos cimientos de un Imperio Universal, bajo la égida de Dios.

Se detuvo dirigiendo la mirada hacia la selva. Con acento conmovedor y pausado prosiguió:

—¡Yo amé la selva, lo repito! Largos años me acogió en su seno. Mi juventud y todo el resto de mi vida transcurrieron en una perenne curiosidad por penetrar sus secretos indescifrables. Y fui feliz, porque viví amoldándome a sus leyes. Así hubiera podido terminar mis días en ella, sin más preocupaciones que estudiaría y aportar a la ciencia el acervo de insospechados conocimientos. Pero... tenía el alma saturada del Pasado. ¡Mi sangre, la médula de mis huesos, todo mi ser estaba nutrido de ese motivo qué alentó a mis ascendientes y fue la única razón por la que vivieron y perecieron! ¡Un hombre así debió haber sido sepultado hace siglos! ¡Muy tardío fue mi despertar! ¡Ya estoy vencido, incapacitado para emprender una nueva vida...!

La silueta cambiante se recortaba en el firmamento estrellado. Nuestra respiración se había detenido. Sangama prosiguió bajando la voz:

—El guerrero que perdía el favor imperial era arrojado del seno de la Corte, de donde desaparecía para internarse en la tierra de los antis. Nadie sabía cómo terminaba su vida. Pues bien, venía hasta aquí. Subía esta montaña, y mirando el Mundo a sus pies, después de despedirse de la vida con la melodía letal, se lanzaba al abismo...

Y junto con las últimas palabras, desapareció Sangama tragado por la sombra. Violenta sacudida nos conmovió. El abismo, que se abría como un enorme bostezo, guardaba ya en sus profundidades el cuerpo del mártir soñador.

—¡Padre mío! ¿Qué has hecho? —gritó Chuya desgarradoramente, luchando por incorporarse—. ¡Padre mío! ¡Me has abandonado...!

Cuando el sol del siguiente día desalojó el frío de la cumbre y la encerró todo en nuestras almas, Chuya quiso mirar el abismo. No pude impedirle y la acompañé, sin dejar de sujetarla. Mucho rato estuvo asomada al precipicio, que sus pupilas colmaron de tristeza. La claridad del día llenaba la insondable sima de un vapor encarnado, como si la sangre de Sangama, diluida en él, estuviera ascendiendo desde el fondo, convertida en sonrojos crepusculares Y, después, estrechamente abrazados, formando un grupo esculpido por el Dolor en sus días de más lúgubre inspiración, comenzamos a descender lentamente, del elevado reino de las nubes, hacia el fecundo y maravilloso regazo de la Madre Tierra: la Selva.